Bernd Müllender

Die Zahl 38.185

ELV

Bernd Müllender

Die Zahl 38.185

Ein Fahrrad-Roman aus der Autostadt Aachen

Die Ereignisse rund um den Radentscheid wirklichkeitsnah weitergedacht

ELV

Eifeler Literaturverlag 2021

1. Auflage 2021

In der Verlagsgruppe Mainz

Printed in Germany

Eifeler Literaturverlag
Verlagsgruppe Mainz
Süsterfeldstraße 83
52072 Aachen
www.eifeler-literaturverlag.de

Gestaltung, Druck und Vertrieb:
Druck & Verlagshaus Mainz
Süsterfeldstraße 83
52072 Aachen
www.verlag-mainz.de

Umschlaggestaltung: Dietrich Betcher

ISBN-10: 3-96123-018-8
ISBN-13: 978-3-96123-018-1

Fast alle Namen sind erfunden; Ähnlichkeiten mit existierenden Personen, Firmen, Institutionen und einem Fußballklub sind meist nicht beabsichtigt.
Verkehrswende? Daraus ist in Deutschland allerorten Straßenkampf um jeden Quadratmeter Asphalt geworden.
Dieses Buch spielt beispielhaft in Aachen. In anderen Städten ist die Situation ähnlich.
Alles ist gendergerecht gedacht. An markanten Stellen gibt es sachdienliche Hinweise.

Inhalt

Radmenschen

Damian Vermeer, Lebenskünstler und verliebter Held
Filip Heinen, fülliger Mathelehrer
Franziska Vallet-Byaruhanga, redefreudige Krankenpflegerin
Esther von Essen, giftige Steuerfachgehilfin
Dr. Erik Kerken, der Gelassene
Camilla Maaß, die Korrekte
Lynn Ayneburg, die Abwägende
ChrisTina Weckstein, Schauspielerin und Visionärin
Adel Trabelsi, IT-Fachmann auf der Jagd
Tine Wimmer, gemächliche Seniorin
Tim Schwoll, Technikfreak
Thomas Kulle, Optiker
Sabine Limb(o)urg, Inhaberin Modegeschäft
Leonora Terzi, junge Stadtplanerin aus der Schweiz
dazu Astrid, Waltraud, Davide, Marcel, Rory, Paul, Harry, Heino, Janusz, Henryk samt seiner virtuellen Marek-Brigade und andere

Im Liebesland

Ariane Colling, Damians Alemannia-Liebe, Werbeagentur *Tu et*
Toni Kirsch, Damians weiser Freund
Pam, Arianes Freundin und Anbahnungsberaterin

Automenschen

Dr. Hannes und Wera Kügler, Gastgeber Habsburgerallee
Jupp und Frieda Bangemach, Metzgersleut
Marlene und Theo Veit, Pensionäre
Irmgard (»et Irm«) und Heinrich Schneiders, Pensionäre
Verena und Prof. Viktor Jütmann, Agentterroristen
Ron Rekceb, forscher ASEAG-Busfahrer, Kelmis
Carl und Arnhild Wallmann, Alt-Richterich
Helmut und Elvira Alt, Neu-Richterich

Anja und Joachim Sucker-Kulergy, im Autokampf mit Pedelec
Cornelius Schaffrath, Träumer
Cengiz Alkin und Fatih Üslümürlüçü, türkische Geschäftsleute
Dr. Gregor Müllejans, zweifelnder Dozent und Gattin Gerhild Snalins-Müllejans
Zwei smarte Rechtsanwälte ohne Namen
Dietmar Zimta, Ex-Polizist
Caroline Egyptien, Hausfrau, Zahnarztgattin
Claire Delnoye, alleinerziehendes ostbelgisches Stiefmütterchen
Marlene, Irm, Franzi, Bernadette, Walburga, Mia, Claudi als die 7 Grazien auf Radtour

Verwaltungsfachleute der Stadt Aachen

Gaby Kobranic
Ute Wegmann
Dr. Thomas Mölders
Ilka Glaske
Dr. Hans-Lothar Kurtz
Umberto Zimetmann
Dr. Paul Umweeg
Franz-Ferdinand Königshöfer, Baudirektor
Arno Blicknauser
Elfriede Jahn
Herr Subotnik, Archivar
Elly Schulte-Baumkötter, Städteregion
Die Chefin

Und sonst

Dr. Friedensreich Darjahn, Psychotherapeut
Petra Birmes, Darjahns Kollegin
Angelo Vermeulen, Supervision
namenloser Fahrer eines Junior-SUV
zwei namenlose Drittsemester E-Technik
Cees van Zwaben, Compliance-Forscher

das Fräuleinschen, Teuven
Armin Laschet, Politiker, Burtscheid
Lieke Overmars, Notfallschwester Klinikum
Hans Noppeney, Platzwart, Breslauer Straße
Manni Schmitz-Körrmann, Kriminalpolizei
Prof. Bastian Schacht, Verkehrspsychologe
Dr. Renate Peitsch, Domina im Hintergrund
die Hündinnen Wotana, Emma und Jule, sowie ein Kater mit Namen Maus

Kapitel 1

Prolog: Erwachen im Herbst

Herbst. Da war er wieder, der Herbst. Zumindest war es der erste Vorbote.

Eine fiese frische Brise blies durch den Aachener Talkessel. Damian Vermeer döste noch vor sich hin und hörte die Glocken von Herz Jesu bimmeln. Doch, Kirchen hatten auch in der heutigen Zeit noch ihre Berechtigung: Man konnte, vor allem wenn man etwas verkatert war wie er jetzt, bequem die Uhrzeit hören statt sie irgendwo mühevoll ablesen zu müssen. Zudem blieb Damian noch Muße, in den warmen Tiefen der Federn mit geschlossenen Augen Kräfte zu sammeln. Er zählte also mit: »… sechs … sieben …«, weiter bitte, na also: »acht …«, allmählich wurde es spannend, » …neun«. Ja, sehr gut. Weiter bitte mit dem Count-Up, mindestens einmal noch wäre gut. Aber: Nichts mehr. Nach neun Schlägen war Schluss.

Ganz schön früh war das noch. Früh, weil es tags zuvor halt spät geworden war, sehr spät, erst im Exil, dann im Dumont's. Freitagnacht halt, sein Ausgehabend einmal im Monat mit den Kumpels. Und oftmals auch, so wie gestern, sein sehr langer Wegbleibabend.

Oder hatte er den ersten Schlag überhört? Die Augen ließen sich schon öffnen. Blick zur Uhr: Mist, wo ist die Brille? Doch, es war wirklich erst 9.

Die Dusche hatte dann einigermaßen erfrischt. Jetzt blubberte die alte Kaffeemaschine. Das betagte Brot ließ sich noch auftoasten, und Käse nahm erst im fortschreitenden Alter so richtig Würze an, kurz bevor der Schimmel an ihm nagen wollte. Zwei Apfelschnitze dazu gaben Damian das gute Gefühl von ausgewogener, gesunder Ernährung. All das gehörte mit Mitte fünfzig zu seiner kulinarischen Lebenserfahrung.

Vor seinem Fenster sah Damian Vermeer die ersten Blätter herumwirbeln. Ein kleiner Schauer kam hinterher. Herbst, dieser Mistherbst. Damian dachte an Hanns Dieter Hüsch: Das mit den Jahreszeiten sei ja nun mal so vorgegeben, hatte der große niederrheinische Kabarettist mal gesagt. Für Damian hatte der banale Satz mit der Vorgegebenheit eine große, selbstverständliche Kraft. Ja, immer schön der Reihe nach, ohne Ausnahme, es gibt eben Dinge, die kann man nicht erzwingen. So ist das mit dem Leben, mit der Liebe und mit den Jahreszeiten. Auch der heißeste Glutsommer wie in diesem Jahr wird irgendwann zielsicher vom Herbst abgelöst. So war das schon bei den Glutsommern davor gewesen.

Aber wie vorgegeben der Herbst auch sein mochte, Damian mochte ihn nicht. Er konnte nicht verstehen, wie ihn überhaupt jemand mochte. Herbst stand für die usselige Phase des Vergehens, des Welkens, der Traurigkeit, der monatelangen Deprimiertheit. Herbst! Schon die Aussprache, fand er, klingt so verkniffen in ihrer Konsonantenkatastrophe: Herbst, dass Zunge und Lippen sich leicht verheddern könnten. »Herbst ist, wenn du sterbst.« So sagt man doch. Kein Zweifel: Herbst war eine Scheißjahreszeit und gleichzeitig ein Scheißwort. Weswegen ihn der lebenskluge Öcher lieber zum *Hervs* verkürzt und zungenfreundlich zweisilbig ein bisschen wie *Herrevs* ausspricht. Als sanfter *Herrevs,* sagte sich Damian, ließe sich auch ein harter Herbst besser aushalten. Und mit solchen Fantasien konnte er sich die drohende Niedergeschlagenheit der nächsten Monate ein bisschen schöndenken. Damian holte den dicken Pullover aus dem Schrank; ach ja: so sah der aus.

Jetzt aber los. Damian zog die Regenjacke über, setzte den Helm auf und sich auf sein schnelles Pedelec, das er gern »meine kleine Rakete« nannte. Damian war leidenschaftlicher Radfahrer. Routiniert schnellen Tritts machte er sich von seiner Wohnung am Frankenberger Park auf zum Tivoli, wo die ersten Fans gerade zum nächsten Mittelfeld-Großduell in der glorreichen Regionalliga West pilgerten. Fußball ja, das war auch sein Leben, besonders die Alemannia. Aber heute war Fußball Mittel zum Zweck. Doch, das wusste selbst er: Es gab Wichtigeres als die Alemannia. Jedenfalls manchmal. Aber warum nicht mal die angenehmen und die wichtigen Dinge des Daseins verknüpfen!?

Damian traf sich am Südost-Eingang mit seinen Mitstreitern und Mitstreiterinnen zum Unterschriftensammeln für den Radentscheid, gut anderthalb Stunden vor Anpfiff. Die anderen drei standen schon da, neben der großen bunten Radentscheid-Beachflag, die auf dem grauen Asphalt gut befestigt im Wind flatterte. Und kaum hatte er Hallo gesagt, kaum waren die Unterlagen verteilt, die Jagdgebiete aufgeteilt, ein paar Dinge knapp besprochen, da passierte das kleine Unglück schon. Ein einsames Blatt fiel ihm herunter. Ein Unterschriftenblatt, – – –

– – – Halt!, fährt es dem Autor dieses Buches durch den Kopf. Er nimmt die Finger von der Tastatur, halt! Das ist doch eine wirklich billige Nummer. Erst Herbstblätter, dann – haha – Unterschriftenblätter … also nee.

Und auch der Auftakt mit dem Herbst, Jahreszeit der Depressionen. Abschreckender kann man doch kaum ein Buch anfangen, nicht mal als *Hervs*. Wie viel zauberhafter wäre doch Frühling, aah und ooh, mit allen lockenden Assoziationen wie Knospen, Verheißung, Jahreszeit des Aufbruchs, ja, auch der Liebe und des Glücks. Bei diesen Herbstblättern würde sicher auch der Verlagslektor so humorlos dazwischengrätschen wie einst Alemannias Zweimeter-Zweizentner-Zweitligabriegel Günter Delzepich in die Aufbauversuche des Gegners.

Zu Beginn eines Romans gehört doch ein Knaller, etwas Schönes, Lockendes. Ein großer erster Satz, gern eine Spur geheimnisvoll. So wie bei Isabel Allendes Geisterhaus: *Bar-*

rabas kam auf dem Seeweg in die Familie … Oder das hier: *Ilsebill salzte nach …*, mit dem Günter Grass seinen Butt losschwimmen ließ. Da wollte man doch umgehend wissen, ob dieser Barrabas der Held der Geschichte werden würde und ob diese Frau komisch-klingenden Namens wohl gerade beim Fischdinner am Butt knabberte. Längst gab es ja Webseiten, die berühmte Romananfänge sammelten und bewerteten. Also, herbstliche Unterschriftenblätter würden dort sicher nie hin geweht. Da wäre eine Anlehnung an George Orwells *1984* schon passender, da war es zwar kühl wie in diesem Aachen, aber immerhin Frühling: *Es war ein strahlender, kalter Tag im April und die Uhren schlugen Dreizehn …* Mag sein, aber Herz Jesu, von den Aachenern gern auch Frankenberger Dom genannt oder sogar Öcher Sacré-Coeur, hatte nun mal nur 9 geschlagen.

Der Scheibereikollege Wim van Achteren aus Vaals hatte mal erzählt, dass es Autoren gebe, die Wochen am ersten Romansatz feilen, Dutzende Anfänge bauen, verwerfen, variieren, konstruieren, um sie alle im Papierkorb zu beerdigen. Dass es Agenturen gebe, sogenannte Roman-Start-Ups, die gegen Entgelt nichts anderes tun, als Anfänge zu komponieren und Ideen von Autoren einzudampfen oder aufzupimpen. So ein Unfug, nicht mit mir, denkt sich der Autor. Ich will doch nur vorausschauend und gewissenhaft protokollieren, was in der Radentscheidstadt Aachen passierte und was noch Ungeheuerliches passieren wird.

Und es war ja auch Herbst. Das war Fakt. Sie waren ja an einem Herbsttag am Tivoli. Es wäre unredlich, einen Herbsttag einfach in den Frühling zu verlegen. Also: Herbst bleibt! Und die Blätter bleiben auch! Sie sind ja ein wichtiger Teil der ganzen Geschichte, die diese Stadt gerade umtreibt und in den nächsten Jahren noch umtreiben wird.

Und sie dem Wahnsinn nahebringen wird.

Mir redet hier keiner rein! Sonst schlüge es wirklich nicht 9, sondern 13, mindestens. Und wer weiß, nachher meldet sich noch der arme Tropf zu Wort, dem das Blatt aus der Hand gefallen ist, er möchte nicht gleich am Anfang als unausgeschlafener Depp auftauchen. Wie heißt er nochmal, ach ja: Damian, Damian Vermeer.

Doch zu diesem Zeitpunkt weiß der Autor noch nicht, zu welch autonomem, ja stellenhaft aufbegehrendem Eigenleben Romanfiguren heutzutage fähig sind. Oder dass ihnen Dinge passieren können, die so nicht geplant waren. – – –

Das Unterschriftenblatt für den Radentscheid jedenfalls trudelte genau in Richtung einer Pfütze. Es tanzte fast schon hernieder, schelmisch, schmiegte sich in den Wind und gab sich mit aller Leichtigkeit der Schwerkraft hin. Aber wie poetisch man die Bewegung auch beschreiben würde, es ging bergab. Erdanziehung war ebenfalls vorgegeben. Pflatsch!

Damian hatte noch erfolglos nachgesetzt. »Mist«, grummelte der Mann mit den Wuschelhaaren und der sanften, tiefen Stimme. Er zog das tropfende Papier aus der Lache. »Wartet einen Moment«, brummte er zu seinen Mitstreitern, »ich trockne es schnell ab. Hoffentlich bleibt alles leserlich.« Das sollte es allerdings, sagte Mitstreiterin Esther von Essen, »sonst zählt dat vielleicht nich. Sind ja schon drei Autogramme drauf.« Die vier befürchteten, das Rechtsamt der Stadt würde womöglich unerbittlich sein und Blätter mit kleinsten formalen Verstößen, womöglich schon Verschmutzungen, trophäenhaft aussortieren. Weil etwa ein Tom Reissen auch Tom Reisser hätte heißen können. Dann wäre er keinem der wahlberechtigten 195.000 Printenstädter eindeutig zuzuordnen – also ungültig! Damian tupfte das Pfützenblatt ab und legte es vorsichtig in seine Mappe.

»Auf geht's. Sammeln wir.«

Kapitel 2

Der Widerstand

Drei Jahre später hatte sich Aachen sehr verändert.

Der Radentscheid war beschlossen. Längst begehrten Autofahrer und Autofahrerinnen auf. Immer wütender waren sie geworden.

Die Stadt hatte vereinzelt begonnen, neue Radwege zu bauen. Den Autos wurden so tatsächlich die ersten Habitate genommen, Parkplätze, gewohnte Strecken und Spuren, wenn auch bislang nur stellenweise. Andere Wegstücke aber standen längst auf der Todesliste. Wo soll man denn noch mit dem Auto fahren? Alles für diese Radfahrer, von denen es doch überhaupt nur sehr wenige gibt. Unverschämtheit! Nichts als Privilegien für Minderheiten. »Eine links-grün versiffte Bande von Rad-Ideologen«, so sagten sie, wolle das schöne Aachen zerstören.

Das wollte sich die Mehrheit auf vier Rädern nicht länger gefallen lassen. Leserbriefe, Proteste und all ihre Argumente in Dialogveranstaltungen, ob online oder beim Bürgerforum, hatten wenig genutzt.

Jetzt wollten sie ernst machen.

Wochenlang hatten sie sich unerkannt auf ihre aufrüttelnde Aktion vorbereitet, eine Aktion, wie sie Aachen noch nicht erlebt hatte. Darüber würde man noch Jahre später sprechen. Ihr Spektakel würde, nach all den Schikane-Planungen um eine Verkehrswende, in die Geschichtsbücher »als Tag der Halse« eingehen, wie eine sagte, eine begeisterte Seglerin vom Rursee. Ein anderer prophezeite: »Das wird der Anfang vom Ende dieser Radautobahnen sein.«

Kapitel 3

Die Sammlung am Tivoli, Teil I

»Radautobahnen« – dieser wunderbar absurde Begriff war den Unterschriften-Sammlern am Tivoli, damals im Herbst 2019, noch unbekannt. Mit großem Eifer waren sie bei der Sache. Vor allem die resolute Franziska Vallet-Byaruhanga, Krankenpflegerin von Beruf, schien geradezu gierig, mit allen Mitmenschen ins Gespräch zu kommen. »Wir wollen sichere Radwege und Kreuzungen … umbauen, ausbauen … getrennte Busspuren, abgetrennte Radwege. Keine schmalen Streifen zwischen parkenden Autos rechts, eng vorbeirasenden Autos links und davor manchmal noch Karossen, die mal eben abgestellt worden sind …« Schließlich das Joker-Argument: »Würden Sie Ihr Kind auf die jetzigen Pisten des Grauens lassen?«

»Naja, nein«, hörte sie dann meist, und es gab die nächste Unterschrift.

Häufig hörte sie jedoch Sätze wie: »… aber die Radfahrer müssen sich auch mal an die Verkehrsregeln halten.« Franziska kannte das: Schnell das Thema umdeuten. So machten es viele, immer wieder. Dann musste man immer eine Tirade von schrecklichen Erlebnissen über sich ergehen lassen, mal von sogenannten Radrüpeln ohne Licht, mal von angeblich unverschämten Manövern auf Fußwegen, von Rotlichtabbiegern, von Radfahrern, die überhaupt immer und überall machten, was sie wollen, die nicht klingelten und man sich dann so erschreckte, wenn sie plötzlich ganz eng neben einem auftauchten …

Klar, das gab es. Die einen sagten: vereinzelt, die anderen sagten: dauernd. Solches Rüpeltum war auch nicht weiter zu verteidigen. Aber machte es Sinn, das aufzurechnen? Natürlich nicht.

Franziska war sich zudem sicher, dass insbesondere der

Anklagepunkt mit dem Nichtklingeln andere Gründe haben konnte: Der Überholte, gern im Rentneralter, hatte halt vergessen, sein Hörgerät einzuschalten. Sie selbst, die jeden Tag mit dem Pedelec nach Stolberg zur Arbeit fuhr, hatte sich schon mehrfach die Finger wund gebimmelt und vor ihr: Keine Reaktion.

Aber das sagte sie jetzt natürlich nicht. Ihr Langmut hatte Franziska während solcher Empörungsmonologe jedes Mal über alle Hürden hinweggeholfen. Immer hatte sie einfach freundlich gelächelt: »Einverstanden, nicht jeder Radfahrer hält sich immer eisern an alle Regeln. Das findet niemand gut, das kann nerven. Aber sagen Sie das auch mal den beiden Radfahrerinnen, die dieses Jahr in Aachen getötet wurden. Die würden ihre Wünsche sicher liebend gern befolgen.«

Das saß immer.

Gerade hatte sie wieder jemanden ins Gespräch verwickelt. Und das hieß, er oder sie würde nicht entkommen, nicht bei Franziska, ohne den Stift zu zücken, selbst wenn es sich um einen SUV-Fahrer mit bescheidenem Hirnhintergrund handelte. Hier am Stadion aber stieß selbst Franziska manchmal an ihre Grenzen: »Ich hatte auch schon einige, wie soll ich sagen, interessante Begegnungen«, erzählte sie in einer kleinen Pause, »einer hat gesagt ›Ich bin kein Fahrradfahrer, ich bin Alkoholiker.‹«

»Hmmm«, sagte Filip, der vierte im Bunde, und bemühte sich ernst zu bleiben.

»Eine andere Frau hat mich auch ganz geschickt abgewimmelt.« Franziska machte eine Kunstpause, bis Esther endlich fragte: »Wie denn?«

»Die sagte ›Geht nicht, Kind. Ich kann nicht schreiben.‹ Und ich muss ehrlich sagen, ich hab es ihr geglaubt.«

Die Menschen strömten derweil weiter in den Tivoli, einige tausend, so wie sie es immer tun, alle vierzehn Tage. Es war ja auch sehr wichtig, ob es dem einstmals dreifachen

FC-Bayern-Serienbezwinger (2004, 2006, 2007), der damit zum Rekordpokalsiegerrekordrauswerfer geworden war, gelingen würde, auch den heutigen Gegner SV Rödinghausen zu schlagen? Zuletzt war das gegen andere Liga-Giganten wie Bergisch Gladbach 09 oder den SC Wiedenbrück fast gelungen.

»Kein leichter Termin hier«, sagte Damian nach einer guten halben Stunde. Kaum zwei Dutzend Unterschriften waren es bislang bei allen vier zusammen. Bei vergleichbarem Andrang kam man woanders, bei Konzerten oder Bürgerfesten, zu zweit locker auf die doppelte oder dreifache Zahl. Vielleicht weil beim Fußball nicht so viel radaffines Publikum auftaucht?

Mit dem Rad fahren ohnehin nur wenige zu einem Fußballstadion. Das hat mehrere Gründe. Da ist zunächst das rituelle Vorglühen. Das findet seit Erfindung von Verbrennungsmotor und Ball auf der Fahrt zum Stadion im Automobil oder im Bus statt. Das Leeren erster Bierportionen funktioniert auf dem Rad deutlich schlechter. Von solchen Vorbedingungen wussten auch die Radenthusiasten. Und sie sahen sich am Stadion um. Hier vorne an der Krefelder Straße gab es ganze sechs Radbügel. Sechs – bei einem Stadion für fast 33.000 Menschen. »Ist das nicht herrlich lächerlich?«, sagte der Mathematik-Lehrer Filip Heinen. Außerdem, meinte er, wenn man ein solches Monsterparkhaus in die Wiesen setze wie hier, das über 300 Tage im Jahr fast ungenutzt herumsteht, »fahren viele sicher auch aus Mitleid mit dem Auto«.

Tatsächlich gab es hinten am Parkhaus auch noch eine Menge Abstellplätze für Räder, wenn auch eher von der Sorte Speichenbrecher. Die sind halt billiger, und Sparen muss man einem klammen Club wie der Alemannia nach zwei Insolvenzen zugestehen, entschuldigte Damian seinen Herzensverein. Kurz vor 14 Uhr, also fast zur Anstoßzeit, kam Franziska schließlich von dort zurück. Sie wedelte mit ein paar Unterschriftenlisten.

Kapitel 4

Vorbereitungen zur weltersten Critical Car Mass

Über ein Jahr lang hatten sich die Empörten in der »Initiative Autoentscheid: Die 157.000 Aufrechten« getroffen und um ihr Aachen gekämpft. Hier waren Menschen aus der ganzen Stadt versammelt, ob Studierende, Handwerker, Lehrerinnen, Geschäftsleute, Juristen, Pensionäre. Die Gruppe war hervorgegangen aus den vielen kleinen Nachbarschaftsinitiativen in Straßen, wo wieder wertvoller Parkraum vernichtet werden sollte, Fahrbahnen eingeengt und, wie perfide, sogar Bäume geschlagen werden sollten. Die Autoaktivisten hatten Netzwerke geknüpft, auch in die Verwaltung, bisweilen in die Politik hinein. »Es sind nicht alle in Aachen radhörig«, hatte einer geunkt, »wir haben Verbündete, wichtige Verbündete, auch ganz weit oben«.

Ihre Idee: Eine Critical Car Mass. Sie wollten im Verband durch Aachen fahren, viele Autos in Kolonne, kreuz und quer, ringsherum und längsherum, eine massive Demonstration des Widerstands. Und immer nur eine Person pro Auto – das hieße mehr Autos; so würde das Ganze noch mehr Eindruck machen. Viele dutzend Mitstreiter und Mitstreiterinnen hatten schon vor Wochen spontan zugesagt, jetzt waren es schon deutlich über hundert, vielleicht auch zwei- oder dreihundert, denn alle hatten noch Nachbarn und Nachbarsnachbarn begeistern können. »Wir werden immer mehr. Und niemand hält uns auf«, frohlockte einer der Aufständischen.

Eine war die Zahnarztgattin Caroline Egyptien. Sie hatte aus den jüngsten Liquidationserlösen ihres Mannes für private Mundhöhlensanierungsdienstleistungen noch eine geheimnisvolle Zeitungsanzeige für den Tag X vorbereitet:

eine halbe Seite, schwarz-rot-gold umrandet, augenfällig groß stand da: »Gegen die Radpflicht! Heute Innenstadt 11 Uhr, überall. Für ein lebendiges Aachen.«

Caroline Egyptien erinnerte nicht nur wegen des Vornamens an Caroline Reinartz, die 2017 verstorbene Aachener Immobilienmaklerin: Zu allem was sagen, gern im Öcher Slang, sich vehement einmischen, mahnende Leserbriefe in Serie schreiben, Bürgerfragestunden mit Antragsfluten fast sprengen und die happigen Courtagen als Maklerin auch mal in eine aufrüttelnd gedachte Anzeige in den Zeitungen investieren – so wie hier. Alles immer in großer Sorge um Oche wie Oche immer war und ewig sein sollte. Amen.

Einer der Wortführer, Busfahrer bei der ASEAG, wollte sogar mit einem Linienbus (»Dienstfahrt. Nicht einsteigen.«) an der Kolonnen-Demo teilnehmen, hatte dann aber einsehen müssen, dass das nicht umzusetzen war. »Die Disponenten bei der ASEAG sind wahrscheinlich auch heimliche Radfahrer«, versuchte er das Scheitern seiner besonderen Idee schließlich anderen in die Schuhe zu schieben. Die Opferrolle – sehr bewährt für das innere Gleichgewicht. Und sie gab Extrakraft im Straßenkampf.

Beim letzten Vorbereitungstreffen waren noch rechtliche Fragen aufgetaucht. Einer der beiden smarten Anwälte der Initiative hatte Paragraph 27 Straßenverkehrsordnung zitiert: »Bei Kraftfahrzeugverbänden muss dazu jedes einzelne Fahrzeug als zum Verband gehörig gekennzeichnet sein.« Kennzeichnen? Die naheliegende Idee: Transparente und Plakate in die Seitenscheiben, aus Fenstern und Schiebedächern wehen lassen. Das sollte reichen. Und der Anwalt hatte gesagt, man dürfe höchstens mit 99 Fahrzeugen teilnehmen, sonst sei die Aktion genehmigungspflichtig. »Wir sind bestimmt mehr«, merkte jemand an, »aber dann fahren wir eben mit drei oder vier Critical Massen hintereinander.«

»Du bist ja ein ganz Ausgekochter«, hatte ihn seine Frau gelobt. Ja, es gab für alles eine Lösung.

Die meisten hatten tatsächlich Plakate gemalt oder kleine Transparente gebastelt. Auf den Losungen war alle Kraft ihrer Argumente versammelt:

»Schluß mit der Fahrrad-Diktatur.«

»Autos möchten auch nur leben.«

»Stoppt die Zweirad-Heinis.«

»Stopt die Radautobahnen.«

»Speichenterroristen raus aus unserer Stadt.«

»Auch wir haben Rechte.«

Ein türkischer Geschäftsmann vom Adalbertsteinweg (Obst und Gemüse) hatte die Mitstreiter und Mitstreiterinnen noch mit landsmannschaftlichen Kenntnissen briefen können. »Wir Türken haben eine große kulturelle Erfahrung. So eine Automasse mit Hintereinanderherfahren in der Kolonne machen wir ja oft, neulich noch die Hochzeit meines kleinen Bruders. Alle waren da: Eltern, Schwiegereltern, Großeltern, meine anderen Brüder, Onkels, Cousins, Schwager, viele Nachbarn, gute Freunde, auch meine kleine Schwester und die Cousinen. Alle Autos waren richtig fett geschmückt, mit Blumen und Luftballons. Und ganz wichtig ist: immer hupen. Hupen ist doch auch eine Form von Kennzeichnung, wie sie der Anwalt vorgeschlagen hat, oder?« Hupen gefiel allen sehr gut.

So waren alle bereit. Und der Treffpunkt? Einer meldete sich noch zu Wort: »Wir können auch Anlauf nehmen.« Das gab irritierte Blicke.

»Laufen? Wie jetzt?«

»Also, wir treffen uns vielleicht Aachen-Ost an der Autobahnraststätte und fahren dann in einer Kolonne in die Stadt – mit großem Hupkonzert.« Der Anwalt riet ab: »Das gefällt der Polizei nicht, wer weiß, was da passiert. Lieber einsickern in die Stadt und dann: Crescendo!« Einsickern klang auch mehr nach Guerilla, nach Anarchie – eine Welt, die den Autoaufständischen *eo ipso* nicht so geläufig war, hier aber als sehr zielführend angesehen wurde.

Sie einigten sich auf den Treffpunkt Bendplatz, von allen Seiten gut erreichbar, um von dort in wirkmächtiger Kolonne die Stadt zu durchqueren und zu umfahren, überall, unaufhaltsam. So viele Autos! Blinkend. Türkisch hupend! Wir sind hier, wir sind laut, weil ihr uns die Straßen klaut!

Kurz: Ein Fanal stand bevor. Aachen würde dank der womöglich weltersten Critical Car Mass endlich aufwachen. Schluss mit den Radautobahnen! Es darf nie so werden, wie diese egoistischen Speichenheinis es gern hätten.

Kapitel 5

Die Sammlung am Tivoli, Teil II

Franziska Vallet-Byaruhanga von den Speichenheinis kam also mit neuen Unterschriften vom Tivoli-Parkhaus zurück.

»Das sind noch mal 23.«

»23?«, sagte Filip, »das war Reghecampf«.

»Bitte?«

»Ein ehemaliger großer Spieler der Alemannia. Laurențiu Aurelian Reghecampf, Rumäne, Rückennummer 23, zweifacher Torschütze beim 4:2 gegen die Bayern, 2006. Der Öcher sagte Rejelkamps für ihm.«

»Meinetwegen. Weißt du, wo Damian ist?«

»Drin.«

»Wie drin?«

»Im Stadion.«

»Was will er da? Im Stadion zu sammeln hat die Alemannia doch verboten.«

»Er will das Spiel sehen.«

Franziska überlegte einen Moment. »Warum?«

»Vermutlich interessiert es ihn?«

»Ich werde nie verstehen, was Menschen am Fußball so gut finden.«

Diesen Satz kannte Filip zur Genüge. »Sie gehen dahin, weil sie nicht wissen, wie es ausgeht. Hat Herberger mal gesagt. Für dich: Das war ein früherer Bundestrainer.«

»Herr Berger? Aber ich weiß auch nicht, wie es ausgeht und gehe trotzdem nicht rein.«

Eine beeindruckende Logik, das musste Filip anerkennen. Nur, hier ging es um die Unlogik des Fußballs.

»Er kann doch Sportschau gucken«, setzte Franziska nach, »dann erfährt er, wie es ausgegangen ist.«

»In der Sportschau ist die Alemannia schon lange nicht mehr.«

»Ach.«

»Das ist ja das Traurige, und nicht nur aus sportlichen Gründen.« Filip versuchte, Franziska die große soziale Kraft des Fußballs zu erklären: »Fußball verbindet die Menschen, im Stadion, im Geiste, in Gedanken. Ein Freund von mir aus dem tiefsten Bayern hat vor vielen Jahren mal gesagt, immer wenn er im Fernsehen was von Alemannia Aachen hört, würde er an mich denken, weil ich ja in Aachen lebe. Das fand ich rührend. Schön, oder?«

»Naja ...«

»Und das gilt natürlich für alle, überall. Bei Kickers Offenbach denke ich an meinen Studienfreund Säggel Kunter aus der KBW-Gruppe an der Uni Frankfurt, beim VfB Stuttgart an die wunderbare Sara Samtle, eine Weile meine schwäbische Geliebte, lange her, hach ...« Er atmete einmal hörbar durch. »Wer weiß, vielleicht hast du auch einen heimlichen Verehrer, irgendwo, der schmachtend an dich denkt, wenn er Alemannia Aachen liest oder hört.«

Franziska lachte auf: »Nicht, dass ich wüsste. Und ich brauche auch keinen weißen Mann.«

Wie schade, dachte Filip, keine Romantik, keine Fantasie bei den Frauen. Und: war ihre Bemerkung mit dem weißen Mann jetzt umgekehrter Rassismus? Oder bei ihm eine angstbesetzte klassische Fehldeutung? Franziska war seit vielen Jahren, allem Anschein nach sehr glücklich, mit Dr. Erias Byaruhanga aus Kampala, Uganda verheiratet, Oberarzt an ihrem Klinikum.

»Ich sagte doch: heimlich. Aber egal: Ich hab noch ein Beispiel. Mein Freund Thomas Tron, ein ganz komischer Vogel. Der lebt in Hamburg, ist aber, eine völlig unlogische Kombination und wahrscheinlich einmalig: glühender Fan der italienischen Nationalelf und von Hertha. Und immer, wenn ich ...«

»Hertha?« Wenigstens hatte Franziska nicht gefragt, ob Hertha seine heimliche Verehrerin ist.

Filip gab auf. »Hertha BSC, ein Fußballklub aus Berlin.« Aber, wo er schon von ihm redete, den Thomas müsste er unbedingt mal wieder anrufen. Und was aus dem dünnen

Säggel wohl geworden ist?
Nach gut anderthalb Stunden gab es eine nur einigermaßen erfolgreiche Bilanz: »100,5 Unterschriften haben wir zusammen«, bilanzierte Franziska.

»Warum Komma 5?«

»Weil eine ziemlich unleserlich ist. Weiß nicht, ob die zählt.«

»Das sollte dann wohl ein kleiner Scherz sein, mit den 100,5?«, fragte Esther angriffslustiger als die Alemannia zuletzt je gespielt hatte.

»Äh, ja, nicht gut?«

»Mich macht dieser Auto-Sender 100,5 aggressiv, genauso wie diese Antenne AC. Da wird das Brumm ergo sum dermaßen hofiert, jeder Cent Steuererhöhung auf Benzin zur Abzocke hochgejammert und rauf und runter nur Staumeldungen verlesen und diese fürchterlichen Blitzerwarnungen durchgegeben. Wahrscheinlich senden die längst herumfahrend von einer Autobahn. Ich warte noch drauf, dass die mal davon sprechen, ein Auto sei bei einem Unfall verletzt worden. Und wenn du bei denen auf Facebook die Kommentare zum Radentscheid liest, kriegst du Angst, dass da bald Jagd auf uns gemacht wird. Es ist dermaßen e-kel-haft!«

»Hmmm, wahrscheinlich hast du Recht. Also hundert Unterschriften und vielleicht eine dazu. Aber, sag mal, Filip, wie viele Leute passen eigentlich in das gelbe Ding?« Franziska meinte das Stadion. 32.900, wusste Filip sofort.

»Das wäre doch ein gutes Ziel am Ende, Radentscheid füllt den Tivoli.«

»Tolle Idee«, meinte Esther. »Ob wir das schaffen?« Bei der letzten Zählung vor ein paar Wochen waren es erst knapp 25.000.

Aus dem Stadion hörte man den ewigen Moonen die Aufstellungen verlesen. Robert Moonen ist Stadionsprecher seit 1973, als die Sportschau noch kaum erfunden gewesen war.

»Alemannia hurra – wir sind wieder da«, schepperte es aus den Lautsprechern.

»Noch«, dachte Filip, »immerhin noch da«.

Kapitel 6

Der Entscheid: Euphorie, Tristesse und Hungersnot

Seit dem Herbst 2019 war die Stadt Aachen eine andere geworden. Erst hatten hunderte Menschen Unterschriften gesammelt wie zum Beispiel am Tivoli, 38.185 Autogramme waren bis November zusammengekommen, danach hatte der Stadtrat den Radentscheid beschlossen. Es war der erfolgreichste in ganz Deutschland geworden. Fast zwanzig Prozent aller AachenerInnen hatten unterschrieben.

Doch bald waren die Verhältnisse aus dem Ruder gelaufen. Die Stadt war gespalten.

Eben noch *Freie Fahrt für Freie Bürger*, jetzt die nackte Angst, dass Autofahren unverschämt erschwert wird. Wenn nicht sogar, wer weiß, dass es bald gar nicht mehr geht.

Eben noch Euphorie um eine nahende Verkehrswende, jetzt die große Ernüchterung, weil die Umsetzung so überaus stockend lief. Eben noch Aufbruch, jetzt Tristesse.

Eben noch die schöne Gewohnheit, jetzt Wut. Wegewut.

Je mehr Verwaltung und Politik von Dialog sprachen, desto giftiger wurde das Klima.

Längst herrschte Straßenkampf, ein Kampf um jeden Quadratmeter Öcher Asphalt.

Filip Heinen saß am Schreibtisch in seiner Wohnung in der Burtscheider Gregorstraße, kramte in alten Unterlagen und überlegte, wie es dazu hatte kommen können. Waren wir zu naiv? Warum ist das nicht eine akzeptable Selbstverständlichkeit: eine bessere Radinfrastruktur, eine gerechtere Aufteilung der Verkehrsflächen, vorneweg geschützte Radwege von zusammen vierzig Kilometern Länge an Hauptverkehrsstraßen, sicherer Umbau von Kreuzungen, dazu tausende Radbügel für ein sicheres Abschließen? Weniger Autoverkehr, weniger Parkblech. Eine lebenswertere Stadt sollte allmählich entstehen. So was muss doch möglich sein, sagte er sich. Zumal in Zeiten, in denen viel von Verkehrswende die Rede ist und von zwingend notwendiger Klimaneutralität.

Filip war schon dabei gewesen, als sie 2018 mit einem Dutzend Leuten begannen, über ein Bürgerbegehren nachzudenken, so wie es in einzelnen anderen Städten auch passiert war. Ab Mai 2019 hatten sie sechs Monate lang Unterschriften gesammelt: auf der Straße, bei Konzerten und Lesungen, bei Freunden und Freundinnen, und einmal eben auch am Tivoli. In 330 Sammelstellen lagen Unterschriftenmappen aus: Kneipen, Arztpraxen, Apotheken, Bioläden, kirchliche Einrichtungen von Misereor über die Evangelische Studierendengemeinde bis zur Moschee in der Elsassstraße, von der Eisdiele Delzepich bis zum Golfclub in Belgien. Firmen wie die *AachenMünchener* oder der Softwareriese *Inform* in Oberforstbach legten hausintern die Listen für ihre Mitarbeiter und Mitarbeiterinnen aus. Beide Unternehmen hatte Filip angesprochen, darauf war er stolz. Zusammen waren alleine dort an die 400 Unterschriften zusammengekommen.

Seine Frau und er hatten maßgeblich mitformuliert an den Wünschen, wie sie auf den Unterschriftenlisten standen. Filip kramte einen alten Flyer hervor: »Wir wollen eine lebenswerte Stadt, in der sich jeder Mensch sicher und konfliktfrei bewegen kann. Dafür brauchen wir einen zügigen Ausbau der Rad-Infrastruktur. Bessere Infrastruktur für Radfahrende sorgt für weniger Stau, Stress, Lärm und Abgase im öffentlichen Raum. Sicherheit für Rad- und Fußverkehr muss dabei stets vor Leistungsfähigkeit gehen. Angst und Unsicherheit hält viele vom Radfahren ab. Wir erwarten vom Radentscheid Aachen ein entspannteres Miteinander, gesünderes Stadtklima, bezahlbare Mobilität und mehr Lebensqualität für alle.«

Zwei Dutzend vollgepackte Ordner hatten sie dem Oberbürgermeister übergeben. Das Rechtsamt der Stadt hatte die Unterschriftenlisten akribisch geprüft, bis das erforderliche Quorum von knapp 8.000 Stimmen bestätigt war. Mit der fast einstimmigen Zustimmung des Stadtrates war der Radentscheid ein festgeschriebener Bestandteil der Aachener Stadtpolitik geworden und Verpflichtung, die Forderungen bis 2027 umzusetzen. Bislang passiert: fast nichts.

Filip erinnerte sich genau an die »fast schon heilige Stimmung im Ratssaal«, wie seine Frau direkt danach so verblüfft wie angetan gesagt hatte. Selbst Ratsleute aus SPD und CDU, die damals noch gemeinsam die Mehrheit hatten, hatten das Bürgerbegehren geradezu frenetisch gefeiert und von einem historischen Tag gesprochen. Die Stadt war froh, dass ihr ein klares Mandat gegeben war, um der notwendigen Verkehrswende einen richtigen Schub zu geben. Von Verkehrswende war ständig die Rede, vom Umbau einer sterbenden City. Aachen sollte nachhaltig zukunftssicher gemacht werden, klimaneutral, umweltfreundlicher. Schließlich hatte die Stadt schon im Juni 2019 den Klimanotstand ausgerufen.

Die »lebenswerte Stadt« anstelle der vorherrschenden Autowüsteneien war ein zentraler Begriff. Aber es ging noch besser. Damian hatte das Interview in der *Süddeutschen Zeitung* mit Prof. Agnes Förster entdeckt, der Inhaberin des Lehrstuhls für Planungstheorie und Stadtentwicklung an der RWTH. Sie hatte gesagt: »Wir sehnen uns nach der sinnlichen Stadt.«

Entspannteres Miteinander, sinnliche Stadt? Die schnöde Wirklichkeit war widerständisch und hartnäckig. Einerseits erwartbar im Alltag: Was schert mich der Klimanotstand, ich muss noch schnell mit dem Wagen in die Stadt, Besorgungen machen. Ich auch, ich auch, sagten viele andere. Zum Beispiel Sonnenschirme und Ventilatoren gegen die Hitze kaufen. Oder einen Rasensprenger gegen die Trockenheit. Andere posten dröhnend herum, bis sie wieder zur Tankstelle mussten. Oder sie sagten: Ich fliege nach Malle, das ist gut fürs Öcher Klima, denn dann fahre ich in Aachen ja kein Auto. Wir sind doch alle für den Klimaschutz! Wir auch, wir auch, riefen die Stadtbediensteten im Chor, aber die Vorschriften, die Politik, die Eitelkeiten von Bezirksfürsten, die Rücksichtnahmen. Es ging nicht voran. Anfangs hieß es noch: Anlaufschwierigkeiten. Aber die schienen nie zu enden.

Denn kaum war der Radentscheid beschlossen, hatten die erbitterten Streitereien begonnen. Viele AutonutzerInnen machten mobil: Sie witterten ideologische Bevormundung und eine Attacke auf ihre gewohnte Lebenswelt. Anwohner rebellierten, weil sie Parkplätze und Fahrspuren gefährdet sahen, vermeintlich angestammte Rechte also der heilen Autowelt, die über Jahrzehnte alimentiert worden war. Wie oft allein er Nachbarn, Exkollegen und notorischen Autolenkerinnen das demokratische Instrument eines Bürgerbegehrens erklären musste, dachte Filip Heinen. Manche konterten, lächelte der Mathematiker jetzt, als emsige Schnellrechner, dann hätten ja achtzig Prozent nicht unterschrieben! Die Mehrheit!

Leserbriefe in den Aachener Zeitungen erschienen, unzählige Posts in sozialen Netzwerken. Sie hatten manchmal durchaus Niveau und Argumente, ob pro oder contra. Oft gerieten sie aber zu absurden Verdrehungen oder Verdächtigungen. Plumpe Verschwörungen waren dabei, etwa, dass jetzt alle zu Radfahrern umerzogen werden sollten. Einer schrieb von »Radfahrunsinn«, einer von »blinder Fahrradgeilheit«. Eine Melange aus Spekulationen, Mutmaßungen (»Profilierungssucht Einzelner«), Fake News und Alternativen Nichtnews wurde zusammengebraut.

Gut, dachte Filip, das sind heutzutage Üblichkeiten im modernen Meinungsbildungsprozess. Man glaubt etwas zu wissen oder zu ahnen, zieht seine Schlussfolgerungen (»So geht Aachen kaputt«) – und schreit es hinaus. Argumente? Nebensache. Likes und Retweets gibt es trotzdem oder gerade wegen der Lautstärke. »Nur Bill Gates wurde als Drahtzieher für Aachens nahendes Ende nicht enttarnt, noch jedenfalls nicht, soweit bekannt. Und Corona ist auch nicht wegen Radfahrern ins Land gekommen. Oder, wer weiß!?«, so hatte es neulich noch eine Mitstreiterin beim Radentscheid-Treffen spöttisch formuliert.

38.185 Unterschriften, das hieß tatsächlich: Tivoli ausverkauft und gut 5.000 stehen noch vor dem Stadion. Ein paar Tage nach dem Ratsbeschluss, erinnerte sich Filip, hatten sie beim Bier herumgealbert und mit schneller Netzrecherche festgestellt, welche Wichtigkeit die Zahl 38.185 hatte, weltweit sogar. 38185, hatte Esther herausgefunden, ist die Postleitzahl der litauischen Gemeinde Panevėžys – vielleicht aus numerischen Gründen Aachens neue Partnerstadt, hatte der Zahlenmensch Filip angeregt. Andere feierten Funde wie diese: 38185 ist die Typenbezeichnung eines Edelstahl-Sparschälers oder für den Turnbeutel *Refresh*. Und 38185 hat sogar mehrfach Autobezug: als Koppelstange für eine Vorderachse, bei Renault für ein Reparaturset.

Und, ganz unter uns: Seit dem allerersten Tastenhieb spekulierte der Autor auf 38.185 als Mindestverkaufszahl dieses Buches. Er wusste, der Titel ist schon heute ein Gruß an die UnterschreiberInnen, denn ohne jeden einzelnen und jede einzelne hieße das Buch anders. Und, war der Autor sicher, mindestens 38.185 Autobesitzer und -besitzerinnen würden nach Lektüre des Buches wahrscheinlich beschämt ihren Wagen abschaffen.

Doch nicht herumträumen, der Blick sei auf die Dokumentation der Ereignisse gerichtet: Filip und seine MitstreiterInnen hatten schnell die Mühen der Ebene kennengelernt. So ein Bürgerbegehren Radentscheid leiert man nicht an, führt es durch, bringt es erfolgreich zu Ende, es wird Teil der Politik und fertig ist man. Vielmehr fing die Arbeit erst an. Es ging an die Umsetzung, und das war und ist zunächst Aufgabe der Verwaltung: Strecken aussuchen und qualifizieren, Pläne ausarbeiten, alles im Spinnennetz von

Paragrafen, Verordnungen und der eigenen Gewohnheit. Acht neue Stellen für Radwegbau wurden ausgeschrieben. Aber es hakte. Es hatte noch kurz vor Corona gehakt, es hakte während Corona, und es hakte auch nach Corona. Bei den nächsten Viren würde es wahrscheinlich auch haken. Und ohne Pandemie auch.

Das hatte zunächst quasi historische Gründe, wie Mitstreiterin Lynn mit ihrer Erfahrung aus politischen Gremien wusste: Wer jahrzehntelang fast nur Straßen gebaut und am Rand ein paar Pflastersteine zu Fußwegen zusammenfügt hatte, musste Radwegbau in vielen Details erst lernen – zum Beispiel über Designelemente für den radsicheren Kreuzungsumbau, über Aufschwellungen, sinnvolle Asphaltsorten oder die Rillenstruktur von abtrennenden Radwegplatten. Dabei konnte man gerade im Dreiländereck doch von den Nachbarn lernen: Von der Radfahrnation Niederlande sowieso, auch mit den Drempeln, die dort so vorbildlich zahlreich zur Temporeduktion verbaut sind. Und in Kombination auch von Belgien: Filip hatte nach der Umgestaltung des Dörfchens Gemmenich nebenan abgeflachte Längs-Drempel in der Mitte von Kurven entdeckt: Sie verhindern sehr wirkungsvoll das Schneiden von Kurven. Sogar die Belgier sind also im Straßenbau Vorbild, hatte Filip zu seiner Frau Gabriela gesagt. Deren Antwort: »Passt doch, Liebling, ein Belgier hat ja auch den Asphalt erfunden.«

So hatten die Spezialisten vom Radentscheid einiges an Expertise zusammengetragen. Und apropos Niederlande: Die Fachgruppe Wegebau des Radentscheids hatte der Stadt sogar Lieferadressen vorgeschlagen, wo man, in Holland natürlich, die besten und griffigsten, rot gefärbten Harzgummi-Asphaltmischungen zum Wegebau bekommt. Und das auch noch preisgünstig. So sparte die stets klamme Stadt dank Radentscheid-Engagements bares Geld!

Wie man es nicht machen sollte (und lassen durfte), wusste ja jeder Radwegüberlebende in Aachen: groteske Wackelstrecken wie stadteinwärts Schanz hoch, unnötig glatte Pisten bei Regen wie Boxgraben bergab, mit Ampelmasten zugebaute Wege, dank Bodenwellen durch Wurzelwuchs designte Abenteuerstrecken überall. Und als besondere Groteske aufgepinselte Radwege, die plötzlich einfach endeten und sich in die Straße ergossen, wie auf dem Adalbertsteinweg, in Burtscheid in der Viehhofstraße oder bergab in der Zollernstraße. Dort hatte lange ein selbstgebasteltes Schild mit der lakonischen Aufschrift gestanden: »Dieser Radweg endet hier. Viel Glück bei der Weiterfahrt«. Filip hatte dieses Schild geliebt, weil es vieles über die Realität erzählte. Im Frühjahr 2021 war es plötzlich weg gewesen. »Sicher ein Auto«, hatte Esther geätzt.

Aachens toxisches Tohuwabohu hielt viele Menschen vom Radfahren ab, das wussten alle. An vielen Hauptstraßen gab es zudem gar keine Radwege, dahin trauten sich ohnehin nur nervenstarke Velo-Routiniers, und die auch nie mit dem Gefühl, einigermaßen entspannt fahren zu können. Jeder, der Aachens Straßennetz unverletzt queren wollte, musste immer, jeden Moment, das Verhalten von Autofahrern antizipieren, immer mitzudenken versuchen, was die wohl gerade denken oder mal wieder nicht denken in ihren Kabinen, was sie tun oder nicht tun: Sieht der mich? Weiß die, dass sie keine Vorfahrt hat? Biegt der da ab ohne zu blinken? Bremst der vor mir gleich einfach ab und bleibt zum Parken stehen? Wieder eine, die links blinkt und zum anderen links abbiegt, also nach rechts? Oder wieder jemand, der links blinkt und nach rechts erst mal ausholt für einen größeren Radius? Geht die Autotür da rechts gleich mit Schwung auf, oder die oder die oder die? Immer Finger am Bremsgriff, immer!

Dazu kommen als Gefahrenherd die FußgängerInnen auf den nicht abgetrennten Parallelwegen: Rrumms öffnet sich die Bustür und ein Schwall ergießt sich quer, wie Blinde ohne Blindenstock. Und zack, hechtet wieder einer aus dem Hauseingang, zack, steht wieder eine vor dir. Wusch, baumelt die Einkaufstüte in deinen Speichen. Um dann zu hören: »Was rasen Sie hier so!?« Hatte auch Filip nicht nur einmal gehört. Rasen, mit Tempo 20.

Dabei ist die Logik eigentlich ganz simpel: Mit mehr geschützten, sicheren, vor allem abgetrennten Wegen würde die Zahl der RadlerInnen bald steigen. Das erlebte man überall auf der Welt wie ein Naturgesetz. Und in Aachen funktioniert es auf der rege genutzten Vennbahn auch schon seit einigen Jahren. Ein gutes Radnetz gäbe weniger Autokilometer, was den Blechpiloten wiederum mehr Platz böte und Staus ersparen würde. Zudem wären diese Zweirad-Hindernisse weg von ihren Pisten. Also Win-win für alle.

Nur: das zu verstehen, schien für viele, um es vorsichtig zu nennen, nicht ganz leicht. Von den Leserbriefen zum Radentscheid hatten es Filip zwei besonders angetan: Ein Schreiber behauptete, Leute seien zur Unterschrift genötigt und gezwungen worden. Ein Skandal! Alles illegal!

Wie mag so was gehen? Das offenbarte er nicht. Filip hatte zusammen Gabriela überlegt, wie bei »Wer wird Millionär?« die entsprechende Frage vielleicht gelautet hätte. Filip kramte in den Unterlagen. Er fand den Zettel. Das war ihre Frage:

»In Aachen wurden 2019 viele Menschen zur Unterschrift beim Radentscheid gezwungen. Mit welcher Drohung am häufigsten?«

A) »Sonst mach ich dich kalt, Alter.«

B) »Kriegst einen Eintrag ins Klassenbuch/wirst exmatrikuliert/ fristlos gekündigt.«

C) »Schreib, sonst lass ich mich scheiden.«

D) »Ich weiß, wo dein Auto steht.«

Die schönsten Zuschriften in den Aachener Blättern wurden zu Realsatire. Filips No 1 war diese: Eine Schreiberin meinte, mit den geplanten Radwegen fielen so viele Autostraßen weg, dass die Stadt bald nicht mehr erreichbar sei, die Folge: die Innenstadt werde zur Bronx, Einzelhandel ade, Trostlosigkeit allerorten und dann: »… alle Geschäfte bleiben leer, dann haben wir zwar gute Luft in der Stadt, aber nix zu fressen.«

Bislang blieb eine Hungersnot aus. Man kann aber sagen, Aachen war nervös geworden, sehr nervös. Und »zunehmend ruppig«, wie Gabriele das neulich noch genannt hatte, erinnerte sich Filip.

An diesem Abend im September 2021 lud sich Filip die Online-Ausgabe der gelben Tageszeitung herunter. Er las den Text über den neuen Verwaltungsvorschlag zum Umbau der Lintertstraße in Forst. Filip traute seinen Augen nicht. Er las noch einmal. »Schatz, komm doch mal, das ist jetzt der endgültige Irrsinn«, rief er. Gabriela las mit. Als gelegentliche Radlerin unterstützte sie das Engagement ihres Mannes, auch wenn sie manchmal fand, er denke ja kaum mehr an etwas anderes als an Radpolitik.

»Guck mal, die wollen jetzt offenbar allen Ernstes nach all den giftigen Protesten der Auto-Anwohner einen Teil der Straße so lassen wie er ist, nennen das aber nicht Kapitulation, sondern ›duale Führung‹. Sie konzipieren seit Jahren eine Radvorrangroute, bejubeln sich ständig selbst und jetzt sollen Radfahrer und Radfahrerinnen dort wie immer schon unverändert ungeschützt mitten auf der Straße fahren, eng umkuschelt von den Autos, bergab auch noch, oder halt durch Nebenstraßen kurven. Das ist weder dual noch Führung, sondern ein einziger feiger Humbug. Ein Nichts. Eine Null. Ein Blaumilchkanal … Das ist Satire … Das ist Schöne Neue Welt in Aachen. Das …« Filip bekam sich nicht mehr ein. Gabriela war ebenfalls erstaunt, widersprach ihrem empörten Gatten aber: »Das ist durchaus dual, mein werter Herr Mathematiker, weil doppelter Unsinn.«

Zweifellos: Ein neuer Höhepunkt an städtischer Groteske. Aber auch Filip ahnte kaum, dass das nur der Anfang war. Bald sollten sich immer seltsamere Dinge ereignen, von denen nun schonungslos die Rede sein soll.

Schauen wir nach vorn. Wir schreiben das Jahr 2022. Oder sogar schon 2023? Jedenfalls in eine Stadt, die sich erhebt und die bebt. Von wegen sinnlich.

Kapitel 7

Bei den Automenschen 1

Das konstituierende Geheimtreffen

»Hat dich jemand gesehen?«

»Nein, alles sauber.«

»Dann komm doch rein.«

Dr. Hannes Kügler schloss gleich hinter seinem Nachbarn wieder die Haustür an seinem Wohnhaus in der Habsburgerallee, nicht ohne noch mal kurz nach links und rechts zu gucken. Wen er da hätte entdecken können, wusste er auch nicht. Aber es konnte der Spannung und der Ernsthaftigkeit des heutigen Abends nur guttun, wenn man sich von Feinden umstellt wähnte, zumindest in der Fantasie. Vielleicht spähte einen auch jemand von dieser unsäglichen Initiative Radentscheid aus. Denen traute er alles zu, alles.

Es war das erste stadtweite Treffen der Initiative Autoentscheid, durchaus mit geheimen Vorzeichen. Man hatte sich über eine geschlossene WhatsApp-Gruppe verabredet. Ohne öffentlichen Aufruf. Manche kannten sich aus der Nachbarschaft, einzelne hatte man über Mund-zu-Mund-Propaganda eingeladen. Man war entschlossen, sehr entschlossen.

»Hannes, ich muss wirklich meinen Respekt für dich aussprechen.«

»Oh, Respekt, danke. Wie kommt´s?«

»Mein Mann hat mir neulich im Archiv noch mal deinen Leserbrief aus dem Frühjahr 2021 gezeigt. Chapeau! Da war alles drin über den ganzen Irrsinn, der unserer schönen Stadt angetan wird. Zudem eine dezidiert sachliche Analyse, wirklich.« Marlene Veit hatte ihn so gelobt. Sie war mit ihrem Mann Theo hier und mit den Eheleuten Schneiders, Heinrich und et Irm, Marlenes bester Freundin.

Hannes Kügler, Dr. im Maschinenbau, Geschäftsführer einer kleinen Firma für Fahrzeugkomponenten und zusammen mit seiner Gattin Wera der heutige Gastgeber, freute sich. Nur, zeigen musste er das ja nicht sofort und offensichtlich. »Danke, Frau Veit, aber das waren doch über diese links-grünen Weltverbesserer nur ein paar Fakten.« Seine Faktensammlung in der Zeitung hatte sich so gelesen: »Von der Minderheit, die diesen Radentscheid wahrscheinlich zum großen Teil gutgläubig und leichtfertig unterschrieben hat, gibt es nun einige, die ein böses Erwachen erleben: Die Anlieger all der Straßen, wo zu Ehren der wenigen Radfahrer Bäume gefällt werden und Parkplätze weichen müssen. Man könnte schadenfroh sein, aber es trifft uns alle. Es ist unser aller Geld, das für den Umbau verschwendet wird.« Genau das wollten sie mit dem heutigen Abend zu verhindern beginnen, und das stadtweit.

Gut drei Dutzend Leute waren im ausladenden Partykeller der Küglers zusammengekommen. Bei Schnittchen (Weras Werk) und kühlen Getränken (sein Beitrag) saß man im weiten Kreis rund um die Bar und den Kellertisch aus edler Eiche. Endlich machte der Raum mal wieder Sinn, freute sich Hannes. Er dachte kurz an ihre großen Partys hier, die damals noch Feten geheißen hatten. Wie ausgelassen und feuchtfröhlich man gefeiert hatte. Lange her, das war nichts mehr für ihn und seine Wera zu Beginn des letzten Lebensdrittels, womöglich realistischerweise -viertels, aber egal. Er ließ seinen Blick über die liebevoll gebastelten Bilderrahmen (ebenfalls Weras Werk) schweifen, die die Fotografien (sein Beitrag) von den großen Oldtimer-Rallyes zeigten, die der Aachener Karnevals-Verein früher so würdevoll veranstaltet hatte. Einmal war er, Dr. Hannes Kügler, nach einem waghalsigen Endspurt und einem kühnen Überholmanöver auf der Vaalser Straße Dritter geworden. Sein Name hatte sogar in der Zeitung gestanden und er war auf dem Bild im Lokalteil zu erkennen gewesen. Eine Spur Wehmut umspielte seine Seele.

Aber weg mit den blöden Abschweifungen in die Vergangenheit, jetzt ging es darum, Aachens Zukunft zu retten. »Ein Bier, lieber Herr Sucker-Kulergy? Wir können uns übrigens auch duzen, oder? Ich bin der Hannes.«

»Joachim, angenehm.«

Joachim fragte, wie man an ein so schönes Anwesen komme. »Das ist mein Elternhaus. Als Wera und ich Eltern wurden, sind wir nach ein paar Jahren wieder mit den Kindern hier eingezogen, Platz ist ja genug. Erst lebten wir hier mit Oma und Opa. Dann sind die beiden irgendwann allein in was Kleineres gezogen, seniorengerecht, oben auf der Hörn.«

»Sehr vernünftig«, sagte Joachim. Und Hannes erinnerte sich beim Blick in die Kellerrunde auch an die Feten, vor allem zu Fastelovvend, die seine Eltern hier in den 60er Jahren gefeiert hatten, damals, als Feten noch Partys hießen.

Ein illustrer Kreis hatte sich versammelt. Einige waren noch aus der ersten Widerstandsgruppe rund um die Bürgerinitiative Lütticher Straße dabei, vorneweg Metzgermeister Jupp Bangemach und Metzgermeisterin Frieda Bangemach sowie die Veits, die besonders allergisch auf den Radwegneubau vor ihrer Haustür nahe des Couven-Gymnasiums reagierten. Dazu eine Forster Delegation rund um die dortige Aktivistin Elsa Brunn, ansonsten aus ganz Aachen Handwerker, Pensionäre, Einzelhändler, eine Apothekerin, auch ein Lehrerpaar und zwei junge, smarte Anwälte, von denen einer gleich in der Vorstellungsrunde sagte: »Wenn es juristisch wird, stehen wir mit allen Paragrafen bereit.«

An Gastgeber Kügler war es, die Versammlung offiziell zu eröffnen. »Werte Autofreunde, liebe Nachbarn. Ich habe schon einen Namen für uns: Wir sind die 220.000 Aufrechten.« Erwartungsgemäß setzte es einige irritierte Blicke. »Ich erkläre es euch und Ihnen. Wenn diesen unsäglichen Radentscheid tatsächlich 38.000 Aachener unterschrieben haben, woran es ja erhebliche Zweifel gibt, ob die das alle freiwillig getan haben oder sich zumindest der Folgen bewusst waren, aber selbst wenn: dann haben ihn 220.000 nicht unterschrieben. Ist ja einfaches Rechnen bei einer Einwohnerzahl in Aachen von 258.000.«

Jetzt setzte es viele strahlende Blicke. »220.000 – und gegen uns alle, gegen die breite Mehrheit in dieser Stadt, wird hier Politik gemacht, unglaublich!«, sagte Elsa Brunn.

Der Kampfname der Initiative war sofort rundum akzeptiert: »Vereinigte Bürgerinitiativen Autoentscheid: Die 220.000 Aufrechten«. Das würde »doch kesseln«, sagte Anja Sucker-Kulergy.

Auch zwei junge türkische Geschäftsleute vom Adalbertsteinweg waren gekommen. Ihrer Straßen drohte, so das jüngste Gerücht, wegen neuer Radspuren tatsächlich und das auch noch beidseitig, das Schicksal der Fahrbahn-Halbierung. Und das obwohl doch damals, Ende 2020, bei diesem sinnlosen kurzen Test mit einer exklusiven Radspur nichts herausgekommen war außer Staus, zumindest ab und zu. Die beiden stellten sich als Cengiz Alkin und Fatih Üslümürlüçü vor; der eine hatte ein Gemüsegeschäft, der andere machte in Shisha-Gastronomie, Fast Food und Immobilien. »Wir wollen kein Fahrrad fahren müssen. Der Türke fährt kein Fahrrad«, gab Üslümürlüçü mit größtmöglichem Stolz kund.

Die scheinbar merkwürdige Aussage hatte durchaus einigen Wahrheitsgehalt, zumal der Geschäftsmann vom Adalbertsteinweg, sicher ohne es zu wissen, seinen Landsmann Deniz Yücel fast exakt zitiert hatte. »Wir Türken fahren nie Fahrrad«, hatte der Journalist und Schriftsteller mal gesagt, der im Erdogan-Regime unter dem Vorwurf »Agentterrorist« fast ein Jahr inhaftiert gewesen war. Die Abneigung zum Zweirad habe in der Türkei historische Gründe, erklärte Üslümürlüçü. Früher ging man dort allenthalben fast nur zu Fuß oder fuhr Bus, Autos hatte nur die ganz ferne Oberschicht. Dann kamen die ersten Gastarbeiter nach Deutschland zu etwas Geld und damit zum ersten eigenen Auto, oft eine schöne große alte Karre. Die bescherte höchstes Statusgefühl, spätestens wenn man, vollgepackt mit dem Konsumglück des Westens auf dem Dach, über den *auto put* durch Jugoslawien in die Heimat fuhr. Kaum kam die Türkei später selbst zu mehr Wirtschaftskraft, setzte sich auch dort das Auto durch. Das Fahrrad hätten sie, so Fatih Üslümürlüçü, »in einem Evolutionssprung einfach ausgelassen«. Noch heute, so wusste er zu berichten, hat Istanbul mit 48 Prozent Fußverkehr eine der höchsten Quoten weltweit.

»Interessant, wir lernen noch was über innertürkische Kultur«, sagte Marlene, und wandte sich ihrer Freundin Irm zu, »oder, Schatz?« Marlene sagte zu Irm immer »Schatz« und auch oft zu anderen Freundinnen. Manchmal sogar zu ihrem Mann.

Ganz praktisch ergänzte Cengiz Alkin: »Jetzt will die Stadt den Adalbertsteinweg vielleicht dicht machen, oder fast dicht, was ja dasselbe ist. Soll ich dann mit Fahrrad zum Großmarkt fahren? Wie kommt Gemüse und Obst zu mir in den Laden? Unmöglich. Und ich kann ja auch nirgends mehr ausladen. Wie soll Transport klappen – Melonen mit Drohnen?«

Sie waren sich einig. Was mehr Sicherheit für einige Wenige bringen sollte, sorgte im Großen und Ganzen doch nur für Chaos. Was die Stadt Verkehrswende nannte, das galt es entschlossen zu bekämpfen. »Wenn man nicht mehr Auto fahren darf in Aachen, warum macht dann unser Sohn gerade den Führerschein?«, schimpfte Caroline Egyptien, »da sind jetzt schon bald 2.000 Euro draufgegangen – und wofür: Dass er sich das Ding dann übers Bett hängen darf? Das ist doch Betrug.« Hannes Kügler ergänzte das Szenario, das sie hier für realistisch hielten: »All die Fahrschulen können dicht machen. Die Firmen mit den Elektrowägen auch, diese Ego-Autos und die Straßenscooter. Made in Oche und R.I.P. in Oche. Und Continental kann auch schließen!«

Machen die ja eh, dachte seine Frau Wera, aber das spielte jetzt keine Rolle.

Man kann also sagen, dass hier mit großer Weitsicht über ein paar alberne Radspuren hinausgedacht wurde. Cornelius Schaffrath, Inhaber einer Sanitärfirma, ergriff das Wort: »Ich habe gute Drähte in die Politik. Ich werden da nochmal nachsetzen, um den Rad-Irrsinn zu stoppen.« Es gab aufmunternde Kommentare. »Ja, mach da mal Druck.« Die anderen wussten nicht, dass Schaffrath gerade mal zu zwei Splittergruppen im Rat eher eine Art Kontakt gehabt hatte. Mit dem einen hatte er vor vielen Jahren freidemokratisch gekegelt, der andere, ein immer geleckt adretter Mann mit dem rassistischen Namen Marinus Neger, war Stammkunde im Mani- und Pedikürestudio seiner Frau.

Nach dem »Kriesch um die Lüttischer Straße«, wie ihn Schaffrath nannte, hatten sie gut geschützte private Facebook-Gruppen aufgebaut, die allen Radgegnern in der ganzen Stadt offenstanden. »Überall bilden sich Bürgerinitiativen«, und das, fügte er hinzu, »manchmal schon in Straßen, von denen noch gar nicht die Rede ist, dass sie Spuren oder Parkflächen geklaut bekommen sollen«.

Einmal, ganz zu Beginn ihres autobürgerschaftlichen Engagements, war die Idee aufgekommen, eine Art Gegen-Bürgerbegehren zu starten. Aber dieses Vorhaben war rechtlich zu vage, außerdem fehlten Kraft und Leutepower für solch ein riesiges Vorhaben in der ganzen Stadt. Und nur für einzelne Straßen oder Quartiere, das hatte einer der beiden Juristen erklärt, sei ein Bürgerbegehren kommunalrechtlich nicht vorgesehen. Die Stadt führe »dieses Projekt Verkehrsende«, wie es Metzgermeister Bangemach nannte, zwar erfreulicherweise nur in Zeitlupe fort, aber doch stetig. »Und wir rennen immer hinterher«, sagte er. Ganz am Anfang hatten sie, in der Keimzelle des Widerstands, rund um die Lütticher Straße Unterschriften gesammelt, ein paar hundert waren auch zusammengekommen, die man der Öffentlichkeit als über 1500 verkaufte. Aber mehr als ein symbolischer Akt war das nicht gewesen. Ein Zeichen: uns gibt es auch.

So hatte das erste Treffen heute auch mehr die Funktion sich gegenseitig zu bestärken und neue Leute kennen zu lernen, denen die gleiche Abneigung »dem Irrsinn mit den Radautobahnen« gegenüber Kraft spendete.

Prost! Es entstand eine kurze Pause.

Kling, raschel, klong, schepperschepper. Einem waren die Gabel und sein Glas auf den Fußboden gefallen. »Hey, Cornel, wat is disch?« fragte Zahnarztgattin Caroline Egyptien, die rundliche Endvierzigerin aus der Limburger Straße.

»Äh … ich glaub ich hatte nen Sekundenschlaf, Entschuldigung.« Cornelius Schaffrath hob seinen Kram auf. Wera Kügler fegte mit der routinierten Eleganz einer perfekten Hausfrau die Glassplitter binnen Sekunden zusammen: »Ist nicht schlimm, ich hab noch mehr Gläser.«

»Na, nur gut, dass du nicht am Steuer deines alten Schätzchens gesessen hast, diesem, was ist es, Z3 XJS Super Extended Injection oder wie der heißt«, warf Heinrich Schneiders in gespielter Fürsorge ein. Einige lachten.

»Z3 Roadster, Sechszylinder, Imola Edition, 236 PS, in 5,4 Sekunden auf Hundert, 250 Spitze«, gab Cornel zurück, als spielten sie Autoquartett. Mit der Verkündigung der Daten war er augenblicklich wieder wach.

»Soll ja sogar gesund sein, so ein Nickerchen für Momente …«, sagte Joachim.

»Ja«, holte Cornel aus, »der Dali, also der Maler, der mit dem Schnauz wie der Fernsehkoch Horst Lischter, hat das sogar absischtlisch gemacht. Immer Löffel in die Finger. Und wenn er eingedöst ist, ist er vom herunterklimpernden Besteck wach geworden. Viele Sekundenschlafe kamen in seinem langen Leben so zusammen. Dadurch ist der hundert geworden. Oder wenigstens 84 oder so.«

»Und was ist ernsthaft mit dir, Herr Dali van Oche?«, fragte Caroline noch einmal nach.

»Nein, ich bin nur müde. Ich schlaf in letzter Zeit sehr schlecht. Alpträume und so, heftig manchmal, fast jede Nacht.«

»Och härrm. Warst du mal beim Arzt?«

»Ach was«, wiegelte Cornelius Schaffrath ab.

»Komm, Cornel«, gab sie ihrem eingedösten Mitstreiter noch mit auf den Weg, »trink noch ein Bier, dann wirst du heute schlafen wie ein Stein. Und nimm am besten noch einen Steinhäger dazu.« Der Kalauer kam gut an.

Heinrich setzte mit großer Besorgnis noch einmal nach: »Ist denn was mit deinem Wagen? Macht der dir Sorgen? Nicht dass der krank ist!«

»Neinnein«, sagte Cornel. »Der ist frisch wie ein junges Mädchen.« Cornelius Schaffrath konnte sogar lächeln. Zumindest gab er sich alle Mühe.

Kapitel 8

Bei den Radmenschen 1

Jetzt wieder in echt

»Soll ich noch schnell einen Kaffee machen?«

»Aber gern.« Ein paar Arme gingen hoch, Koffeinjunkie Damian war auch dabei. »Zwei Minuten die Herrschaften, nur Wunder gehen schneller.« Der emsige Tim verschwand in der kleinen Küche neben dem schlichten aber funktionalen Tagungsraum im Erdgeschoss mit dem ganzen Charme der 70er Jahre.

Seit einiger Zeit konnten sich die Leute vom Radentscheid wieder hier versammeln, in der evangelischen Friedenskirche in der Passstraße/Ecke Lombardenstraße, auch lange nachdem ihr Bürgerbegehren vom Stadtrat angenommen worden war. Wie immer mittwochs am frühen Abend. Bis zum März 2020 war das so gewesen. In Coronazeiten war alles nur online gelaufen, natürlich, aber jetzt waren Treffen wie diese seit einer Weile wieder möglich.

Auch Damian war froh, dass sie wieder in echt zusammenkommen konnten. »In echt« war, auch wenn das immer noch etwas irreal klang, sein Lieblingsbegriff geworden. In echt gemeinsam Kaffeetrinken, in echt Smalltalk neu lernen, in echt jemanden loben, auch mal in echt unhöflich unterbrechen oder unterbrochen werden. Die Friedenskirche war ihre Bleibe von Anfang an, seit 2018. Das war alles dem Pfarrer Olaf Popien zu verdanken, ein toller Unterstützer des Projektes Radentscheid. Viele Initiativen haben das Problem, gerade am Anfang, einen Tagungsort zu finden. An einem Küchentisch können sich nicht mal eben dreißig oder vierzig oder mehr Leute treffen. Jedenfalls hatte niemand von den Anwesenden eine solche Küche.

Tja, der Pfarrer Popien. Der gute Mann war während der Pandemie gestorben, nicht an Covid-19, nein, aber in jedem Fall mit 58 viel zu früh. Genau mein Alter, dachte Damian noch. Und er musste an den blöden *Hervs* denken, der schon bald wiederkommen würde.

Die Unecht-Phase war vorbei. Keine simulierten Treffen mehr online mit diesem Bildchen-Potpourri auf dem Screen. Zum Beispiel musste man den anderen nicht bei deren seltsamen Abendessen-Ritualen zusehen, Heino etwa, der scheinbar immer an einer Möhre knabberte. Kinder waren ja niedlich, aber nicht immer zielfördernd, wenn sie, wie die beiden kleinen Söhne von Davide von der Stadtteilinitiative Fahrradfreundliches Brand, jeden Austausch über Radwege vielplappernd mitbestimmen wollten. Und es saß einem die Camilla nicht mehr in der Videokonferenz gegenüber: Camilla Maaß, Sozialarbeiterin, hockte immer so nah vor der Kamera, dass es Damian jedes Mal mit der Angst bekam, sie würde in sein Innerstes und durch sein Innerstes (und die Innersten der anderen) gucken und gleichzeitig seine Wohnung abscannen. Nach Hinweisen womöglich, die der reinen Bikerlehre und -ehre widersprachen. Gut, dass er das silbern glänzende Spielzeugauto, den kleinen Mercedes 180 Coupé, ein Relikt seiner Kindheit, beim Lockdown-Großreinemachen aus dem Regal geräumt hatte. Was hätte das für einen Eindruck gemacht, ein Auto! Außerdem legte Camilla immer streng Wert auf dieses Pflichtgendern, auch online und onlina. Man musste Radfahrende sagen und Verkehrsteilnehmende. Sie hatte im Bioladen sogar mal nach Studierendenfutter gefragt, wie sie erzählte. Damian fand das übertrieben, der gemütliche Filip Heinen hatte gar von Sprachverhunzung gesprochen. Zuletzt hatte Camilla außerdem bei Anglizismen Hand angelegt: Einmal fragte sie in einem Kommentar auf ihrer Slack-Arbeitsplattform, wer »owner:in der Firma Velocity« sei. Und schrieb von einer Kollegin mit dem Hochschulabschluss master:in. Aber sonst war Camilla sehr nett und vor allem überaus engagiert.

»Und«, fragte Franziska Vallet-Byaruhanga ihren Mitstreiter Filip Heinen schon beim Reingehen, »ist die Alemannia endlich mal wieder in der Sportschau gewesen?«

Filip musste einen Moment überlegen. Um dann in einem Atemzug auszuholen: »Ach ja, ich weiß wieder. Also, fast wären sie gewesen, weißt du, die hätten damals, 2020, nur das Mittelrhein-Pokalfinale gegen diese unterklassigen Neureichen aus Düren gewinnen müssen, dann hätten sie in der 1. Hauptrunde des DFB-Pokals wieder gegen den FC Bayern gespielt, also wahrscheinlich gewonnen – und ein Jahr später die gleiche Enttäuschung mit der Endspielniederlage gegen Viktoria Köln.« Franziska wunderte sich, dass der Klub aus Köln offenbar nicht mehr 1. FC hieß, und verstand ansonsten nichts. Nur, dass es wohl nicht besonders erfolgreich weitergegangen war mit diesen Premiumfußballern aus Aachen. So war es ja auch.

»Ähmmm«, kam von schräg gegenüber. Dann eine – kleine Kunstpause. Dieses »Ähmmm« mitsamt anschließender Pause war typisch für Erik, Dr. Erik Kerken, Diplom-Ingenieur bei einer Softwarefirma im Silicon Valley oben in Oberforstbach. Es drückte entweder aus, dass er nach einer Frage gerade über die Antwort nachdachte. Oder, so wie jetzt, war »Ähmmm« als leiser Wunsch zu verstehen, dass es nun endlich losgehen könne. Andere hätten vielleicht mit einem Glöckchen gebimmelt. Erik war heute Versammlungsleiter. Er stellte die Tagesordnung vor, was alles berichtet, besprochen und geplant werden müsse. »Da kommt ja heute einiges zusammen, wie immer.«

Zunächst ging es um die letzte dieser informellen Beiratssitzungen mit der Verwaltung. Leute aus dem Radentscheid und MitarbeiterInnen der Stadt trafen sich alle paar Wochen zu Planung und Ideenaustausch. Dabei wurden den Amtsverantwortlichen Analysen vorgelegt zum sicheren Umbau von Kreuzungen und Bushaltestellen, mit einer teils verblüffenden Detailkenntnis. Und immer einem Blick zum

Beispiel in die Niederlande, wie man da intelligente Verkehrssysteme baut ohne Konfliktfallen im Alltag, etwa die Verkehrsführung an Bushaltestellen. Die Verwaltung fragte gleich nach, ob das wohl auch rechtlich sicher sei. Eine Verkehrsmaßnahme kann noch so offensichtlich gut und sicher sein, für alle – aber wehe sie ist nicht sicher vor der Klagelust irgendwelcher Anwälte. Kurz: Es blieb komplex.

Erik Kerken berichtete jetzt von der Beirats-Diskussion um die Fragwürdigkeit von Beidrichtungsradwegen. Die sind einfach für die Stadt, weil man flächensparend sozusagen zwei Fliegen mit einer Klappe schlagen kann. Aber meist unbequem für die Radelnden, weil man häufig die Straßenseite wechseln muss. Und auch nicht das Nonplusultra an Sicherheit. »Das muss man denen auch erstmal erklären, dass Beidrichtungsradwege höchstens auf langen Strecken infrage kommen sollten«, hatte Lynn Ayneburg erzählt, eine der vier aus dem Kernteam-Gremium, ansonsten: es gehe voran, aber wie immer: »Durchaus zäh.« Beim nächsten Mal wolle man den Stadtbediensteten neue Studien vorstellen, was genau Menschen aufs Rad lockt. »Da gibt es sehr interessante Untersuchungen mit tollen Details, was Leute wichtig finden: Sicherheit ganz vorneweg, aber auch Kommunikationsmöglichkeiten unterwegs und einfach der Spaß zu radeln.«

Das Problem immer und überall: Woher den Platz nehmen, wer gibt was ab, wie wird im Detail umgebaut? Camilla Maaß wurde grundsätzlich: »Man muss sich mal genau ansehen, wie exzessiv alles auf Autos zugeschnitten ist. Die autogerechte Stadt als Schlagwort kennen wir alle, an dieser Vorgabe der 50er und vor allem 60er Jahre leiden wir alle heute. Aber das ist nur ein Schlagwort. Es sind nicht nur die Trassen an sich, die immer von innen nach außen gedacht wurden, also erst Fahrbahnen und daneben Parkflächen, danach gucken, was für den Rest am Rand noch bleibt.«

»Und die Niederlande machen das genau andersherum. Von außen nach innen denken. Mit allen erfreulichen Aspekten.« Das war Tim, er wohnte schon lange in Kerkrade.

»So ist es, Tim. Und auch die Bäume wurden so gepflanzt, dass sie ideal zum optimierten Autoverkehr passten, gerade so weit weg von Häusern wie nötig, aber eng genug dran, damit sie ein Maximum an Autofläche zur Verfügung lassen. Auch das ist in vielen niederländischen Städten anders, oder in Paris. Mit der Folge: Man bekommt nur schwer Fuß- und Radverkehr zwischen Bäumen und Häusern gebaut.«

Camilla fuhr fort: »Die Fehler gehen aber bis heute weiter. Autos fahren die Straßen kaputt. Wenn es neue Schlaglöcher, Frostaufbrüche oder Bodenwellen gibt, sind ganz schnell neue Beläge gefordert. Und zack, stehen Millionen dafür bereit. Das ist falsch. Je schlechter die Straße, desto vorsichtiger und langsamer wird gefahren. Ein Plus also für die Sicherheit. Aber es wird neu asphaltiert, also neue Raserpisten, wieder und wieder neu geschaffen. Gut, von einem ebenen Untergrund profitieren auch Fahrräder, sogar mehr als gut gefederte Autos. Ich frage mich aber, warum nicht nur die Bereiche für Radfahrer plan gemacht werden. Das wäre auch ein deutliches Statement, wer zukünftig vorrangig unterstützt wird.«

»Charmante Idee«, meinte Lynn, »als Zwischenlösung, wo es noch keine eigenen Radtrassen gibt. Hätten wir glatt in den Forderungskatalog des Radentscheids aufnehmen können.«

Als Uwe verspätet ankam, setzte kurzer Applaus ein. Er hatte einen Leserbrief geschrieben. Der war als Konter auf die Behauptung verfasst, es brauche doch niemand neue Radwege, weil eh nur wenige Menschen Rad fahren in Aachen. »Infrastruktur«, stand da, »muss nach dem prognostizierten und gewünschten Bedarf geplant werden und nicht nach aktuellen Verkehrszählungen. Es argumentiert doch auch niemand, dass eine Brücke über die Maas oder den Rhein nicht notwendig sei, weil aktuell niemand durch den Fluss schwimmt.«

»Für den Vergleich könnt' ich dich knutschen«, rief Tine.

Esther hatte jetzt das Wort, die kleine drahtige Steuerfachgehilfin mit den kurzen schwarzen Haaren und diesem Rest von Ruhrpottakzent. »Hömma, Filip, Du warst doch damals auch dabei, beim Sammeln am Tivoli. Soll ich dir wat sagen: Aus den sechs Radbügeln an unserem Unterschriften-Eingang sind jetzt zwölf geworden. Ver-dop-pelt! Dat geht echt vorran.« Der Sarkasmus in ihrer Stimme war nicht zu überhören. Esther traute der Stadt bis heute nicht über den Weg. »Was ist denn seit Ende 2019 passiert: Ein paar zusätzliche Pinselstriche, stückchenweise Fahrradstraßen, denen teilweise immer noch die rote Farbe fehlt, dazu Debatten ohne Ende. Und diese Reallabore. Wenn ich das Wort schon höre: Reallabor …«

Reallabore waren eine Aachener Spezialität geworden: Ein Stück Weg testweise für ein paar Wochen anders ausschildern, Verkehre beobachten, dann alles wieder auf Anfang stellen, lange auswerten und Schlüsse ziehen. Am Adalbertsteinweg war 2020 der erste Versuch gnadenlos in die Hose gegangen, weil zu kurz, in Covid-Zeiten nicht realitätsnah, schlecht kommuniziert.

Esther fuhr fort: »Reallabore, Reallabore … Hallo, ich bin doch keine Laborratte, ich will Taten, keine Versuche. Und ich möchte mit meinen fünfzig Jahren noch ein paar Jahre einen sicheren Radverkehr in dieser Stadt erleben …«

»Ähmmm, danke«, sagte Erik, der Pragmatiker.

Nicht nur Esther fragte sich zunehmend ungeduldig, wie es denn jetzt »in echt« weitergeht mit dem Radentscheid. Wann wird was wie umgesetzt? »Allein, dass wir uns weiter treffen müssen, Monat um Monat, Jahr um Jahr, um der Fachverwaltung auf die Finger zu klopfen, zeigt doch, wie schwer sich die Stadt tut …«

Allerdings war auf dem steinigen Weg von den Reallaboren zu Realtaten hier und da durchaus schon etwas passiert. An ein paar kleinen Stellen hatte sich die Stadt verändert, und ständig kamen neue dazu; die Kreuzung an der Bastei war im Umbau, bald auch die Bismarckstraße, die

Ludwigsallee bekam eine Protected Bike Lane, der Templergraben stand womöglich vor der endgültigen Sperrung für den Auto-Durchfahrtverkehr. Am Grünen Weg und am Europaplatz passierte auch etwas. Und überall war zu sehen: Kaum waren die Wege sicher und neu, hatte der Radverkehr Stück für Stück zugenommen.

Konnte man wirklich ernsthaft glauben, die Stadt würde sich grundlegend verändern? Mehr als ein halbes Jahrhundert Auto-Vorherrschaft ließen sich doch nicht einfach durch ein paar zehntausend Unterschriften ändern und auch nicht durch einen Beschluss des Stadtrates. Lächerlich. Politik ist Meinungsbekundung, Autofahren ist Menschenrecht. Erderhitzung, Klimakollaps, Wetterkatastrophen? Da kurbelt man die Scheiben hoch und wirft die Klimaanlage an!

Gute Argumente und tolle Konzepte sind das eine. Die Liebe zum Selbstbeweger ist das andere. Das versuchten die Radenthusiasten zu verdrängen und machten tapfer weiter, auch wenn es zunehmend Nerven kostete und aufs Gemüt schlug. Dass Menschen beiderlei Konfession (Radler und Autolenker) bald die Hilfe eines Therapeuten in Anspruch nehmen mussten, wusste zu diesem Zeitpunkt noch niemand.

Ein anderes ständiges Ärgernis war auch heute Thema: Die Verwaltung bat immer mal wieder, bestimmte Strecken in Planung als radentscheidkonform anzuerkennen, etwa Teile der lange von der Stadt selbst geplanten neun Radvorrangrouten aus den Vororten in die City. Auch das wären für die Stadt zwei Fliegen mit einer Klappe: Bauen, was man, gut gefördert, eh bauen will und es dann noch dem Radentscheid unterjubeln. Und damit weitere Kilometer nach Radentscheid-Standard weniger bauen zu müssen. »Das heißt«, sagte Erik, »jeder Kilometer, der da mitzählt, wird woanders nicht gebaut.« Darum sei es auch in der letzten Beiratssitzung gegangen.

Dabei tauchten immer wieder Strecken auf, die bestimmte Kriterien einfach nicht erfüllten. Jetzt zum Beispiel wieder ein Stück Straße, wo es um die Breite des abgetrennten Radweges ging, wie 2020 am Trierer Platz oder beim ersten gescheiterten Anlauf an der Breslauer Straße. Wo es jetzt akut würde, berichtete Erik, könne er noch nicht sagen, man habe erst vertrauliche Vorgespräche geführt. Die Stadt meine, zwei Meter seien doch ausreichend, ob man das nicht anerkennen wolle als Radentscheid-Kilometer. »Ich habe klar Nein gesagt«, erklärte Erik, »und wer soll das auch beschließen? Wir hier, per Handzeichen? Wir haben über 38.000 Unterschriften für 2,30 Meter breite Protected Bike Lanes, das hat der Stadtrat beschlossen, diesem Votum sind wir alle verpflichtet.« Da könne die Verwaltung »nicht einfach um Rabatte bitten«. Das gab reichlich Kopfnicken. »Genau«, sagte eine, »wir sind ja nicht auf dem Basar«.

Lange im Dissens war auch die viel genutzte Vennbahn: Die Verbreiterung war lange geplant. Das ging allerdings nicht überall auf Radentscheid-Maß, sonst hätten Kettensägen anrücken müssen. Zudem werden auch nach dem Umbau die verbindlichen Abtrennungen fehlen. Dennoch würde die Stadt die Vennbahn am liebsten auf den Radentscheid anrechnen. »Nicht mit uns«, sagte Esther.

In der Lokalzeitung stand mal wieder etwas über die »Maximalforderungen des Radentscheids«. Die aber gibt es nicht. Sondern verbindliche Radentscheid-Maße, vom Rat beschlossen. Also Faktum, keine Forderung. Ganz einfach. Und ganz einfach falsch dargestellt: »Die Leute lesen das und denken: Aha, Radentscheid. Die schon wieder. Und nennen uns Baummörder, wenn doch verbreitert wird!« Das war Franziskas Einwurf gewesen.

»Dat is doch typisch«, motzte jetzt Esther, »erstens haben sie da son Projekt, das schon seit Jahren angepackt werden soll. Und dann sollen viele Kilometer Weg auf den Radentscheid angerechnet werden, ohne Mindestbreite.

Aber wenn wir dat getz ablehnen, schreibt die Zeitung wahrscheinlich, wir seien undankbar.«

»Stimmt«, fuhr Franziska fort, »die Verwaltung verdaddelt alles mit ihren zögerlichen Ideen. Es gibt keinen langfristigen Plan, keine Vision, nur vage Worte. Aber wir werden in der Öffentlichkeit zu Sündenböcken, als wollten wir den Bäumen an die Stämme. Dann heißt es wieder: Dieser Radentscheid. Dabei haben wir unsere Arbeit gemacht. Alles Weitere plant die Verwaltung, das entscheidet die Politik. Und außerdem …«

Franziska redete immer gern ausführlich. Lassen wir es erst mal dabei.

Auch Sabine Limburg liebte die Treffen. Sie wohnte in Aachen und führte einen tres chicen französischen Modeladen in der Altstadt von Maastricht, weil in diesem Aix hier alles so bieder-gestrig sei, wie sie es nannte; an der Maas dagegen »einem die culture überall entgegenschwappt«. Sie liebte, wiewohl ohne jeden frankophilen Hintergrund in Stolberg-Gressenich geboren, kleine französische Sprenkel in ihren Sätzen und wollte ihren Vornamen auch bitte französisch *Ssabien* ausgesprochen hören. Wahrscheinlich charmierte sie ihre Kundinnen damit so zu, dass sie ihnen jeden Fummel zu Horrorpreisen andrehen konnte, dachte Damian einmal. Viel Mitgefühl (und versteckt auch Spott) hatte vor einem Jahr Sabines Versuch ausgelöst, ihren Nachnamen in Limbourg ändern zu lassen. Aber die Stadt stelle sich quer: Auch bei einem einzigen kleinen »o« gelten die üblichen strengen Ausnahmevorschriften: »Den Antrag muss ich Ihnen leider ablehnen, Frau Limbursch«, hatte der Stadtbedienstete gesagt und es ihr dann noch schriftlich gegeben, da aber immerhin korrekt an Frau Sabine Limburg adressiert.

Immer neue Dinge ausprobieren und ausbaldowern, das war Sabines Lebensmotto, und das ging sehr gut mit diesen rundweg empathischen Menschen hier. Und es gab schon anstrengendere Projekte in ihrem Leben. Kurz: Sie fühlte sich hier einfach megawohl. Und so räkelte sie sich wohlig auf ihrem Platz und fing für einen Moment Damians Blick auf, der gleich wieder wegguckte. Hah! Monsieur! Der hat mir doch in den Ausschnitt geguckt, der Lümmel, dachte sie und zog ihren lässig-weiten Pullover, feinste Pariser Couture, im Reflex etwas hoch.

Aus diesem Damian war sie nie richtig schlau geworden, ganz sympathisch, das schon, große Klappe manchmal, auch gut, ein freundliches Lächeln umspielte gern seinen Mund, aber er schien ihr auch ein bisschen schrullig. Netter Kerl, d´accord, aber solche heimlichen Blicke, das ging gar nicht. Das war sie sich als Frau schuldig, ja das war sie allen Frauen schuldig. Flirten ja, ein bisschen das Leben flirren lassen, jederzeit, aber bitte nicht so was Vorgestriges.

Sabine, selbst seit kurzem solo, wusste genau, dass er »auf Brautschau war«, wie Damian das mal in der Sprache seiner Eltern gesagt hatte. Sie überlegte, ob sie reagieren sollte.

Beim Rausgehen entschied sich Ssabien für die indirekte Variante: »Sag mal Damian, Du bist doch so innig liiert mit deiner Alemannia. Wäre der Club eine Frau, hab ich mir überlegt, wäre deine Sucherei doch längst erledigt, oder?«

War das zu viel Spott? Sind Männer beim Fußball überhaupt humorfähig? Würde er das überhaupt als schnelles Umschaltspiel auf seine blöden Blicke verstehen? Damian lachte indifferent kurz auf. Sabine wusste nicht, ob das ein verlegenes, ertapptes Lachen war. Männer waren ja manchmal, also meist, wenig sensibel. Aber sie wusste nichts vom Sensibilitätsgrad seiner Antennen.

»Du hast Ideen …«, brummte Damian sanft. Und strahlte sie ganz offen an. Dieser Blick, olala, ganz schön tief! Ssabien war froh, dass sie nicht rot wurde.

Kapitel 9

In der Verwaltung 1

Zwiegespräch im Amt

Büro im Verwaltungsgebäude Lagerhausstraße neben dem Hauptbahnhof. Im Zwiegespräch zwei Mitarbeiterinnen der Stadt, die an der Umsetzung der Radvorrangrouten und des Radentscheids mitarbeiten. Nennen wir sie Ute Wegmann und Gaby Kobranic.

Gaby: »Hast du einen Stadtplan da, oder machen wir das digital?«

Ute: »Was meinste?«

»Ich möchte gern eine Datei mit allen Straßen zusammenstellen, die an den geplanten Radvorrangrouten liegen. Oder an den anderen Strecken, wo der Radentscheid umgesetzt werden soll oder werden könnte. Ich befürchte, von denen werden wir noch hören.«

»Von denen was, wer?«

»Von den Straßen, von den Menschen, die dort wohnen. Bei der Ertüchtigung der Radverkehrsanlagen sollten wir gut vorbereitet sein.«

»Ich ahne, was du meinst.«

»Genau: Weil viele von den Anwohnern ein Auto besitzen. Und Autos sind ja mittlerweile ein anderes Wort für Ärger. Die Leute wollen halt ihre Autos vor der Tür stehen lassen, als eine Art Menschenrecht. Mit Lintertstraße, Herderstraße und der Lütticher hatte es doch angefangen.«

»Und Ludwigsallee, dann Templergraben, Lothringer Straße, Bismarckstraße. Aber Herderstraße war wirklich gut. Die haben wir eisern durchgesetzt.«

»Oder auch die Ludwigsallee, so ist es. Aber wir wissen doch: Kaum ändert sich irgendetwas, werden die Menschen rebellisch.«

»Naja, war auch nicht eben ein Highlight an Weisheit, was damals unsere Managerin den Anrainern der Ludwigsallee vorgeschlagen hat: Parkplätze in der Eurogress-Tiefgarage zu nutzen. Wer eben noch den Wagen am Hauseingang stehen hatte, zumindest eine kleine Chance darauf hatte, der findet das unzumutbar. Sind ja auch ein paar hundert Meter.«

»Das ist halt Umstellung. Und es klingt wirklich etwas viel, vor allem, wenn jemand nicht mehr so gut zu Fuß ist. Oder nachts als Frau, da hätte ich auch keine Lust drauf. Aber es ist nicht nur wegen der Autos. Weißt du noch, in der Ludwigsallee hatte sich jemand beim Online-Dialog darüber beschwert, das muss so Ende 2020 gewesen sein, dass die Bushaltestelle fünfzig Meter verlegt wird. Fünfzig Meter! Von der einen Seite Ecke Kupferstraße zur anderen. Ja, ihm fielen fünfzig Meter sehr schwer. Gut, kann sein, tut mir auch leid. Dass gleich viele dann fünfzig Meter weniger zu gehen haben, interessiert aber nicht.«

»Um die Nöte der Mitbürger und Mitbürgerinnen zu erfahren, dafür machen wir doch den Dialog. Die Menschen wollen mitgenommen werden. Zumindest angehört.«

»Aber zurück zu deiner Idee. Ich befürchte, da kommen locker hundert Straßen zusammen.«

»Wenn das mal reicht.«

»Hundert und mehr! Wir können doch nicht jede Woche einen Bürgerdialog machen, mit Vorbereitung, Nachbereitung, Auswertung. Da brauchen wir ein Dutzend neuer Stellen. Und man kommt zu nichts anderem mehr.«

»Tja.«

»Auch tja.«

»Was sagt das Rathaus?«

»Rathaus und Politik sagen immer wieder, wir sollen die Bürger und Bürgerinnen mitnehmen, ins Gespräch gehen, für Verständnis sorgen, Alternativen besprechen, Thema nach vorn bringen, lösungsorientiert nach anderen Ideen fragen. Unsere Verkehrswende für ein lebenswerteres Aachen bewerben.«

»Schöne Scheiße.«

»Wieso, bist du nicht dafür?«

»Doch, natürlich, jeder bei Verstand will den Autoverkehr verringern. Viele wollen das, aber gleichzeitig selbst weiterfahren. Und wenn ein Parkplatz nicht mehr vor der Tür ist, wo er immer war, kannst du noch so viel von höherer Lebensqualität und besserer Luft sonstwo in der Stadt erzählen. Das schmackhaft zu machen, ist wie einem Blinden die Mona Lisa zeigen oder dem Leibhaftigen die Bibel zu verkaufen. Die Leute haben zu Autos ein fast schon libidinöses Verhältnis, und Parkplätze sind die Nester.«

»Anfangs hab ich ja gedacht, wir müssen diesen ständigen Bürgerdialog machen, um die Leute zu beruhigen. Und dann werden doch unsere Pläne durchgesetzt, vielleicht mit einem kleinen Kompromissbonbon hier oder da. So eine Art, wie heißt das?«

»Repressive Toleranz?«

»Genau: alle dürfen mitreden, haben aber nichts zu sagen. Das Gegenteil passiert: Überall knicken die Kollegen und Kolleginnen ein. Manche sind sanfter als das sanfteste Lämmchen.«

(Kurze Pause)

»Wie kommen wir nur weiter? Wir müssen das doch weggearbeitet bekommen. Der Stau wird immer größer. Am Ende machen wir alles so, wie die Autofahrer es wünschen, nur damit es überhaupt weitergeht.«

»Ich weiß es auch nicht. Alle sind gegen uns. Autobesitzer planen für die Weltrevolution. Die Radler schimpfen sich den Hintern wund, weil es nicht voran geht. Hallo, voran? Wir machen doch. Sonst würden zum Beispiel wir beide uns jetzt nicht so angeregt unterhalten.«

»Zielführend.«

»Was?«

»Zielführend unterhalten.«

»Genau. Aber diese Radentscheid-Leute sind manchmal auch komische Vögel. Wir hatten doch für die Breslauer Straße einen wunderbaren Plan ausgearbeitet. Gut, die

Radwege waren nur 2,10 Meter und nicht 2,30 breit. Aber mehr Platz ist da nicht, sonst müsste man an die Bäume.«

»Das will ja auch niemand.«

»Nur im Ausnahmefall oder wenn sie ohnehin krank sind wie in der Lütticher Straße, erdrückt über Jahrzehnte von den dauerparkenden Autotonnen. Und dann kommt wieder dieser Mensch vom Einpersonen-Baumschutzbündnis und schreibt Eingaben für jeden bedrohten Ast einzeln.«

»Mit dem kommen wir schon klar. Dafür haben wir genug Bausteine im Antwortkasten. Aber diese Radentscheid-Leute sind nicht so leicht auszukontern. Deren Vorschlag für die Breslauer Straße war, Linksabbiegerspuren weglassen, dann sei auch genug Platz.«

»Könnte man machen, aber dann rebelliert das Hirschcenter. Dann können wir mit allen, die da shoppen wollen, einen Käuferdialog machen. Gute Nacht!«

»Komm, wir vertagen das Thema. Ich mach mich mal an die Liste mit den bedrohten Straßen.«

»Jetzt redest du auch schon so!«

»Wie?«

»Na, bedrohte Straßen. Hey, wir bauen an der Zukunftsstadt, Ute, mit vielen neuen Radverkehrsanlagen, also Radwegen.«

»Okay, du hast recht, Gaby. Aber eines noch, wer hatte eigentlich die Idee mit der Lütticher Straße …?«

»Was meinst du?«

»Warum wir gerade da den ersten radentscheidgemäßen neuen Radweg nahe der City bauen?«

»Ja, ich weiß nicht. Lag irgendwie nahe. Die Kanalarbeiten sind dort vorgesehen. Also wird aufgerissen. Danach muss eh wiederhergestellt werden.«

»Oder vielleicht: Weil du da wohnst? Na …!«

»Nein, nein, außerdem wohne ich da nicht mehr. Hab ich das noch nicht erzählt? Bin kurz vor den Sommerferien umgezogen, ein Stück weiter, Westviertel, Johannistal. Ich bin an der Lütticher Straße ständig angesprochen worden, als jemand mitbekommen hat, dass ich bei der Stadt arbeite. Alle hatten Redebedarf, fast pausenlos. Manche haben mich auch mal beschimpft, einer richtig angepöbelt. Die Leute sagen, wer soll denn da Radfahren? Dann hab ich halt gesagt: naja, Radfahrer und Radfahrerinnen. Dann sagen die: Gibt ja kaum welche. Dann sage ich, du kennst das ja, Ute: Warten Sie mal ab, sobald vernünftige, vor allem sichere Radwege da sind, fahren viel mehr Leute, auch die Ängstlichen und vor allem Kinder, die dann alleine zum Couven können statt mit Taxi Mama. Klappt doch woanders auch, siehe Holland, siehe Barcelona, vor allem Kopenhagen. Da ist Radfahren eine Massenbewegung. Autofahrer sind belächelte Outlaws.«

»Dann sagen die Leute rund um die Lütticher Straße: Kopenhagen schön und gut. Und wo bitteschön, sollen in unserer Straße die vielen neuen Radfahrer herkommen: aus Kelmis, aus Preuswald, oder gleich halb Lüttich mit Heimatgefühlen auf dem Weg in die Lütticher Straße? Oder oben vom Preusweg? Da haben doch schon Zwölfjährige ihren eigenen Porsche!«

»Vielleicht haben sie für dieses Stück Aachen wirklich nicht ganz unrecht.«

»Gut, woanders wären die Effekte sicher stärker, auf den Ringen, Theaterstraße, Adalbertsteinweg …«

»Klar, aber das interessiert die Leute an der Lütticher Straße nicht. Oder die würden sagen: gut, toll, dann baut doch da.«

»Tun wir ja auch, beizeiten. Die Pläne liegen ja da. Öffentlichen Raum zukunftsgewandt neu denken, breit aufgestellt sein, vernetzte Mobilität auf den Weg bringen – so nennt das doch die Chefin.

»Verstehe ich. Aber was tun wir nun mit der Lütticher Straße? Wenn wir da klein beigeben, beim ersten neuen stadtnahen Abschnitt, dann fliegt uns das überall um die Ohren. Wirste sehen.«

»Uns? Uns doch nicht!«

»Du hast völlig recht, Ute: Uns fliegt das nicht um die Ohren. Wir engagieren uns schon, finde ich. Aber handeln geht nur nach Recht und Gesetz. Und nach allen inneren und äußeren Vorgaben und Verordnungen.«

»Genau. Das ist dann ein Problem der Politik. Not our cup of tea.«

Kapitel 10

Damian und Ariane 1

Das Kennenlernen

Damians Liebe zur Alemannia war, wie bei so vielen, in früher Jugend entflammt. Ganz klassisch, bei Papa auf dem Arm, das erste Mal. Die Flamme flackerte immer weiter, tief im Herzen. Aber der Verstand hatte zuletzt doch mal aufbegehrt. Immer der gleiche mittelmäßige Regionalliga-Mist. Von wegen: Liebe kennt keine Liga. Manches Mal hatte er gedacht, ich geh da nicht mehr hin. Um dann doch wieder hinzugehen.

Einmal hatte er es tatsächlich geschafft. Das erzählte er allen immer wieder, die über ihn lästerten mit seiner alemannianischen Obsession. Was er nicht sagte: Dass er sich an dem Tag unwohl fühlte, das Rad kaputt war, es draußen schüttete und seine Körpertemperatur am Abend zuvor bis auf 37,6 Grad emporgeschnellt war, heftiges Männerfieber also. Das waren, genau nachgerechnet, fast vierzig Grad gewesen! Er hatte sich dem Tod geweiht gefühlt und wollte lieber zuhause statt im Stadion auf den Mann mit der Sichel warten. Krankheit als Weg, sagte er sich. Anfang 2020 war das gewesen.

Sechs Trainer und eine zuschauerlose Pandemie später, war er in Gedanken wieder so weit. Ein paar Dinge im Leben ändern, das hatte sich Damian ohnehin vorgenommen, Yoga, vielleicht in einen Chor gehen, womöglich sogar altersweise Golfspielen. Bis zur sechzig war es ja nicht mehr so weit, keine zwei Jahre mehr. Und es ging, jetzt zum Ende der Saison, mal wieder um nichts mehr. Also schön zuhause bleiben.

Doch auf solche Gedanken wollte der Romanautor keine Rücksicht nehmen.

»Ich brauche dich heute im Stadion«, hörte ihn Damian plötzlich sagen, »das ist sehr wichtig für den Fortgang der Geschichte.«

Welche Geschichte? Damian wusste gar nicht so recht, wo diese Stimme herkam. Aber sie war da. Der Autor ließ ihn wissen, er spiele eine wichtige Rolle in einem Buch. »Und es geht ja auch um deinen Radentscheid.«

»Wie jetzt?« Es folgten einige karge Erklärungen. »Lass dich überraschen.«

»Hab aber keine Lust. Ich würde gern heute meiner lieben Freundin Josi beim Umzug helfen. Die zieht mit ihrem Willi zusammen.«

Willi hieß nicht Willi. Aber Damian bockte immer, den richtigen Namen zu nennen. Weil er ihn nicht leiden konnte. Josi, die freche Anglistin, dagegen schon, sogar sehr. Aber sie hatte nie was von ihm gewollt. Stattdessen: dieser blöde Willi. Für richtige Eifersucht fühlte sich Damian zu stark. Und er ahnte, dass er nur zu alt dafür war, zu deprimiert, was die vielen vergeblichen Anläufe bei der Partnerinnensuche der vergangenen Jahre betraf.

Der Autor schien Gedanken lesen zu können. Oder wusste er ohnehin alles? »Ich denke, du hast deshalb in Wahrheit auch keine Lust auf den Umzug. Du verhilfst ja deiner Josi und ihrem Willi, wie du ihn nennst, zu ihrem Glück. Willst du da Mittäter sein? Und denk an deinen Rücken«, sagte der Autor. Oder war es mehr eine innere Stimme?

Woher wusste diese Stimme so genau Bescheid? Ja, er wollte sich als treuer Kerl zeigen, dieses Willis zum Trotz, und seufzte kurz. »Okay, einverstanden, dann geh ich eben zum Tivoli. Aber nur, wenn wir gewinnen. Und eine nette Sitznachbarin wäre auch nicht schlecht.« Der Autor war einverstanden: »Okay, isch jeb disch de Sieschjarantie. Versprochen. Auch wenn es heute nicht regnet.« Damian verstand die kleine Anspielung auf das Lied der Drei Atömchen natürlich sofort. Dieser Buchautor war ja spaßig.

»Deine Dauerkarte Stehplatz kannst du zuhause lassen. Heute geht's mal auf die Tribüne, guter Platz, kannste dich drauf verlassen! Die Eintrittskarte liegt an der Kasse zur Abholung bereit. Aber …«, und der Autor zögerte einen kleinen Moment, »… für den privaten Rest bist du selbst verantwortlich.« Damian wusste zu diesem Zeitpunkt noch nicht, dass das nicht ganz der Wahrheit entsprach. Er sollte das Gefühl haben, die Fäden selbst in der Hand zu haben. Romanfiguren sind halt manchmal naiv. Und Buchautoren kleine Feldwebel.

Damian sagte Josi ab (»mein Rücken, seit dem Aufwachen«), nahm zur Sicherheit seine Dauerkarte mit und ging zur Abholkasse. Was sollte er sagen: Eine innere Stimme hat mir ein Ticket hinterlegt? Er nannte seinen Namen und überlegte sich einen blöden Satz, wenn die mürrische Frau hinter der Glasscheibe sein Ansinnen … »Bitteschön«, sagte sie sehr freundlich und reichte ihm einen Umschlag. Damian Vermeer stand darauf. Damian Vermeer war baff.

Also gut, mal sehen, was das alles wird. Er erkletterte seinen Platz oben in Block O2. Sehr witzig, dachte er noch, wahrscheinlich kriegt so ein Buchautor auch noch ein kleines Extra, wenn er Schleichwerbung einbaut. Oder muss der an dieser Stelle dann ausgleichend hinschreiben, dass es auch WoDafoon gibt und die Teakomm? Damian hatte beste Sicht auf den Platz, anders als im stimmungsvollen Stehblock hinter dem Tor. Er dachte darüber nach, ob genau das vielleicht das Problem des neuen Tivoli war, der in den vielen Jahren Regionalliga-Tristesse längst einfach der Tivoli geworden war: Man hatte eben auch beste Sicht auf das oft recht bescheidene Niveau der Aufführungen, anders als im alten Tivoli, der immer der alte Tivoli bleiben würde, in der Erinnerung noch glorifizierter als er damals schon war: Da galt noch die kernige Grätsche als heiligste, die Menschen verzückende Kunstform. Und das Toben der engen Massen war immer ein Event an sich, wenn auch oftmals das einzige Event, mit dem selbst Niederlagen schönergefühlt werden konnten.

Seine Sitznachbarin mit dem kecken braunen Pferdeschwanz und dem kleinen schwarz-gelben Haargummi nahm Damian erst gar nicht wahr. Zu wichtig war es zu klären, ob die beiden Verletzten kurzfristig noch fit geworden waren und ob noch der gleiche Trainer auf der Bank saß wie beim letzten Spiel.

Ja, sie waren. Ja, er saß. Als das Spiel lief, plauderte Damian ein paar Mal kurz mit der Pferdeschwanzfrau, wie man das so macht unter FußballexpertInnen.

»Den muss er doch lang spielen … warum sieht er den nicht! … jetzt aber mal Tempo …«

»Meine Güte, der joggt ja wie damals der Benni Auer, der langsamste Mittelstürmer, der je auf dem Tivoli gespielt hat«, schimpfte die Frau.

Damian war beeindruckt. Das war ja mal eine fachkundige Bemerkung, alemannia-historisch unterfüttert. Keine Mode-Fanin also. Die Frau gefiel ihm, sie schien ihm auch einige Ähnlichkeit mit der Schauspielerin Barbara Auer zu haben, die Damian schmachtend wie ein Jüngling immer so anziehend fand. Aber vielleicht lag die Assoziation auch nur an ihrer Bemerkung zu Alemannias Exstürmer Benni Auer.

»Guck dir das an, nicht mal Ecken können die treten …«

In der Pause holte sie sich eine Stadionwurst und mampfte sie mit Inbrunst und viel Senf. Damian war ein wenig irritiert und sog die Duftschwaden tief atmend ein.

Er war Vegetarier, zumindest seit vorigem Jahr – das gehörte zu den Dingen der Rubrik »im Leben an ein paar Stellschrauben zu drehen«. Seine Freunde hatten sich gewundert, dass er plötzlich die Grillpartys verschmähte, sogar die weltbesten Frikadellen beim Biometzger am Münsterplatz. Sein weiser Freund Toni Kirsch hatte in einer Bierrunde mal gemutmaßt: »Das ist wie ein lila Pullover.« Den Vergleich hatte erst keiner verstanden. »Früher«, erklärte Toni, »also lange vor den feministischen Zeiten, hieß es, alleinstehende Frauen trügen lila als letzte Chance, sich einen Mann zu angeln. Damian isst kein Fleisch mehr, weil er sich eine Mittfünfzigerin angeln will. Von denen sind ja viele Gesinnungs-Vegetarierinnen.« Damian hatte bemüht mitgelacht. Er fühlte sich ertappt und bekam gleich Heißhunger auf ein saftiges Steak.

Das Spiel der Alemannia blieb zäh, kurz vor Schluss stand es immer noch 0:0. Damian fragte sich gerade, was er vom Sieschversprechen des Autors und Ticketspenders halten sollte und fühlte sich schon übers Ohr gehauen. »Okay«, sagte da die Pferdeschwanznachbarin unvermittelt, »ich bin dann mal weg, das wird eh nix mehr …« und stand auf. Damian ärgerte sich, 89 Minuten hatte er Zeit gehabt, sie jenseits von Fehlpässen und Abseitsdebatten anzusprechen, vorbei. Jetzt war sie tatsächlich weg. Augenblicke später flog der Ball ins Tor der Gegner aus der Fußballweltstadt Lotte, eine abgefälschte Flanke wollte ein ungelenker Verteidiger noch aus der Gefahrenzone direkt vor dem Tor dreschen und schoss dabei ein Knäuel von Spielern an, worauf der Ball, während der Torwart in der Pratsch wegrutschte, in Zeitlupe über die Torlinie kullerte, einigermaßen grotesk. Eine Bewerbung als Kacktor des Monats, wie es bei *Zeiglers wunderbarer Welt des Fußballs* immer ausgewählt wurde. Robert Moonen blieb stumm, sicher wusste er auch mit bald fünfzig Jahren Erfahrung als Stadionsprecher nicht, wen er nach dem Tohuwabohu als Torschützen ansagen sollte. Schlusspfiff.

1:0. Gewonnen. Wenigstens das, dachte Damian, als er die Treppen hinunterging und innerlich noch das »… wird nie untergehn« vor sich hinsummte. Aus einem Augenwinkel sah er die Tabelle auf der Anzeigetafel oben im Tribüneneck: Konkurrent Oberhausen hatte überraschend verloren, so war die Alemannia auf den glorreichen Platz 6 emporgeschnellt. »Same procedure as every season«, dachte Damian noch, draußen am Ausgang. Platz 6, wie so oft. Das konnte als Erfolg verkauft werden, weil es nicht Platz 7 war.

Da stand die Frau mit dem Pferdeschwanz, emsig vertieft in eine Unterhaltung mit einem groß gewachsenen Mann, so einem gelackafften Schnösel. Der schien sich aber gerade zu verabschieden. Damian mühte sich, möglichst zufällig vorbeizuschlendern. Die Frau mit dem Pferdeschwanz winkte dem Schnösel nach, »... und schöne Grüße an deine Frau.« Damian dachte Ach. Und Ach sagte die Frau mit dem Pferdeschwanz und tat so, als hätte sie Damians gewollt beiläufiges Herbeigeschleiche nicht bemerkt. »Tja, da haste aber noch was verpasst ..., das war ein Tor ...«, klugschiss Damian und fügte in einem Atemzug hinzu, noch adrenalinschwanger von den Sieschjefühlen: »Wollen wir noch ein Bier trinken gehen?«

Damian wunderte sich augenblicklich über seinen Mut, seine spontane Dreistigkeit. Doch, das war spontan, richtig spontan, sagte er sich, also war es besonders wertvoll. Dass er sie derart offensiv ansprechen würde, hatte er ja vor drei Sekunden selbst noch nicht gewusst. »Nee danke«, hörte er nach einer winzigen Pause. Damians Mundwinkel waren schon unterwegs auf Angela-Merkel-Niveau, als sie fortfuhr: »Lieber einen schönen frischen Wein. Was meinste? Ist ja auch nach 4, da darf man schon, oder? Oder gilt das in Reimform nur für Bier?«

»Äh ja, nee«, stotterte Damian spontan überfordert. »Wohin denn?«, fiel ihm nur stockend ein.

Sie einigten sich aufs Forsthaus Schöntal, oben am Eselsweg.

Schön, sagte die Pferdeschwanzfrau: »Ich hol nur eben meinen Wagen. Sollen wir zusammenfahren? Ich heiße übrigens Ariane.«

Kapitel 11

Beim Therapeuten 1

Der Alpträumer

Hell und einladend wirkt der Besucherraum in der Therapeutenpraxis von Dr. Friedensreich Darjahn. An den großen Fenstern kuscheln sich einige sorgsam gepflegte Zimmerpflanzen zu einem kleinen Indoor-Dschungel. Ein Ensemble von Impressionistendrucken hängt an den weißen Wänden, dezent gerahmt, dazwischen einige übervolle Bücherregale bis unter die hohen Decken. Ein paar geschickt gesetzte Strahler sorgen für mildes, indirektes Licht. Hier geht man gerne hin, hier soll man sich entspannt fühlen und wohl. In einem angenehmen Drumherum das eigene Drinnen loslassen und anschauen – das war immer Darjahns Motto gewesen.

Hier, im größten Raum seiner Altbauwohnung in der Triebelsstraße mit den stuckverzierten Decken, stand seit bald zwanzig Jahren Seelenreinigung an, vielfach durchaus erfolgreich, wenn Darjahn auf seine lange Zeit als Gesprächstherapeut zurückdachte. Helfen war sein Job, Blockaden lösen, Zweifel beseitigen, Selbstwertgefühl aufbauen und verstetigen, Menschen über Hürden helfen, das ganze Programm.

Auf dem kleinen Beistelltisch lugten aus einer formvollenden bunten Box Vliestücher heraus, klassisches Utensil in Therapiepraxen. Das liebevoll stoffbespannte Behältnis war ein Geschenk seiner Frau Hanne zur Praxiseröffnung gewesen. Auf dem Schreibtisch im Eck zog eine mächtige Art Deco Lampe alle Blicke auf sich, ein Schnäppchen vom Flohmarkt Paris, 11. Arrondissement. Darjahn dimmte sie an und schaute auf seine Liste: Cornelius Schaffrath war sein erster Klient heute, er kam das erste Mal. Was ihn bedrückte oder quälte, wusste Darjahn noch nicht. Am Telefon hatte Schaffrath durchaus verzweifelt geklungen. Schlafstörungen und Ängste hatte sich Darjahn als Stichworte notiert.

Schaffrath war pünktlich. Hier entlang bitte. Seine Hausärztin habe ihn überwiesen, er solle es mal mit therapeutischen Stunden versuchen, sagte er, und er habe auch die Überweisung dabei: »Schön, dass Sie endlich Termine frei haben.« Er sah sich kurz suchend um. »Wo darf ich mich hinlegen?«

Darjahn kannte das: Viele Klienten, wahrscheinlich alle, hatten schon mal von Freud gehört und glaubten, alle Seelenzergliederung geschehe auf einer Couch. »Ach nein, nehmen Sie doch hier Platz.« Er wies auf einen großen dunkelblauen Sessel.

Man ging kurz ein paar biografische Daten durch, Alter: 48, Inhaber eines Sanitärfachgeschäfts, verheiratet, zwei Kinder, wohnhaft im Aachener Süden nahe der belgischen Grenze. »Ihr erstes Mal bei einem Therapeuten wie mir?« Schaffrath bejahte.

»Gut. Ich weiß, das ist vielleicht nicht so leicht, über das eigene Empfinden zu sprechen. Vielleicht fangen Sie einfach mal an … Was beschäftigt Sie denn, Herr Schaffrath?«

»Ja, also, es ist mir etwas unangenehm.«

»Nur zu.«

»Ja, ähmmm …«

»Wir sind ganz unter uns, Herr Schaffrath.«

»Ich weiß nicht. Ich bin zeitlebens stolzer und begeisterter Autofahrer, und jetzt …«

Er schwieg wieder. Darjahn wollte ihn nicht drängen. Der Klient knetete seine Finger und begann etwas zu schwitzen.

»Wissen Sie, es gibt eine klare Erkenntnis in unserer Branche: Sprechenden Menschen kann geholfen werden.«

Schaffrath lächelte bemüht. »Ja, also, das stimmt natürlich. Wissen Sie …, ich schlafe seit Monaten so schlecht, manchmal gar nicht, halbe Nächte, glaube ich. Diese furchtbaren Alpträume. Ich komme nicht mehr vorwärts.«

Darjahn fiel auf, dass er seine Beine wieder überschlagen hatte. Immer das rechte über das linke. Eine alte Marotte. Er wusste, das tut man nicht, es ist nicht gut für die Blutgefäße, auch nicht für den Flow mit dem Gegenüber und wirkt vielleicht sogar abweisend. Es wäre also nicht vom maximalen Respekt geprägt, den er seinen Klienten und Klientinnen immer entgegenbringen wollte. Sein Mantra. Und stellte die Beine sorgsam parallel.

»Dass man manchmal glaubt, nicht weiterzukommen, ist völlig normal. Das kommt häufig vor. Das kann ich Ihnen versichern. Lassen Sie los.« Das war gerade wichtig bei einer ersten Sitzung: das Gegenüber, vor allem wenn es verunsichert erscheint, wissen lassen, dass es nicht allein ist mit seinen Problemen. »Alles, was Sie fühlen, was Sie bedrängt, hat hier seinen Platz. Trauen Sie sich. Möchten Sie ein Glas Wasser?« Ohne die Antwort abzuwarten goss Darjahn eines ein und stellte es neben die Papiertuch-Box. Schaffrath nippte gleich daran und kauerte sich wieder zusammen, wie in Deckung.

»Sie kommen also nicht voran. Was beschäftigt Sie denn tagsüber besonders? Gibt es Änderungen zu Hause, Eheprobleme, Ärger mit den Kindern vielleicht? Oder berufliche Probleme, die Pandemie wirkt ja bei vielen noch nach?«

»Och, alles in Ordnung.«

»Nichts was Sie ungewöhnlich belastet?«

»Wüsste nicht.«

Darjahn ließ nicht locker. »Was träumen Sie denn konkret? Erzählen Sie mal. Träume sind manchmal absurd und seltsam. Also keine Scheu! Alles bleibt unter uns, selbstverständlich.«

»Also gut, zum Beispiel: Es ist völlig verrückt. Ich fahre mit meinem Wagen von Bildchen her in die Stadt, anfangs geht es ab Waldschenke auch leicht bergab, aber bald neigt sich die Straße umgekehrt, es geht hoch, immer höher. Wo ich doch in den Talkessel will, völlig irre. Ich schalte in den zweiten Gang, bald in den ersten. Und ich stehe spätestens ab Schanz vor einer immer steileren Straße, wie ich sie selbst aus den Alpen nicht kenne. Ich komme gar nicht voran. Ich stecke fest. Das ist doch verrückt.« Und nach einer kurzen Pause. »Herr Doktor, was ist mit mir? Seien Sie ehrlich: Liegt´s am Gehirn?«

»Natürlich nicht«, sagte Darjahn und war froh, dass ein Anfang gemacht war. Jetzt galt es, den Mann zu beruhigen.

»Interessant, recht ähnliche Träume hatten auch schon andere. Ängste, das Auto nicht mehr steuern zu können, Hindernisse, Stacheldrahtzäune auf Kreuzungen, Staus überall, grell rote Ampelstrahler im Gesicht. Solche Sachen habe ich schon gehört.«

Schaffrath sagte nichts und blickte zu Boden.

»Mit dem Auto nicht mehr weiter zu kommen, das klingt nach einem Verlust von Autonomie, eine Einschränkung der Selbstständigkeit. Das kann schmerzen und verunsichern. Wir sprechen auch von Kontrollverlust.«

Schaffrath nickte.

»Ein Klient berichtete mal, als er mühsam aus seinem Auto ausstieg, hörte er einen ohrenbetäubenden Krach von Fahrradklingeln.«

Schaffrath schreckte hoch. »Genau, genau. Ja, das war bei mir auch. Lachende Radfahrer fuhren an mir vorbei, und ja, alle bimmelten wie verrückt, als sie neben mir waren. Die fuhren einfach weiter. Für die schien es keine Berge zu geben.«

Schaffrath schien ein wenig erleichtert. Darjahn sah ihn zufrieden an. »Sehr gut, Herr Schaffrath.«

»Und noch was: Im Autoradio lief dabei *Bicycle Race* von Queen. Da mag ich ja die Textstelle »You say Rolls, I say Royce …«, aber wissen Sie, das Lied wurde immer lauter, je leiser ich es drehte. Ausschalten ging nicht. Es war der reine Horror. Und immer wieder Glong neben mir, Glong, glock, klingel, srrrrr, – Wahnsinn …«

Beide schwiegen einen Moment.

»You say Rolls, I say Royce … – ich hasse es mittlerweile.«

Darjahn ergriff das Wort: »Auto steht für uns, mittlerweile fast schon genetisch, für Fortkommen, für Bewegung. Wenn man glaubt, man würde daran gehindert, fühlt man sich amputiert, behindert, festgesetzt. Das setzt Ängste frei. Und nachts verarbeiten Sie die Ängste.«

Darjahn versprach bis zur nächsten Sitzung einen Therapievorschlag auszuarbeiten. »Das packen wir an, Herr Schaffrath.«

Schaffrath lächelte ein wenig hoffnungsvoll.

Kapitel 12

Bei den Radmenschen 2

Stadtoberhaupt im Untergrund

Wieder ein Mittwoch, wieder Treffen des Radentscheids. Viel Mittelalter war hier beisammen, einzelne schon Höherbetagte um die sechzig und darüber, und die beiden ältesten um die siebzig. Auch einzelne Studenten und Studentinnen saßen heute um den großen Tisch – das sind jene Menschen, die von Teilen der Eingeborenengesellschaft nicht ernst genommen werden, weil sie nicht mal anständig Steuern zahlten und womöglich nur Gäste auf Zeit sind, also maximal Hilfsöcher und Nebenöcherinnen. Aber eben dauernd Rad fahren. Und auch noch Ansprüche stellen, diese Egoisten!

Und die Kampf- oder Rüpelradler? Jene rücksichtslosen Gesellen (und nicht zu unterschlagen: Gesellinnen), die einfach fahren, wie sie wollen, am liebsten durch Fußgängerzonen, über Bürgersteige, grundsätzlich dunkel gekleidet und ohne Licht, die Schimpfkanonade für Nichtradler immer auf den Lippen? Waren schwer zu identifizieren – oder sie hatten sich perfekt getarnt. Wenn man Pensionärin Tine Wimmer mit ihren 72 sah, eine der emsigsten in der Runde, fiel einem die Assoziation zu einer Kampfradlerin auch bei frei schweifender Fantasie schwer. Wegen ihrer recht ausgeprägten Leibesfülle mochte man nicht mal glauben, dass sie ohne fremde Hilfe einen Sattel besteigen konnte. Und sogar ganz allein und unfallfrei wieder runter fand.

Ein bunter Haufen kam hier jedes Mal zusammen, auch politisch. Tatsächlich gab es einen, der für die CDU bei den Kommunalwahlen kandidiert hatte und eine war sachkundige Bürgerin für die SPD. Bei den schwergewichtigen Altparteien also, die in Straßenverkehrsfragen lange als Hubraumparteien galten. Den Begriff Hubraumpartei hatte ein Redakteur der *Aachener Nachrichten/Aachener Zeitung* Anfang 2020 in den Diskurs gestreut. Die launige Zuschreibung war für die Tageszeitungen der Stadt insofern überraschend, als sich die Blätter sonst zum Ärger der Radentscheid-Fachleute so manches mal durch fehlende Sachkenntnis nicht nur in Details hervorgetan hatten.

Manchmal ließen sie auch Leserbriefe in ihre Spalten, die vor falschen Behauptungen und Absurditäten nur so strotzten, dass man fast schon »das Recht auf freie Meinungsäußerung abgeschafft gewünscht« hätte, wie Harry mal gesagt hatte. Leserbriefe als Old School Variante der asozialen Netzwerke, Drauflospampen als Haupt- und Alleinzweck. Aber bitte, hatte Lynn generös und auch sehr zurecht geantwortet: »Das ist halt freie Meinungsäußerung. Unsere Verfassung garantiert auch das Recht auf verbalen Müll.«

Bei der Abstimmung im Stadtrat Ende 2019 hatten auch SPD und CDU geschlossen für die Annahme des Radentscheids gestimmt und waren somit an diesem Tag zu Speichenparteien geworden. Hubraumredakteur der Medienhaus-Blätter geblieben war Heinz Erling, ein leidenschaftlicher Sportwagenlenker übrigens, der das Autowesen sozusagen Oldtimer School gegen die Empörlinge auf zwei Rädern verteidigte wie eine Mutter ihr Neugeborenes.

Als Autofreak war dieser Erling im Vorgestern gefangen, bislang ein hoffnungsloser Fall für Themenbereiche wie nachhaltige Verkehrswende, Innenstadt-Belebung, Aufenthaltsqualität. »Leute wie unser Freund Erling«, mutmaßte Davide einmal, »würden ja am liebsten bis vor den Domkeller oder den Domaltar dieseln oder benzinern.« Und nicht nur Davide wusste, dass es solche Erlings weiterhin zu tausenden gab.

AutofahrerInnen hatten ihre eigenen Argumente: Parkplätze, Gewohnheit. Das war zu erwarten, das war hier natürlich auch bekannt. Auch dass sich längst Widerstand formierte, der bei den Debatten um den Umbau der Lütticher Straße angefangen hatte. Nur wussten sie hier und heute noch nicht, wie sehr sich die Auto-Opposition schon stadtweit vernetzt hatte und welche Helfershelfer da mitwirkten.

Der junge IT-Fachmann Adel konnte derweil von einer berichten, die scheinbar die Seiten gewechselt hatte: »Übrigens, die Frau Sucker-Kulergy hat sich und ihrem Mann ein Pedelec gekauft.«

»Ja und? Viele Leute kaufen heutzutage Räder, immer mehr, gerade Pedelecs«, meinte Tine.

»Mag sein, aber diese Frau Sucker-Kulergy ist schon was Besonderes. Das ist eine von denen, die Ende 2020 in vorderster Front gegen den Radweg in der Lütticher Straße aufbegehrt haben. Den Radkauf hat mir der Fahrradhändler meines Vertrauens gesteckt. Sie habe ihm gesagt, er solle das nicht weitersagen, nicht dass sie als Verräterin dastehe in ihrem Umfeld. Er hat es ihr versprochen. Aber ich gehöre ja nachweislich nicht zu ihrem Umfeld.« Ein paar Leute grinsten. »Und beim Metzger Bangemach«, fuhr Adel fort, »stehen jetzt drei Radbügel vor dem Laden.« Der stolze Familienbetrieb (»Adventsfleischwurst seit 1888«) war die damalige Anlaufstelle des Widerstands in der Lütticher Straße. Der Inhaber hatte weisgesagt, wenn ein Radweg vor seine Wursttheken komme, könne keiner mehr parken, dann käme niemand mehr kaufen und er müsste seinen Laden zumachen.

»Verkauft der denn seine Koteletts und Advents-Frikos auch an Radfahrer?«, fragte Esther.

»Ich möchte«, fuhr Lynn fort, »heute etwas Grundsätzliches sagen: Der Ratsbeschluss zum Radentscheid ist ja mittlerweile deutlich über zwei Jahre alt. Bald sind es drei oder vier. Bislang war es sehr mühsam mit der Umsetzung, und das ist ja noch überaus freundlich ausgedrückt. Ich denke, wir müssen allmählich aus der Wohlfühlzone rauskommen, aus dem freundlichen Hin und Her mit Politik und Verwaltung. Nicht mehr mit ansehen, was alles nicht funktioniert. Und nochmal, wir sind keine Bittsteller. Es gibt definierte Maße, eine fixe Anzahl an Kilometern und Kreuzungen. Da gibt es auch nichts zu verhandeln, Kompromisse ausgeschlossen. Fakt ist Fakt. Wir müssen noch deutlicher klare Kante zeigen, was werden muss, auch konkret einfordern.«

»Nun warten wir doch erst mal ab, was das neue Koordinariat Radentscheid bringt«, sagte Camilla. Die Stadt hatte im Mai 2021 überraschend eine zusätzliche Stelle Radentscheid-KoordinatorIn ausgeschrieben. Was die Stelle bringen soll, war beim Radentscheid umstritten. Optimisten sagten: Ein gutes Zeichen. Dass es voran gehe. Andere raunten: Das sei ein Zeugnis des bisherigen Scheiterns – ohne jemanden von außen kommen wir nicht voran, weil sich die Verwaltung im Kleinklein zerfasert.

»Ich will nicht immer weiter abwarten. So jemand muss sich auch erst länglich einarbeiten. Heute muss passieren, was morgen gut sein soll. Wir müssen offensiver werden und das auch einfordern. Und die Stadt muss das entsprechend verkaufen, klare Konzepte hinlegen.«

»Die städtischen Planer machen Stückwerk, kleingeistiges Hickhack. Die warten nur auf Anwohner-Proteste, um dann einzuknicken und die Vorhaben aufzuweichen. Wir müssen radikaler werden. Aba so wat von.« Das war noch einmal Esther, nicht überraschend.

So ging das hier oft. Da bleiben immer die gleichen Themen, die einen waren ungeduldig, die anderen guckten Stück für Stück. Aber so recht weiter kam niemand.

»Vielleicht müssen wir nicht radikaler werden, sondern klarer und kompromissloser im Denken und Fordern.« Camilla konnte auch geradeaus. »Die Stadt verschläft sonst alles. Auch was aus diesem neuen Verkehrsnetzplan vom Herbst 2021 konkret wird, wissen wir noch nicht. Und noch etwas kommt ja fatalerweise hinzu: Gegen alle Vernunft und Verhältnismäßigkeit wird zum Beispiel die kleine ruhige Herderstraße zur Fahrradstraße umgebaut. Die Menschen dort sind massiv verärgert, weil Parkplätze wegfallen. Das ist irre.«

»Man muss das vielleicht der Öffentlichkeit noch einmal erklären: Die Herderstraße ist ein kleines Teilstück der lange vor uns geplanten Radvorrangroute Brand und hat gar nichts mit dem Radentscheid zu tun, außer dass sie noch rot markiert werden soll. Aber: Das fällt dann komplett auf uns zurück.«

»Genau, dann heißt es im Reflex, dieser scheiß Radentscheid. Ekelhaft. Am besten wäre noch, wir würden uns dagegen wehren, so unsinnig vereinnahmt zu werden. Sollen wir eine Solidaritätsdemo machen?« Tim hatte diese seltene Idee.

»Das wäre noch was, Tim. Radentscheid protestiert gegen Radweg. Da kämen wahrscheinlich die *Tagesthemen*.«

»Radler, Arm in Arm mit den Blechdosenfritzen. Ich glaube ich spinne.« Das war Adel. »Aber es zeigt doch nur«, fuhr Lynn Ayneburg fort, »wie verquer, planlos und sinnfrei das alles läuft. Wo es dringend notwendig ist, passiert nichts. Was wir brauchen, ist endlich ein erster Referenzkilometer als Leuchtturmprojekt, an einer Hauptverkehrsstraße.«

»Was macht eigentlich unsere OBin?« Das fragte Tim bei solchen Gelegenheiten gern. OBin, das war der selbstgewählte Titel der Oberbürgermeisterin Sibylle Keupen.

»Reden«, antwortete dann jemand genauso gern. »Sprechen und versprechen und den nächsten Dialog anleiern, um alle Bürger und Bürgerinnen der Stadtgesellschaft mitzunehmen.«

»Mitnehmen, dat sacht se ja immer gern – ja gern, aba wohin?« Das war Esthers Frage.

»Aber vielleicht plant sie auch etwas Größeres im Verborgenen. Und kommt mit einem tollen großen Konzept eines Tages nach vorn, wer weiß …«

»Ein Stadtoberhaupt im Untergrund, dat wär auch mal wat Neues.«
Unter *Verschiedenes* folgte noch der Tagesordnungspunkt »Großes Kino«. Filip hatte das Wort: »Wir haben übrigens einen kleinen Film zusammengeschnitten, aus dem Material zur Übergabe der Unterschriften 2019. Klappt der Beamer?« Er tippte auf seinem Laptop herum. So eine technische Banalität funktionierte nie im ersten Anlauf.

IT-Fachmann Adel sagte was von Schnittstellen und Empfangssignalen.

»Da ist er ja schon. Dann Film ab.«

Man sah einen Haufen Leute ihre Räder vor dem Rathaus abstellen. Manche gingen mit dem stolzen Blick eines Siegers die Treppen hinauf, als hätten sie gerade die Tour de France gewonnen. Dazwischen ein paar nette Zwischenschnitte vom Sammeln in den Monaten zuvor, immer mit der unermüdlichen Franziska im Mittelpunkt, wie sie redete und redete und Kulis hinhielt, bis unterschrieben war. Und dann als Höhepunkt kam der damalige Oberbürgermeister ins Bild – Marcel Philipp hieß er, lange ist es her. Ein letztes Mal bekam er einen Unterschriftsbogen überreicht, schon ausgefüllt mit seinem Namen, Adresse: Rathaus, Markt, Aachen, »bitte unterschreiben Sie hier«. Aber er wollte nicht. Der Radentscheid sei ihm zu kontrovers, zu polarisierend, sagte er. Philipp lächelte, seine Kernkompetenz.

Trotz fehlender persönlicher Unterschrift wurde er noch zum Hauptdarsteller des Films: In Zeitlupe und dann noch ein halbes dutzend Mal hin und her, mit Geigenklängen unterlegt, war zu sehen, wie er über die 25 rosafarbenen Sammelordner mit den 38.185 Unterschriften strich, sie gerade rückte auf dem Empfangstresen des Rathauses. In Endlosschleife. Ein Streichel-OB mit einem Faible für Rosa.

Das Filmteam bekam einen kleinen Applaus.

»Wo sind die Ordner eigentlich abgeblieben?«, fragte jemand.

»Gute Frage. Wahrscheinlich in irgendeinem panzerglasgesicherten Asservatenkeller, oder?«

»Vielleicht auch in der Schatzkammer am Dom.«

»Sollen wir die Ordner nicht mal besuchen? Wahrscheinlich langweilen die sich bis zum Vergilben. Vielleicht kann man da auch noch ein paar Aufnahmen machen.«

»Tolle Idee.«

»Gut, dann versuch ich mal rauszukriegen, wo sie sind«, bot sich Filip an. Filip Heinen, der vollbärtige, gemütliche Mann von schon Mitte sechzig war die Hilfsbereitschaft in Person, und er hatte gern den Schalk im Nacken. Ein Nacken, der eine erhebliche Stärke hatte. Wohlwollend formuliert war er eine stattliche Erscheinung, andere frotzelten, er sei für sein Gewicht deutlich zehn Zentimeter zu klein, seine Frau sagte: naja, eher fünfzehn, mindestens. Sicher war: Selbst Sport zu treiben hielt der Genussmensch Filip für eine unnötige Angewohnheit, Fitnesstraining für eine »Modetorheit des Menschengeschlechts« und setzte »statt auf Selbstoptimierung auf ein authentisches Selbst«. Fahrradfahren war doch Bewegung genug, das aber tat er gern und häufig.

Kapitel 13

Damian und Ariane 2

Im Biergarten

»Hej, du bist ja schon da«, hatte Ariane gesagt, als sie im lauschigen Biergarten hinter dem Restaurant Schöntal aufgetaucht war.

»Naja, Fahrräder sind nun mal in der Stadt das beste Verkehrsmittel.« Damian nahm den letzten tiefen Zug aus seinem alkoholfreien Weizen, das er gegen den heftigen Durst bestellt hatte.

»Ja, sorry, hat was gedauert, bis ich erst mal aus dem Parkhaus raus war. So viele Autos.«

Ariane strahlte jetzt. Und ihn an, wenn er sich in seiner 58-jährigen Menschenkenntnis nicht sehr vertat. »Zum Glück gibt es hier Parkplätze. Neulich hat mich jemand angezeigt, Bußgeld 55 Euro, weil ich verkehrsgefährdend mit zwei Rädern auf dem Radstreifen stand.«

Damian schluckte einen Kommentar herunter. Dann wollte sie alles über das Sieschtor wissen.

»Was hast du denn für einen Wagen?«, versuchte sich Damian in Interesse und hasste sich im gleichen Moment für sein Einschleimen. Nichts war ihm eigentlich egaler als Name, Hersteller oder Leistungsvermögen eines solchen Selbstbewegers. Als Radfahrer war ihm Auto Auto, also Hindernis, Lärmquelle, Gefahrenherd, ein überdimensioniertes Gerät mit viel technischem Schnick und noch mehr Schnack, halt mit vier Rädern, gewöhnlich unten, mal gewollt flach, seit einiger Zeit gern extra hoch. Ariane nannte den Hersteller und ein paar Kürzel dahinter. »So ein kleiner Sportwagen, weißt du, hat mir mein Ex damals mal geschenkt, lange her. Der war ziemlich mit Kohle gesegnet.«

Damian versuchte schnell zu ordnen: Tolle Frau, aha, ein Ex, und wenigstens kein großer Sportwagen oder

SUV. Sie strahlte ihn schon wieder an und alle Zweifel weg.

»Der italienische Chardonnay hier ist großartig, willst du auch?« Damian nickte. »Zwei Wein bitte …« Und Damian dachte: Wahrscheinlich hat sie mit diesem Sportwagenschenker hier schon oft gesessen. Aber egal, das war ja vorbei, dachte er sich.

Damian wollte gleich mal ihre Autoleidenschaft testen. »Wie findest du SUVs?«

»Groß?«

Hmmm, dachte Damian. Ganz schön spitzfindig, aber mäßig aussagekräftig.

»Also ich würde mir so ein Hochsitz-Auto nie zulegen«, half ihm Ariane aus der Patsche.

»Ich finde sie ekelhaft und furchtbar«, fuhr Damian fort.

»Am besten verbieten?«, stichelte sie.

»Nein. Ich finde, wer ein solches Gefährt braucht, um offroad unterwegs zu sein, bitte. In sehr unwegsamem Gelände, wo erlaubt, alles okay. Da bin ich ganz tolerant. Vielleicht sind sie auch sehr hilfreich für den nächsten Sahara-Urlaub. Aber ansonsten gibt es ordnungsrechtlich bessere Möglichkeiten als Verbieten: Wer mit so treckerähnlichen Zwei- oder Dreitonnern auf normalen Straßen fahren will, sollte auch wie ein Trecker behandelt werden. Also maximal Tempo 25.«

Ariane fand den Vorschlag köstlich. Damian verschwieg, dass er die Idee beim Arzt und Fernsehmoderator Dr. Eckart von Hirschhausen geklaut hatte.

Ariane erzählte viel von sich, ihrem Leben, ihrem Job in einer Werbeagentur, den Kampagnen, online und analog, dass das richtig Spaß bringe. Was er denn beruflich mache? Naja, holte Damian aus. »Also: von Beruf bin ich, ja was, sagen wir: angewandter Lebenskünstler.«

Ab und an hatte er das auch anderen gegenüber so genannt, und manchmal ein mildes Lächeln geerntet.

Ariane sagte »Aha.«

»Aber nicht im Sinne von Müßiggänger, womöglich mit dickem Erbe gepampert«, hatte er schnell hinzugefügt und erzählte, er habe im Laufe seines Lebens viele Berufe gehabt und viele Dinge ausprobiert. Es hatte sogar akademisch begonnen mit einem Abschluss als Pharmazeut. Damit hätte er eine Apotheke aufmachen oder übernehmen können, das hatte er auch erwogen, weil es halt der selbstverständliche Startschuss in ein Leben ohne finanzielle Sorgen sein würde. »Aber das erschien mir als Lebensaufgabe viel zu langweilig, viel Geld ist viel zu billig. Den Leuten Tabletten andrehen, Rezepte einlösen, semiärztlich älteren Damen mal Blutdruck messen und dann immer gucken müssen, in welche Immobilienprojekte man das wachsende Vermögen steckt – wie öde auf Dauer.«

»Und was macht man als Apotheker ohne Apotheke?« Eine naheliegende Frage.

»Kommt ja jetzt.« Damian erzählte, er habe damals mit seinem Diplom ein raffiniertes Betätigungsfeld ausgemacht. Er machte jahrelang Urlaubsvertretungen in Apotheken. Da war er Sommer für Sommer immer sehr begehrt. »Apotheker oder Apothekerinnen haben bis heute das Problem, dass sie nie in Urlaub fahren, ohne ihren Laden zuzumachen. Denn, erklärte er, von Gesetz wegen müsse immer ein approbierter Apotheker vor Ort sein. Und Urlaub hätte Zigtausende an Umsatzeinbußen bedeutet.«

Und so habe er, Damian, jahrelang sommers in den hinteren Räumen solcher Salbenvertriebsgeschäfte die Zeit abgesessen, während die kundigen Angestellten die Kunden zufrieden stellten. Er musste nur anwesend sein. Ansonsten konnte er lesen oder Fußball-Weltmeisterschaften gucken, – und vorne spielte die Musik. »Nur wenn eine Oma mal den Herrn Apotheker persönlich sprechen wollte, habe ich rasch den weißen Kittel übergezogen, bin dienstbeflissen lächelnd zum Tresen geeilt, habe das verschriebene Rezept als sehr hilfreich und wirksam gelobt, um mich alsbald wieder zurückzuziehen.« Nach einigen Jahren kannte er kaum noch ein Medikament, aber für solche Detailkenntnisse hatte er ja eben seine Mitarbeiter, vornehmlich -innen.

Die sollten nicht wissen, welche absurden Summen den Inhabern Damians Dreiwochenjobs Wert waren. Da waren locker 5.000 drin, anfangs noch in Mark, aber meistens schwarz, in seiner Lieblingsapotheke in der Aachener Innenstadt hatte er sogar 7.500 ausgehandelt, cash auf die Täsch. Das schlechte Gewissen wegen des Verdienst-Gaps zu den knechtenden Angestellten kompensierte er nach seinen wenigen Wochen Einsatzzeit immer mit einem großzügigen Abschiedsfest. Es gab Öcher Spezialitäten und ein Fässchen Bier. Ein Grund, warum er sehr beliebt war. Und das ließ sich zudem von der Steuer absetzen, wenn sein Job mal offiziell war. Diese finanziellen Details ließ er bei seinen Erzählungen allerdings weg. Konnte man ja mal nachholen, wenn Ariane und er sich mal besser kennen würden, dachte er.

»Klasse«, sagte Ariane.

»Ja, so ging das viele Jahre.« Damian erzählte weiter, er habe zeitweilig, gern im Herbst und im Frühjahr, auch Radtouren organisiert und begleitet für ein Unternehmen in der Weststraße: sehr angenehme Touren, meistens kulinarisch (»Bike & Schlemm«) überaus angenehm abgefedert. Eine Weile lang machte er älteren Witwen im Südviertel die Gärten winterfest und frühlingsreif, das hieß: umgraben, Beetpflege, hier und da kleine Bäume auf- und abforsten inklusive. Die Damen, ansonsten hilflos wegen nachlassender Kräfte (»ich hab Rücken«), waren überaus dankbar und großzügig. Und ihm machte das Herumwerkeln in Gärten und Kleinparks rund um den 2.-Rothe-Haag-Weg richtig Spaß. Dann rief mal wieder ein verzweifelter Apotheker aus Walheim oder Merkstein an – und längst gab es die gleiche Aufwandsentschädigung wie früher in Euro. So ließ sich das Leben leben. Zuletzt hatte der TH-Lehrstuhl für Alltagsphilosophie angefragt, ob er als Gastdozent nicht Interesse an einer Veranstaltungsreihe für Lebensphilosophische Denkmodelle hätte. Hatte er. War wieder eine ganz andere Art Job. Außerdem liebte er es, die jungen Studentinnen anzustrahlen und manches Lächeln zurück zu bekommen. Aber das ließ er jetzt natürlich weg. »Jetzt im Juli mach ich nach längerer Zeit mal wieder zwei Apotheken. Ist auch ein ziemlich sozialer Job: Damit helfe ich den Inhabern ja auf die Seychellen.«

»Süß«, sagte Ariane. Wobei, genau hingehört hatte sie fast »süzth« gesagt, also zur Hälfte leicht anglophil wie mit einem »th« und ansonsten wie ein spanisches Lippen-c, das fast wie ein »z« klang. Kurz: Ariane lispelte leicht. Damian fand das süß, respektive: süzth. Sie tat das nicht immer, und man musste schon darauf achten. Damian achtete gern.

»Bist du eigentlich ein notorischer Radfahrer?«, fragte Ariane unvermittelt.

»Was meinst du mit notorisch? Also schon regelmäßig. Muss ja, ohne Auto.«

»So ganz ohne Auto? Ich glaube, das könnte ich nicht.« Sie schüttelte den Kopf. Ach, dachte Damian, kann ein Pferdeschwanz neckischer wippen und umhertanzen?

»Manchmal«, sagte Ariane beim zweiten Wein, »denke ich, am besten wäre, die Innenstadt würde gesperrt. Autofahren ist schon wichtig. Aber man fährt so oft aus reiner Gewohnheit. Also ich jedenfalls. Und viele andere auch.«

Das war eine Steilvorlage für Damian. »Das Problem ist oft schon der Besitz eines Autos. Ich kann da aus eigener Erfahrung berichten: Solange du eins hast, benutzt du es im Zweifel auch, selbst wenn du weißt, Fahrrad oder zu Fuß ist für eine kurze Strecke allemal besser, gesünder sowieso. Aber: Es könnte ja regnen. So wird man zum Sklaven des Automobils. Als ich mein letztes abgeschafft hatte, war das wie eine Befreiung.«

»Hmmm«, sagte Ariane, »interessant«. *Interessant* hatte eine Spur von *intereszthant*.

Der gepriesene italienische Chardonnay kam Damian etwas flachbrüstig vor, aber egal – er tat sein Werk. Vielleicht fiel ihm dieses Adjektiv auch nur ein, weil er neulich in einer Anzeige von einem »vollbusigen Wein« gelesen hatte. Wirklich wahr! Diese Weinfritzen hatten wirklich einen am Korken. Damian mochte Wein, aber er wusste: Das Beste am Chablis oder Sauvignon war immer noch das frisch gezapfte Pils danach. Aber das sagte er jetzt nicht. »Zum Wohle, Ariane.«

Aus einem flachbrüstigen Sommerwein waren schließlich drei geworden, die ihm zunehmend vollbusig vorkamen. Sie aßen noch eine Kleinigkeit. Ariane biss lustvoll in ihren vollbusigen Wildburger und wunderte sich über seine flachbrüstige Salatschüssel: »Echt, du isst kein Fleisch? Also ich könnte das nicht. Ich finde, Fleischeslust gehört zwingend zum Leben dazu.« War das eine gewollte Doppeldeutigkeit? Was Damian wusste: Für diese Frau war sein Paarungs-Vegetarismus ungeeignet. So wie einst wohl eine lila Bluse bei einem farbenblinden Galan.

Soll ich oder soll ich nicht, fragte sich Damian irgendwann, als die Sonne ihre letzten Strahlen auf den Tisch lenkte. Vielleicht sogar die diskret-direkte Frage: Zu dir oder zu mir? Oder das verschwurbelte: Wollen wir noch einen Kaffee bei mir trinken, jene Frage, die das altvordere »Ich könnte dir noch meine Briefmarkensammlung zeigen« in der mitteleuropäischen Balz vor langer Zeit abgelöst hatte? Oder doch lieber die Antwort offenlassen und so was sagen wie: Ja, ähh, was machen wir jetzt? Damian dachte, naja, vielleicht ist das auch etwas dreist und voreilig, gleich am ersten Abend. Aber ihm war schon nach mehr, sehr sogar. Also nach viel mehr.

Es war so ätzend, wann sagt man wie was? Und immer war es an ihm als Mann, aktiv zu werden. Und so war ja auch seine Lebenserfahrung: macht man als Mann nicht voran, würde nichts passieren. Wo bleibt der Feminismus? Hier könnte er doch mal wirkmächtig werden! Und: Gab es da nicht eine charmantere Frage? Es war aber auch schwierig an diesen Weggabelungen der Anbahnung. Mit der falschen Frage im falschen Moment konnte man alles verbocken – so wie bei Elke damals. Die war völlig verdattert gewesen (»Wie kommst du denn da drauf …?«), alles wurde unmittelbar verkrampft. Natürlich war auch mal, war es nicht Silke gewesen?, der Satz gefallen: »So eine bin ich nicht.« Seitdem war Damian vorsichtig geworden.

Lieber einmal zu sehr warten als zu wenig. Erst Fasten, dann Fleischeslust.

Ariane war zur Toilette gegangen. Sie überlegte gerade, wie es wohl mit diesem netten Kerl weitergehen könnte. Ob er wohl den Mund aufbekommt? Na, mal abwarten, sagte sie sich, wahrscheinlich ist er sehr vorsichtig. Eigentlich war Ariane jemand, die bei solchen Kennenlernmomenten auch mal das Geschehen in die richtige Richtung stupsen konnte, vorsichtig stupsen, nicht lenken. Aber gleich am ersten Abend? Wir werden uns bestimmt neu verabreden, dachte sie, durchaus vergnügt. Vielleicht grübelt er gerade, hihi.

Damian grübelte. Ach, mit seiner spontan-dreisten Frage vorhin am Stadion war er doch erfolgreich gewesen. Vielleicht …

Jedenfalls war Ariane einem zweiten Treffen nicht abgeneigt. Das »Ja gern« klang echt überzeugend. Oder war sie schon ein wenig enttäuscht, als er gesagt hatte: »Gut, ähh …, ja, ich glaub, ich fahr dann mal nach Hause«?

Abends im Bett dachte Damian: Doch, war ein schöner Tag. Und er hatte ja ihre Telefonnummer und ihr Parfüm noch in der Nase von der kurzen Abschiedsumarmung. Er war sicher, er würde wohlig und angeregt von ihr träumen, zuckersüzth von ihr träumen.

Kapitel 14

Bei den Automenschen 2

Die Agentterroristen

Dr. Hannes Kügler begrüßte seine Gäste ein zweites Mal. Es waren sogar einige mehr geworden als noch vor ein paar Wochen.

In der Sache wollte er zu Anfang ein Problem bereinigen. Kügler versuchte, seinem üblen Denkfehler vom vorigen Mal die Schärfe zu nehmen, indem er alles in einen Scherz verkleidete. »Leider sind wir in der Zwischenzeit 63.000 Kämpfer und Kämpferinnen für die gute Sache weniger geworden.«

»Was, wieso?«, sagte Theo Veit. »Wir werden doch immer mehr. Heute sehe ich auf Anhieb mindestens sieben oder acht Leute, die voriges Mal noch nicht da gewesen sind.«

»Moment, Theo. Ich hatte mich beim letzten Mal auf einen Leserbrief bezogen, von den 258.000 Aachenern hätten nur 38.000 den Radentscheid unterschrieben, da blieben tatsächlich 220.000. Nun haben mich unsere beiden Anwälte aber« – er grüßte kurz an die rechte Ecke des Kellertresens – »auf einen Fehler hingewiesen. Bei der Gesamteinwohnerzahl von 258.000 sind die jungen Menschen unter 16 mitgezählt worden.«

»Ja und? Öcher ist Öcher!«

»Unterschriftsberechtigt sind die aber nicht. Ab 16 Jahre haben von 195.000 Leuten 38.000 diesen Radentscheid unterschrieben, also waren es 157.000 nicht.

»Ist auch ne Menge.«

»Genau, auch eine überwältigende Mehrheit.«

»So ist es.«

»Also sind wir die Initiative Autoentscheid: Die 157.000 Aufrechten.«

»Genau. Und für die Jugend kämpfen wir mit. Fahren for Future. Die wird es uns eines Tages zu danken wissen.«

Man sammelte Ideen. »Vielleicht sollten wir auch mal eine Demo machen, eine Autofahrerdemo!«

Irm schluckte. Demo – das war ein Wort, das bei ihr reflexhaft ganz oben auf dem Index stand. Demo – das klang wie Aufruhr, das roch nach Studentenschweiß, das sah aus wie ungepflegt, das schmeckte nach einer Welt, die gar nicht die ihre war. »Wie meinst du das, Demo?«

»Naja, aufrufen zu einem Autokorso durch die Stadt. Mit Hupkonzert. Mit Transparenten, also zumindest Schildern. So was wie »Schluss mit dem Radwahnsinn«.

»Öko-Terror!«

»Vollsperrung für Radautobahnen.«

»Nieder mit den Corona-Radlern.« Das war Cornelius Schaffrath, der seine Müdigkeit mit einem großen Pott Kaffee zu bekämpfen versuchte. Was er mit Corona-Radlern meinte, erschloss sich nicht, aber immerhin waren zwei Großübel in einem Begriff zusammengefasst. Dass der Begriff Corona-Radler für Schaffrath eine besondere persönliche Bedeutung hatte, sollte sich später noch zeigen.

»Da kommen ja schon einige Ideen zusammen«, freute sich Hannes Kügler.

Hier wurden brave Bürger und Bürgerinnen plötzlich zu Wohnzimmer-Revoluzzern. Einige steigerten sich in ihre Fantasien. Irm blieb skeptisch, aber ein bisschen Gefallen fand auch sie. Der Charme des Widerständigseins. Dietmar Zimta, ein ehemaliger Polizist, sah keinen Grund, warum das seine Verkehrskollegen nicht genehmigen sollten. »Man darf heutzutage ja sogar für den Hambacher Forst demonstrieren, wo all die kriminellen Linksextremisten hausen.« Zimta hatte sich mit seiner Einsatzhundertschaft dort einige Jahre aufgerieben, bis zu seiner vorzeitigen Pensionierung, weil er einmal sein persönliches Gewaltmonopol massiv überreizt hatte. Und sogar vor Gericht gelandet war. Aber das war eine andere Geschichte. »Das wird schon klappen«, sagte er.

Man verabredete, diesen Gedanken bis zum nächsten Mal sacken zulassen und weitere Ideen zu sammeln.

»Oder schickt mir Vorschläge, Anregungen …«, meinte Hannes noch.

»Ich hab noch was: Den Speichen – werden wir nicht weichen!«

Verena Jütmann hatte das in die Runde geworfen. Sie war zum ersten Mal bei einem der Treffen, nebenan von der Körnerstraße, gemeinsam mit ihrem Mann, Professor Viktor Jütmann, frisch emeritierter und in Aachen weithin bekannter Ordinarius für Theoretisch-Angewandte Stochastikwahrscheinlichkeit an der RWTH. Er erzählte von ihrer Radentscheid-Geschichte. »Wir haben sogar beide unterschrieben, meine Frau und ich, waren dann aber schnell entsetzt, welche fatalen Auswirkungen direkt bei uns um die Ecke drohen und sind deshalb jetzt umso engagierter dagegen!« Hannes Kügler dachte sofort an seine eigene Leserbrief-Analyse: Leichtfertig und gutgläubig, böses Erwachen … – tja, da hab ich ja sogar in höchsten Akademikerkreisen ins Schwarze getroffen. In einem Anflug von privater Offenheit ergänzte Verena noch, sie als kinderloses Pensionärspaar hätten außer ihrer Rauhaardackel-Veteranin Jule (16) sonst nicht mehr viel zu bekümmern. »Also sind wir gerne hier und wollen Sie alle unterstützen.«

Die Runde freute sich über die prominenten Mitstreiter. »Ausgezeichnet!«, rief einer von hinten. »Summa cum laude, Ihr Engagement. Sonst glauben ja Ihre Studenten noch, diese radelnden Verkehrshindernisse, sie könnten uns aufzwingen, was sie für richtig halten.« Das hatte ein Mann eingeworfen, der auch erstmals gekommen war und diesem Treffen später noch seinen Stempel aufdrücken sollte. Ron war sein Name.

Vorher hatte Dr. Hannes Kügler eine beunruhigende Nachricht: »Ich habe aus verlässlicher Quelle erfahren, dass jemand aus Aachen an einem Buch über den Radentscheid schreibt. Womöglich nicht eben freundlich über uns. Wir sollten wachsam sein, nicht dass derjenige sich hier inkognito einschleicht und uns ausspioniert.«

»Frechheit« sagte einer. »Ist der hier? Soll sich ruhig zeigen. Hallo …! Und …?« Niemand reagierte.

»Ach, wir haben ja auch nichts zu verbergen.«

»Naja, könnte schon sein, das eine oder andere möchte ich nicht lesen.«

»Stimmt.«

»Aber wir dürfen uns auch nicht gegenseitig verdächtigen. Und vor allem keine Schere im Kopf, was wir hier besprechen. Immer mutig voran.«

»Genau. Es geht voran. Was können wir noch tun?«

Anschließend tauschten sie noch einmal ihre Argumente »gegen die Verradpistung Aachens« aus, um sie »zu einem Anklage-Dossier« zusammenzustellen. Heinrich Schneiders hatte das so genannt und schrieb alles mit, in einer langen Spiegelstrichliste.

Vor allem waren da die bald fehlenden Parkplätze, einer sprach gar vom »Stellplatzmord«. Nicht nur, dass in ihrer Fantasie bald jeden Abend lange Fußmärsche quer durch die halbe Stadt drohten, zumindest durch ihr Viertel, es gab ja noch mehr kluge Einwände:

»Wir haben ja eine Garage. Aber wo sollen in Zukunft unsere Gäste parken?«

»Was ist mit dem Rettungsdienst?«

»Wohin sollen Paketboten?«

»Wo soll die Müllabfuhr anhalten?«

»Da kommen doch keine Busse mehr durch.«

»Pflegedienste! Kriegen die Alten bald keinen Service mehr?«

Heinrich schrieb und schrieb und bat bald um ein neues Blatt Papier.

»Und Taxis? Meine Nachbarin, eine alte schon etwas gebrechliche Frau, fährt einmal in der Woche das Grab ihres Mannes besuchen. Will man die jetzt einsperren?«

»Bei uns hat es neulich Knöllchen gegeben«, berichtete einer beiden türkischen Geschäftsleute vom Adalbertsteinweg. »In der Ladezone.« Es sei halt zehn nach zwölf gewesen, zu spät. »Und wie soll das erst werden, wenn da alles nur noch Radweg ist? Das ist Terror! Auf türkisch: Terör!«

Heinrich schrieb Terror und Terör auf sein Notizpapier. Marlene sagte: »Wieder was gelernt.«

»Und wir werden alle Umwege fahren müssen, diese Radfahrer lachen dann vielleicht darüber. Die sind doch für Umwelt, das haben sie dann davon. Nur mehr Suchverkehr.«

»Und am besten Tempo 30 überall, das wollen die doch auch, diese weltfremden Idioten. 30 heißt erster oder zweiter Gang, also mehr Abgase.«

Gut, an dieser Stelle hätten aufmerksame Zuhörer einwerfen können, dass diese Rechnung so nicht stimmt. Aber was sind schon Fakten und Argumente! Und selbst wenn das stimmt mit dem abgasstarken Tempo 30: Ein besonders abgasbewusster Autofahrer darf in einer solchen Zone auch 20 oder 25 fahren, wenn ihm die Umwelt wirklich am Herzen liegt. Tempo 30 ist schließlich nicht Pflicht.

Bei den Auto-Aufständischen ging es schnell um eine andere Ungeheuerlichkeit.

»Und dann müssen wir als Anrainer nach Kommunalabgabegesetz die albernen Umbauten auch noch zahlen.«

Die Stimmung schaukelte sich hoch.

»Und wofür? Da sind ja nirgends Radler! Die bauen die Radautobahnen für Leute, die es gar nicht gibt. Bei mir am Haus kommen vielleicht drei in der Stunde vorbei. Ein Wahnsinn.« Das Wort Radautobahnen kam immer dann, wenn die Empörung besonders groß war. Eine Art verbaler Superjoker.

Argumente wie sie Heinrich festgehalten hatte, tauchten immer wieder auf. Beim Online-Dialog Stadtverwaltung und Bürger über den Umbau der Lothringer Straße ging es im April 2021 zum Beispiel um die Umgestaltung des Platzes an der Ecke Friedrichstraße. Zwanzig Parkplätze kämpften um ihr Leben. Anwohner hatten sich online beteiligt, viele mit Absender »Anonymus«:

»Reine Alibiveranstaltung.«

»Ja, wollt ihr Schleichverkehre?«

»Wie werden wegfallende Parkplätze kompensiert?«

»Wie viel müssen wir Hausbesitzer für den Öko-Spaß zahlen?«

»Der ganze Schnickschnack interessiert mich nicht.«

»Kosten? Werden wir natürlich auf die Mieter umlegen.«

»Den Platz umgestalten, Sitzplätze? Das bedeutet Vandalismus, alles nur für die Penner. Und Sitzangebote für Klein-Istanbul.« Bei solchem Rassismus waren keine Widerreden von den Alkins oder Üslümürlüçüs Aachens bekannt geworden.

Beim Treff der Automobilisten ging es derweil munter weiter: »Der Herr Blommche von der FDP hat im Mobilitätsausschuss gesagt, die Unterschriften seien vielleicht erzwungen worden, zumindest hätten sich die Leute den Text gar nicht richtig durchgelesen.«

»Jawoll. Alles Betrug. Manipulation.«

»Das stimmt auch gar nicht mit den 38.185 Unterschriften. Wer weiß, wie die das vom Radentscheid selbst ausgefüllt haben.«

»Genau.«

»Alles Lügner.«

Jetzt wollte sich der stille Gregor Müllejans einschalten. Das ging ihm zu weit. »Also, mal langsam, Sie sagen, jemand hätte nicht genau gewusst, was er da unterschreibt. Haben Sie denn jedes Mal das CDU-Wahlprogramm gelesen? Sie? Oder das der SPD?«

Die Empörten reagierten empört, wie das Empörte in solchen Situationen gern tun: »Das ist doch was janz anderes …«

Dr. Müllejans, Dozent für Verfahrenstechnik an der FH, war

nicht wohl, wie sich das hier hochschaukelte. Ihm hatte eine Nachbarin zugeraunt, dass man sich treffen wolle. Und er hatte mal gucken wollen. Die Geheimnistuerei fand er ganz reizvoll. Gar nicht richtig fand auch er, dass vor seiner Haustür die Parkplätze wegfallen sollten. Alles übertrieben, hatte er seiner Frau Gerhild gesagt, einer leidenschaftlichen Radfahrerin, mit der er prompt in Streit geraten war. Gleichwohl gefiel ihm die Aussicht, dass die Innenstadt eines Tages ruhiger und flanierfreudiger werden würde. Auch das neue Areal um das Theater fand er toll. Wenngleich der Blick von der Außengastronomie auf die riesige weiße Wand des Theaters nicht eben der Traum von Fernsicht und Liebreiz war.

»Isch wähl sowieso immer die CDU«, sagte jemand. »Da brauch ich keine Parteiprogramme lesen. Meine Frau wählt SPD, schon immer, da kann man auch nix machen.«

»Naja«, machte Müllejans noch einen Anlauf. »Die Stadträte von CDU und SPD haben ja auch geschlossen für den Radentscheid gestimmt.«

»Genau, schlimm ist das, jetzt braucht es eine neue Aachener Groko der Vernunft.«

»Vernunft, Vernunft …«, sagte Ron empört aus dem Hintergrund, »das ist doch gesunder Menschenverstand.« Der kräftige Mann wollte sich jetzt endlich einbringen.

»Also, ich bin der Ron«, sagte er, »Ron Rekceb mit vollem Namen. Rekceb, nicht Recep wie der Erdogan, und auch mit b hinten, b wie Bus.« Die beiden Türken lächelten ob der unerwarteten Erwähnung ihres Staatschefs aus der fernen Heimat. »Ich möchte auch was gegen den Fahrradterror tun, klare Sache. Da bin ich voll dabei.«

»Super«, sagte Gastgeber Kügler, »und willkommen, Ron«.

Der Mann hatte aber noch nicht fertig. »Ach so, ich sag immer B wie Bus, weil ich selbst ja Busfahrer bei der ASEAG bin. Und deshalb weiß ich ganz genau, was auf den Straßen in Aachen los ist.« Man merkte schnell, dieser Mann redete durchaus gern. Und er war eine mächtige

Erscheinung. Locker 1,90 Meter groß, Fünftage-Vollbart, sehr kräftig, sportlich, gegerbte vitale Haut, grellbunt-kariertes Baumfällerhemd. Knapp fünfzig mochte er sein. Und er hatte eine laute, feste Stimme, deren Wirkung unmittelbar war.

»Seit wann fährst du denn für die ASIAG, Ron?«, fragte der Gastgeber. Er sagte tatsächlich ASIAG, was aber niemandem auffiel, weil Busfahren den hier Anwesenden weitgehend fremd war.

»Ach noch gar nicht so lange. Ich hab umgeschult. Soll ich kurz erzählen?« Er wartete die Antwort gar nicht erst ab. »Also, erst war ich Gärtner, und nach dem Abendschul-Abi hab ich sogar mal zwei Semester Mechatronik studiert. Aber das war mir zu viel Theorie. Gruß an den Herrn Professor da hinten.«

Jütmann lächelte.

»Dann hab ich lange in Brasilien gelebt, im Süden, da hatte ich in Florianópolis einen Blumen-Großhandel, Import/Export. Die Leute da waren völlig verrückt nach Stiefmütterchen. Eine Stadt in der Nachbarschaft heißt Blumenau, wirklich, mitten in Brasilien: Blumenau. Also, den Menschen in Blumenau steht die Liebe zu Blumen besonders gut, vor allem zu Stiefmütterchen. Kann ich auch verstehen, wisst ihr, ich hab die Stiefmütterchen auch nach Manaus exportiert, da oben hast du dein ganzes Leben nur Urwald um dich, Amazonas, Lianen, Affen, Moskitos, die giftigsten Schlangen, Riesenbäume bis in den Himmel. Grüne Hölle sagen die da. Da waren meine kleinen bunten Schätzchen echt eine Wohltat.«

Zwei Frauen kicherten. Dieser Paradiesvogel war wirklich faszinierend.

»Und das Beste ist«, schob Ron noch hinterher, »Stiefmütterchen heißt in Brasilien amor-perfeito, also wörtlich übersetzt: perfekte Liebe.« Marlene seufzte und guckte zu ihrem gerade herzhaft gähnenden Theo neben sich.

»Wie süß! Oder, Schatz?«

»Was meinst du?«

Männer – kein Sinn für Romantik! Ist Theo wirklich der perfekte Schatz meines Lebens?, dachte Marlene. Sie fing sich umgehend: »Und woher kommt Ihr leichter American Akzent, Ron? Das klingt aber nicht brasilianisch, oder?«

»Não. Zuletzt hab ich ein paar Jahre in Kanada gelebt. Vielleicht färbt das etwas ab, vor allem aber habe ich aus Kanada den Ron. Eigentlich heiße ich Norbert, Ron ist die Kurzform von Trebnor, wie sich das umgekehrt schreibt. Ist ne eigene Geschichte, mal bei ein paar Dosen Budweiser entstanden und solch pfannengroßen T-Bone-Steaks.« Er machte weit ausladende Armkreise wie ein Wagenrad. »Jedenfalls war ich da Trucker: Manitoba, Saskatchewan, riesige Strecken, volle Pulle Freiheit. Und ich bin da Sportwagenrennen gefahren, die Canadian Series, also Rallyes quer durchs weite Land. Und das Land ist wirklich riesig, einmal ging es *from coast to coast*, volle Pulle.« Er imitierte kurz einen dröhnenden Motor und nahm noch einen tiefen Schluck aus der Bierpulle.

Der Saal war begeistert. Was für ne Type! Einer rief »Canadian Series? Das ist wohl Formel 1 für Arme … und Sie sind dann unser Öcher Schumi …«

Gastgeber Kügler dachte derweil an seine, naja, Oche Series mit den Oldtimern. Das da in Kanada waren Macho-Karacho-Rennen; hier war er, Hannes Kügler, der schmächtige Mann mit der Nickelbrille wie einst Fernsehheld Hiram Holliday, motorsporttechnisch fast ein Nichts gewesen, vergleichsweise. Und hatte ihn je eine Menschenmenge so gefeiert? Er versuchte sich mitzufreuen. Und er fragte sich, ob dieser Lautsprecher Ron wohl ausschließlich solche Hemden im Kleiderschrank hatte.

Nun wollte aber jemand wissen, was Ron hierhertreibe.

»Naja, ich bin seit fünf Jahren wieder in os Oche. Der Liebe wegen. Ist aber schon wieder vorbei. Aber eigentlich wegen dem, wie man hier sagt: wejen dem Öscher Jen. Man sagt ja: Du kriegst vielleicht den Menschen aus Aachen raus, aber nicht Aachen aus dem Menschen. Jedenfalls bin ich froh wieder hier zu sein – und eines sag ich euch: Ich will nicht, dass unsere schöne Stadt von diesen Radfahrern so zugerichtet wird!«

Die Menge applaudierte. »So ist es«, rief eine.

»Der hätte auch Politiker werden können«, sagte Verena zu ihrem Mann.

»Ja, und wie bist du dann Busfahrer geworden?«, fragte wer von hinten.

»Da hab ich bei der ASEAG umgeschult. Erst grüner Daumen in Blumenau, dann flinker Fuß im Bus. Am liebsten fahr ich die Linie 24, von mir zuhause in Kelmis nach Aachen und zurück. Wisst ihr warum? Die gerade Stecke zwischen Ortsausgang Kelmis und Bildchen, da kannste auch mal aufdrehen mit dem Bus. Das hat schon was mit dreißig Tonnen Gewicht und bald 400 PS unterm Arsch. Und hej, das ist Niemandsland, eigentlich ja immer noch neutrales Gebiet, wenn ihr versteht, was ich meine, ohne richtige Straßenverkehrsordnung. Ich sach zu dem Stück Land mein Klein-Kanada. Da krieg ich so ein ASEAG-Schätzken locker auf neunzig, fast hundert Sachen, kein Problem. Und den Fahrgästen empfehle ich immer, obwohl es ja gar keine Gurte gibt: Anschnallen bitte, wir heben jetzt gleich ab.« Bei Schulkindern seien solche Momente ein Hit, fügte Ron noch an, »die nennen mich den Kampfpiloten«.

Das Gelächter war groß. Marlene schmachtete ihn einen Moment an: wow! Leider sah er ihren Blick nicht.

Gemeinsam stießen sie an auf den neuen Mitstreiter Ron. Der wollte aber eines noch sagen. »Wisst ihr, ich gehöre im Pünktlichkeitsranking bei den ASEAG-Fahrern Monat für Monat mindestens zu den Top 3, oft bin ich auf der Pole am Monatsende, also der mit den wenigsten Verspätungsminuten. Und wer versaut einem manchmal alle Werte? Diese Radfahrer! Warum? Also, du bist so richtig geil unterwegs, pünktlich auf die Sekunde und dann, vor dir auf der Busspur trödeln wieder so Studenten aufm Rad, solche Hindernisse. Trierer Straße, A´wesch, unfassbar. Irgendwelche Idioten erlauben denen das ja, warum werde ich nie verstehen. Das ist eine Busspur! Ich fahr ja auch nicht auf Radwegen! Ohne diese Studenten würde ich meinen Takt immer einhalten, immer. Das geht sich doch gar nicht anders.«

Für Ron waren Studenten und Radfahrer das gleiche. Und eines fügte er noch hinzu: »Glaubt mir, mit Bolsonaro gäbe es einen solchen Radterror wie hier in Aachen nicht.« Einer rief »Genau«. Viele nickten, aber nicht alle, vielleicht auch, weil sie nicht wussten, wer oder was ein Bol Sonaro ist.

»Wollen wir uns das nächste Mal bei mir in Kelmis treffen?«, fragte Ron am Ende des Abends. »Ich werf gern die Grills an.« Er nannte seine Adresse. »Haus am See, Leute! Mein Garten ist gleich am Casinoweiher.«

Superidee, Supersache. Alle waren angetan. Marlene dachte bei Haus am See an Orangenbaumblätter.

»Ich bring Bier mit«, rief jemand.

»Ich pack Koteletts ein«, bot Metzgerin Frieda Bangemach an.

»Prima«, sagte Ron, »etwas früher, vielleicht halb sieben?«

»Fahren wir da auch hin, Verenchen?«, fragte Viktor seine Gattin nach dem Zubettgehen. »Klar, das sind doch spaßige Leute. Und dieser Ron erst. Was ne Type.« Viktor merkte noch an, dass Brasilianisch als Sprache ein wirklich charmanter Fehler gewesen sei, es gebe ja auch kein Belgisch, »nicht mal bei diesem polyglotten Ron in Kelmis. Vermute ich jedenfalls. Und Blumenau, so putzig das klingt: Wusstest du, dass da Deutsche seit 200 Jahren leben, die ersten kamen mit der Auswandererwelle wegen Armut aus Pommern und ich glaube dem Hunsrück. Und gleich nach dem Krieg sind ja tausende ranghohe Nazis nach Südamerika geflüchtet, Blumenau fanden viele ganz schick deutsch. Da laufen heute noch offen Neonazis rum, mit Hitlergruß und Hakenkreuzen. Das hat mir der Kollege dos Santos am Institut mal erzählt, der João, weißt du noch?«

Verenchen nickte.

»Und nirgendwo sonst in Brasilien hat der Verbrecher Bolsonaro mehr Stimmen bekommen als dort, im Süden Brasiliens.«

»Hab ich auch mal gelesen«, sagte Verena, »ekelhaft. Und sie lieben deutsche Stiefmütterchen.«

»Ach, Verenchen«, sagte Viktor noch beim Löschen der Nachttischlampe, »denk mal bitte mit dran, morgen früh muss ich gleich den Autor dieses Radentscheid-Buches anrufen, um über die Versammlung Bericht zu erstatten.«

Kapitel 15

Bei den Radmenschen 3

Sich selbst verletzen

»Ähmmm.« Erik bat um Ruhe, wie immer. »Wir haben heute eine neue Interessentin dabei, vielleicht eine neue Mitstreiterin beim Radentscheid.« Das kam öfter vor, dass Interessierte vorbeischauten. Erik sprach eine zierliche, junge Frau an, mit dunklem Bob-Schnitt und kleiner frecher Brille: »Willst du dich mal kurz vorstellen, Leonora?«

»Grüezi miteinand«, sagte sie und berichtete kurz, sie komme aus Zürich, heiße vollständig Leonora Maria Terzi, sei ganz neu in Aachen und arbeite jetzt an einem Architektur-Institut der TH, ihr erster Job nach dem langen Studium, vielleicht bald Promotion dazu. »Ich will mal im Bereich Stadtentwicklung und Freiraumplanung forschen und werken, mal sehen. Aber ich bin ja auch erst 26. Ja, und ich habe so viel Tolles von euch gehört. Bin selbst begeisterte Velonutzerin. Aber sagt mal«, sie zögerte einen Moment, »bei uns in der Schweiz liegt ja auch noch vieles im Argen mit den Velowegen, aber das hier in eurem Aachen ist ja voll Dritte Welt!«

Ein paar Leute lachten. »Tja«, sagte Lynn Ayneburg, »aber wir schuften im Radentscheid-Team daran, irgendwann mal wenigstens zu den Schwellenländern zu gehören.« Lynn, studierte Politologin, arbeitete beim Hilfswerk Missio, sie kannte die Problematik aller Welten auf dieser Welt.

»Ich habe übrigens auch ein Auto«, ergänzte Leonora noch, »ich hoffe, ich muss deswegen nicht gleich wieder gehen. Weil ja vieles, hab ich gehört, hier in Aachen so polarisiert ist zwischen Velos und Automobilisten.«

»Ähmmm, nein, soweit bekannt, schließt der Besitz eines Autos nichts aus«, gab Erik betont ernsthaft eine erste Einschätzung. Die anderen grinsten. »Willkommen als Entwicklungshelferin in Aachen, Leonora, beziehungsweise Grüezi.«

Es gab immer wiederkehrende Routinethemen, so auch an diesem Tag: Neuigkeiten vom Fortschritt in der Stadt, und noch mehr Neuigkeiten vom Nichtfortschritt. Kurze Berichte von Tagungen anderswo, von Fundstellen im Netz, tollen Ideen zur Umgestaltung in anderen Städten, Kooperation mit anderen Radentscheiden. Neu war dies: die nächste Bürgerinitiative in Aachen, die sich gegen eine Bike Lane in ihrer Straße gegründet hatte, bat zum Gedankenaustausch im kleinen Kreis.

»Soll da jemand von uns hin?«, fragte Lynn.

»Warum nicht, anhören schadet ja nicht. Und vielleicht gewinnen wir auch etwas Verständnis.«

»Aber seid vorsichtig, ich traue diesen Leuten nicht recht. Wie heißt der Einlader, Gregor Müllejans? Kennt den wer?«

Achselzucken rundherum. »Also, wenn jemand diese Blechfetischisten treffen will«, meinte Adel, »nur zu. Ich bin da sicher nicht dabei.«

Manche hier spotteten über Autofahrer gern als Blechfetischisten, Maschinenführer oder Dosenlenker. Maschinenführer? Ein Auto ist eine Fortbewegungsmaschine, zudem immer und überall mit großem Gewaltpotenzial verbunden. Auch »Dosenlenker« hat einige Wahrheit. Wie in einer Dose empfinden sich offenbar viele ihrer Lenker selbst, trotz immer mehr Annehmlichkeiten im Innern: Würden sie sonst so gern schon bei fast noch eisigen Temperaturen im Vorfrühling das Verdeck entfernen, um ihre enge Dose zum Cabrio zu verwandeln? Frischer Fahrtwind gibt ein Gefühl von Freiheit, Abenteuer und Natur. Das geben dieselben Leute vor zu genießen, denen es auf dem Rad grundsätzlich zu kalt und ungemütlich ist. Räder haben 365/24 Cabrio-Feeling. Aber da wird man doch nass, oder? Ja, wenn man nicht mit passender Kleidung vorsorgt, kann das passieren. Und wie oft regnet es in unseren Breitengraden? Statistisch gesehen nur fünf bis sechs Minuten pro Stunde. 54 bis 55 Minuten ist es also trocken.

Hauptthema heute war die Polizei. Eine Arbeitsgruppe hatte sich in den vergangenen Monaten zusammengesetzt, um die fürchterlichsten Verdrehungen und Absurditäten polizeilicher Unfallmeldungen zusammenzusuchen. Darauf war man nach einem Treffen mit dem Polizeipräsidenten gekommen, der Beispiele hören wollte, was in der Kommunikation seiner Behörde besser laufen könnte.

»Wir hatten dem Präsidenten eine Menge vorgelegt«, sagte Erik, »die Liste war wirklich lang. Soll ich die wichtigsten Punkte noch mal in Erinnerung rufen? Und danach hat Lynn eine gute Nachricht.«

»Ja klar, lies vor«, meinte Sabine, »Hauptsache die Sache mit dem Touchieren ist drin.«

»Touché, Ssabien, ist es.«

Erik fasste zusammen. Es ging um Formulierungen wie

Auto kam von der Straße ab und stieß mit einem Radfahrer zusammen.

»Ein Auto kommt im Allgemeinen nicht von selbst von einer Straße ab. Fahrer oder Fahrerin haben offenbar einen Fehler gemacht. Besser wäre also: Autofahrer lenkte seinen Wagen auf den Radweg/Fußweg und fuhr jemanden an, der dabei verletzt wurde. Niemals … der sich verletzte – denn das tut er gerade nicht selbst, sondern ein anderer verletzt ihn oder sie.« Es folgte:

Auf der Trierer Straße kam es zu einer Kollision eines PKW mit einem Fahrrad.

»Das passive ›kam es‹ … vermeidet jede Aussage, wer Handelnder und wer Opfer war. Besser wäre: … ›augenscheinlich rammte ein PKW ein Fahrrad von der Straße oder fuhr es an‹. ›Rammen‹ klingt zu martialisch? 2019 stand in einer löblichen Meldung der Aachener Polizei:

Ein 47-jähriger Motorradfahrer fährt nach Angaben von mehreren Zeugen bei roter Ampel über die Kreuzung und rammt dabei eine 55-jährige E-Bikefahrerin.

Das nächste Beispiel:

Radfahrer prallte gegen eine plötzlich geöffnete Autotür.

»Hier dürfen Radfahrer plötzlich aktiv werden. Man muss doch schreiben können: Autoinsasse öffnete unbedacht eine Seitentür, Radfahrer fuhr dagegen. Im Englischen heißt der Fachterminus ›Dooring‹.«

PKW-Fahrer übersah Radfahrer und konnte nicht mehr ausweichen. Es kam zum Unfall mit Verletzungsfolgen.

»Übersehen ist eine beliebte Erklärung für das Verhalten von AutofahrerInnen, einem Lapsus ähnlich, einem beiläufigen Versehen. Es setzt sogar voraus, dass überhaupt geguckt wurde. Konnte nicht mehr ausweichen – das klingt, als ob da noch ein heroischer Kampf stattgefunden hätte. Noch schlimmer ist die Passivformulierung: ›Radfahrer wurde übersehen.‹ Besser ist: PKW-Fahrer missachtete einen Radfahrer (oder dessen Vorfahrt) und verletzte ihn.«

Es kam zu einem Zusammenstoß/einem Zusammenprall.

»Es kam? Wie ein Naturereignis? Zusammenstoß ist schon besser als Unfall, aber auch nicht passend, wenn ein 2,5-Tonnen-SUV ein radelndes Kind anfährt: Kann das ein Zusammenstoß sein? Nicht weniger entsetzlich sind Formulierungen wie: *Fahrrad prallte gegen Kfz* oder, Achtung Ssabien!, *Kfz touchierte Fahrrad.* Auch hier gilt: Sagen, was gewesen ist. Also, Wagen fuhr einen Radfahrer an. Besonders absurd formulierte einmal ein Online-Portal aus Bonn:

45-jährige Radfahrerin stürzt in abbiegenden LKW.

»Das«, sagte Erik, »rügte sogar der Deutsche Presserat.«

»Echt, das gab es mal? Ich fass es nicht«, meinte Franziska.

»Uns ist aufgefallen: Meist wird aus Sicht des Autofahrers eine Situation beschrieben, manchmal auch ausschließlich, weil der Radfahrer schon auf dem Weg ins Krankenhaus ist. Wenn Autolenker übersahen, wenn sie eine Situation zu spät erkannten, wenn sie durch tief stehende Sonne oder Regensicht in Meldungen noch mildernde Umstände zugesprochen bekommen, statt zu erkennen: Der war den Umständen entsprechend fahrlässig schnell unterwegs. Und dann kann halt so was passieren«, Erik machte eine kleine Kunstpause …

Radfahrer geriet unter das Auto.

»Gern stehen auch Dinge in einer Polizeimeldung, die mit dem Geschehen gar nichts zu tun haben: Bei einem Dooring-Crash etwa, dies sei passiert aus einem *vorschriftsmäßig abgestellten PKW*. Da wird man doch zynisch: Wer ein Parkticket hat, darf das?« Und Erik hatte noch zwei sehr beliebte Ergänzungen in Polizeimeldungen:

Radfahrerin trug keinen Helm. Oder auch: *Dunkel gekleideter Radfahrer.*

»Hinweise wie diese tun bei einem Unfallgeschehen nichts zur Sache und sollten deshalb komplett unterbleiben. Sie dienen allein dazu, beim Lesen falsche Vorurteile aufzuwärmen und ohne jeden sachlichen Zusammenhang Mitschuld vermuten zu lassen. Die Assoziation ist schnell da: Aha, hätte die Frau mal lieber einen Helm getragen …, oder: Typisch, diese Radler, man sieht sie nicht, selbst Schuld … Und die Polizeimeldungen landen dann 1:1 in Pressemeldungen.«

Und manchmal werden sie noch grotesk komponiert, wie Erik mit diesem Beispiel zeigen wollte:

Kein Helm: Radfahrer verletzt.

»Das stand mal in der MoPo in Hamburg. Dabei hatte er gar keine Kopfverletzungen.«

Erik fragte, ob jemand so etwas schon mal gelesen habe: »Obwohl die Radfahrerin auffällige bunte Kleidung und eine reflektierende Sicherheitsweste trug, dazu ein blinkendes Rücklicht am Helm hatte, fuhr der Unfallwagen sie an.« Natürlich nicht.

»Es gibt keine Helmpflicht und auch keine Kleidungsvorschriften. Ob Helm oder eine andere Kleidung im Einzelfall einen Unfall verhindert oder abgemildert hätten, bleibt immer Spekulation.«

Rory, Kanadier, hatte dazu noch diesen Hinweis: »Es gibt eine Studie aus meinem Heimatland, demnach überholen AutofahrerInnen RadlerInnen mit Helm durchschnittlich enger als RadfahrerInnen ohne Helm.«

Dann kam Lynn Ayneburgs versprochene Nachricht: »Die Polizei hat gestern geantwortet.« Man habe lange mit allen Kollegen und Kolleginnen über unsere Kritik und Vorschläge nachgedacht. Dabei sei sogar der Satz gefallen: »Wir sind Ihnen dankbar und jetzt sensibler geworden.« Begriffe wie »verletzte sich« oder »Auto kam von der Fahrbahn ab« oder »den Radfahrer übersehen« wolle man nicht mehr benutzen. »Ich finde, das ist ein ziemlich schönes Ergebnis. Es zeigt, um was wir uns alles kümmern können – und müssen. Dass man aber Erfolg haben kann. Jetzt müssen wir natürlich darauf achten, dass das auch umgesetzt wird.«

Umsetzen – da war wieder das Zauberwort.

Am Ende berichtete Filip noch von seinem Versuch den Aufenthaltsort der Unterschriften-Ordner auszukundschaften. »Stadtverwaltung! Du weißt es ja, aber du musst es echt erlebt haben: Bis du da mal a) jemanden findest, der zuständig ist und ihn b) dann noch erreichst. Da gerät selbst mein Langmut an die Grenze. Ein Herr Subotnik will sich bei mir melden. Er wirkte sehr hilfsbereit. Müssen wir abwarten.«

»Und, kann unser Besuchsberechtigungsgenehmigungsanliegen denn einschlägig positiv beschieden werden?«

»Ich glaube, so weit sind wir noch lange nicht.«

Nach dem Treffen kamen Leonora, die Neue, und Filip ins Gespräch. Anlass war ihre Frage »Sag mal, was ist eigentlich ›aufgleisen‹? Das Wort hab ich in der Schweiz noch nie gehört.« Erik hatte kurz zuvor davon gesprochen, die Dezernentin habe versprochen, die weiteren Planungen an der Breslauer Straße demnächst aufzugleisen.

»Hmmm, das heißt so viel ›wie auf den Weg bringen‹.«

»Ach so, wir in der Schweiz sprechen nicht vom Gleis, sondern vom Perron.«

»Das musst du den Stadtbediensteten mal erzählen. Sie hätten gleich was aufzuperronieren. Aber wie du ja vielleicht schon gesehen hast, Leonora, besonders zielführend ist das Aufgleisen noch nicht. Sie machen das immer so, dass sie nach dem Aufgleisen gleich vor einem roten Signal stehen. Oder vor einem Prellbock.«

Leonora kicherte. Ihr gefiel die Analyse der tendenziösen Polizeisprache. »Ich glaube allerdings, die machen das nicht absichtlich. Die wissen gar nicht, welchen Unsinn sie manchmal verzapfen. Obwohl, eines habt ihr vergessen: *Fußgänger ist vor das Auto gelaufen*. Ist doch auch schön blöd. Das geht schon in Richtung der berühmten Verteidigung eines Schlägers, das Opfer sei ihm in die Faust gelaufen.«

Filip meinte nur: »Keine Widerrede.«

Sprache war immer Leonoras Steckenpferd. Sie sprach gern von der »stabilen und schönen Architektur der Buchstaben und Begriffe, aus denen kluge Sätze werden können, das Haus für Verstehen und neues Wissen«. Filip staunte und wollte sich den Satz noch mal sagen lassen. Und nannte sie »eine Baumeisterin der Worte«.

Leonora liebte vor allem die Korrektheit der deutschen Sprache in ihrer Schweiz, die vielen kleinen Kuriositäten und den Eifer, mit dem diese Deutschen ihr eigenes manchmal mangelhaftes Deutsch für richtiges Deutsch hielten. Und vor allem war sie eine fast schon pedantische Beobachterin der Verkehrssprache. Filip, bald vierzig Jahre älter als sie, würde in den nächsten Monaten noch bei einigen vergnüglichen und erkenntnishellen Stunden ein guter und gelehriger Schüler werden. Und Filip würde ihr so manche Seltsamkeit aus dieser manchmal seltsamen Autostadt Aachen erklären können.

Heute hatte er noch diese Geschichte: »Man ahnt ja auch gar nicht, was in privaten Facebook-Gruppen so los ist. Ich habe mich neulich bei einer namens ›Heämat‹ mal reingeschleimt: Da schreibt eine Frau, wirklich wahr, von der ›Sekte Radentscheid‹, die Aachen umkrempeln wolle. Also, wir sind eine Sekte. Wir manipulieren Hirne. Wir sind Bill Gates auf dem Sattel: Unser Atmen verteilt ein Virus, das Autofahrer wenn nicht tötet, so doch willenlos macht. Irre ist das.«

Leonora lachte. »Wenn man eine noch so böse Satire über das Denken von Automobilisten schreiben würde, man bliebe wahrscheinlich immer hinter der Wirklichkeit zurück.«

»Bleibt ihr noch?«, fragte Erik plötzlich. »Ich würde dann abschließen wollen.« Die beiden hatten gar nicht mitbekommen, dass alle anderen längst gegangen waren.

»Äh, nein«, sagte Filip, »weißt du was, Leonora. Ich hab einen Megadurst. Sollen wir noch einen trinken gehen? Du kennst die Aachener Kneipen ja wahrscheinlich noch gar nicht so gut.«

Kapitel 16

Damian und Ariane 3

Brennendes Herz, brennender Bus

Der Chardonnay-Abend war schon eine Weile her. Damian blinzelte aus dem rattan-knarzigen Schaukelstuhl in seiner gemütlichen Altbauwohnung in den abendlichen Park. Er liebte diesen Champagnerblick mit einer Flasche Bier in der Hand. Ein paar Pärchen flanierten vorüber, saßen herum oder turtelten. Andere gingen offenbar zum Musikbunker, um sehr laute Mucke hinter sehr dicken Wänden zu hören und dabei zu versuchen, weder taub zu werden noch in den Katakomben zu ersticken. Nichts mehr für ihn, fand Damian, manches geht in der zweiten Lebenshälfte einfach nicht mehr. Hätte es den Bunker früher schon gegeben, er wäre sicher Stammgast gewesen. Eines der Turtelpaare knutschte jetzt, gleich unten vor seinem Fenster, hingebungsvoll sogar. Damian versuchte seinen Neid zu verdrängen.

Er war zunehmend ungeduldig geworden. Bekam er jetzt endlich irgendwann einen Hinweis dieses Autors, so was wie: Ruf! Sie! An!? Oder sollte er die Sache selbst in die Hand nehmen? Was bedeutete dieses »vielleicht wiedersehen«, wie die Stimme gesagt hatte? Überhaupt: War das wirklich dieser merkwürdige Autor irgendeines Buches oder mehr eine innere Einflüsterung?

Er dachte nach und versuchte die ganze Nummer einzuschätzen. Was machte er da, genauer: was ließ er mit sich machen? Was war Ziel dieses Buches, in dem er offenbar eine geheimnisvolle Rolle zu spielen hatte? Radverkehr schön und gut, da war er ja seit Jahren aktiv, aber jetzt in dieser virtuellen Form mitmischen? Nach Vorgaben eines anderen?

Und abwarten, bis er aus übergeordneten Gründen wieder ein Go bekommt zu einem neuen Treffen mit Ariane.

Bis zum Sankt-Nimmerleinstag? Nix da! Dieser Buchautor kann mich mal.

Damian nahm einen tiefen Schluck und fummelte sein Handy aus der Hosentasche. Er hatte immerhin Arianes Telefonnummer. Hoffentlich stimmte die auch … Er zögerte nur einen kurzen Moment und wählte. Besetzt. Wahlwiederholung. Besetzt. Er versuchte es ein paar Minuten danach noch einmal: Besetzt. Dann: Freizeichen – Damians Herz klopfte. Wie alt musste man eigentlich werden, ohne dass man sich so viele Gedanken macht, was man wohl sagt in solch sensiblen Momenten, die ja entscheidend sein können. Und warum jetzt diese winzigen Schweißperlchen auf der Stirn, gleichzeitig der trockene Mund. Offenbar eine spontane Flüssigkeitsverlagerung, *vegetativ stimuliertes Wasseraustauschsyndrom* würde wahrscheinlich in der Psychrembel stehen. Drittes Klingeln, viertes … »Der angerufene Teilnehmer ist zurzeit nicht erreichbar …« »Mist«, sagte Damian vor sich hin, eben noch besetzt, jetzt niemand da. Und: Teilnehmerin!, ich will eine Frau anrufen! Ich verlange Gendern in telekommunikativen Liebesdingen!

Vielleicht stimmte die Nummer ja auch nicht! Old School: ein Versuch per Telefonbuch? Unfug, ihren Nachnamen wusste er gar nicht. Hatte Ariane nicht gesagt, sie arbeite in einer Werbeagentur? Die hieß irgendwas mit Tu et oder so. Klang ganz kreativ, Name der Agentur als Imperativ zum Handeln. Tu et, doch, hatte sie so gesagt. Jetzt tue ich googlen, dachte Damian und legte los. Erfolglos. Zu »Tu et« kam als Angebot *tu et moi,* französisch für ›du und ich‹. Sehr witzig. Jetzt verarscht einen schon die künstliche Intelligenz.

Vielleicht stimmte auch der Name nicht. Er googelte Aachen + Ariane + (PR or Werb*) – auch nichts. Vielleicht stimmte nichts, vielleicht war auch Ariane ein Fakename. Oder sie war sogar nur die Erfindung dieses Schreibers? Er ging zum Kühlschrank, noch ein Bier holen. Auch nichts mehr. Mist! Dann eben fernsehen, ist ja nicht verboten.

Fernsehfilm, heile Seniorenwelt im ZDF. Igitt! Auf Arte lief eine Wiederholung von En thérapie, eine Serie aus Paris. Alle haben Beziehungsprobleme und sitzen beim Seelendoktor herum. Was? 35 Folgen, nee danke. Lieber ein alter Tatort. Auch wenn die meisten Tatorte so wirklichkeitsentrückt sind wie er sich im Moment fühlte. Aber Dortmund, das war gut; dieser Hartmann, der passte zu seiner Stimmung.

Ariane rief gleich am nächsten Morgen zurück.

»Colling calling«, sagte sie. Damian verstand erst nicht. »Alter Familienjoke. Ich heiße Ariane Colling.«

Wieder ihre fröhliche Stimme, so unbeschwert. Sorry, sie habe gestern nach einem langen, langen Telefonat sofort weggemusst und auch ihr Handy ausgeschaltet. »Schon gut«, sagte Damian, »ich freue mich, dass du zurückrufst.«

Es dauerte etwas, bis sie einen Termin fanden zum Wiedersehen. »Also gut, übernächste Woche Mittwoch?« Gut, sagte Damian und dachte: ausgerechnet an dem Mittwoch, aber auch egal, dann ginge er eben mal nicht zum monatlichen Radentscheid-Treff. Was sie von einem kleinen Walk halte.

»Meinst du Spazierengehen?« Arianes Stimme klang überraschend reserviert. »Wenn wir alle eines in den fast zwei Jahren während der Pandemie reichlich oft gemacht haben, dann ja wohl diese Lockdown-Latscherei. Ich kenne im Öcher Bösch schon jeden Baum mit Namen, und mit Stammbaum.«

Damian lachte über den Baumstammbaum und hatte die Gefahren instinktiv trotzdem sofort erkannt. Wenn sie keine Lust hätte, würde es vielleicht nichts mit dem Wiedersehen. Oder man würde lange verkrampft nach Alternativen suchen. Sie würde womöglich einen Ausflug mit ihrem Wagen vorschlagen. Wer ihn, Damian, den Rad-Enthusiasten mit dem sehr kleinen Herz für Automobile, da womöglich sehen würde, ach was: erwischen!

Schnell entgegnete er: »Kennste denn auch das Haarener Kreuz? Aachen von oben. Richtig schön da.« Ariane musste passen. »Wir können es ja postcoronale Befreiungstour nennen.«

Sie war dann doch einverstanden gewesen mit einem Spaziergang am späteren Nachmittag, Damians alberner Hinweis, vielleicht habe das Kreuz auch eine Art kennenswerten Stammbaum, war gar nicht nötig gewesen. »Also gut, fünf Uhr an der Musikschule? Von da können wir die Wurm entlang nach Haaren gehen und dann hoch.« Den Hinweis, auf dem Asphaltmonstrum Blücherplatz fände sie bestimmt leicht einen Parkplatz, verkniff er sich. Und freute sich: so ein Walk ist seit Erfindung sich anbahnender Zweisamkeiten ein ideales, weil unverfängliches Tun zum näheren Kennenlernen. Damian fühlte Kräfte, als könne er Bäume ausreißen, Stammbäume inklusive. »Super. Bis übernächsten Mittwoch« und fügte noch an »Ach so, wie heißt deine Agentur, tu et wie tu es?«

Ariane lachte. »Fast.« Sie buchstabierte *Thouet.* »Ist ein alter Öcher Adelsname.«

In der folgenden Nacht loderten Flammen weithin sichtbar durch die menschenleere Innenstadt. In der Hartmannstraße, gleich beim Münsterplatz, war ein funkelnagelneuer VW ID Buzz in Brand geraten, der jüngste Stromerstolz aus Wolfsburg, gepriesen als »Freund der Familie mit Persönlichkeit«. Zum Glück war der hochelegante elektrische Nachfahre des legendären VW Bulli nur abgestellt. Keine Menschen in der Nähe. Aber ein Kleinwagen links daneben hatte einigen Schaden abbekommen, der Kirschbaum auf der anderen Seite war jetzt halbseitig zur Schwarzkirsche geworden und die weiße Markise der Galerie vom Ruß deutlich umgefärbt.

Es hatte etwas gedauert, bis jemand den Brand bemerkt hatte. Das Auto war von der Feuerwehr routiniert schnell gelöscht. Das Problem: Lithium-Ionen-Akkus sind Dauerbrenner. Die Feuerwehr tat sich schwer, die massive Batterie des Vans unter Kontrolle zu bekommen. Und so wurde noch am Sonntagmittag weiter gewässert, bis endlich eine riesige »Red Boxx« herbeitransportiert worden war. »Die funktioniert als Abkühlcontainer«, erläuterte der Einsatzleiter der herbeigeeilten Presse. Die Box wurde mit fast 20.000 Litern Wasser gefüllt und der VW Bus 2.0 per Kran komplett in das Becken eingetaucht. Später musste der ausgebrannte Wagen auf einem isolierten Quarantäneplatz abgestellt und vierzehn Tage bewacht werden. Das kontaminierte Wasser galt es extra zu entsorgen.

Auch die Kripo war rasch vor Ort. Brandstiftung? Wie konnte der abgestellte Wagen mitten in der Nacht Feuer gefangen haben? »Wir können noch nichts sagen«, erklärte Kommissar Manni Schmitz-Körrmann am Mittag. »Da müssen die Sachverständigen ran, die Spurensicherung, kennen Sie ja als Spusi aus diesen Fernseh-Tatorten«. Dem Spürsinn des 1. Kriminalhauptkommissars war indes nicht entgangen, dass der Geldbrunnen nebenan ungewöhnlich schäumte. Und er hatte einen Zettel gefunden: »Wer sie nicht kennte – die Elemente …« stand darauf. Feuer hier, Wasser dort – war das eine Art verschlüsseltes Bekennerschreiben? Dann verließ er den Öcher Tatort.

Ein aus dem Nichts mysteriös ausgebrannter Wagen … und so eine Schönheit dazu – Aachen hatte eine Attraktion mehr. Immer wieder kamen Passanten vorbei, um auf die weiträumig abgesperrte Straße zu gaffen, Handys zu recken und hemmungslos zu spekulieren. Auch Damian hatte sich den Tatort angesehen. »Ausgerechnet hier«, sagte er zum Mitstreiter Erik, der ebenfalls herbeigeradelt gekommen war. »Tja«, sagte der, »Sachen gibt's.«

»Buzz in Boxx«, fasste *Bild Aachen* das Geschehen knapp zusammen. Das Blatt war mit einem Exklusivzitat von Kommissar Schmitz-Körrmann (»Wir stehen noch am Anfang der Ermittlungen«) hart am Ball und destillierte seine Erkenntnisse in gewohnt subtiler Routine zu: »Automord in der Radentscheid-Stadt Aachen.«

Kapitel 17

In der Verwaltung 2

Gib Gummi, Baumi!

»Kannst du auch nicht schlafen?« – »Was, wie?«, Dr. Thomas Mölders, der vor seinem Büro im Verwaltungsgebäude Marschiertor gewartet hatte, wollte die Frage nicht verstehen. Die Kollegin Ilka Glaske, die gerade die Treppe hochgekommen war, volle drei Stockwerke am Stück, hatte sie gestellt.

»Ich bin hellwach. Warum sollte ich schlafen oder nicht schlafen können?«

»Ach, vergiss es«, gab Glaske zurück, »ich wollte nur den schönen Beamtenwitz zitieren: Treffen sich zwei Beamte auf dem Flur. Sagt der eine: Kannst du auch nicht schlafen?« Mölders versuchte höflichkeitshalber zu lächeln, aber diesen Spruch kannte er seit seiner Zeit auf der Verwaltungsfachschule.

Die anderen Kollegen und Kolleginnen hatten schon Platz genommen, darunter auch die beiden aus dem anfänglichen Zwiegespräch, Gaby Kobranic und Ute Wegmann, die heute in einem Punkt sogar Maßgebliches zum weiteren Fortgang dieser Geschichte beitragen würden. Der Autor war sehr froh, dass er intime Quellen in der Stadtverwaltung hatte, wodurch das Handeln und vor allem das emsige Nichthandeln der verantwortlichen Personen etwas transparenter werden kann. Auch Arno Blicknauser als Partizipationsverfahrensverantwortlicher der Straßenverkehrsbehörde war heute gekommen, Umberto Zimetmann vom Fachbereich Intelligente Mobilitätsinfrastruktur 2.0 ff, Franz-Ferdinand Königshofer, der neue Leitende Baudirektor, Elfriede Jahn von der Oberverwaltungsabteilung Verkehrsanlagenwesenschutz, aus der Abteilung Stadtentwicklung/ Fördermittelmanagement Oberamtsrat Dr.

Paul Umweeg als 1. Beauftragter für die Ertüchtigung von Radverkehrsanlagen und Dr. Hans-Lothar Kurtz von der Koordinierungsstelle Strategische Verkehrsentwicklungsplanung. Mölders und Glaske setzten sich in die illustre Runde. Mölders mochte den antiken Charme des Raumes, dieses spezielle Ambiente in zeitlosem grün-grau-blau, fernab aller modernen Zudringlichkeiten.

Tagesordnungspunkt 1: Weitere Umsetzung Radentscheid. Mölders fuhr sich durch sein schütteres Haar. »Was machen wir denn jetzt mit der Breslauer Straße? Sollen wir da ran?« Die anderen zuckten mit den Schultern oder guckten weg. »Warten wir doch bis die Chefin da ist«, riet Dr. Kurtz. Die anderen nickten einträchtig. Auf höhere Dienstgrade warten, auf Entscheider oder wie in diesem Falle eine Entscheiderin, das war immer gut. Das war sogar Handlungsmaxime. Was man jetzt alleine gemacht hätte, hätte nur falsch sein können. Im Zweifel galt es, Prozesse zu harmonisieren und bisweilen, also oft, auszusteuern. Das heißt weiterzuleiten, im Klartext: abzuwälzen, wie man in der Welt draußen gesagt hätte.

Glaske war in der Straßenverkehrsbehörde für Radverkehrsplanung zuständig, schon seit bald zehn Jahren. Sie machte das sehr gern und hatte auch einiges erreicht, was in ihrer traditionell sehr automanen Behörde gar nicht so leicht gewesen war. Zum Beispiel viele Kilometer Radsicherheitsstreifen entlang der Hauptverkehrsstraßen anlegen. Also Malerarbeiten auf dem Asphalt. Das hatte dem damaligen Oberbürgermeister immer besonders gut gefallen. Nur bei den Schimpfkanonaden der Autolenker, da war der OB immer fein rausgewesen, die musste sie jetzt immer aushalten.

Immer wieder hörte sie dabei die feinsinnige Logik, da führe ja keiner mit dem Rad, was das wieder solle! Solche Sachen. Zum Beispiel im Jahr 2019 die Joseph-von-Görres-Straße, zwischen Europaplatz und Sedanstraße. Die

Malerarbeiten führten auf beiden Seiten zum Abschied einer Autospur, auf denen sich die Wagen früher bei sportiven Wettrennen zur nächsten roten Lichtzeichenanlage immer so zauberhaft gegenseitig überholen konnten. Ja, es hatte Kritik gegeben, etwa: »Dieser Radweg ist wohl für die Horden an Radfahrern, die von der Autobahn kommen oder da auffahren wollen. Wieder so eine sinnlose Maßnahme der Radiologen in der Stadtverwaltung«, hatte einer geschrieben und war sich dabei wahrscheinlich sehr originell vorgekommen. Und sein röntgenscharfer Durchblick, dachte Glaske, hatte ihm in seiner Facebook-Gruppe sicher viele Smilies beschert. Sie erinnerte sich so gut an den Mann, weil er tags darauf eine kurze Mail nachgelegt hatte, er habe statt »Radiologen« natürlich »Radideologen« gemeint.

Aber Glaske schweifte in ihren Gedanken ab. Seit dem Radentscheid, den sie als Bürgerin voller Überzeugung auch selbst unterschrieben hatte, das wusste sie, war die Arbeit mit dem Radverkehr explodiert – und das nahm wirklich kein Ende. Über jeden Meter Radweg musste neu debattiert werden, Anwohner beruhigt, Alternativen abgewogen und am besten gleich lange Diskussionsveranstaltungen abgehalten werden. Die fanden längst wieder live statt. Wie schön war das zu Corona-Zeiten gewesen, viel Gelaber am Bildschirm, und zwischendurch konnte man die Kamera auf Aus schalten oder aus dem Homeoffice heraus ein WLAN-Problem vortäuschen und erst mal in Ruhe einen Kaffee machen. Und dann war die Zeit schon rum.

Glaske machte ihren Job wirklich gern, zu ihrer Kollegin Kobranic hatte sie mal euphorisch gesagt, »das ist wirklich fast erfüllend«. Aber es durfte nicht zu viel Arbeit werden. Das wäre ja übererfüllend. Und zuletzt schwappte ihr Tun schon in Richtung Stress. Das war nicht mehr das Leben in einer Stadtverwaltung, wie sie sich das immer gewünscht und wie es viele Jahre lang auch gut funktioniert hatte. Sie guckte auf die Uhr: Kurz nach 14:00 Uhr. Also noch annähernd zwei Stunden bis Dienstschluss. Gab es nicht eine Regelung, nach der man Überminuten des Vortages gleich am nächsten Tag wegfeiern konnte? Gestern war es 16:17 Uhr geworden, also fast Mitternacht. Sie nahm sich vor, mal mit der Gewerkschaft Öffentlicher Dienst darüber zu reden, ja, vielleicht mit dem Bezirkssekretär Herrmann, ja, das nette Herrmännchen, mit dem sie damals nach der sektseligen Betriebsfeier … aber das war ja privat. Das gehört nicht hierher. Dienst ist Dienst, und Bett ist Bett.

Kling. Die Chefin kündigte in der WhatsApp-Gruppe »RadelRudel StadtAC« ihr Erscheinen für 14:20 Uhr an. Früher, dachte Mölders, hätte man einfach gewartet, bis die Tür aufgeht. Jetzt wird auf Vorschau getaktet, nun gut. Er fragte, ob jemand was dagegen habe, wenn er in der Zwischenzeit die beiden großen Gummibäume des Tagungsraumes gießen würde. Das schien dieses Jahr noch nicht passiert zu sein. Niemand opponierte. »Nur zu, Tom«, sagte Elfriede Jahn.

Ja wirklich, Gummibäume, dachte Mölders beim Vollzugsakt der Wässerung, voll das Klischee, so wie der wirklichkeitsfremde Flurwitz vorhin. Die beiden Bäume hier wuchsen sicher schon mühsam vor sich hin, da war Kurt Malangré noch nicht zum OB gewählt. Vielleicht sollte man, überlegte Mölders, die beiden Greisenbäume mal durch zwei moderne Benjamino-Gewächse ersetzen. Allerdings: Was das dann wieder ein Hantier an Anträgen, Stellungnahmen, an Befürwortungsbegehren und Aktenumlauf auslösen würde. Wahrscheinlich müsste man die Beschaffungsabsicht für einen Baum über 1,50 Meter Höhe sogar europaweit ausschreiben. Ja, auch für Gummibäume gelten die strengen Vorschriften des Vergaberechts.

Und man müsste zuvor verwaltungsintern die Idee erst mal durchbringen, er hatte starke Zweifel, ob das klappen würde. Denn Mölders wusste, besonders die Kolleginnen Kobranic und Wegmann liebten die Bäume und hatten ihnen sogar Namen gegeben: Gummi und Baumi. »Gib Gummi, Baumi« hieß ihr Lieblingsspruch, um, leider erfolgsarm, zu mehr dynamischem Wachstum anzuregen. Und als neulich noch, erinnerte sich Mölders, Baumi erstmals seit Jahren ein neues Blatt bekommen hatte, schlug die Kollegin Wegmann vor, ihm den Namen »Baumibaby« zu geben. Vielleicht sollte man mal einen Fachmann fragen, dachte Mölders, etwa den Herrn Falkenstein vom Aachener Baumschutzbündnis, vielleicht weiß der Rat, wie man solche Gewächse dynamisch pflegt. So könnte man ihn auch einbinden ins praktische Geschehen, dann stünde er nicht immer nur viel sprechend aber wenig sagend auf, wenn irgendwo im Stadtgebiet ein alter kranker Baum nicht mehr am Leben gehalten werden konnte. Aber weiß, wer für Birke und Buche kämpft, auch über das Dasein von Gummibäumen Bescheid?

Mölders war jetzt seit über 35 Jahren im Amt. Als er angefangen hatte, damals noch mit dem vollen Haar eines dynamischen jungen Mannes, hatte er den *Aachener Nachrichten* als 1. Radverkehrsbeauftragter der Stadt ein Interview gegeben. Was er als Erstes in Angriff nehmen wolle, hatte ihn der freche Redakteur gefragt. Da war ihm – damals wohnte er noch in Richterich und war stolz auf sein neues Rennrad gewesen – natürlich sofort eingefallen: Ein Radweg auf der Roermonder Straße, für den wolle er zu sorgen versuchen. Ja, das hatte er gesagt, das war dokumentiert. Und das wollte er immer noch.

Geklappt hatte es bis heute nicht. Wenn er in zwei Jahren pensioniert würde, müsste er das Thema unbedingt seinem Nachfolger ans Herz legen. Mit der Idee hätte der oder die Neue bestimmt einen nachhaltig guten Start. Der Gedanke gefiel Mölders, so ein hingehaltener Staffelstab wäre ja auch ungemein kollegial. Und er war sich ohnehin sicher, Aachen würde eines Tages die Verkehrswende vorbildlich schaffen. Auch weil sie alle hier so aufopferungsvoll daran arbeiteten. Und man würde einmal sagen, die Idee mit dem Radweg auf der Roermonder Straße vor langer Zeit war wie ein Fanal des Aufbruchs.

Also, der Eintrag in die Geschichtsbücher schien möglich. Mölders lächelte kaum merklich, sah auf seine Uhr und sich um. Doch, die Blätter der vernachlässigten Gummibäume schienen sich schon eine Idee aufgerichtet zu haben.

Jetzt könnte die Chefin aber langsam mal kommen.

Kapitel 18

Beim Therapeuten 2

Neue Träume

»Und, wie geht es Ihnen?« Cornelius Schaffrath lächelte kurz und murmelte etwas vor sich hin. »Naja …«

Sie sahen sich heute zum dritten Mal. Schaffrath wollte zunächst einen neuen Traum erzählen. Ein riesiger Radfahrer, breit dazu, wie ein Zombie, sei vor ihm hergetrödelt. »Der hat die ganze Straße blockiert. Ich konnte nicht überholen.« Er habe gehupt, nichts war passiert, und der Radfahrer sei mit jedem Hupen sogar noch gewachsen. »Wie ein Monster war der. Aus seinem Helm waren überall so kleine Stacheln rausgewachsen, als hätte er das Corona-Virus auf dem Kopf. Und er hat schallend dreckig gelacht.« Schaffrath machte eine Art Geräusch, das ein dreckiges Lachen sein sollte. »Ich bin schweißnass wachgeworden.«

»Ich glaube«, sagte Darjahn, »Sie fühlen sich gefangen und glauben Opfer zu sein, wie im Pandemie-Lockdown. Opfer wovon auch immer. Sie fühlen sich isoliert.«

Cornelius Schaffrath sah ihn dankbar an.

Ob er denn mittlerweile eine Ahnung habe, einen Verdacht, was Ursache für die Radträume sei, wollte Darjahn wissen. Schaffrath zuckte mit den Schultern. Sollte er dem Doktor hier von der Initiative Autoentscheid erzählen, von den Treffen? Nein, lieber nicht, vorerst nicht; er kannte diesen Dr. Friedensreich Darjahn ja noch gar nicht richtig. Am Ende war das auch so ein militanter Radfahrer. Zutrauen würde er ihm es. »Keine Ahnung.«

Darjahn hatte beim Termin zuvor einen Vorschlag gemacht. Schaffrath solle selbst mal mit dem Rad durch Aachen fahren. Radfahren als Therapie, der Störung des Wohlbefindens vorsichtig entgegentreten – das war sein verhaltenstherapeutischer Ansatz. Dass das etwas ganz

Normales ist, ohne Bicycle Race und Zombies, keine Corona-Monster auf zwei Rädern. Und gesund sei es auch. Manchmal helfe es, sich den Dingen offensiv zu stellen, das löse Blockaden, auch und gerade im Unterbewusstsein.

Entsetzt hatte ihn Schaffrath angesehen. »Meinen Sie wirklich? Radfahren? Ich? Und wenn mich da jemand sieht ...«

»Ich bin sicher, Sie schaffen das«, hatte ihn Darjahn ermuntert. »Versuchen Sie es einfach. Radfahren ist nichts Böses. Nur Mut. So können Sie sich der Situation stellen und sie vielleicht überwinden. Hören Sie dabei doch Max Raabe, *Fahrrad fahr´n*, ein schönes Lied, finde ich. Ich glaube, es kann wirklich nichts passieren.« Darjahn war schnell klar geworden, dass Schaffrath an einer diffusen Angststörung litt. Mit der Reizkonfrontation könnte eine Desensibilisierung in Gang gesetzt werden, so seine Hoffnung.

Jetzt hakte er nach. »Vielleicht sollten wir einmal gemeinsam überlegen, wie Sie meine Tipps ...«

»Ja, ich weiß: selbst Rad fahren. Aber ...«

Am Ende der vorigen Sitzung war der Therapeut mit Cornelius Schaffrath in seinen Fahrradkeller gegangen. Er sollte sich so ein Rad nur mal therapeutisch fürsorglich begleitet ansehen. Sie waren ein paar Schritte näher gegangen. Darjahn hatte gemerkt, wie sein Klient leicht zu zittern begonnen hatte. »Gut, gehen wir noch mal einen Schritt zurück und atmen wir gemeinsam tief durch ... und noch mal.« Bald danach fasste Cornelius Schaffrath ein Rad sogar kurz an. »Sehr gut, Herr Schaffrath« hatte ihn Darjahn gelobt und kurz darauf sanft die Klingel klingeln lassen. Schaffrath schreckte zurück. Das war wohl Reizüberflutung gewesen. Darjahn war zu optimistisch gewesen. Aber er hatte ihn ermuntern können: »Versuchen Sie doch bis zum nächsten Mal, so ein Rad auch mal draußen alleine anzufassen.« Er könne vielleicht einen Radfahr-Kurs machen, die Verkehrswacht mache das nicht nur für Kinder. Schaffrath hatte versprochen es zu versuchen.

Jetzt fragte Darjahn nach: »Und?«

»Ich habe mich tatsächlich überwunden, ohne Kurs aber. Wobei der erste Versuch gleich furchtbar in die Hose ging. Ich habe in der Stadt, vor der Mayrischen, also, wo so viele Räder an so Haltestangen stehen, meine linke Hand auf einen Sattel gelegt, erst nur darübergewischt, dann auch einmal richtig aufgelegt. Fühlte sich gar nicht so schlecht an. Und im gleichen Moment kam einer angerannt, was machen Sie da, nehmen Sie die Finger von meinem Rad. Ich mich natürlich entschuldigt und bin sofort weg.«

»Das ist ja Pech gewesen. Das hat sie aber nicht entmutigt?«

»Naja, also erst einmal schon. Wie peinlich das war. Ich – ein Raddieb, ausgerechnet ich? Und ich hatte mich wirklich erschrocken. Aber ein paar Tage später habe ich es noch einmal probiert, in der abgelegeneren Annastraße. Da stand ein Rad ganz alleine herum, kein Mensch in der Nähe. Es war schon später am Abend. Ich habe es extra eine ganze Weile beobachtet, dann noch eine Zigarette geraucht. Niemand zu sehen. Dann bin ich …«

… nein, es kam in diesem Moment nicht zufällig eine Polizeistreife um die Ecke, es hatte den armen Schaffrath auch kein diensteifriger Beamter argusäugig beobachtet und nahm ihn jetzt wegen Diebstahlverdachts fest. Nein, so etwas würde in eine billige Satire gehören, dachte der Autor und verwarf seinen flüchtigen Gedanken an dieses Szenario. Das wäre viel zu albern und würde die wirklich ernsten Probleme des Cornelius Schaffrath unnötig durch den Kakao ziehen. Außerdem wollen wir den armen Mann ja auf dem Weg der Besserung begleiten, wenn irgend möglich jedenfalls. Also:

»… näher gegangen. Fühlt sich anders an als ein Auto, nicht so weit und flächig. Aber es war gar nicht so schlimm. Die Klingel habe ich aber nicht angefasst.«

»Das ist doch sehr ermutigend«, fand Darjahn und nickte seinem Gegenüber intensiv zu. »Freuen Sie sich auf das Gefühl der Erleichterung.«

»Ja, gäbe es mal Erleichterung!«

Denn auch die Radler hätten ihn nachts wieder heimgesucht. Einmal sei aus einem Zombie-Radler mit einem Helm sogar eine ganze Kolonne geworden, die zudem unter seine Decke gestrampelt seien, ausgerechnet an dem Wochenende, als seine Frau mit den Kindern an die See gefahren war, er also allein zuhause war. Da habe er mitten in der Nacht sogar laut geschrien, und der Nachbar von gegenüber habe kurz darauf geschellt, ob irgendetwas sei, ob er die Polizei oder den Rettungswagen rufen sollte. »Nein, es sind nur diese Radfahrer überall«, habe er dem hilfsbereiten Mann gesagt und noch schlaftrunken unter seine Bettdecke gezeigt, »da …, überall, überall, riesige Radfahrer«. Der Nachbar sei nur mit Mühe abzuhalten gewesen, gleich das Alexianer zu alarmieren.

»Ich bin doch kein Fall für die Klapse, oder?«, hatte er Darjahn gefragt, und auch das: »Diese Träume, Herr Doktor, sie hören einfach nicht auf. Und mittlerweile bekomme ich sogar tagsüber manchmal richtige Hitzewellen und Schwindelgefühle, wenn ich irgendwo nur einen Radfahrer klingeln höre, also im richtigen Leben.«

Darjahn bemühte sich die Stirn glatt zu halten. Das waren Merkmale von Panikattacken. Aber das Wort wollte er vorsichtshalber für sich behalten. »Wir sehen uns in zwei Wochen, einverstanden, gleiche Uhrzeit?«

Darjahn notierte etwas von schweren Blockaden und Radtrauma. Das Wort unterstrich er. Dann kam schon der nächste Klient.

Kapitel 19

Bei den Radmenschen 4

Sightseeing-Tour der Hoffnung

An einem Samstagnachmittag hatte sich ein Dutzend Radentscheid-Leute mit ein paar Bekannten zur »Sightseeing-Tour der Hoffnung« getroffen. Es galt die Stellen in der Stadt abzufahren, wo sich schon etwas getan hatte mit besserer Infrastruktur, ob bei Radvorrangrouten oder den ersten Stückchen Radentscheid-Umsetzung. Es wurde ein Spot-Jumping mit nach wie vor reichlich Radhorror zwischendurch, »für Optimisten mit langem Atem ansatzweise ansprechend«, wie es Tim nachher etwas verquast nannte, »kurzum: noch ganz schön wenig«.

Aber zunächst hatte Filip eine besondere Neuigkeit: Der Herr Subotnik von der Stadtverwaltung hatte sich gemeldet. Und ihn gleich eingeladen zum Wahlamt am Blücherplatz. Da seien die Radentscheid-Ordner im Keller gelagert. »Ich also gestern dahin, wir nach unten, ein Archiv-Raum im trockenen Keller. Ich sag euch, eine ganz spezielle Atmosphäre. Akten, nichts als Akten. Du riechst die Macht und die ganze Vergangenheit, du hast noch das Weihwasser von den CDU-Wahlkreuzen der 60er und 70er Jahren in der Nase, das faule Olkaktotum des Campusbahn-Bürgerentscheids. Neonlicht. Eines flackerte schön gruselig – also, da könnte man auch einen Krimi drehen, kühl, staubig, durchaus unheimlich. Jedenfalls alles voller Stahlregale, mit Aktenordnern gefüllt bis unter die Decke. Ein leerer Tisch, ein schäbiger Stuhl …«

»Komm mal zur Sache, was hat das betörende, rosa Parfum unserer Ordner mit deiner Nase gemacht?«

»Jaja. Also, der Herr Subotnik weist mich zur dritten Reihe, Registratur Z38, R sowieso, zweite Reihe von unten – und vor uns: ein Loch von gut zwei Metern Breite.

Weg, unsere Ordner sind weg. Dieser Subotnik war genauso überrascht wie ich. War ihm richtig peinlich. Und unerklärlich. ›Vielleicht ausgeliehen‹, sagte er, jedenfalls weg.«

»Warum leiht die denn jemand aus?«

»Keine Ahnung. Der nette Herr Subotnik schien von seiner eigenen Idee auch nicht sehr überzeugt. Er will sich melden, wenn er Näheres weiß.«

»Ist ja ein Ding«, sagte noch wer.

Die Radtour startete. Als erstes bestaunten sie die Lütticher Straße, wo Autos den Platz zwischen den Bäumen nach wie vor plattparkten. Die Bäume hatten als Protest gegen die hier geplante Protected Bike Lane ein rotes Schleifchen an den Stämmen, gedacht als widerständisches Statement für Naturschutz. Ein Teil der Bäume müsste für den Radweg fallen, laut Analyse des Umweltamtes waren die meisten ohnehin alt und krank. Nicht schön, aber es soll ja Ersatzpflanzungen junger widerstandsfähigerer Arten geben.

Tim erzählte, er habe die Grundstücke hier mal Haus für Haus abgeradelt. Ergebnis: »Man muss sich die umstrittenen 700 Meter Lütticher Straße nicht gerade als Ökotopia vorstellen. Die kämpfen zwar vehement um ihre Bäume, also ihr lauschiges Umfeld im öffentlichen Raum, aber bei den eigenen Vorgärten sieht es manchmal ganz anders aus. Insgesamt sind neun Vorgärten, trotz Garagen daneben, gepflastert oder es sind pflegeleichte, naturfremde Stein- oder Schottergebilde. Und von den neun sind sechs auf der besonders umkämpften Ostseite.«

Die Tour ging Richtung Eilendorf, mit einem Schlenker über die feuerrote Lothringer Straße. Da musste Adel Trabelsi kurz abbremsen. »Moment«, rief er. Ein Wagen parkte vor der Gaststätte Raststätte. Ruckzuck hatte Adel sein Smartphone rausgeholt. Klick von vorn, Klick von hinten. Und senden. Adel meldete Falschparker gern an das Ordnungsamt, meist über stadtpate.de. »Solche Radstraßen haben einen schönen Vorteil für Autos«, ätzte er,

»sie dienen zum bequemen Radwegvorrangparken. Aber nicht mit mir!«

Unterwegs auf den Radwegen nebeneinander zu fahren und sich zu unterhalten, gelang immer nur stellenweise. Dann fehlte wieder Platz. »Bei Radfahrenden geht man davon aus, dass sie nur hintereinander unterwegs sind. Oder dass wir, weil wir so schön flexibel sind, eben ruckzuck hintereinanderfahren können«, meinte Astrid zu Adel. »Das ist so, als würden Autos mit einem Mal nur noch als Twizys erlaubt.« Der Twizy ist das twiggy-schmale Elektro-Auto von Renault, wo Fahrer und Beifahrer hintereinander sitzen.

»Tja, findest du … Moment«, wieder musste Adel abbremsen und sich hinter ihr einreihen, weil mal wieder ein temporäres Halteverbotsschild wie selbstverständlich auf dem Radweg stand, obwohl das allein für Autos galt. Kurz danach war er wieder zurück: »Was hast du gesagt?«

Die Vorrangroute Eilendorf ist die erste der neun geplanten dieser Routen aus den Vororten, die in großen Teilen fertiggestellt ist, durchaus ein Stolz der Stadt, gern modellhaft gepriesen. Viele kannten den Streckenverlauf zum Bahnhof Eilendorf noch nicht, auch Leonora hatte ihre Premiere. Nachher fragte sie knapp: »Was ist daran Route, was ist Vorrang? Ist ja nicht mal durchweg rot. Das ist ein unfertiges Puzzle, odr?«

Das Puzzle bestand aus vielen Teilstücken, die als Fahrradstraße vorläufig markiert sind, damit gelten Vorfahrt und Tempo 30, man kann nebeneinander fahren, immerhin. Eine rote Fahrbahndecke haben nur die Kreuzungsbereiche. Ständiges Abbiegen rechts-links-rechts-links zeugt nicht vom Angebot einer schnellen Route, sondern eher vom Gedanken: Wo quetschen wir die Radfahrer hin, damit sie das althergebrachte Geschehen möglichst wenig stören. Es gibt auch eine Lücke von ein paar hundert Metern in der Route – und da steht nicht mal ein Schild, wo es denn weitergeht.

Und die Querung der von-Coels-Straße, ohne jeden Vorrang, ist noch nicht ausgebaut, weniger Geübte müssen hier eine Aufschüttung hinauf ein Stück schieben. Bequem und durchgängig ist anders. Verkehrswende erst recht.

Viele der Mängel haben mit der Komplexität stadtinterner Demokratie zu tun. Was im Stadtrat beschlossen war, also ganz weit weg, musste vor Ort mühsam durch ein alteingesessenes Geflecht an Interessen und Gewohnheiten gepresst werden. Bezirksvertretungen, in Eilendorf und überall, wollen immer ein großes Wörtchen mitreden, was im eigenen Revier genau passiert. Und in solchen Gremien wird weniger an das große Ganze gedacht, sondern an Anlieger, an die guten Kumpels von Kaufleuten, den Herrn Apotheker, die Frau Wirtin nebenan, den Herbert aus dem Fußballverein mit seinem Lotto-Toto-Laden, an all die treuen WählerInnen. Und da hat die alte GroBü das Sagen: die große alte Bürgerinitiative aus CDU und SPD, denen man kleinste Zugeständnisse mühsam abringen musste. Das berichtete Isa, eine der Aktivistinnen der Initiative *Fahrradfreundliches Eilendorf:* Sie sei »allmählich erschöpft von den ewigen Debatten, von Kompromissstreits mit der FDP-Frau im Bezirk, deren Stimme über die Mehrheit entscheidet«.

»Wirklich, eine FDP-Frau?«, ätzte Adel, »mit solchen unsozialen Elementen musst du reden? Du bist eine Heldin für mich!« Isa dankte und sprach von reichlich gestriger Sturheit auch bei vielen aus CDU und SPD. »Die haben alle FDP-Potenzial.«

Die Eilendorfer, erzählte sie, seien zudem seit jeher eine besondere Spezies: »Wenn die einkaufen gehen, sagen sie, ich fahre in die Stadt. Damit meinen sie nicht nach Aachen in die City, sondern mit allem lokalen Stolz ihre Severinstraße mit dem Dutzend Geschäftchen. Und da ist eine Fahrradstraße ein Fremdkörper. Deshalb ist hier die Streckenlücke.« Am besten müsse alles bleiben wie es immer war, die gewohnten Parkräume und Fahrbahnen, wo schon Oma und Opa mit den stolzen Nachkriegs-Käfern und Opel Rekords motorprominierten.

Zurück aus der Stadt (Eilendorf) in die Stadt (Aachen) ging es über die Vennbahn, die Fortsetzung der Radvorrangroute. Die Vennbahn ist angenehm zu fahren, aber wegen der intensiven Nutzung auch von Skatern, Joggern und Spaziergängern längst überlastet. »Wir werden sehen, wie sie nach dem Ausbau aussieht. Lassen wir uns überraschen«, meinte Erik, der Pragmatiker. Die Vennbahn ist auch ein Lackmustest, wie ernst es die Stadt meint mit Vorrang: An diversen Kreuzungen mit Autostraßen, auch an kaum befahrenen, in Brand und weiter Richtung Voreifel, haben Vierräder bislang wie selbstverständlich Vorfahrt. »Dass das auch andersherum geht, zeigt Roetgen, da müssen Autos halten an den meisten Vennbahn-Kreuzungen. Ob das auch in Aachen mal geändert wird?«

Die Vennbahn endet zunächst nahe dem Bahnhof Rothe Erde. Neben dem abgewrackten Shopping-Center Aachen Arkaden, vor der Trierer Straße, findet sich – nichts. Kein Hinweis für Ortsunkundige, wo es weitergeht. Genauso wie in Walheim, auch da steht man vor der querenden Schleidener Straße ohne jedes Hinweisschild.

Ortskundige wissen vor dem Bahnhof Rothe Erde, dass das einzige Fahrradrichtungsschild (mit einer Links-Rechts-Grafik) den völlig falschen Weg weist. »Stellen wir uns mal janz dumm«, sagte Filip jetzt, »wo jeht der Vennbahnwech weiter?« Und fragte Passanten. Die wussten nichts oder sagten nur: Da schräg rechts irgendwie. Dort, vor dem Bahnhof, hat man zwei Möglichkeiten: Entweder man landet zufällig auf der Fahrradstraße Beverstraße oder man überwindet den unterirdisch hässlichen Parkplatz, entdeckt bierdeckelgroße Plättchen an zwei Laternenmasten, schiebt eine Rampe von fünfzehn Prozent Steigung hoch, ein städtebaulicher Schildbürgerstreich von Premiumgüte, schlängelt sich durch eine Sperrung hindurch und landet auf der offiziellen Fortsetzung des Vennbahnweges parallel zu den Bahngleisen Richtung Moltkepark. Da steht ein Stück weiter als letztes Vennbahnschild *2,0 Kilometer.* Der Rest ist gar nicht mehr ausgeschildert. Ein großartiger Radweg, in Luxemburg gestartet, der sich in Aachen einfach auflöst. »Wenn man in Zürich«, analysierte die kluge Leonora, »einen Radweg quer durch den Zürichsee angelegt hätte, wäre das nur nasser, aber kaum unsinniger.«

Sie fuhren auf der Beverstraße und überholten eine Radlerin mittleren Alters, die trotz ausgewiesener Fahrradstraße so extrem weit rechts fuhr, dass sie bei jeder nur halb geöffneten Autotür sofort in Gefahr geriete. Dazu war sie erkennbar ängstlich unterwegs. Franziska sprach sie an: »Fahren Sie doch lieber weiter in der Mitte, über die aufgemalten Radsymbole. Sie haben hier erstes Benutzungsrecht, Autos müssen dahinter bleiben und dürfen nur überholen, wenn wirklich frei ist.«

Ja, Fahrradstraße, das wisse sie, »aber wissen das auch die Autofahrer?« Sie bleibe lieber in Seitendeckung.

»Tja, sagte Franziska nachher, »es gibt Radler und Radlerinnen, wahrscheinlich mehr als wir Routiniers ahnen, die sehr unsicher sind. Die aber gerne viel mehr fahren würden. Wir müssen gerade solche Leute mitdenken, wenn wir über Neugestaltung sprechen. Die bräuchten eigentlich Fahrradstraßen, die Autos nicht benutzen dürfen! Zumindest gesichert abgeteilte Wege.«

Pause am Neumarkt. Filip erinnerte an das Projekt »BürgerInnen beobachten Verkehrsflächen«. »Da drüben vor der Bäckerei gab es ein schönes Beispiel. Da stand über Jahre ein Schild *Parken verboten* vor einer lange nicht mehr genutzten Einfahrt. So schafft man sich einen Privatparkplatz. Auch exklusiv für Kunden, die ihre SUV-Panzer zum Bröttchentransport da abstellten. Sprach sich natürlich herum. Auch das ist Enteignung der Öffentlichkeit auf kaltem Weg.

Übrigens: Mein Freund Werner wohnte nebenan. Er hatte den Bäcker darauf angesprochen. Der sagte nur: Verboten. Meine Einfahrt. Die gar keine war. Und dann hat Werner da geparkt – bis eines Morgens ein Reifen platt war.«

»Mir ist am Lousberg etwas Ähnliches aufgefallen«, erzählte ChrisTina. »Die Försterstraße ist ja sehr eng wegen beidseitigem Parken. Ausweichflächen für möglichen Gegenverkehr gibt es kaum. An einzelnen Stellen sind die wenigen Flächen vor Garagenzufahrten ausgewiesen. Nur parken die Leute darauf und zwar vor der eigenen Garage. Weil sie zu faul sind für Garage rein, Garage raus. Oder weil sie die Garage längst anderweitig nutzen. Den Platz vor der Garage haben sie exklusiv, weil ein Schild da hängt: Garageneinfahrt, Halten verboten. Bei Zuwiderhandlung abschleppen. So schaffen sich Leute ihren Privatparkplatz im öffentlichen Raum.«

»Warum macht die Stadt nichts gegen solchen Raumdiebstahl?«, fragte Filip.

»Ich weiß gar nicht, ob sie will«, meinte ChrisTina. »Und wahrscheinlich ist es auch schwer. An Privateigentum kannst du ja schnell Schilder hängen.«

Franziska hatte noch ein anderes Beispiel: »Es gibt diese Aneignung sogar im fließenden Verkehr, zum Beispiel am Elsassplatz. Da stehen seit Jahren große Schilder *Durchfahrt verboten* wegen des großen Ports für Busse und viel Fußgängerverkehr in den Kennedypark; Ausnahmen gelten nur für Taxis und Räder. Vor ein paar Jahren gab es in der Nähe eine große Straßensperrung, und so wurden für ein paar Wochen die Schilder zugehängt. Alle durften durch, soweit okay. Dann galten die Schilder wieder – aber seitdem fährt einer nach dem anderen da durch, durchaus gefährlich. Niemand kümmert sich darum. Wieder hat der Autoverkehr sich ein Stück Weg angeeignet. Illegal aber scheißegal.«

»Autos sind nun einmal die heiligen Kühe. Jeder Inder würde staunen.«, sagte Filip. Und, bitte, jede Inderin auch, würde Camilla ergänzen, wenn sie an diesem Nachmittag dabei gewesen wäre.

»Aber wehe, einer oder eine von uns fährt mal ein Stück über einen Fußweg, dann ist aber Zeter und Mordio.«

»Tja.«

Drei stadtnahe Höhepunkte standen noch an. Zunächst der Templergraben. In diesen Tagen gehörte der Sommer 2021 schon zur ebenso wohligen wie gruseligen Erinnerung. Damals war der Templergraben Monate lang für Autodurchfahrten gesperrt gewesen. Wieder ein Reallabor. Errichtet zum perfekt falschen Zeitpunkt, genau in den Semesterferien, auf einem durch die Lockdown-Maßnahmen ohnehin noch leeren Campus. Wie sollte da jemand den tieferen Sinn sehen, wenn er oder sie denn gewollt hätte?

Die Realität im Labor war ohnehin eine andere: Rücksichtslos – und das wochentags fast im Minutentakt – fuhren WagenlenkerInnen trotz noch so großer Sperrschilder durch. Polizei war selten da. Und so hatte fast jede und jeder hier eine Erinnerung, wie schön es war, die Autos selbst zum Wenden aufzufordern. Die Ausreden von »Ach, gar nicht gesehen«, über »Aber hier fahre ich doch immer« bis zum Joker »Ich wollte doch nur mal eben …« waren schon »wunderbar putzig«, sagte Filip jetzt. Und viele Autos kehrten tatsächlich um. Umkehren konnten damals auch die RadlerInnen – und zwar die Machtverhältnisse! Jetzt waren Autos mal die Geschurigelten. Ein erhebendes Gefühl für manche.

Der Nachteil war gewesen, dass solche Eingriffe in den Straßenverkehr formal strafbare Nötigung waren. Anhalten dürfen nur Ordnungsbehörden. In einem Rechtsstaat wie der Autorepublik Deutschland gilt Freie Fahrt eben auch auf verbotenen Wegen. Der Vorteil war gewesen, dass niemand am Lenker davon wusste vor lauter schlechtem Gewissen oder Angst vor einem wirklichen Bußgeld.

Weiter ging es über ein tatsächlich ausgebautes Stück Fahrradstraße am Reiff vorbei, hoch Richtung Hörn. Die Bike Lane am Pontwall, stolze 160 Meter lang, ließen sie

Bike Lane sein. »Ist jemand hier, der sich nicht schämt, dass dieses hässliche, mickrige Stück eine Vorzeigestrecke ist? Ich bitte um Handzeichen«, fragte Franziska. Keine Hand wollte hochschnellen.

Auf der Hörn erlebte die Gruppe schließlich den Höhepunkt des Tages: In einem verkehrsarmen Wohngebiet gibt es tatsächlich die erste Kreuzung zweier Teilstücke von Aachener Fahrradstraßen. »Dass ich so was noch erleben darf«, spottete Filip an der Hollandwiese, ihrem Endpunkt der Samstagstour.

In kleinen Gruppen plauderten sie noch ein wenig weiter. Zum Beispiel über die Wilhelmstraße, dieses Aachener »Vorzeigestück an ausgesuchtem Horror«, wie Filip sagte: Nicht weil man hier wie an vielen anderen Stellen einen Radweg naturbelassen hätte verrotten lassen, sondern im Gegenteil: weil die Behörden aktiv geworden waren. Vor ein paar Jahren war ein Radweg aufgemalt worden, bergab, eng, rechts direkt die Autotüren, links die bretternden Autos selbst, auch LKW, auch Busse, offiziell Tempo 50, also real gern schneller, eng nebeneinander auf zwei engen Spuren. »Die Stadt«, meinte der sonst so stille Optiker Thomas Kulle, »hat ja in den vergangenen Jahren viele Radsicherheitsstreifen aufgepinselt. Vielleicht in guter Absicht, aber in der Realität ist das an vielen Stellen absolut kontraproduktiv. Die gestrichelten Linien sind gut zu sehen, auch – kleiner Scherz am Rande – auch ohne Brille, aber sie sind ja nichts als ein magerer Hinweis, dass hier Radfahrer hingehören. Nur, die fahren doch ohnehin rechts auf der Straße. Das hat zwei Folgen. Die erste ist die Nutzlosigkeit: man darf sein Auto ja durchaus da hinlenken, also die Bereiche mitnutzen, genauso als gäbe es keinen Streifen.« Und, jetzt empörte sich Thomas richtig: »Man wird ja als Radler von Autofahrern gern auch dahin gewunken und angehupt, kaum dass man mal, weil es so eng ist mit den parkenden Wagen auf der rechten Seite, auch nur in die Nähe der Linie links fährt und vielleicht mit dem Lenker in die Raserspur ragt. Also sind die

Stricheldinger im Zweifel ohne Sinn und dienen höchstens den Autofahrern als Disziplinierungsinstrument.«

Da wollte Esther von Essen noch einen draufsetzen: »Der Deutsche braucht Verbote, nicht gestrichelte Hinweis-Bitten. Also, wenn schon, dann durchgezogene breite Linien. Hömma, viele würden doch eher einen Radfahrer überfahren als eine dicke weiße Linie. Hab ich gestern noch erlebt: da quetschte sich einer an mir vorbei, Hauptsache er berührt nicht die durchgezogene Mittellinie. Das ist so krank! Durchgezogene Linien für Radler gäben doch eine Spur mehr Sicherheit, nicht aus Respekt oder Vorsicht, sondern aus Angst vor einem Verkehrsvergehen. Aber warum gibt es die fast nirgends in Aachen?«

Filip kannte einen Grund: »Weil sie gar nicht darüber nachdenken. Selbst der Rad fahrenden OBin war das neu, gestrichelt oder durchgezogen. Neulich hat sie jemand drauf angesprochen, ihre Antwort: Das sei eine gute Idee, das wolle sie mal mit der Straßenverkehrsbehörde besprechen.«

»Es ist wie mit der Radfahrerin vorhin in der Beverstraße«, warf Esther ein. »In vielen Dingen müssen wir noch weiter bei den Basics anfangen. Die Radwelt ist von Angst besetzt und von Ahnungslosigkeit.«

Und wo man gerade bei den Führungsfrauen der Stadt war, wollte Tim gern wissen: »Und, ist schon jemand weitergekommen in der Exegese des Burgdorff-Zitats?« Alle grinsten, niemand meldete Vollzug. Das Zitat der Bau- und Planungsdezernentin Frauke Burgdorff, feierlich gesprochen bei der Eröffnung der Fahrradstraße Lothringer Straße, war seit Juli 2021 ein *running gag* unter den Radentscheidlern. Er lautete »Solch ein ausgeprägtes und von der Politik gewolltes Fuß- und Radwegenetz, das derzeit in Aachen entsteht, hat in Deutschland keine Stadt.«

»So verquer der Satz, so kühn die Behauptung, so sehr wollen wir sie an diesen Worten zukünftig messen«, hatte Erik damals feierlich gesagt. Was genau gemeint war, hatte auch er nicht verstanden.

Adel entdeckte derweil mal wieder den kleinen Anarchisten in sich. »Autos sind das einzige Privateigentum, das man im öffentlichen Straßenraum abstellen darf. Und das oft auch noch kostenlos: Dabei kostet ein Parkplatz bis zu 5.000 Euro bei der Errichtung, und ein paar hundert Euro pro Jahr an Instandhaltung. Man müsste mal Kühlschrank und Waschmaschine da lagern statt der gelagerten Autos. Sollen wir da nicht mal eine Aktion draus machen? Jeder schafft so was ran, vielleicht Sperrmüll aus dem Keller, wir stellen das Stück für Stück auf eine Reihe von Parkplätzen – und gucken mal was passiert?«

»Apropos Parkplätze, ich hab mal ein bisschen gerechnet«, sagte Filip, der Mathematiker, »es gibt 97.000 Privat-PKW in der Stadt Aachen, Tendenz weiter steigend. Das entspricht etwa einer Million Quadratmeter Fläche. Dicht geparkt würden sie sich auf dem Katschhof in fast 400 Schichten stapeln und damit stolz etwa die 20fache Höhe des lächerlich kleinen Doms erreichen. Auf gut 800 Höhenmeter. Das wäre ein stattlicher Turm, oder? LKW, Busse, Miet- und Firmenwagen kämen übrigens noch obendrauf. Macht dann tausend Meter.«

»Wow, und von da oben könntesse aber so wat von locker auf dat Tiefe Venn runtergucken.« Esther hatte diese Vision.

»Ja, das wäre sicher eine besondere Touristenattraktion. Dass die Stadt solche Potenziale nicht erkennt!«

Kapitel 20

Junge Schweizer Weisheit 1

Schuldzuweisung

Die Kneipe hatte Leonora und Filip beim vorigen Mal richtig gutgetan. »Sollen wir ein Ritual daraus machen?«, fragte Filip am Ende der Samstagstour.

»Gute Idee«, sagte Leonora. »Der ältere Herr und die junge Gattin an seiner Seite als gemeinsamer ThinkTank des Radwesens.«

Das war frech. Aber Filip wusste genau, worauf Leonora anspielte. Beim letzten Mal hatte die Kellnerin, nachdem er sein Weizen bestellt hatte, gefragt: Und was darf es für die Frau Tochter sein? War das peinlich gewesen im ersten Moment, also ihm jedenfalls. Aber Leonora hatte schlagfertig gesagt: »Mein Mann mag lieber, wenn ich ein Blöterliwasser trinke, also eine Limonade, am liebsten unsere Rivella oder eine Coci, weil ich bei Alkohol immer schnell so ausfallend werde. Und da hat er sogar recht. Also bringen Sie mir auch ein großes Bier!«

Filip erzählte der Neu-Aachenerin von den sechs toten Radfahrern und Radfahrerinnen der vergangenen fünf Jahre in der Stadt, dazu dutzende zum Teil Schwerverletzte. Dass das erschütternd viel sei, aber halt »noch im Rahmen des zu erwartenden Durchschnitts, statistisch gesehen«. Filip war ja Mathematiker.

Entlarvend, erzählte er, war Anfang 2021 die Debatte um den schrecklichen Unfall auf der Krefelder Straße. »Da hat ein Kleintransporter einen 70-jährigen Radfahrer von der Straße gemäht. Der arme Mann war sofort tot gewesen. An einem verkehrsarmen Sonntagmorgen war der Transporter rechts auf den Radweg gefahren, hat den Radler erwischt, war weiter über den Bürgersteig gebrettert, dreißig oder vierzig Meter, hat den massiven Ampelmast zerschreddert und kam erst ein ganzes Stück dahinter auf der Kreuzung zum Stehen.«

»Mein Gott, wie schrecklich«, sagte Leonora.

»Ja, das muss es wirklich gewesen sein.« Filip brauchte eine kurze Pause. Er sah die Bilder noch einmal vor sich, das zerfetzte Rad mitten auf der Kreuzung, die zertrümmerte Ampel, die Markierungen der Polizei am Tatort. »Die Sache ist bei der Staatsanwaltschaft, ein Gutachten angefordert, man wird sehen, was der Prozess ergibt. Aber wenn du etwas zu Polarisierung hören willst, ist das das beste Beispiel, sofern man das bei einem Toten sagen darf.« Jedenfalls habe die Radszene am nächsten Tag einen Aufruf verfasst, sich zum Gedenken am Unfallort zu treffen.

»Was ist daran so kontrovers?«

»Naja, in der Sache gar nichts. Aber selbst so ein armes Opfer wird genutzt zur Stimmungsmache. Es begann, warte ...« Filip setzte die Lesebrille auf und suchte auf seinem Smartphone, »Moment ..., hier: es fing an mit einem scheinbar völlig harmlosen Satz in den Aachener Zeitungen, der das Gedenktreffen ankündigte. Da stand am Sonntagabend online: »... Dabei gehe es nicht um eine Schuldzuweisung, sondern darum, in Gedanken bei den Angehörigen des getöteten Radfahrers, den Rettungskräften und natürlich auch bei dem Fahrer des beteiligten Kastenwagens zu sein.«

Leonora guckte immer noch skeptisch. »Klingt doch gut.«

»Absolut harmlos und sachlich. Aber da war das Reizwort Schuldzuweisung. Der Begriff war im Raum, sogar mit indirektem Zitat: Dabei gehe es nicht ... Niemand von uns hatte bis dahin über Schuld spekuliert geschweige denn irgendetwas dazu geschrieben. Natürlich konnte sich niemand einen Reim darauf machen, warum das passiert war. Klar, hatten alle für sich gemutmaßt: vielleicht Handy, vielleicht gedaddelt beim Fahren, vielleicht hatte der Mann einen Schwächeanfall gehabt. Aber Schuld? Und niemand sprach von Schuld beim stillen Gedenken am nächsten Tag vor Ort, wo sich so 150 Leute eingefunden hatten.«

Leonora fragte sich noch immer, wo das Problem liegt.

»Kommt jetzt«, fuhr Filip fort, »also, das Reizwort Schuldzuweisung war wie eine Steilvorlage. Umgehend wurde umgedeutet und verallgemeinert: Aha, sind mal wieder die Autos die Übeltäter … typisch. Auf Facebook war dann ein kurzer WDR-Beitrag zu sehen gewesen von der Gedenkveranstaltung, ganz normal sachlich. Dann kam der erste Kommentar, der Fahrer sei offenbar, ich zitiere, »von der Spur abgekommen und hat den Radfahrer nicht übersehen … Es wird leider immer nur die halbe Wahrheit gesagt, um generell wieder Auto gegen Fahrrad aufzubauschen. Einigen geht es nicht um den Mann persönlich, sondern nur um ihr Thema.«

»Seltsame Anklage.«

»Und dann kam so was, aber lies selbst mit allen orthographischen Volten darin.« Er reichte der jungen Frau sein Smartphone:

»Ich denke, man sollte doch besser abwarten warum denn der Unfall passiert ist, vielleicht musste der Fahrer was am Navigationsgerät einstellen, das Telefon hat geklingelt, eine Wespe im Fahrzeug oder Herzinfarkt des Fahrers und dieser Radfahrer war eigentlich zum falschen Zeitpunkt am falschen Ort und hätte auch jeden Fußgänger erwischen können.«

»Häh?«, sagte Leonora. »Wenn das Handy klingelt, muss man dann drangehen?«

»Genau. Und die Radfahrer sollen sich nicht aufregen, weil man ja auch ohne Rad hätte Opfer sein können. Klar ist das richtig. Aber was soll das?«

»Tja, wenn ich das richtig verstehe: Der Schwenk von einem toten Radfahrer wird über angebliche Schuldbehauptung als Anklage an alle Autofahrer umgedeutet, das natürlich sofort gegeißelt …, ähm, und im Reflex gleich ganz der Spieß herumgedreht.«

»Hier«, sagte Filip, »lies noch das, das schrieb der nächste.« Leonora las: »Zu oft schon gesehen Radfahrweg vorhanden nein es muss auf der Strasse gefahren werden am schlimmsten sind die Rennradfahrer die fahren dann noch mit 2 oder 3 mann Nebeneinander das sollte als erstes mal verboten werden.«

Leonora schüttelte den Kopf.

»Ja, ein Mensch stirbt auf sehr tragische Weise. Und dann erklärt dieser Mann irgendwelche Beobachtungen, falsch zumal, schließlich dürfen zwei Radler laut Straßenverkehrsordnung durchaus nebeneinander fahren, solange sie nicht den Verkehr behindern. So ging das in einer Tour. Rechtfertigungen, ein Toter wird instrumentalisiert, um selbst anzuklagen, dazu Ahnungslosigkeit über Verkehrsregeln. Das meine ich mit Polarisierung.«

Leonora schwieg einen Moment. »Weißt du, was ich so beängstigend finde: All diesen Leuten, die so etwas Verquirltes schreiben, diese Sichselbstaufhetzer, denn begegnest du ja ständig, die sind im Straßenverkehr um dich herum. Du weißt nie, wer da in in dem Auto neben dir sitzt oder hinter dir herkommt, was der eben geraucht hat oder sich eingeworfen?«

»Das ist richtig, keine Frage. Das kann irgendein Dummbeutel sein, frustriert, voller Vorurteile oder Aggressionen gegen Radfahrer. Oder schlicht besoffen. Du musst immer damit rechnen, dass dich da irgend so ein Idiot gleich, naja, vernichtet.«

Der sonst so gelassene Filip war über seinen eigenen Satz einen Moment verblüfft. Harter Tobak?

Leonora guckte ihn an in einer Mischung aus Schrecken und Nachdenklichkeit. »Ich glaube, jetzt brauche ich noch was Hochprozentiges.« Und zur Kellnerin: »Hallo, haben Sie Pflümeschnaps?«

Kapitel 21

Bei den Automenschen 3

Bei Ron in Kelmis

An einem Donnerstag unternahm die Stadtverwaltung an der Lütticher Straße eine Parkplatzbelegungsbegehungsuntersuchung, die erste am Morgen um 10:00 Uhr und dann um 19:00 Uhr. Und so waren am Abend zwei studentische Hilfskräfte der Stadt vor Ort und zählten zwischen Ring und Limburger Straße. »Also von massivem Parkdruck kann wohl nicht so sehr die Rede sein«, sagte die eine. Es gab fast zwei Dutzend freie Plätze jetzt am frühen Abend. Beide machten Strichlisten und notierten akribisch die Ergebnisse. »Und die Anwohner Lütticher Straße belagern uns ja nach wie vor, dass der Weltuntergang nahe sei, wenn hier ein paar Plätze wegfallen für die Radroute. Schon komisch.« Solche Zählungen hatte die Stadt zum Beispiel auch schon früher in der Lintertstraße gemacht, 2020/21. Ergebnis: je nach Uhrzeit waren nur 50 bis 95 Prozent der Plätze belegt. Keine Zahlen, die die Befürchtung belegen könnten, wenn ein Teil der Stellplätze wegfalle, sei Parken quasi unmöglich. Aber wen interessierten schon Fakten?

Ein wenig hatten die Lütticher-Autofahrer die Ergebnisse zu ihren Ungunsten verfälscht, denn zur gleichen Zeit verteilte Ron die ersten Koteletts und Würste auf dem Grill. Einer nach dem anderen der jetzt schon fast fünfzig Leute war vorgefahren, viele aus dem Viertel um die Lütticher Straße, der Keimzelle des Widerstands. Fahrgemeinschaften gab es nicht, das lohnte nicht für das kleine Stück, zudem die ganze Organisiererei, hatten sie sich gesagt. Und so konnten alle ihre Gefährte ausführen, viele einzeln, manche auch im Verkehrsverbund als Paar. Parken allerdings war nicht eben einfach hier im engen

Bereich Casinostraße und Stadionstraße. Viele mussten sogar ein paar Schritte zu Fuß gehen.

»Also bis hierher möchte ich nicht mit dem Rad fahren. Da bist du ja oben an Waldschenke tot«, sagte Gregor Müllejans zu seiner Frau Gerhild, die auch mal diesen Ron kennenlernen wollte. »Naja, du vielleicht«, gab sie zurück und spielte damit auf den halben Zentner Dr. Gregor Müllejans an, den es früher nicht gab und der ihm viel Beweglichkeit nahm. »Naja, du kannst es ja mal versuchen«, antwortete der, sichtlich getroffen.

Auch die Veits diskutierten unterwegs die topografischen Gegebenheiten. »Siehst du hier Radfahrer? Genau genommen wird für Nichtradfahrer unser Quartier zerstört. Wahnsinn. Und abends im Dunkeln zurückfahren ist ja noch schlimmer, und die Steigung ab Bildchen da unten bis hinter Entenpfuhl hört ja gar nicht auf.«

Rons Anwesen beeindruckte alle. Der weite Garten hinter seinem Haus war nur durch eine Hecke und ein paar mächtige alte Eichen vom idyllischen See getrennt. »Wir haben hier Kormorane, Schwäne, Reiher natürlich. Und oben in den Bäumen wohnt ein Eichelhäher-Paar«, gab sich Ron als Hobby-Ornithologe. Diese Ruhe, etwas zwitschern, etwas plätschern. Dazu die milde Abendsonne. Wie schön der Weiher glitzerte. »Fast wie am Amazonas, oder? Ich sage dazu grünes Paradies, nicht grüne Hölle.«

Hannes Kügler schleppte derweil drei große Kisten in den Garten und stellte sie auf der Terrasse neben dem Sonnenschirm ab. »Was ist da drin?«, fragte Ron, »alles Koteletts von unserem Metzgermeister?«

»Nee, wirklich nicht. Gewichtiger. Ist aber noch eine Überraschung.«

Erwartungsgemäß hatte jeder etwas zum Hartmannstraßen-VW zu sagen. »So ein Auto brennt doch nicht von selbst. Also, ich hätte ja einen Verdacht«, unkte Helmut Alt, neu aus Neu-Richterich dabei. »Mich würde nicht wundern, wenn es diese Autohasser waren. Aber warten wir ab.«

»Wer soll das denn sonst gewesen sein?«, rief Ron. »Hoffentlich ermittelt die Polizei anständig. Und der Staatsschutz gleich dazu, sind doch alles Linksextreme wie im Hambacher Forst. Und dieser Kommissar ist ja auch ein komischer Vogel, der war am Montag danach in der WDR Lokalzeit. Habt ihr den gesehen? Das ist bestimmt auch so ein Radfahrer.«

»Vielleicht«, warf Heinrich ein, »war es auch jemand von uns. Wer weiß! Den Reichstag haben damals auch die Nazis selbst angesteckt.«

»Vielleicht ist es auch zu früh zu spekulieren«, versuchte sich Gregor Müllejans in Deeskalation, »mein Mitgefühl gilt den Besitzern. Hoffentlich sind sie gut versichert.« Die meisten anderen nickten. Man schmauste, schlang und genoss. Rons Grills gaben alles. Das Trappistenbier mundete.

Marlene und Irm hatten es sich bald etwas abseits gemütlich gemacht. Irm kam auf eines ihrer Lieblingsthemen zu sprechen: »Warum richtet man nicht Radwege auf den Mittelstreifen ein, von Siegelallee, vor allem Ludwigs- und Oppenhoffallee. Also ich würde da gern fahren, da ist es ruhig, da ist es gemütlich. Da stört man niemanden, und vor allem es ist sicher, keine Autos neben einem. Und die Fahrbahnen und Parkplätze könnten bleiben wie sie sind.«

Marlene war überaus angetan: »Großartige Idee, Schatz. So naheliegend. Dass diese Umstürzler vom Radentscheid das nicht selbst vorgeschlagen haben, zeigt doch nur, dass sie es allein auf uns Autofahrer abgesehen haben und uns verjagen wollen.«

Nun war niemand hier, der solch scheinbar konstruktiven Ideen die Wirklichkeit entgegengesetzt hätte. Das Terrain zwischen Ludwigsallee und Saarstraße zum Beispiel ist ein Fußgängerparadies, zum Gassi gehen, zum Entspannen.

Die Spaziergänger würden sich, zu Recht, über Biker bedanken. Zudem sind die Wege dort sehr ungeeignet: Das schöne alte Mosaik eignet sich vorzüglich zum Flanieren, aber nicht zum Radfahren. Und das Mosaik will niemand wegmachen, auch sehr zu Recht.

Vor Jahren hatte schon einmal jemand in einem Leserbrief die gleiche Idee für die Oppenhoffallee aufgeworfen. Waltraud hatte das bei einer Radentscheid-Sitzung dem Faktencheck unterzogen: »Wenn ich von der Gördelerstraße auf der Nordseite die Oppenhoffallee fahren will, müsste ich, um den Verkehrsregeln genüge zu tun, bis zu sieben Mal kreuz und quer über eine Ampel.« Und sie hatte vorgerechnet: »Erst über die Kreuzung, dann der Fußgängerampel nach auf den Mittelbereich Oppenhoffallee, nach 300 Metern sogar drei Mal Ampelquerung rechts, links, links, um die Viktoriastraße zu überqueren, und am Ende wieder zwei Mal, je nachdem wo ich hin will.« Man vermutete damals, dass selbst enthusiastischste Autolenker ein solches Hopping für knapp einen Kilometer Weg als etwas umständlich und unzumutbar anerkennen müssten.

Solche Analysen lagen Marlene und Irm fern. Marlene regte an, Irm solle »diese tolle Idee« in einen dementsprechenden Leserbrief gießen: »Unbedingt. Das nenne ich mal einen konstruktiven Vorschlag.« Dann goss sie noch zwei Gläser Wein ein. »Komm, darauf trinken wir noch einen. Prost, Schatz.« Auch andere saßen zu zweit oder zu dritt zusammen. Woanders hätte man das sicher »Arbeitsgruppen« genannt. Immer mal wieder berichtete wer von neuen Schweinereien rund um »diesen ganzen Rad-Irrsinn«.

Von einiger Brisanz war das Gespräch zwischen Viktor Jütmann und Hannes Kügler. Lag es am fortgeschrittenen Biergenuss? War es die stimulierende Aufbruchstimmung der 157.000 Aufrechten? Oder doch schlicht der Stolz, dass sich dieser doch recht prominente Aachener Hochschullehrer so intensiv mit ihm befasste? Jedenfalls berichtete Kügler Dinge, die er besser für sich behalten hätte. Von einer Frau nämlich, die er nicht namentlich nennen wollte und als »ein hohes Tier früher in der Stadtverwaltung« bezeichnete. Die arbeite, erzählte er, sozusagen undercover aus ihrem Pensionsdasein heraus in der Nachbarschaft für die Aufrechten. »Sie berät uns strategisch, sie verfasst Briefe und Stellungnahmen, sie kennt alle Kanäle und weiß, wie man die Leute in der Verwaltung anpackt. Und kennt da noch sehr viele. Sie war da ja selbst jahrzehntelang tätig.« Und sie wisse, raunte Kügler verschwörerisch, »wie man Leuten in der Verwaltung droht, ohne offen zu drohen. Wenn Sie verstehen, was ich meine, Herr Professor.« Jütmann wusste nicht recht, raunte aber retour: »Verstehe, verstehe«, und bot Kügler bei so viel Vertrauensvorschuss gleich das Du an.

»Viktor.«

»Angenehm, ich bin der Hannes.«

Schließlich musste Hannes noch den Inhalt seiner großen Kiste klären. Er holte einen rosa Ordner nach dem anderen heraus. »Was ist das?«

»Das sind die Unterschriften-Ordner des Radentscheids. Die komplette Sammlung.«

»Geil!«

»Wo hast du die her?«

»Aus dem Wahlamt Blücherplatz. Da waren die eingelagert. Cornel hat mir den Tipp gegeben. Der kennt doch Leute bei der Stadt. Und der kann so was, sagen wir: organisieren.«

»Der Herr Schaffrath …, sieh an. Ich glaube, das ist der Abgebrühteste von uns.«

»Und was machen wir damit?«

»Na, ich dachte: Erstmal sind sie bei uns besser aufgehoben als in den Amtskellern. Wenn man rechtlich dagegen vorgehen will wegen Betrugs oder Urkundenfälschung, dann haben wir sie schon mal als Beweismittel. Und vielleicht – Dietmar …!«

Dietmar Zimta, der Polizist, meldete sich: »Jawoll. Anwesend.«

»Ich kenne den zuständigen Verwaltungsrichter für die Buchstaben T–Z, der ist uns sehr wohlgesonnen. Dietmar, Du als Zler könntest bei Bedarf Klage einreichen. Das wird schon werden, wenn du verstehst …«

»Ganz raffiniert«, schwärmte Caroline Egyptien. »Toll, wenn sich die Polizei auch so für Oche einsetzt.«

»Naja, unsere Anwälte sind informiert und könnten jederzeit Klage einreichen. Ron, vielleicht können wir die Kisten erstmal in deinem Keller lagern. Hat ja auch einen zusätzlichen Reiz. Beweismaterial außer Landes schaffen und sicher im nahen Ausland zwischenlagern.«

»Belgien hat wieder eine Schmuggelroute, nur umgekehrt«, gab sich Heinrich geschichtsbewusst.

»Was für ein Coup, Hannes«, sagte Ron, als die beiden die Kisten in den Keller wuchteten.

Am Ende sang der Gastgeber noch ein Loblied auf sein Wohnsitzland. »Belgien ist so wunderbar. Hier funktioniert nichts, aber das richtig.« Man lachte und tauschte Anekdoten über das Königreich Absurdistan aus. »Gleich hier hinten ist das Prinz-Philippe-Stadion«, sagte Ron und zeigte durch sein Haus vom See weg. Keiner verstand. »Die Belgier haben noch nicht gemerkt, dass der jetzt schon seit Jahren König ist, also muss es doch dann König-Philippe-Stadion heißen, oder?«

»Es lebe der König!«, rief Dietmar Zimta.

Schließlich gab Ron noch ein paar belgische Anekdoten aus dem ersten Corona-Lockdown zum Besten. So von seiner Nachbarin, die zwar die Grenze mit einer Ausnahmegenehmigung passieren durfte, aber verbotenerweise in Deutschland einkaufen war. Ob sie im Supermarkt gewesen sei, hatten die belgischen Gendarmen drüben an Bildchen gefragt. Nein, hatte sie kühl geantwortet. Sie hatte ihren Kofferraum öffnen müssen. »Der war natürlich voll vom Hit-Markt. Also kostete das 250 Euro für den illegalen Warentransport und 250 für die Falschaussage.«

»Die arme Frau. Das war wohl das teuerste Toilettenpapier ihres Lebens!«

Und da war die Geschichte vom Nachbarn da drüben, dessen Auto nach Tagen und Wochen des erzwungenen Stillstands dramatische Batterieschwächen gezeigt hatte. »Na, was macht man da? Da fährt man zum Aufladen halt ein paar Kilometer um den Block, kurz mal auf die Autobahn. Tat der auch. Wurde angehalten. Was er da mache? Er erklärte es. Das sei kein existenzieller Grund: 250 Euro.«

»So eine Sauerei«, sagte Prof. Viktor Jütmann und erntete vielfaches Kopfnicken. Verena stubste ihrem Gatten in die Seite und flüsterte ihm ins Ohr: »Schleim dich nicht so ein, Schatz. Du bist mir ja ein ganz ausgebuffter Agentterrorist.«

»Lass mich mal«, antworte er, »ich erfahre gerade immer mehr. Erzähl ich dir zu Hause.«

Die anderen waren sicher: Autofahrern wird das Leben immer schwerer gemacht, ob in Belgien oder Deutschland, ob mit radikaler Radideologie dahinter oder ohne. »Mit uns können sie es ja machen. Immer auf die Vierräder«, meinte Cornelius Schaffrath. »Und das, obwohl wir die Steuern zahlen und nicht diese Rad-Idioten. Prost.«

Ron ergänzte schließlich: »Besonders die arme Frau mit der Doppel-250 hat mir leidgetan. Die hat es als alleinerziehende Mutter echt nicht so dicke.«

»Sollen wir nicht nachträglich für sie sammeln?« Jetzt war Verena spontan. Die Idee kam ausnehmend gut an. Verena legte den ersten Zwanziger in ein Körbchen. Viktor flüsterte seiner Frau ins Ohr: »Und du bist meine karitative Agentinterroristin.« 511 Euro kamen am Ende zusammen, und alle freuten sich sehr über ihre gemeinsame Wohltätigkeit. Ron versprach, das Geld am nächsten Tag zu überbringen. Er fand die Frau ohnehin sehr nett, ehrlicher gesagt: rattenscharf. 511 Euro, garniert mit ein paar charmanten Worten, könnten ein Anfang sein, um ihr Herz zu öffnen. Für die elf Euro könnte er noch eine Stiege Stiefmütterchen kaufen.

Die blendende Stimmung trübte sich am Ende des Abends etwas ein, als sie zu ihren Autos zurückkehrten. Fast alle hatten einen Strafzettel bekommen, wegen Falschparkens im engen Karree rund um die Casinostraße. Und belgische Tarife sind und waren ganz andere als in Deutschland. Ron war außer sich: »Also, tut mir echt leid, das ist hier im Viertel noch nie vorgekommen. Eine Unverschämtheit. Diese Abzocke.« Eben noch hatte er Belgien als freies Anarchistan gerühmt – und jetzt das. Wera Kügler versuchte zu erklären, um Rons Liebe zu seinem Belgien zu retten: »Wahrscheinlich macht im Rahmen des europäischen Verwaltungsbeamtenaustauschs eine deutsche Politesse hier gerade ein EU-Praktikum und wollte sich tatendurstig einführen.«

Immerhin sollte es an diesem Abend auf beiden Seiten der Grenze keine Alkoholkontrollen geben. Für den einen oder die andere war das sehr zum Glück. Nur einer konnte gar nicht in eine Kontrolle kommen, sein Wagen war sogar abgeschleppt worden, Eckenparken. Weil sich mittlerweile ein großes Gemeinschaftsgefühl bei der Gruppe eingestellt hatte, nahmen die Bangemachs das autolose Opfer mit nach Aachen, ein junger Sparkassen-Angestellter, der das erste Mal dabei gewesen war: »Sei unser Tramper«, sagte die Kotelettkaiserin.

Ron versprach am nächsten Morgen nachzuforschen, wo der Wagen abgeblieben sei. »Die misch ich auf, die geldgierigen Fritten.«

»Danke Ron.«

Danke Ron, sagte im Nachhinein auch die Gemeindekasse von Kelmis über den unerwarteten Geldsegen durch die Parkprotokolle.

Kapitel 22

Damian und Ariane 4

Auf der Aallaallee

Beide waren pünktlich. Ach, das sei so praktisch, meinte Ariane, am Blücherplatz habe sie gleich einen Parkplatz gefunden. Das habe er sicher mitgedacht, fürsorglich wie er sei, sagte sie. Damian nahm die kleine Schmeichelei kommentarlos zur Kenntnis. Läuft doch!

Im Gebäude der Musikschule, wo das Wahlamt untergebracht ist, hatte gerade eine Task Force getagt. Wo die Radentscheid-Ordner hingekommen sind. Niemand hatte eine Antwort. Vielleicht war das nicht schlimm. Solange niemand danach fragte, aber wer weiß, hatte die Amtsleiterin geunkt.

Damian und Ariane wussten davon natürlich nichts. Sie liefen los. Das Wetter war nicht eben gut, etwas kühl, aber zumindest schien es trocken zu bleiben. Sie flanierten in Gespräche und Erzählungen vertieft die Wurm entlang und stärkten sich in Haaren im Eiscafé Uno mit einem großen Schokoladeneis für den letzten Etappenteil. Ariane liebte Süzthes, Damian auch. Dann stiegen sie über die Kreuzstraße den kleinen, aber steilen Berg hoch Richtung Gipfelkreuz. Damian versuchte sein Schnaufen zu unterdrücken und war fest entschlossen, mal wieder was für seine Kondition zu tun (Joggen) und mal wieder was für seine Kondition zu unterlassen (Alkohol).

Oben wunderten sie sich über den winzigen jüdischen Friedhof mit den letzten rudimentären Grabsteinen, seltsam zu einem Viertelkreis-Ensemble zusammengestellt. Sie lasen den Hinweis, während der Pogromnacht 1938 seien alle Gräber geschändet worden, die Grabsteine verschwunden. Kurios: Vor einigen Jahren war ein halbes Dutzend alter Grabsteine auf einem Haarener Grundstück gefunden worden. Ob jemand so was sammelte oder versteckte? Ein Hinweisschild erläutert: Sie seien zu einer Böschungsmauer in der Alt-Haarener-Straße verarbeitet gewesen. Wie so was wohl geht, fragte Ariane: Da hast du einen massiven Stein, darauf steht vielleicht Samuel Goldstein, geb. 1905, gest. 1938, RIP – und du befestigst deinen Garten damit? Ist das Erinnerung oder kann das gebraucht werden? Merkwürdig. Geschmacklos.

Fast achtzig Menschen waren hier vor 1938 beerdigt worden, entdeckte Damian auf einem weiteren Schild. Ariane konnte derweil mit allerlei Detailwissen über die Nazizeit in Aachen imponieren. Auch aus der Geschichte ihrer Familie: Verwandte väterlicherseits waren im KZ ermordet worden. »Juden?«, fragte Damian. »Naja, alles zusammen«, sagte Ariane, »zumindest Halbjuden, angeheiratet, einer war angeblich homosexuell, die beiden anderen politisch aktiv, KPD«. Damian wusste zu diesen Gräueltaten immer wenig zu sagen. Es war ihm unangenehm. Die Täter waren ja die Vorfahren, ob direkt oder indirekt – er hatte so etwas wie ein kollektives Gewissen.

Damian zögerte einen Moment. Dann erzählte er Ariane von seinem Freund Toni. Dessen Urgroßvater war 1935, wenn die alten Familienüberlieferungen stimmten, plötzlich Eigentümer eines stattlichen Anwesens in Aachen geworden, obwohl die Familie eigentlich nicht eben reich gewesen war, jedenfalls nicht reich genug für ein solches Haus samt weitem Garten. »In der Familie, hat Toni gesagt, wurde nie offen darüber geredet. Erst sein Bruder brachte ihn irgendwann mal darauf. Er sagte, das habe bestimmt mit Zwangsenteignung der vertriebenen oder verschleppten jüdischen Vorbesitzer zu tun; oder sie waren Hals über Kopf abgehauen, um ihr Leben zu retten. Ich glaube das mittlerweile auch. Toni hat später mal versucht, über das Katasteramt Informationen zu bekommen, leider, hieß es, seien alle Unterlagen vernichtet, vermutlich im Krieg.«

»Sauerei«, sagte Ariane, »und, soll man das glauben?«

»Keine Ahnung. Ist auch egal, ob da schnell Sachen vernichtet wurden nach dem Krieg oder schon vorher verlorengegangen sind. Sie sind halt weg, die Sache nicht mehr zu klären.«

Sie schwiegen beide ein paar hundert Schritte, bis sie ganz oben am Kreuz waren. Damian dachte darüber nach, ob es richtig war, Ariane bei so einem sensiblen Thema anzuschwindeln. Denn die Geschichte mit dem Uropa war nicht Toni passiert, sondern ihm selbst. Es war sein Urgroßvater. Und womöglich waren Teile des Vermögens, wenn auch nach dem Krieg deutlich reduziert, durch verschiedene Erbfolgen aufgesplittet, letztlich nach dem Tod seiner Eltern durch sein kleines Erbe in seiner, Damians Tasche, gelandet. Ein schales, ungutes Gefühl. Und was für ein tiefer Reflex von Scham, das nicht zu sagen, dachte Damian.

»So ändern sich die Zeiten«, sagte er jetzt, »die eine Familie wurde von dem braunen Mörderpack ausgemerzt, die andere profitierte womöglich davon. In der einen bleibt man familiär immer Opfer, in der anderen blieb einem nichts anderes als zu verdrängen, dass die eigene bucklige Verwandtschaft einst ganz nebenbei vom Naziterror profitierte. Tonis Bruder sagt immer: Tempi passati, lange vorbei. Vergiss es. Aber Toni hat gesagt, ich weiß nicht recht …«

Tja, sagte Ariane, so seien letztlich alle Opfer – die einen fürchterlicherweise sofort, die anderen schleichend »irgendwo tief in den Ganglien ihres Gewissens. Auch sehr belastend, oder? Äußerlich ist es unsere fürchterliche deutsche Geschichte. Aber es bleibt immer in einem drin. Oder?«

Treffer! »Wahrscheinlich hast du recht.« Damian fühlte sich mit seinen Gedanken gut aufgehoben bei ihr. Er würde mit seiner kleinen Schwindelei, die eigentlich eine große war, bestimmt bei Gelegenheit auspacken.

Sie drehten eine große Runde durch dieses, wie es hier genannt wurde, Naherholungsgebiet. Akustisch hielt sich die Erholung in Grenzen. Um sie herum waberte etwas, das im allgemein üblichen Euphemismus doppelt gelogen als »Klangteppich« bekannt war: das ständige, nie endende Geräusch der Autos auf den beiden Autobahnen A544 und A4, nicht weit entfernt vom Aachener Kreuz. Selbst mehr als einen Kilometer entfernt, so wie hier, war man mittendrin. Beide wunderten sich über das Ausmaß.

»Tja«, sagte Damian, »dieser Dauerlärm war mir auch nicht bewusst. Dir?«

»Nee, und da fahre ich ja auch oft genug, das war mir nie klar.« Die begeisterte Autofahrerin Ariane schien nachdenklich.

»Jeder, der da fährt, webt am Klangteppich mit«, sagte Damian und wollte das Wort jetzt beerdigen. Sie einigten sich auf Krachwolke.

Früher muss es hier oben ein Stück Paradies gewesen sein. »Victor Hugo«, versuchte Damian jetzt mit literarischem Halbwissen zu punkten, »war übrigens 1860 hier oben irgendwo zu Beginn seiner Rheinreise«. Er schrieb, und Damian rezitierte jetzt mit einigem Pathos: »Als es Nacht wurde, setzte ich mich auf eine abschüssige Wiese. Aachen erstreckte sich vor mir und lag in seinem Tal in einer hübschen Wanne.« Das hatte Damian eben auf der Rückseite eines städtischen Hinweisschildes gelesen.

»Wie.«

»Wie wie?«

»Na wie … wie in einer hübschen Wanne. Ich habe das Schild auch gelesen.«

Ihre Unterhaltungen mäanderten auch in andere Themenbereiche. So viel zu erzählen. Einer war neugieriger als der andere. Zwischendurch sahen sie nach Westen, die Spitze des Belvedere auf dem Lousberg war zu erkennen. Sie kam Damian aus der Ferne immer wie ein Lancet aus der großartigen Science-Fiction-Serie Raumpatrouille vor, ein Hit seiner Kindheit. Da aber erst in den Wiederholungen, die Erstausstrahlung war ja 1966, da war Damian nicht mal zur Schule gegangen.

»Kennste Raumpatrouille?«, fragte er.

»Das was wir hier machen ist so ne Art Raumpatrouille. Wir patrouillieren durch Aachens weite Räume.«

»Nein, ich meine die Fernsehserie, Dietmar Schönherr und Eva Pflug. Commander Allister McLane und Sicherheitsoffizierin Tamara Jagellovsk.« Er erzählte von den Frogs und den Lancets.

Ariane musste passen. Natürlich, sie war zu jung mit ihren gerade mal 53. Und konterte mit Star Trek. Wofür Damian zu alt war. Kinderkram, dachte er.

Ariane guckte auf ihre Armbanduhr, gerade halb sieben durch. »Weißt du was, der Tag hat doch gerade erst angefangen. Lass uns doch noch eine Schleife machen zu deiner Raumpatrouille da oben.«

»Okay, Alphaorder erhalten.« Damian grüßte militärisch mit der Hand an der Schläfe. »Das Wetter ist auch besser geworden, kein Regen, kein Asteroidenstaub. Auf geht's also bis an den Rand der Unendlichkeit!«

Das verstand Ariane natürlich nicht. »War das aus deinem Weltraumdings?«

»Ja, Tamara.«

Sie durchquerten die Wiesen der Soers und stiefelten den Lousberg hoch. Wie zauberhaft schön das hier sei, sagte Ariane. Und so ruhig.

Damian gab den Fremdenführer, eine Rolle, die er mochte. In der Nizzaallee erzählte er, dass das Wort »Nizzaallee« das längste deutsche Wort sei mit vier Doppelbuchstaben hintereinander, also Wort überhaupt, nicht nur Straßenname.

»Ehrlich?«

»Ja, nenn mir ein anderes und ich will mich für immer einen Schwätzer nennen, der nur Unsinn erzählt, den Käptn Blaubär von Aachen«.

»Capitano Damianbär«, alberte Ariane, »der Lügenbaron von der Frankenburg.«

Damian grinste. »Und es gibt auch nur in Aachen eine Nizzaallee. Die heißt übrigens so, weil man vor über hundert Jahren bei der Erschließung dachte, Nizza klingt doch sehr edel und mondän. Denn das sollte als Hinweis verstanden werden, hier ein etwas besseres Viertel zu etablieren.« Beide sahen sich um und sagten fast wie aus einem Mund: »Stimmt. Hat auch geklappt.«

Sie gingen weiter. Damian berichtete noch, dass Nizza hier oben der einzige Hinweis sei auf das chice Südfrankreich: »Cannesgasse oder Frejuspfad gibt es nicht, auch keinen Cote d´Azur Boulevard.« Und er ergänzte, dass manche Anwohner der Nizzaallee durchaus von der Besonderheit ihres Straßennamens wussten und besonders stolz waren, wenn sie Hausnummer 44 oder 77 wohnten, »dann kommt halt noch eine Doppelzahl dazu«.

Ariane sagte »Aha« und schwieg plötzlich auffallend. Damian dachte: Oje, jetzt hab ich sie tot getextet. Vielleicht halt ich zwischendurch doch mal besser den Mund.

»Warte mal.«

Damian blieb stehen.

»Nein, ich meine das so …«, sagte Ariane und ging weiter, »… also, die Tochter meiner Freundin heißt Tina und mit Nachnamen Aalla, nach ihrem Vater, einem marokkanischen Berber.«

»Aha«, sagte jetzt Damian.

»Ich überlege ja nur: Wenn die mal sehr berühmt wird und nach ihr wird posthum eine Straße benannt, zum Beispiel eine Allee …«

»… dann wäre das, genau: die Aallaallee.«

Beide versuchten, den Namen unfallfrei und möglichst lässig auszusprechen.

»Aallaallee. Genau: Dann können wir die Nizzaallee aber in die Tonne kloppen.«

»Fünf Doppelbuchstaben. Wahrscheinlich Weltrekord! Und noch besser: keine popeligen Einzelbuchstaben dabei.

Sensationell.«

Damian fand Ariane immer besser. Zeigte diese Idee nicht, wie sehr seine Erzählungen ihre Fantasien anregten? Damian schluckte.

»Nur hätte meine Tina nichts davon.«

»Sie wäre ja schon tot.«

»Genau. Und wir beide werden das erst recht nicht mitbekommen.«

»Stimmt wohl«, sagte Damian, »tragisch.« Wichtig schien Damian dieses ›Wir beide‹ … Das ›Wir‹. Da war schon wieder etwas, das sie verband. Vorhin die jüdische Geschichte, jetzt die Aallaallee in gemeinsam nicht mehr erlebter Zukunft. Auch die Aussicht auf Nichtmehrleben kann schöne Seiten haben.

Damian fuhr sich über seinen dichten dunkelbraunen Dreitagebart, der, darauf war er stolz, immer schon nach zwei Tagen gewachsen war. Und die Farbe war echt, sagte er allen. Darauf war er stolz: der optischen Vergreisung bislang entgangen zu sein. Stolz war er auch, dass seine Lüge mit dem ganz gelegentlichen, ganz behutsamen Nachfärben niemandem je aufgefallen war, so wie damals bei Kanzler Schröders Kopfhaar. Auch Ariane nicht.

Herrlich, so eine Frühsommerwanderung. Damian fühlte, wie Endorphine und Dopamine durch die Adern um die Wette tanzten. Ganz in der Nähe passierte das gleiche, aber aus anderem Anlass: Unten aus der Försterstraße kam ein dunkelgetönter, flacher Audi ganz in Schwarz angebraust, um mit quietschenden Reifen um die scharfe Rechtskurve auf die Nizzaallee einzubiegen, direkt vor ihnen. Freunde des Automobilismus hätten vielleicht gesagt: »Wow, der ist aber sportlich unterwegs.« Eine ähnliche Kragenweite wie früher die selten dämliche Bemerkung vom »Kavalierstart«, wenn jemand mit durchdrehenden Reifen bei Grün loslegte, angeblich um Weibchen zu beeindrucken.

»Jetzt rasen diese blöden Jungtürken auch hier schon rum«, schimpfte Damian aufgeschreckt und ärgerte sich augenblicklich über seine blöde rassistische Bemerkung.

Herrje, was sollte Ariane von ihm halten? Die hielt sich an seinem Arm fest, als der Wagen mit niederländischem Kennzeichen an ihnen vorbeibrauste, der Fahrer aus der Seitenscheibe den Finger zeigte und lauthals rief: »Verpisst euch, ihr Hindernisse!« Seine strohblonden Haare mit reichlich Undercut ließen ihn wie die Karikatur eines aufrechten deutschen Jungmannes lange vergangener Zeiten wirken. Er schaltete aufheulend zurück, startete nach Kavaliersart noch sportlicher durch und bog weiter hinten links ab zu einem Verbindungshaus. Da hatten Ariane und Damian im Vorbeigehen eben noch das Schild »Deutsches Sommerfest« gelesen. Wahrscheinlich Hausnummer 88.

»Ich glaube manchmal, alle sind komplett gaga geworden.«

»Irre«, sagte Ariane, »einfach irre. Manche sind wirklich irre«.

Es dämmerte bald. Damian fühlte schon seit einigen Viertelstunden diese Frage in sich kreisen: Soll heute mehr passieren? Frag ich sie, und wenn ja, wie und was? Damian war ganz Damian, also unschlüssig.

Jetzt grätschte der Autor in seine Gedanken, als könne er sie lesen – und das konnte er natürlich. Er hatte ja alle Strippen in der Hand (dachte er hier zumindest noch) und sagte: »Mein Lieber, das gehört nicht zum Deal. Alemannia hat damals gewonnen. Du hast sogar eine Frau kennengelernt, die dir gefällt. Von mehr war nicht die Rede. Also, mal ganz langsam. Mehr passt hier nicht in den Spannungsbogen des Buches. Mach mal langsam. Also verabschiede dich freundlich. Ihr könnt euch ja wiedersehen. Und bitte keine Widerrede.«

Damian fügte sich. Ariane schien ganz beglückt von ihrer Tour, sie nahmen den Weg zurück zum Blücherplatz und plauderten noch über Dies und über Jenes. Am Ende wollte sie noch wissen, ob seine volle Haarfarbe wirklich echt sei. »Aber klar«, sagte er mit Nachdruck. »So echt wie es ein Färbemittel alle paar Wochen hinbekommt, aber nur ganz leicht.« Ariane lachte. »Ich nehme auch nur ganz sel-

ten meinen Grautöter.«
Auf nach Hause. Jetzt brauchte er dringend noch ein Kneipenbier, vielleicht werden es auch zwei oder drei, dachte er. Seit diese Pandemie weitgehend vorbei war, galt es noch für lange Zeit, viele frisch gezapfte Pilse nachzuholen. Er wusste ja schon gar nicht mehr, wie man Treesen schreibt.

Kapitel 23
Bei den Radmenschen 5
Mitleid mit Blechdosen

Mittwochs wieder in der Friedenskirche. Bevor es losging, musste Erik von einem Besuch erzählen. »Die Polizei war gestern bei mir. Wegen der Hartmannstraße.«

»Ach was! Wegen dem ausgebrannten Auto? Bist du der gesuchte Feuerteufel, Erik?«

»Ähmmm, nein. Ich stehe auf der Radentscheid-Website als einer der Verantwortlichen, wohl deswegen. Ich habe natürlich gefragt, was der Radentscheid mit Autos in Flammen zu tun habe. Darauf sagte der Kriminalhauptkommissar nur, ein Herr Schmitz-Hörmann oder so ähnlich, man ermittle in alle Richtungen. Aber dass ein Wagen ausgerechnet in der Hartmannstraße, ausgerechnet an dieser Stelle in Flammen aufgegangen war, habe die Ermittler schon stutzig gemacht.«

In der Hartmannstraße hatte es Anfang 2020 kurzfristig einen kleinen Aufruhr gegeben. Die Verwaltung hatte über Nacht drei Stellplätze gesperrt und dort Fahrradbügel aufgestellt. Anwohner und anhandelnde Geschäftsleute waren schwer empört gewesen: wenn die Kundschaft nicht vorfahren könne, so die Krämerlogik, bleibe sie weg. Vorsätzliche Geschäftsschädigung also. Heinz Erling hatte empathisch berichtet: »Autos verbannt für neue Radparkplätze«. Der Radentscheid hatte eine spontane Solidaritätsdemo an den Ständern organisiert – erfolglos. Die Politik, auch CDU und SPD, war umgehend eingeknickt, man verlangte von der Verwaltung den Abbau der Bannbügel und erst einmal ein ausgewogenes Konzept. Dazu zukünftig ein Mitspracherecht bei allen Bügeln, was fortan zu einer grotesk-komplizierten Aufbaupolitik führte: Erst Beratung, Vorschläge samt einzelnem pro und contra für jeden Bügel aus den Bezirken, dann Mobilitätsausschuss, dann Stadtrat. Dann konnten Bügel aufgebaut werden, sofern sie noch nicht angerostet waren. Und so werden auch in der Hartmannstraße bis heute Automobile abgestellt, wie auch der VW ID Buzz, der statt verbannt nun eben verbrannt war.

Adel sagte, eine klammheimliche Freude dürfe man sich dennoch gönnen, oder? Da guckten einige etwas irritiert, vorneweg die korrekte Camilla. Natürlich nur, solange keine Menschen gefährdet seien, setzte Adel eilig hinterher. Und das meinte er auch so.

Camilla Maaß hatte ohnehin das Thema Alltagsumgang mit Autos auf die Tagesordnung gesetzt. »Überall diese Aggression gegen Autos, auch bei uns hier. Ich ärgere mich ja auch oft genug. Aber das geht doch so nicht weiter. Deshalb habe ich für mich eine Therapie entwickelt. Und bislang funktioniert sie sehr gut.«

Sie machte eine Kunstpause, bis endlich jemand sagte: »Da bin ich aber gespannt.«

»Also, wir wissen ja, dass Autofahrende immer wieder in die gleiche Falle tappen. Mit dem Umdrehen des Zündschlüssels kommt der Sound der Freiheit – und der Traum vom autonomen, vom lässigen Fahren. Der endet oft schon an der nächsten Kreuzung. Oder im nächsten kleinen Stau oder vor dem nächsten Einbahnstraßenschild oder der nächsten Sperrung, weil die STAWAG wieder nach einem Gasleck gräbt. Vor allem haben ja noch andere diesen Traum, und es sind jedes Mal überraschend viele. Das macht sie alle zusammen bockig und aggressiv. Das hatte ich mir anders vorgestellt … Das kann doch nicht, also … Sie sind Opfer ihrer naiven Erwartungen, Opfer ihrer Lernunfähigkeit, Illusionsopfer. Im Prinzip sind das also alles arme Schweine.«

In die zweite kurze Pause dachte Filip: … und Säue, meine liebe Camilla. Bitte beim Gendern nicht nur Rosinenpickerei.

Camilla machte weiter: »Weil es so viele Behinderungen unterwegs gibt, wünschen sich Automanen, vornehmlich

Männer, ja auch immer wieder so gern großen technischen Durchbruch. Sie fordern intelligente Ampelschaltungen, am besten rechnergesteuert verkehrsabhängig. Sicher kann man manche Ampelschaltung verbessern, aber als Gesamtkonzept bleibt das ein frommer Traum. Dahinter steckt wieder die große Illusion: Wenn ich komme, kriege ich grün, freie Fahrt, das große Glück ist zurück. Nur wird das leiderleider nie funktionieren können.«

Dann sprach die Sozialarbeiterin aus Camilla: »Und jetzt beginnt das Kümmern. Wenn man sich die Autofahrenden als Getriebene und Enttäuschte, letztlich als mental Behinderte vorstellt, kann man Mitleid aufbauen. Die tun einem doch leid! Sich in einer engen Stadt ständig in einem viel zu großen Vehikel zu bewegen, das viel zu unflexibel ist, also eigentlich völlig ungeeignet, aber gleichzeitig mit Hoffnungen und Heilsversprechen aufgeladen. Das quält die Menschen, täglich, tausendfach. Denkt das mal mit. Wenn ihr das nächste Mal leichtlenkrig an einem Stau vorbeifliegt, denkt nicht ›Ääätsch‹, sondern versucht nachzufühlen, welche seelischen Verheerungen ihr womöglich gerade auslöst oder steigert. Also: Empathie für Autofahrende.«

Ob das jetzt schon Satire sei, wollte ein offenbar wenig empathischer Mitstreiter wissen. Natürlich: Adel. Esther hatte lachend Beifall auf den Tisch geklopft.

»Natürlich nicht. Im Grunde sind Autos Opfer ihrer selbst, millionenfach. Das heißt, man kann alles auch als verkehrliche Inklusionsaufgabe sehen. Autos sind nur physisch die stärksten Verkehrsteilnehmer, im Alltag sind sie die schwächsten. Wir Radfahrenden sind flexibel und wendig, die Dinos bleiben stecken. In einer gerechten Gesellschaft muss man sich auch um die Schwächsten kümmern, wir dürfen sie nicht zurücklassen. Ich versuche das jetzt immer.«

Die Kommentare reichten von »Interessanter Ansatz« bis zu »Mir kommen die Tränen«. Esther schlug mit voller Ironie die Gründung eines Vereins vor: Sozialwerk Aachener Hubraumversteher.

»Ähmmm«, meine Erik abschließend, »also, das fordert ja Spott geradezu heraus. Aber ich glaube, Camilla, im Grunde hast du nicht ganz unrecht. Vielleicht wäre es für Therapeuten lohnend, da mal Kurse anzubieten: Entwöhnung, Reflexion übers reale Autofahren, unbewusste Zwänge auflösen. Solche Sachen.«

Beim Stichwort ›Therapeut‹ zuckte Adel kurz zusammen. »Ich kann mich ja mal umhören«, gab er zu Protokoll. »Das wäre doch was, Radentscheid hilft Autofahrern auf die Couch, vielleicht auch in Gruppen.«

Irmgard hatte gleich das Bild von Massenheilungen vor Augen, wie bei den durchgeknallten religiösen US-Predigern. Tausende Auto-Opfer, vielleicht in einem Stadion. Nur dass es nicht um die Nähe zum Herrn gehen würde, sondern um den Abbau von Nähe zum Götzen Automobil. Vielleicht im Tivoli? Sie musste grinsen.

»Ach so«, sagte Camilla noch, »was ich auch wirklich traurig finde: Autofahrende sagen ja oft, sie fühlten sich so frei und unabhängig in ihren Fahrzeugen, gerade auf langen Strecken. Also, wann immer ich mal ein paar Stunden auf Autobahnen unterwegs war, fand ich das immer anstrengend und nervig. Wer sich da frei fühlt, wie verklemmt, unfrei und abhängig muss der oder die im normalen Leben sein? Bemitleidenswert. Da lass ich mich doch lieber im Schienentaxi ICE chauffieren!«

Schon im Vorfeld dieses Treffens hatte es einigen Streit gegeben, mal wieder, wie korrekt man sich als Radfahrer in Radentscheidzeiten unterwegs benehmen sollte. Camilla hatte schon während der Zeit des Unterschriftensammelns vehement dafür plädiert, als Radler oder Radlerin möglichst penibel regelkonform zu fahren: »Es kann nur helfen, wenn wir uns vorbildlich verhalten, sonst heißt es nachher wieder – ihr wisst schon …«

Das gab einigen Widerspruch: »Es heißt doch sowieso, diese Radfahrer, Rüpel und so wat. Und wenn wir das tun, tun es manche der tausenden anderen trotzdem nicht.

Also wat soll dat bringen?« Das war Esther.

»Ich werde an einer roten Ampel niemals abends spät stehenbleiben, wenn ich rechts abbiege und niemand zu gefährden ist, ist mir wurscht, wenn neben mir ein gesetzestreuer Autofahrer steht, dem ich auch noch gefallen soll. Dann fahre ich.« Das war Henryk.

Und noch ein anderes Thema sorgte für Kontroversen: Ob es angemessen sei, falsch parkende Autos, insbesondere solche auf Radfahrstreifen, bei der Stadt anzuzeigen? Das geht mit einer entsprechenden App ganz einfach. »Bringt doch nichts«, sagte jemand. »Das ist typisch deutsch. Außerdem ist es Aufgabe der Polizei und des Ordnungsamtes. Die haben doch jetzt auch so ein mobiles Einsatzkommando auf Pedelecs.« Ganze zwei seien es, sagte Adel, viel zu wenig. »Man bräuchte 200, mindestens, und das rund um die Uhr.« Erik meinte, das sei ihm zu viel Stress, es koste nur wertvolle Zeit. Und: man sei entweder Blockwart, fühle sich als solcher oder setze sich dem billigen Vorwurf aus, Blockwart oder eben Denunziant zu sein.

Adel widersprach: »Blockwart oder Denunziant sind Begriffe aus Diktaturen, für Menschen, die mit dem verbrecherischen Staat kooperieren. Ich handele in einem Rechtsstaat. Mit dem ist etwas verkehrt, wenn die, die eigentlich für Ordnung sorgen sollen und vor allem für Sicherheit, das fast nie tun. Oder eben zu wenig Personal finanzieren können. Also sorge ich für ein besseres Funktionieren des Rechtsstaats.«

»Für ein faires Miteinander sorgt das aber nicht«, warf Camilla ein. »So ärgerlich diese rücksichtslosen Falschparker und Falschparkerinnen auch sind, man schafft doch nur böses Blut.«

Adel argumentierte vehement dagegen: »Besser als Blut auf der Straße. Wir wollen doch alle mehr Sicherheit. Dann muss ich bei so was anfangen. Das Blech auf Radwegen abzustellen ist rücksichtslos. Und sie tun es mit Absicht. Zack, steht die Karre da. Ich zeige jedenfalls an!

Parken auf dem Radweg mit Gefährdung macht 55 Euro Bußgeld plus Gebühren. Vielleicht bringt das ja mal jemanden zum Umdenken.«

Jenseits solcher pädagogischen Erörterungen hatte sich Adel einmal mit Bruno und Henryk aus dem Team Radentscheid ausgetauscht, wer wie viele Falschparker schafft pro Monat. Die Zahlen schwankten zwischen »einigen wenigen, wenn es halt ganz schlimm ist«, einem schon engagierteren »Wann immer ich Muße habe und die nehme ich mir gern, also in Zahlen: vielleicht 15« bis hin zu Adels Lächeln: »Das ist die Zahl für mich pro Woche. Aber ich bin ja auch viel unterwegs. Und ich sage euch: Es werden immer mehr.« Das klang schon verdächtig nach Jagdfieber.

»Ich habe zum Abschluss noch einen kleinen Nachtrag aus der Realität «, meinte Erik. »Lynn, Davide und ich waren ja neulich der Einladung gefolgt zu jemandem von dieser Auto-BI. Die waren auch zu dritt, die Eheleute Müllejans und ein Herr Veit. Das war anfangs nicht so erkenntnisvoll. Im Wesentlichen haben wir uns misstrauisch beschnuppert, so ein gegenseitiges Checken, was wollen die, sind die ernsthaft oder vielleicht auch: was sind das nur für verbohrte Idioten? Jeder hat erzählt, was ihn stört, was man vielleicht besser machen könnte. Insofern war es theoretisch konstruktiv. Bei aller Kompromisssuche haben wir aber betont: Radentscheid ist Radentscheid, das ist beschlossen. Selbst wenn wir wollten, wir könnten gar nicht hinter die Abstimmung des Stadtrates zurück. Ich hoffe, das haben die verstanden. Aber sonst war dieser Herr Müllejans, bei dem wir waren, sehr höflich und nett.«

»Sehr gut«, sagte jemand.

»Bemerkenswert allerdings«, ergänzte Davide noch, »vier Autoschlüssel hingen am Bord neben der Wohnungstür. Und bitte: das ist keine Hausgemeinschaft, sondern eine ganz normale kleine Familie, Vater, Mutter, Tochter und die Großmutter, die da noch wohnt.«

»Ähmmm. Ja, danke, Herr Detektiv Davide. Was aber sehr interessant war: Die haben mir fast nebenher von Dr. Renate Peitsch erzählt, vielleicht hat sich anfangs auch die Frau Müllejans verplappert, da waren wir uns nachher nicht einig. Ist aber auch egal. Vielleicht sagt der Name dem einen oder der anderen was: Peitsch war jahrelang federführend in der Straßenbaubehörde tätig. Heute ist sie wohl so etwas wie die Beraterin der Initiative. Was sie genau macht, da waren die Gastgeber zurückhaltend. Was sie antreibt, weiß ich auch nicht.«

»Wahrscheinlich hat sie ein Auto«, spottete Thomas, »das reicht ja schon in dieser Stadt.«

Erik ging darauf nicht ein, er hatte noch eine ernstere Sache in petto. »Lynn, willst du weitermachen?«

»Ja, gern. Noch interessanter war dies: Bei der BI seien einmal Leute von der Initiative *Gemeinsam mobil* aufgetaucht. »Dahinter steckt eine Gruppe von Geschäftsleuten aus Aachen, ein paar Namen aus der Immobilienbranche sind durchaus bekannt, vorneweg agiert der Namensvetter eines Aachener AfD-Abgeordneten.« Die wollten, fuhr sie fort, »den Kampf gegen den Radentscheid« etwas professioneller, stadtweiter aufziehen. Sie wollten dazu die Unterschriftenlisten der BI abgreifen und am besten gleich die ganze Initiative kapern, hat Gerhild Snalins-Müllejans erzählt. Unklar bleibt, inwieweit diese Leute Leserbriefkampagnen steuern. Aber sie stacheln die Radgegner auf, bei so einer tendenziösen Online-Umfrage mitzumachen, die in Aachen kursiert.«

»Das alles heißt«, fuhr Erik fort, »wir müssen darauf gefasst sein, dass da nicht mehr einzelne Anwohner und Anwohnerinnen einer betroffenen Straße rebellieren, sondern dass das jetzt professioneller orchestriert wird.«

Die Nachricht hatte natürlich Brisanz. Davide konnte zudem mitteilen, dass es schon seit Sommer 2020 in der Radentscheid-Stadt Bamberg eine ähnliche Initiative »Gemeinsam mobil« gebe, als »Bürgerinitiative für ein ideologiefreies, zukunftsfähiges Verkehrskonzept«. Da stehe

»Wir setzen auf Motivation und Eigenverantwortung statt auf Verbote und Bevormundung.« So heiße das bei denen, fuhr Davide fort: »Euch brauche ich ja nicht zu sagen, was das für ein demagogischer Unsinn ist. Niemand verbietet – was auch? Und niemand bevormundet – wen auch und wodurch?«

Erik Kerken zitierte zwei Fragen aus der Aachener Umfrage: »Sollte man auch künftig mit dem Auto ins Aachener Zentrum fahren können?« Als hätte das jemals jemand verbieten wollen, sagte er. Oder das hier: »Das Fahrrad und der ÖPNV können in absehbarer Zeit in Aachen das Auto nicht komplett ersetzen. Richtig oder falsch?«

»So ein Unfug«, meinte Adel Trabelsi. »Die stellen Fragen, die sich gar nicht stellen. Das ist wie aus dem Handbuch der Demagogen.« Gleichwohl versteckte die Aachener Sektion der Gemeinsam-Mobilisten ihre Website komplett hinter einer Passwortschranke. »Was ich aber weiß: Die planen ein Bürgerbegehren zum Thema Mobilität in Aachen. Das sei schon eingereicht, haben sie geschrieben.«

»Wie jetzt?«, fragte Davide, »wollen die einen Autoentscheid initiieren?«

»Irgend so was. Es gehe nur noch um letzte Details, hieß es zuletzt.«

Camilla brachte noch einmal ihren Ansatz der Behinderten ins Gespräch: »Letztlich ist das ein Rundumschlag der Verzweifelten, ein letztes Aufbäumen. Vielleicht müssen wir denen helfen. Sonst droht Gewalt.«

»Ich befürchte, die Zeiten werden giftiger.« Das war Tine, kopfschüttelnd.

Kapitel 24

Junge Schweizer Weisheit 2

Sechzig Jahre unfallfreie Fahrt

Dieses Mal orderte Filip gleich zwei große Biere.

»Ich glaube ja«, sagte er, »wir reden so viel über diese Macho-Kerle, die durch die Gegend rasen. Dabei ist es für alle, auch für die Umsichtigsten, viel schwerer als sie glauben, sich im Verkehrsgewimmel zurechtzufinden. Wir hatten das Thema ja im Plenum. Und es betrifft nicht nur Alte, das Problem der komplizierten, manchmal überfordernden gemischten Verkehre betrifft doch jeden.«

Filip fummelte kurz in seinem Laptop. »Moment, da gab es mal einen guten Leserbrief im April 2021, der auch dieses Geeiere von Stadt und Polizei auf den Punkt brachte, man müsse doch nur gemeinsam versuchen miteinander umzugehen, mit gebotener Rücksichtnahme ... Warte, hier ist er.« Filip las vor:

»Alleine schon das Wort ›miteinander‹ halte ich für irreführend: Es unterstellt, dass es doch mit gutem Willen schon klappen muss.«

»Genau«, unterbrach ihn Leonora, »es sind diese Sonntagsreden, diese Appelle ans Miteinander, dieser Glaube an die Vernunft. Mich macht das kirre. Weil: Das geht nicht. Autos sind per se die Bedrohung, selbst wenn es den Fahrern und Fahrerinnen nicht bewusst ist, wenn sie noch so umsichtig sind. Wir auf dem Velo sind immer die Würmer am Rande. Aber gerade die Politiker und Politikerinnen palavern da immer drüber, bei uns in der Schweiz und hier sicher genauso. Die wollen es ja auch immer allen recht machen – und nichts passiert.«

Ja, sagte Filip, ganz genau, aber es gehe in dem Leserbrief ja noch weiter: »Es ist aber nicht unbedingt der böse Wille von Auto- und Radfahrern. Bei beiden beobachte ich viel guten Willen und Rücksichtnahme. Es sind oft die kleinen und menschlichen Momente der Unachtsamkeit oder Überforderung in einem schnellen Verkehrsgeschehen.«

»Eben, Verkehr ist so komplex, ständig neue Situationen, der Schilderwald, einer hupt, dann bimmelt die Glocke einer empörten Velofahrerin, sie zeigt dir den Finger, ich kenne das ja selbst als Autofahrerin, plötzlich einer von rechts, der Schreck: Hab ich wirklich Vorfahrt? Weiß der das auch? Alles oft nur in Zehntelsekunden, im Grunde kann jede und jeder in jedem Moment überfordert sein, ob leichtsinniger Raser, Idiotin oder braver Pensionär, Velofahrer auch. Für Alte gilt das umso mehr. Ein unbedachter Moment im Lebensalter der nachlassenden Reaktionszeit, von Sehschwäche und Selbstüberschätzung, gefährlich gespeist aus angeblich jahrzehntelanger Routine – und zack.«

Genau, sagte Filip. »Ich erzähl dir auch was dazu: Als meine Mutter Anfang achtzig war, allmählich an der Grenze zur vordemenziellen Tüddeligkeit, fuhr sie immer noch mit ihrem alten Corsa in die Stadt. Und immer wieder hat sie sich bei mir beklagt, dass ihr wieder wer Lackspuren, Kratzer und kleine Beulen ins Auto gefahren habe. Das Auto hatte nach ein paar Jahren den halben Regenbogen an Fremdfarben auf dem beigen Lack. Sie hat nie einsehen wollen, dass sie das höchstwahrscheinlich alles selbst gewesen war. ›Ich fahr doch sehr vorsichtig‹, hat sie immer gesagt. Tat sie auch. Aber schon das Einparken in Lücken so groß wie der Katschhof war ein mühseliges Unterfangen, sowieso nur vorwärts und in extremer Zeitlupe, mit spürbarer Nervosität. Aber aufhören wollte sie auf keinen Fall. ›Lass mir doch das Stückchen Freiheit‹, hat sie immer gesagt. Hab ich ja auch verstanden, und ich konnte es ihr nicht verbieten.«

»Und?«, fragte Leonora.

»Hat sich irgendwann von selbst erledigt, Christopherus sei Dank. Du glaubst gar nicht, wie froh ich war, als der Wagen eines Tages einen Kolbenfresser hatte. Dann war Schluss mit Auto, und sie ist immer mit dem Taxi zum Arzt oder ihrer Friseurin gefahren. Ging auch. Und war nachweislich billiger, weil sie ja Versicherung, Steuern, Sprit und Inspektionen sparte. Und neulich erzählte mir ihre Freundin Grete, sie habe jetzt das Autofahren drangegeben, mit der Begründung: Man muss ja irgendwann mal vernünftig sein! Sie ist 93.«

»Prost«, sagte Leonora, »auf deine kluge Grete!«

»Ich finde ja«, fuhr Filip fort, »wenn jemand sagt, ich bin jetzt schon über sechzig Jahre unfallfrei unterwegs, ist das ein klares Argument – aber gegen den Fahrer, jedenfalls gegen das Weiterfahren. Die testosteronprallen Jungmänner sind das eine Problem, viele Alte die andere Seite der Medaille. Ich weiß auch nicht, warum es keine Tests auf Fahrtüchtigkeit ab 75 gibt, allerspätestens achtzig.«

»Hoho«, triumphierte seine Gesprächspartnerin. »In der Schweiz ist das so. Ab 75 muss man alle zwei Jahre zum Doktor, wenn man weiterhin Auto fahren will, bis vor ein paar Jahren sogar ab siebzig. Das heißt ›Verkehrsmedizinische Kontrolluntersuchung‹. Da werden Sehvermögen getestet, Reaktionszeit, Orientierungsvermögen, das Gehör, es wird nach Erkrankungen und Medikamenteneinnahme gefragt. Manche kriegen in ihren Führerausweis auch nur eine eingeschränkte Erlaubnis zum Weiterfahren, etwa für bestimmte Strecken oder Orte. Die Tests muss man auch bezahlen, kosten 150 Franken. Und man kann zwischendurch vom Amt zu einer Testfahrt aufgeboten werden.«

Filip musste lachen: »›Aufgeboten‹ ist gut: Als wollten Auto und Fahrer die Ehe eingehen. Obwohl manche ihre Karre sicher heiraten würden, wenn das ginge. «

»Man sagt das in der Schweiz so, wie sagt man auf düütsch? Aufgefordert?«

»So ist es, aufgefordert. So etwas fände ich auch angemessen, allerdings. Das Fatale aber ist, die fahrenden Alten sind der Autolobby auch nütze. Beziehungsweise: sie werden argumentativ missbraucht.«

»Wieso das?«

»Na, gerade Alte werden von anderen gern gegen Radwege in Stellung gebracht. Was sollen meine alten Nachbarn sagen!? Die führen doch ihr ganzes Leben, sie kämen sonst nirgendwo hin, sie müssten doch mobil bleiben können. Und auch da: das letzte bisschen Freiheit … Das liest du alle Nase lang. Als letztes Argument kommt dann, gerade Älteren sei doch das Radfahren nicht zuzumuten. Sollen die mit ihren achtzig Jahren auf so was draufsteigen? Also Ängstlichkeit, Vorsicht. Verstehe ich auch.«

Leonora hatte eine andere Sicht. »Ich finde, wer ins Feld führt, alte Menschen könnten nicht mehr Velo fahren, muss sich fragen lassen, ob sie dann noch Auto fahren sollten.«

Filip war baff, ein tolles Argument: »Da ist wirklich was dran.«

»Tja, einmal hat man Angst, da ist die eigene Unsicherheit, man fühlt sich gefährdet – auf dem Velo. Und auf der anderen Seite gefährdet man andere massiv, ist selbst im Käfig aber weitgehend geschützt, mit Gurten und Airbags. Vor allem fühlt man sich sicher. Fühlt, das ist wichtig.«

»Apropos Fühlen. Es geht ja immer um Sicherheitsgefühl, sagen viele, Radfahren muss sich wieder sicher fühlen. Falsch: Es muss sicher sein. Neulich hat noch die städtische Projektleiterin von ›Fahrrad in Aachen‹ geschrieben, ich hab mir den Satz gemerkt, weil er so absurd ist: Wer mit dem Rad unterwegs ist, hat keine Knautschzone und daher ist es wichtig, sich auf dem Fahrrad sicher zu fühlen. Hallo, ist das ernst gemeint, war die betrunken oder ist das längst Zynismus?«

»Ich verstehe: Wie verstärkt ein subjektives Sicherheitsgefühl die Knautschzone? Aachen ist schon komisch.«

»Und noch etwas kommt hinzu: Das Auto ist für die Generation Wirtschaftswunder ein riesig großes Symbol für aufwärts, für Reichtum und vor allem Statussymbol. Man konnte sich damals das erste Auto leisten, welcher Stolz, und bald vielleicht ein größeres. Das war die ganz wichtige Nummer. Und das sitzt sehr tief. Wenn da jemand nur das Gefühl hat, das will mir jemand nehmen, muss sich das wie Kastration anfühlen. Wirklich schwieriges Terrain. Du siehst, wir versuchen hier auch die Bedenken anderer mitzudenken. Also nicht polarisierend, oder?«

Leonora ging darauf gar nicht ein. Sie dachte an irgendwas. »Ääh, zu den älteren Verkehrsteilnehmern fällt mir noch ein Erlebnis ein. Neulich bin ich durch diese Straße gefahren, ich komm nicht auf den Namen, also wo Autos Velofahrer nicht überholen dürfen, weil es zu eng ist …«

»Oppenhoffallee.«

»Genau. Da fährt also …«

Filip unterbrach sie etwas unhöflich. »Die Schilder Überholverbot Autos/Radfahrer hängen da übrigens nicht zufällig. Einer aus der Radentscheid-Gruppe ist mit dem Zollstock dahingegangen, hat gemessen und der Straßenverkehrsbehörde genau vorgerechnet, dass die Straße ein einziger asphaltierter Rechtsbruch ist. Nur drei Meter zwischen Radstreifen und den parkenden Autos links. 1 Meter 50 gesetzlicher Überholabstand, da dürfte ein Auto, links braucht es ja auch Sicherheitsabstand, kaum über 1 Meter Breite haben, um da rechtmäßig überholen zu können. Das hat jahrelang niemanden interessiert bei der Stadt. Die Behörde hat dann amtlich nachgemessen und kam zum gleichen Ergebnis: Zu wenig Platz. Also gab es nur drei Möglichkeiten: Für Radfahrer sperren – das hat sich die Behörde nicht getraut. Oder eine Reihe Parkstreifen weg – dann wäre die Anwohnerschaft vor Zorn explodiert. Oder eben Überholverbot.«

»Toll«, sagte Leonora, »das hat aber kuriose Folgen. Davon wollte ich ja gerade erzählen.«

»Sie hupen, lassen den Motor aufheulen oder überholen trotzdem. Stimmt´s?««

»Das auch, wenn du nicht nervenstark in der Mitte fährst, wie ich das neulich mal probiert habe. Dann hupen sie auch, kommen aber nicht vorbei.«

»Entschuldige, wenn ich dich noch mal unterbreche, Leonora. Das mache ich auch gelegentlich. Neulich hupte auch jemand hinter mir und fuhr sehr dicht auf. Am Ende, Kreuzung Schlossstraße, war sie neben mir, ließ die Scheibe runter, so eine giftige Frau, kaum älter als du, coole Sonnenbrille, und pampte: ›Fahren Sie doch rechts auf dem Radweg. Der ist da nicht umsonst!‹ Und gab gut Gas. Dadurch war sie etwas früher an der roten Ampel Wilhelmstraße. Ich neben ihr. Sie bölkte den gleichen Satz nochmal. Ich sage, ›Sie wissen, da ist Überholverbot?‹ Sie: ›Ja, schon.‹ Ich: ›Dann verstehe ich nicht, was für einen Unterschied es macht, wenn ich rechts fahre. Entweder Sie überholen nicht, dann ist es ja egal wo ich fahre. Oder sie hätten doch überholt. Und das will ich nicht: Zu gefährlich für mich und für Ihr Portemonnaie.‹ Sie zögert und weiß genau, da gibt es kein Argument mehr. Um noch mal nachzupampen: ›Fahren Sie gefälligst rechts!‹ Ja, was soll man da noch sagen?«

»Ich glaube, es ist so: Die Autofahrer sehen zwar das Überholverbotsschild, aber sie glauben in ihrer Selbstbezogenheit, das gelte nicht, wenn die Velos an der Seite auf ihrem Streifen fahren. Dann sind sie quasi ausgeraumt und ausgeräumt, nur Seitenbegleitobjekte, als gehörten sie gar nicht dazu, zu ihrer Autowelt, die sie für die alleinige Verkehrswelt halten. Velos sind Störenfriede, ohne Belang.«

»Dann sollten die Radstreifen besser weg, weil sie nicht schützen, sondern aussondern.«

»Damian hat mal den Begriff *Spurdenken* dafür gefunden. Autofahrer haben ihre Spur, da fahren sie, da haben sie ein Recht drauf, egal was rechts im Reservat Radweg passiert und wie eng sie überholen.«

»*Spurdenken*«, wiederholte Leonora. »Gutes Wort. Manchmal seid ihr Deutschen auch kreativ, meine Anerkennung.«

»Das kann sein, gute Idee. Dazu passt übrigens mein Erlebnis. Also, ein alter Mann, ich schätze knapp achtzig, gar nicht mal schnell, fährt in der Oppenhoffallee sehr nah in seinem Mercedes-Schiff an mir vorbei, kaum mehr als einen halben Meter, da spürste den Pneu schon neben den Pedalen. So war er auch, wie deine Frau, etwas flotter an der roten Ampel, das Übliche. Da hab ich ihn angesprochen. Zunächst mal: der war ganz freundlich, fast großväterlich. Nein, das Verkehrsschild Überholen von Velofahrern verboten hatte er nicht wahrgenommen. Und kannte er auch nicht. Geschenkt, kann er ja noch lernen. Von 1,50 Meter Überholabstand aber wusste er sehr genau. Ich frag ihn, warum er dann so dicht vorbeifahre. Sagt er, ganz ruhig übrigens, null aggressiv, wie man es ja sonst oft erlebt: Dann müssen Sie halt mehr Platz lassen. Ich sag: wie jetzt? Ja, wenn nicht genug Platz sei, dann müsse er halt dichter an mir vorbeifahren. Ich frag, soll ich mich in Luft auflösen? Sagt er, das gehe ja nicht, nein, aber dann müsste ich halt absteigen, notfalls da durch, er meinte die parkierenden Autos und schieben auf dem Trottoir. Ich war sprachlos. Und hab nochmal nachgefragt, ob ich ihn richtig verstanden habe. Der wollte mich nicht veräpfeln, der meinte das ganz ernst: Er hat ein Recht zu überholen, und wenn das halt sehr eng sei, müsste ich gucken, wo ich bliebe.«

Sie guckte Filip mit ihren großen blauen Augen an: »Das ist doch komplett gaga, völlig verrückt, odr? Wo bin ich hier nur hingeraten?«

»In eine ganz normale deutsche Autostadt.«

Kapitel 25

Bei den Automenschen 4

Vorbereitung Tag X

Zur Sicherheit hatten sie sich wieder im Inland getroffen. Getroffen waren alle nämlich von der Happigkeit belgischer Bußgeldbescheide, auch wenn diese das königliche Corona-Normmaß von 250 Euro noch ein Stück verfehlten. »Da wären wir neulich mal besser mit dem Taxi zu Ron gefahren«, meinte Heinrich Schneiders.

Diesmal also bei den Wallmanns in Alt-Richterich. »Uns soll ja auch so eine Radautobahn durch den Ort gelegt werden«, hatte Carl Wallmann gleich gesagt. Gemeint war der Radschnellweg in die Niederlande.

Wieder waren neue Leute gekommen. »Willkommen, A …, Entschuldigung, jetzt hab ich eben Ihren Namen nicht richtig mitbekommen«, verpatzte Arnhild Wallmann die Begrüßung einer neuen Interessentin.

»Ariane«, sagte Ariane, »Ariane Colling, Autofahrerin«.

Die Umstehenden nickten ihr wohlwollend zu. Als einzige Information »Autofahrerin« zu geben, das hatte was, dachte Theo Veit, das klingt wie ein geheimer Code. »Wir werden immer mehr«, meinte Cornel Schaffrath und wandte sich seinen beiden Nachbarn zu:

»Du siehst aber blass aus, Theo.«

»Mir ist es auch nicht besonders gut.«

Marlene gab kurz die Anamnese ihres Mannes kund: »Theo war bis heute Nachmittag beruflich in Kopenhagen, für einen Vortrag bei der königlich-dänischen Handelskammer, und das hat ihm sehr zugesetzt.«

»Ja, ich komme direkt aus der Hölle«, übernahm Theo, »Fahrräder, nichts als Fahrräder. Ihr könnt euch das nicht vorstellen. Horden überall. Gestrampel, Geklingel, Gesurre.

Von allen Seiten, ständig. Ich dachte, ich wäre in einen Ameisenhaufen geraten.«

Cornel Schaffrath guckte so lässig es seine Fantasien zuließen und massierte seine Schläfen. Ameisenhaufen – ihm graute schon vor der nächsten Nacht.

»Und viele Fahrräder heißt wenig Platz für Autos, wenn überhaupt noch was bleibt. Ich hatte einen Leihwagen vom Flughafen. Aber du kommst gar nicht in die Stadt, weil es kaum noch anständige Straßen gibt, nur breite Radpisten, alles zu, Riesenumwege, stop and go, weil zudem die Rotphasen extrem sind. Wahnsinn. Und dann kein Platz frei im Parkhaus. Wahrscheinlich von Rädern belegt.«

Das sollte ein Scherz sein, aber alle guckten sehr betroffen. Tatsächlich gibt es in Kopenhagen große Radparkhäuser.

»Ich habe bald anderthalb Stunden gebraucht, so lange wie der Flug von Düsseldorf, und wofür? Für keine zehn Kilometer.« Allmählich, der Erregung sei Dank, kam ein bisschen Farbe in Theos Gesicht. »Die Gastgeber haben dann später gesagt, ich hätte besser eine Fahrrad-Rikscha vom Airport genommen. Ja, soll man das auch noch mitmachen? Bin ich verrückt? Also, Kinder, lasst uns alles dafür tun, dass Aachen nie zum Kopenhagen unseres schönen Landes wird. Deswegen sollten wir mit den Detailplanungen für unsere Aktion zügig weitermachen, damit Aachen endlich aufgerüttelt wird.«

»Genau dazu wollte ich noch etwas sagen, zu unserer angedachten Autofahrerdemo.« Cornelius Schaffrath hatte sich wieder gefangen und gemeldet. »Vorigen Freitag war ich am frühen Abend in der Stadt, stehe am Hansemann und denke, wieso geht das nicht weiter. Ich hatte grün und so ein endloser Lindwurm von Radfahrern fuhr vorbei. Und die klingelten dabei, ekelhaft, ich kann euch sagen …«

Was Schaffrath nicht sagte: Dass ihn dieser Klingelsturm in seinem gerade begonnenen Heilungsprozess bei Dr. Darjahn doch ein wenig zurückgeworfen, dass er in der Nacht darauf wieder besonders schlecht geschlafen hatte, eigentlich gar nicht. Er fuhr fort:

»Zwei dieser Gestalten hatten sich an der Kreuzung quergestellt, direkt vor mir. Ich konnte nicht weiter. Ich hab die aber so was von zur Rede gestellt. Die erzählten mir was von Krittikel Mass. Ich hab das erst gar nicht verstanden. Ich dachte, die wollen mich verarschen.«

»Wollen die ja auch«, rief Ron.

»Moment. Ich hab mich mal schlau gemacht und bei einem unserer jungen Anwälte nachgefragt. Kann dazu jemand von euch was sagen?«

»Natürlich, gern.« Einer der Smarties hatte sich gleich gemeldet. »Also zunächst mal, Critical Mass, auf Deutsch Kritische Masse, ist laut Straßenverkehrsordnung tatsächlich erlaubt.«

»Wie jetzt? Können die Radfahrer denn machen, was sie wollen?«

»Moment, Ron. Ich beziehe mich auf Paragraf 27 Straßenverkehrsordnung. Da heißt es: ›Mehr als 15 Rad Fahrende dürfen einen geschlossenen Verband bilden‹. Dann dürfen sie auch zu zweit nebeneinander auf der Fahrbahn fahren.«

»Und wieso der Quatsch? Wahrscheinlich dürfen sie auch bei Rot fahren, ja?«

»Ja, so ist es, unter Umständen. Für einen Verband, so auch einen aus Radfahrern, gelten sinngemäß die Verkehrsregeln eines einzelnen Fahrzeugs, und dieses Fahrzeug kann – als wäre es etwa ein langer Sattelzug – in einem Rutsch über eine Kreuzung mit einer Ampel fahren, auch wenn diese zwischenzeitlich auf Rot umschaltet. Da würde der Anhänger eines Gespanns ja sonst ein Knöllchen kriegen. Das bedeutet: Fährt der erste Radfahrer noch bei Grün, können dutzende dahinter weiterfahren, auch wenn sie längst Rot haben. Das ist völlig legal. Und die Radfahrer stellen gern solche Posten an die Kreuzung, wie Sie es erlebt haben, Herr Schaffrath, aus Sicherheitsgründen und auch damit rechtlich klar ist: Hier ist ein geschlossener Verband unterwegs.«

»Können die doch auf ihren Radwegen machen, also auf richtigen, nicht auf Busspuren, haha. Da können die ihr Theater mit den Radlindwürmern aufführen.«

»Nein, brauchen sie nicht, Ron. Die Radwegnutzungspflicht nach §2 Abs. 4 StVO gilt ausnahmsweise nicht: Die dürfen auch auf der Fahrbahn fahren.«

»Wer denkt sich denn solchen Quatsch aus?« Jetzt wollte auch Arnhild Wallmann Bescheid wissen.

»Die Regel kommt noch aus Zeiten, als Reitergruppen, vor allem im Krieg, in geschlossenen Verbänden unterwegs waren. Die wollte man nicht auseinanderreißen, daher die Regel. Und das steht so bis heute in der Straßenverkehrsordnung, schwarz auf weiß.«

»Das ist doch grotesk, also ich hab auf der Wilhelmstraße schon lange keine Kavallerie mehr gesehen.«

»Ist auch grotesk, Ron, aber geltendes Recht. Gilt übrigens auch für Leichenzüge und Prozessionen. Das nutzen diese Radfahrer eben aus. Und wenn die noch über die Kreuzung fahren, musst du warten, bis alle durch sind, auch wenn du grün hast. So weit die Rechtslage.«

Jetzt war Ron auf 180: »Das bedeutet, ich fasse mal zusammen, diese links-grün versifften Bazillen nutzen Regeln zur Verteidigungsbereitschaft unseres Vaterlandes aus, dazu das stille gemeinsame Trauerbedürfnis bei einer Beerdigung und bei den Prozessionen noch die Traditionen der römisch-katholischen Kirche – und wurschteln das für ihre Zwecke um. Widerlich! Ich fass es nicht.«

In das allgemeine Gemurmel hinein ergriff Heinrich noch einmal das Wort. »So weit, so ungeheuerlich …«

Emsiges Gemurmel unterbrach ihn. »Genau … sowieso … Frechheit … Früher hätte es das nicht gegeben … na, bravo …«

»Bitte, einen Moment. Lasst mich mal weitersprechen. Also nach dem Erlebnis mit der Kritischen Radfahrermasse dachte ich, wie heißt es so schön: Vom Feind lernen, heißt siegen lernen, hah!«

Die anderen guckten irritiert. Heinrich war jetzt heißgelaufen wie eine Bremse nach langer Bergabfahrt in den Alpen. Dabei hatte er sinngemäß eine frühe Losung der DDR zitiert: »Von der Sowjetunion lernen, heißt siegen lernen.« Aber das war ihm jetzt auch nicht so klar.

»Kurzum: Was für die Radfahrer gilt, muss auch für uns gelten. Gleiches Recht für alle. Machen wir unsere Demonstration doch als Critical Mass für Autofahrer!«

Das Staunen war so tief wie die Begeisterung groß. Umgehend ergingen sich alle in langen Debatten, teils auch in kleinen Gruppen, wie und wann man das machen könnte.

»Das wird die größte Kritische Masse, die Aachen je gesehen hat«, war erwartungsgemäß Ron am Ende der euphorischste Planer. »Das geht ab wie mein 24er Bus in Klein-Kanada hinter Bildchen.«

Endlich hatte man eine richtige Aufgabe. Aachen würde aufwachen!

Auch das Agentterroristen-Ehepaar war wieder dabei. Ariane kannten sie nicht, sonst hätten sie dem Autor bestimmt brühwarm von ihr berichtet. Wenn der das Damian gesteckt hätte – wer weiß, vielleicht hätte das der Geschichte der beiden etwas mehr Drive gegeben. Aber sie erzählten am nächsten Morgen neben den Planungen für eine Critical Car Mass auch von der Idee des umtriebigen Theo Veit: der schlug nämlich einen Trauergottesdienst für Autos im Dom vor, er habe auch schon vorsichtige erste Kontakte geknüpft.

»Wie jetzt?«, hatte eine gefragt.

»Die Kirche«, erklärte Theo, »hat sich doch schon immer um die Ausgeschlossenen und Schwächsten gekümmert. Ich habe einen solchen Gottesdienst im Büro des Bischofs angeregt. Schluss mit der Ausgrenzung wie am Templergraben und anderswo. Beten für die geknechteten Knöllchen-Opfer. Kollekte für die Ärmsten der zahllosen Bußgeld-Zahler. Wir fordern unsere Lebensgrundlagen zurück, die Straßen, unsere Heimat. Vor allem: Den Autos wieder einen Weg ermöglichen zurück in die Mitte der Gesellschaft. Und ich sage euch: Die ersten Signale sind sehr mutmachend. Das Bistum wirkt sehr aufgeschlossen.«

»Hallelujah!«, ergänzte Ron.

»Ich werde Euch auf dem Laufenden halten«, versprach Theo Veit.

Gregor Müllejans dachte derweil über die Treffen nach. Alles schon reichlich polarisierend, dachte er. Und dann hatte sich dieser Jupp Bangemach eben noch so vehement über die jüngsten sechs Cent mehr für den Sprit ereifert, er hatte ein »Bündnis der Benzinpreiswut« ausrufen wollen. Gut, manche brauchen ein Auto oder glauben es zumindest aus tiefstem Herzen so sehr wie an den Herrn. Aber selbst wenn: Wer ein Auto für 15.000 Euro kauft statt eines für fast 30.000, wie so mancher hier, der kann, Gregor Müllejans rechnete schnell nach, gut eine Million Kilometer fahren, bis sich der höhere Spritpreis bemerkbar machen würde. Irgendwo stimmen die Relationen nicht, dachte er. Und jetzt wollen sie auch noch die Kirche einspannen. Gregor Müllejans beschloss, nicht mehr zu kommen. Seine Frau hatte doch recht gehabt: Das muss alles nicht sein.

»Wie fanden Sie denn unser Treffen, Ariane? Machen Sie mit bei unserer kritischen Masse?«, fragte am Ende die sanfte Arnhild Wallmann.

»Ja«, schmeichelte sie der Gastgeberin, »das haben Sie richtig nett aufgezogen. Ich muss mal sehen, an welchem Termin das sein wird. Wenn es passt …«

»Prima, bis dann. Ich freue mich.«

Den anderen rief Gastgeberin Wallmann zu: »Kommt alle gut nach Hause. Fahren Sie vorsichtig, Frau Alt.«

Elvira Alt startete ihren matt silbern glänzenden Volvo XC90 Recharge Plug-in-Hybrid Momentum Pro und machte sich samt vergnügtem Gatten auf die vorbildlich teilelektrische Heimreise vom Hander Weg in Alt-Richterich, querte Eisenbahnlinie und Roermonder Straße, bis sie in Neu-Richterich nahe dem Schloss Schönau vor ihrem Häuschen angerollt kamen, eine Strecke, die sich doch auf über einen halben Kilometer gezogen hatte.

»Nette Leute, nicht wahr, Helmut? Und so engagiert.«

Kapitel 26

Damian und Ariane 5

Radpraktikum Jülicher Straße

Erst hatte Ariane nicht gewollt. Radfahren? Klar, das tat sie auch, aber am liebsten im Urlaub. In Holland zum Beispiel. Oder für die ganz kleinen Touren um die Ecke. Oder wenn das Auto in Reparatur war. Aber hier in der Stadt, mittendrin, ganz dabei? »Das ist doch schrecklich. Da hab ich schon viel Mist erlebt.« Damian verkaufte es ihr als Abenteuerurlaub, er als Fremdenführer und routinierter Beschützer. »Mit einer kleinen Überraschung.« Das hatte gewirkt.

Ariane holte tags darauf ihr Rad aus dem Keller, ein recht betagtes Tourenrad. Es hatte trotz längerer Nichtnutzung wider alle Erwartung keinen Platten.

Sie trafen sich am Elisenbrunnen. Damian war mit seinem Mountainbike dabei; Motorvorteil war ungerecht, also blieb das Pedelec im Schuppen. Ariane erzählte, die Fahrt durch den Westpark, über den Lindenplatz durch die Stadt sei überraschend problemlos gewesen.

»Ja, dann«, sagte Damian, »auf geht's. Die Tour besteht aus zwei Teilen, schön und nicht so schön, wobei sich nicht so schön wieder in zwei Hälften teilt.«

»Ich bin bereit. Ich gebe mich ganz in deine Obhut. Dann lass uns mal drahteseln.«

Mit nicht so schön, Teil 1, ging es los.

Die Route hieß Jülicher Straße stadtauswärts. Schon vom Elisenbrunnen dorthin zu kommen, war eine ziemliche Groteske, man muss sich vielfach den Weg mit Bussen teilen. Viel hängt davon ab, welche Typen da am Steuer sitzen, das war Lebenserfahrung in der Radwelt. Die meisten passen auf und sind rücksichtsvoll. Ron Rekceb hatte, zum Glück, heute keinen Dienst oder raste gerade in Kelmis herum. Am

Hansemann wies Damian absichtlich nicht auf das Ghost Bike zur Linken hin, nicht so was gleich am Anfang, zudem durfte man keine Autos übersehen, die gerade dabei waren einen zu übersehen, wenn sie rechts abbogen. Dann brauchte die anschließende Schlaglochpiste neben der Fahrbahn, holperstark mit integrierten Riesenpfützen, alle Konzentration.

Noch vor der Rudolfstraße, also nach nicht einmal einem halben Kilometer, parkte ein LKW halb auf dem Radweg. Jetzt musste Damian seine unerfahrene Begleiterin erst mal lotsen und heil weiterbringen. Kann man so Menschen zum Radfahren bewegen? Im Gegenteil: Abschreckender geht es nicht! Wenig überraschend sagte sie auch bald: »Und hier willst du mich zum Radfahren animieren? Da jemanden mitzunehmen ist ja fast fahrlässige Tötung.« Sie hatte zumindest ihren Humor nicht verloren. Beide waren froh über die anschließende rote Ampel: zum Durchschnaufen. Die Ampel für Radler, extra groß, ist extra rot geschaltet, damit der Autoverkehr neben ihnen ungehindert abfließen kann, so heißt das, abfließen rechts Richtung Europaplatz. Radler als Hindernisse sind ausgebremst. Damian kannte viele Landstraßenstrecken mit diesem Prinzip des ›Auto First‹: Da sind zwar Radwege angelegt, aber Velofahrer bekommen das Recht entzogen, mit der grünen Welle mitzuschwimmen. An Ampeln bekommen sie eine Extra-Rotschaltung, damit Autos ohne Verzug rechts abbiegen können.

Unterwegs kam als Reaktion auf eine Frage mehrfach die Antwort »Was hast du gesagt?« Es war laut, klar, vor allem radelten sie meist hintereinander. Nebeneinander fahren ging höchstens mal stückweise, dafür war alles andere zu schmal. Dann war wieder ein Laternenpfahl im Weg oder eine abgestellte Warnbake, dann hatte ein flanierendes Liebespaar alles um sich herum vergessen oder es liefen Kinder herum. Rad- und Fußweg sind hier ja fast eines, abgesehen vom jahrzehntelang verwitterten Blassrosa des

Radweges. Das ganz normale Aachener Wegenetz. Und vermutlich sollte man noch dankbar sein, dass man nicht auf der Autopiste radeln muss.

Wären breitere Radwege ein unanständiger Luxus? Damian erzählte, wie er einmal mit einem Freund nebeneinander auf der Zollernstraße gefahren war, ein Auto dahinter musste einen kleinen Moment abwarten, bis es überholen konnte, um, ganz klassisch, direkt dahinter scharf einzuscheren vor der roten Ampel. Es kamen beim Überholen die üblichen Belehrungen aus dem heruntergelassenen Seitenfenster »Hintereinander fahren!«, grimmer Blick dazu. »Ich hab den Fahrer dann an der Ampel freundlich gefragt, wo das Problem sei. Er: ›Sie fahren nebeneinander.‹ Ich: ›Sie auch‹, und habe auf seine Beifahrerin verwiesen. Er hat mich angeguckt – und schallend gelacht. ›Stimmt, ich glaub Sie haben recht‹, sagte er, ›so habe er das noch nie gesehen‹. Ich noch hinterher: ›Und meistens fahren Sie wahrscheinlich sogar mit einem leeren Sitz neben sich‹.«

Ariane lachte: »Stimmt, hab ich auch noch nicht drüber nachgedacht.«

»Das ist ein Teil des Problems: das Nichthinterfragen. Die Straßen sind so gebaut, dass für diese unsinnig großen Fahrzeuge viel zu viel Platz vorgehalten wird. Jedes Auto ist ja statistisch nur mit 1,3 Personen besetzt. Radfahrer, diese Hindernisse, aber sollen sich zur Seite quetschen. Und es kommt niemand auf die Idee, dass sie sich auch unterhalten wollen bei der Fahrt. Dabei sind die Rechte der Autos ja nicht vorgegeben. Das ist anders als, zum Beispiel, bei der Reihenfolge der Jahreszeiten.«

Ariane mühte sich tapfer. Gut, dass sie vorsichtig, aber nicht ängstlich war. Damian erzählte unterwegs, dass es diese Jülicher Straße vor ein paar Jahren zu einer klitzekleinen Prominenz gebracht hatte: Martin Unfried, wohnhaft in Maastricht, hatte in der Mitgliederzeitschrift des VCD, Fairkehr, geschrieben: »… Blicken wir zuletzt noch auf eine

Stadt, die alle Voraussetzungen für das gute Leben hätte. Aachen: Altstadt, Dom, Universität, nicht zu groß. Aber Aachen besticht besonders durch seine zahlreichen und grottenhässlichen Ausfallstraßen. Super deutsches Wort. Nicht wirklich städtischer Raum, sondern Ausfall.« Er war genau hier in der Jülicher Straße unterwegs gewesen: »Hübsch hässlich, und der Radweg ganz normal lebensgefährlich. Für mich kein Problem, ich kann ja flugs wieder zurück über die Grenze nach Maastricht, aber andere Leute müssen da wohnen.«

Kurz vor dem Ring wurde der Radweg noch einmal schmaler, dafür fand sich sinnfrei eine durchgezogene weiße Linie mittendarauf. »Ganz schön abwechslungsreich«, ätzte Ariane. Humor ist für das Radeln in Aachen eine *conditio sine qua non*. Dann brachte Ariane allen Mut auf, über die Kreuzung zu fahren. »Ich glaube, Haaren ersparen wir uns«, sagt Damian, »außerdem kennen wir das ja schon vom Spaziergang, oder? Das ist sehr eng und kurvig ohne Radwege. Es ist übrigens kürzlich umgebaut worden. Mit aufgemalten Streifen. Die CDU ist vor der Autolobby eingeknickt in der Bezirksversammlung. Aber egal – jetzt kommt unsere schöne Hälfte.«

Die Fahrt über ein kleines Stück Fernradweg Richtung Jülich und vor allem die romantische Tour durchs Wurmtal entschädigte für vieles. Am Ende ging es steil hoch nach Niederbardenberg. Absteigen? Beide traten, bis die Waden glühten. Strahlende Gesichter, und an der Berg-Zielankunft High Five. Körperkontakt!, dachte Damian. Und sofort hinterher: Heute Abend will ich diese Hände streicheln. Jetzt aber hatten ihre Hände erst mal anderes zu tun: Noch für drei oder vier Kurven an den Lenker und dann: »Überraschung, Madam!«

Das große Delzepich-Eis halten und sich ins süzthe Glück schlecken. Dieses Nuztheis! Zitrone! Und die seltene Variante Schwarze Schokolade!

Leider kam noch Teil 2 des unschönen Ausflug-Teils. »Der ist weniger gefährlich, aber anders kurios«, sagte Damian. »Meinetwegen«, meinte Ariane, »das schaffen wir auch noch, ich bin ja jetzt schon eine routinierte Tagesradlerin, halbseitig gestählt.« Sie meinte damit die Jülicher Straße. Aber erst mal Wurmtal retour, milde Vorabendsonne, volle Romantik.

Die Gegenrichtung ab Pariser Ring begann mit einer neuen Art Herausforderung. Auf Dauer sind Wurzeln stärker als Asphalt, und wenn man sie jahrelang gewähren lässt, so entsteht, wie hier, eine Art Mountainbike-Trail mitten in der Stadt. Selbst für etwas Naturfeeling wie draußen im Wald sorgt die fürsorgliche Stadtverwaltung. Sie lässt den Radwegbegleitwuchs in den Büschebereichen gern ungezügelt wuchern. Gut, das Grün samt Dornen kann an den Beinen kitzeln, vielleicht wird *en passant* auch mal ein Reifen zerstochen, und die Brennnesseln ragen an diesem Tag diagonal bis fast in die Mitte des Weges. Aber will man die Flora durchgebändigt? Außerdem spart man so vielleicht die Mountainbike-Trails im Aachener Wald, ein Streitthema seit langem.

Damian und Ariane tanzten über die Schrägen. Man stelle sich solche Wurzelaufwallungen und hereinragende Seitenbüsche mal auf einer Straße vor, sagte Damian. »Ich glaube, nur für Unterboden-Reparaturen würde es sich lohnen, neue Karosserie-Werkstätten aufzumachen.«

Die verschiedenen Wegbeläge waren bald nicht mehr zählbar. Altasphalt, Ganzaltasphalt, Pflastersteine kleinteilig und grob, oft fest und manchmal auch locker, diverse Muster. Ein Potpourri der Flickschusterei in immer neuen Rotrosa-Tönen, verschieden verblichen. Vor Zentis wurde der Weg plötzlich deutlich breiter. Keiner weiß warum. Damian vermutete: »Vielleicht weil es zufällig etwas mehr Platz gab. Vielleicht ist das auch eine der berühmten Radautobahnen!« Um den kurzen Komfort zu konterkarieren, macht der Weg kurz vor der Ampel am Lufo einen Rechts-Links-Knick. »War wohl grad zufällig zu wenig Platz«, sagte Ariane. Damian zeigte direkt hinter der Ampel Lombardenstraße auf hundert Meter Radweg, die plötzlich mitten auf dem Fußwegbereich liegen. »Damit links noch ein Stück Platz vorgehalten werden kann für haltende Autos. Die Autos stehen dann formal nicht auf dem Radweg und nur etwas auf der Autofahrbahn. An solchen Kleinigkeiten siehst du, dass jeder Quadratzentimeter Straßenraum immer für Autos gedacht wird. Fußgänger und Radler gleichzeitig in enge Konflikte bringen – egal.«

Auch die teuflische Zielgerade bis zum Hansemann gelang unfallfrei. Wobei das letzte Stück die größte Unverschämtheit war. Radweg, handtuchschmal, aufgepinselt auf die Fahrbahn, krumm und schief ausgehöhlt vom Schwerlastverkehr, die holperige Abwasserrinne inklusive Gullis neben dem Bordstein einfach integriert. Dabei, hurrah, extrem enges Überholtwerden. »Wenn ich dafür verantwortlich wäre, ich würde weinen«, sagte Damian.

Am Hansemann gab es noch einmal High Five – geschafft, überlebt. »Das war aber wieder ein schöner Tag mit dir«, sagte Ariane. »Trotz der Abenteuer unterwegs. Hätte ich ja allein nie erlebt.«

Wow! Aber: War ein schöner Tag, wieso war? Das »war« verunsicherte Damian. »Vielleicht wollen wir noch essen gehen, im Sauerbratenpalast zum Beispiel?«

»Ich denke, du isst kein Fleisch«, meinte Ariane.

»Hmmm, vielleicht würde ich mal eine Ausnahme machen. Oder ich würde eine doppelte Fritte mit Majo nehmen, dazu ein Salätschn und Apfel-Kompöttschn, ganz im Sound der großartigen Else, die leider nicht mehr im Dienst ist.«

Nee, sagte Ariane, sie sei noch mit ihrer Freundin Pam zum Klönen verabredet am Abend, kurzfristig. Die müsse sich ausweinen wegen ihrem Kerl, diesem kleinen Arschloch, naja, – »du ahnst schon warum?« Damian nickte. »Tut mir leid, kann ich aber nicht absagen. Die hatte ihren Notruf abgesetzt, kurz bevor wir uns getroffen haben.«

So entfiel die Frage, zu dir oder zu mir oder in welche Kneipe vorher, falls es ein Nachher geben würde. Und, meinte Ariane, »ist sogar gut, dass ich mit dem Rad unterwegs bin. Pam wohnt in Burtscheid. Wer weiß, vielleicht pitschen wir uns noch einen. Danach bin ich lieber mit dem Rad unterwegs als mit dem Auto.«

Immerhin, es sollte ein nächstes Date geben. »Ja, gerne.«

Auf dem Heimweg lobte sich Damian noch für seine ausbleibende Ungeduld. Zuhause wärmte er sich kettenkochend die Reste vom Vortag auf, verfeinerte sie halbkulinarisch mit einer neuen Soße und einem Salat. Dann machte er sich daran, die Hindernisse auf den Radwegen zusammenzuzählen, also Bilanz Jülicher Straße stadteinwärts und stadtauswärts, knapp fünf Kilometer: Vier Ampel- oder Lichtmasten, ein Stromkasten, zwei Bushaltestellen, Radwegbegleitgebüsch überwuchernd: einer klein, einer groß und sehr lang. Fehlender Radweg zwischendurch: zwei Stellen für je hundert Meter. Plötzliche aufgerissene Beifahrertüren gab es heute zwei. Und nur ein einziges mittig quer stehendes Auto. Damian wusste, dass das wenig war. Der Fahrer hatte gewunken, die beiden sollten doch um ihn herumkurven. Immerhin, dachte Damian, hatte er uns überhaupt wahrgenommen.

An zeitweiligen Hindernissen jenseits der Baustruktur kam Damian auf elf oder zwölf abgestellte Absperrbaken und fünf temporäre Halteverbotsschilder. Beide betreffen die Autowelt. Warum stehen sie dann auf dem Radweg? Spötter würden sagen: Damit der auch zu etwas Nutze ist. Eigentlich, das wusste Damian, war das noch wenig, verglichen mit beispielsweise der Trierer Straße oder der besonders grotesken Vaalser Straße, da hatte er an einem Tag mal 27 temporäre Halteverbotsschilder gezählt, alle auf dem Radweg platziert.

Und er dachte: Das wäre eigentlich was für Adel: Warum zeigt der beim Ordnungsamt nicht auch die Schilderaufsteller der Straßenverkehrsbehörde an? Das wäre doch mal was, Ordnungsamt ermittelt gegen die Kollegen. Müsste er Adel unbedingt mal vorschlagen.

Jetzt aber galt es, den verkürzten Abend für die Champions League zu nutzen, heute spielte doch der FC Bayern. Damian war, wenn es um richtigen Fußball jenseits der Alemannia ging, Fan der Münchner – ein schwerer Charakterfehler, wie sein kluger Freund Toni Kirsch immer sagte. Vielleicht hatte Toni recht, aber beim Fußball zählte keine Vernunft, keine Argumente, nicht mal beim gnadenlos arroganten FC Immerallesgewinnen. Damian rechtfertigte sein Fantum stets mit einem irreparablen Gendefekt. Kannste nix machen.

Nach der überraschenden Bayern-Niederlage an diesem Abend brauchte er dringend noch ein Bier im Dumont's. Vor der Kneipe konnte er sich ein letztes Mal heute über die Aachener Verkehrspolitik ärgern. Die Stadt hatte hier nach dem Umbau vor einem abgesenkten Bürgersteig einen Parkplatz markiert. Das ist laut Straßenverkehrsordnung ausdrücklich rechtswidrig, weil solche Furten ja insbesondere Rollstuhlfahrern und Rollator-Nutzern das Leben erleichtern sollen. Woanders werden parkende Autos vor Absenkungen geduldet, das ist schon blöd genug, aber hier werden Autofahrer sogar ermuntert, den Wagen abzustellen. Der gute Filip aus dem Radentscheid-Team hatte die Straßenverkehrsbehörde mehrfach um Erklärung gebeten. Es hatte nie eine Antwort gegeben.

Drinnen traf er seinen Freund Toni. »Und, hast du deinen FC Ruhmreich gesehen?«, spottete der erwartungsgemäß bei der Begrüßung.

»Kein Kommentar.«

»Und was macht die Liebe?«

»Nichts besonderes«, log Damian, »noch zwei Bier?«

Als er endlich in seinem Bett lag, fühlte sich Damian hin- und hergerissen. Er dachte an Ariane. Einerseits freute er sich, wie schön sich das entwickelte mit dieser charmanten und begehrenswerten Frau. Es gab keinen Zweifel: sie kamen sich näher, sie mochten sich. Andererseits kam ihm ein unschöner Vergleich in den Sinn: Das geht mit uns ja so langsam weiter wie mit dem Radentscheid. Ich muss, verflixt, endlich mal meine Pläne und Wünsche umsetzen. Ja, um-set-zen! Voran machen! Wahrscheinlich ist mein stolperndes Werben um Ariane nichts anderes als übervorsichtiges Verwaltungshandeln, genauer: Nichthandeln. Immer im Dialog bleiben, austauschen, aber auf der Stelle treten. Bin ich, Damian Vermeer, ein Liebes- und Leidenschaftsbeamter? Ganz allmählich, dachte er, könnte er das mit Ariane wirklich mal aufgleisen.

Kapitel 27

In der Verwaltung 3

Der große Ratschlag

Um 14.19 Uhr, somit sogar leicht verfrüht, hatte die Chefin eifrigen Schritts den Raum betreten. Rundumgruß, ein fast schon freundschaftliches Lächeln, Platz erreichen, Laptop aus der Tasche auf den Tisch, die Aktenmappe daneben – alles eine einzige geschmeidige Bewegung. Manche hier beneideten sie sogar für ihre Dynamik.

Die forsche Frau hatte mal gerundet dreieinhalb Semester Völkerkunde studiert, bevor sie in die Tiefen von Freiraumplanung und Verwaltungsmanagement eingestiegen war. Wobei sie manchmal dachte, Verwaltung und Management wären zwei Begriffe, die nur lose miteinander verwandt seien. Aber egal: Jetzt musste angepackt und Zielvorgaben konsequent umgesetzt, Bedarfe gebündelt werden. Jetzt galt es, unter Hintansetzung aller Skepsis durchzustarten.

»Entschuldigt meine Verspätung. Aber ich musste noch einen wichtigen Abstimmungsprozesses in unserer Abteilung aufs Gleis setzen.« Aufgleisen – als leidenschaftlicher Bahnfahrer fand Mölders den Begriff eine unangemessene Anmaßung. Auch OBin gefiel ihm nicht. OBin statt OB fand er unnötig. Er wartete nur darauf, dass sich seine vorgeordnete Dezernentin offiziell in DZin umtaufen würde. Aber Mölders schätzte es, dass Aachen mittlerweile in Verkehrsangelegenheiten von einem vielköpfigen Verwaltungsmatriarchat geführt wurde, was ja nicht das falscheste Signal war.

Mölders wusste andererseits aus der Politik, gerade aus der männlichen, dass kein Anwärter auf das Amt des Oberbürgermeisters in Wahlkämpfen davon sprechen würde, er sei OB-Kandidat. Das Kürzel galt als tabu. Weil der Begriff

OB, und das hatten Studien tatsächlich bestätigt, bei den Menschen falsche Assoziationen auslöst – OB wie ebenjener Name eines Hygieneartikels. Der gedankliche Schritt zu Blut und igitt sei nah und somit ein unbewusstes Hindernis, auf dem inneren Gefühlspfad zu einer Wahlentscheidung das Kreuz an der richtigen Stelle zu machen. Ja, es war schon ein Kreuz mit solchen Nuancen.

Vermeiden, das wusste auch Dr. Kurtz, war ein Zentralbegriff im Verwaltungswesen. Zu vermeiden galt es immer, Fronten entstehen zu lassen. Zu vermeiden waren auch klare Aussagen – wie sollte man es dann noch allen recht machen und gleichzeitig jedem das Gefühl geben können, er sei der Triumphator in einem möglichen Interessenkonflikt? Vor allem durfte man niemandem jemals das Gefühl geben, er sei womöglich der Loser. Alles im Denken und Handeln immer schön geschmeidig bleiben und elastisch. Kurtz fand es rührend, wie sehr sich der Kollege Mölders um die Gummibäume kümmerte, die Lieblinge im bundesweiten Beamtenwesen hießen ja nicht zufällig *ficus elastica*.

Zu vermeiden war auch, nicht genau zu wissen, wie man verschiedene Player einzuschätzen hatte – deshalb war er sehr dankbar, dass Dr. Renate Peitsch, die alte Kollegin, ihn immer wieder mit Informationen versorgte, was zum Beispiel im Lager der Radentscheid-Gegner vor sich ging. Und er konnte sie unter Wahrung aller verwaltungsrechtlichen Vorschriften zum Dank ein wenig briefen, was in den Ämtern demnächst so anstehen könnte. Geben und Nehmen, ein für alle Zeiten gültiges Prinzip.

Die frühere Amtsleiterin im Bereich Straßenbau half den Radgegnern mit Expertise und Kontakten. Das wusste Kurtz schon eine Weile. Und die richtigen Ansprechpartner in der Stadtverwaltung zu kennen, war wie ein Sechser im Lotto, schließlich ist so eine Verwaltung ein Labyrinth, komplexer als das am Dreiländereck. Kurtz wunderte sich, was sie wohl antrieb. War sie selbst von einer Radlane persönlich ein Stück weit echt betroffen? Eine Garage hatte sie, das wusste er, weil er sich da einmal hatte verstecken müssen, als Renates Mann so spät wie unerwartet von der Dienstreise zurückgekehrt war.

Oder war es vielleicht Wehmut? Dass ihr Lebenswerk, all die schönen Asphaltbahnen der 90er und 00er Jahre, das ausgeklügelte System von Pisten für Generationen von Automobilen, jetzt nicht mehr gut genug sein sollte? Dass ihre Ideen zum Teil auf den Müll der Geschichte sollten? Hieß das, dass auch sie selbst wegkonnte? Ob wohl aus solch einer womöglich persönlich empfundenen Verletzung Energie entstehen konnte, das Neue resolut abzulehnen? Aber was wusste er denn, er war Ingenieur, kein Seelenklempner.

Offenbar ging aber alles noch weiter. Neulich noch hatte die Renate ihn während eines kurzen Telefonates gefragt, ob er »Gemeinsam mobil« kenne. Kurtz hatte von nichts gewusst. Rund um die Immobilien-Branche sei eine Burtscheider Werbe-Agentur beauftragt worden, die Bevölkerung aufzuklären, um die wahren Folgen des Radentscheids auszuleuchten. Kurtz las die Umfrage; naja, hatte er gedacht »Gemeinsam mobil«, das war ihm schnell klar geworden, baute auf die Erzählung, dass Autofahrer gepeinigt werden sollten und Radfahrer gepampert. Also eine klassische Opfer-Legende. Einerseits bedenklich, dachte Hans-Lothar Kurtz, andererseits schon interessant, welch kreativen Potenziale in so einer Stadt schlummerten. Aber er wusste ja offiziell von nichts. Wäre nur nicht so gut, wenn die Radentscheid-Leute davon Wind bekämen. Sonst wäre nachher von Verschwörung die Rede. Und er als Scharnierstelle mittenmang.

Kurtz wusste vieles, was in der Stadt so abging, aber eben nicht alles. Ron Rekceb war dem Verkehrsstrategen zum Beispiel unbekannt – er hätte ihn womöglich für ein raffiniertes U-Boot der Geschäftslobby gehalten, ein perfekter Aufwiegler. Oder war er das tatsächlich? Verbindungen wurden bislang nicht nachgewiesen, auch Renate hatte nicht von ihm erzählt, also galt Ron weiterhin als authentisches Unikum. Er würde demnächst unbedingt noch mal den Stand der Dinge nachfragen müssen und notierte sich Folgendes in seinen Kalender: »Ren., Gem., mob. Kampagne?«

Als Beamter musste man genau wissen, was vor sich ging. Nur so konnte man ständig abwägen und gewichten. Immer mit allen Playern im Gespräch bleiben. All das verlangte maximales Fingerspitzengefühl. Das war die hohe Kunst der Verwaltungsdiplomatie. Nachsteuern konnte man immer, aber nur, wenn man sich nicht zu deutlich positionierte. Dann lief man Gefahr, abgestempelt, einem Lager zugerechnet zu werden. Und in dieser Sache konnte leicht eine unberechenbare Gemengelage entstehen, eine schwere Hypothek für die alles heilenden Kompromisse.

Insofern war es geradezu kühn, dass sich der Kollege Zimetmann bei einer Online-Debatte der bundesweiten Initiative RadKomm, damals Anfang 2021, über Radverkehr in Aachen zu dieser Aussage hatte hinreißen lassen: »Ich war nie ein Freund des Radentscheids.« Mensch, Umberto: Das macht dich doch angreifbar. Dabei wollte er nur weniger angreifbar sein. Nämlich von Politik und Verwaltungskollegen. Zimetmann hatte seit Jahren die Erfahrung gemacht, »wenn man sich zu sehr für etwas einsetzt, wird man nur abgewatscht«. Also: Radentscheid infrage stellen, dadurch Konflikte vermeiden. Und Kritik von außen, hier von den Radentscheid-Leuten, würde er leichter aushalten. Ja, das Wirken in einer Verwaltung ist hochkomplex.

Das Seltsame dabei: Zimetmann, das wusste Kurtz genau, hatte gar nichts gegen Radverkehr, auch nicht gegen neue Radwege – im Gegenteil. Aber dieser Radentscheid legte nun mal Standards fest, wie etwa die 2,30 Meter breiten Wege. Wenn es nach Zimetmann gegangen wäre, könnten alle Radwege auch vier Meter breit sein, hatte er mal gesagt, aber das festgeschriebene Mindestmaß ließ so wenig Spielraum. Keine Kompromisse möglich – das war der Verwaltungs-GAU. Die Folge: Durcheinander, Kuddelmuddel – und das war Verwaltungsmenschen wie ihm und dem guten Zimetmann wesensfremd wie wenig anderes.

Gemein fand Dr. Kurtz den Vorwurf der Radleute, die Verwaltung werfe bei jedem neuen Bereich, den sie mit neuen Radverkehrsanlagen beglücken wollte, nur Köder aus. Ob anfangs Lütticher Straße, Hohenstauffenallee, Lintertstraße und die anderen Streckenstücke danach: Sie präsentierten, hieß es, gern eine Variante nach Maßgabe Radentscheid und eine abgespeckte. Klar, dass die AnwohnerInnen die abgespeckte bevorzugten, den weniger sauren Apfel, der vor allem weniger Parkplätze kostete. So wie bei zwei Leserinnenbriefen im Mai 2021: Da ging das Kalkül mit dem Köder exakt auf: »Reihenweise alte Bäume fällen, nur um dreißig Zentimeter mehr Platz für einen Radweg zu gewinnen? Das kann doch wohl niemandes Ernst sein!« Eine andere attestierte den Baumanwälten eine »ehrenwerte Beschützerhaltung«.

Gut, der Kollege Franz-Ferdinand Königshofer, der neue Baudirektor der Verkehrsbehörde, hatte das »a Zuckerl für die Leit« genannt. So reden gebürtige Österreicher wie er halt. Aber nein, fand Kurtz, Köder waren das nicht, das waren Kompromisse, Alternativvorschläge, Ausgeburten der Vernunft. Das müsse eine pluralistische Gesellschaft doch aushalten! Allerdings, das sah auch er, damit war kein halber Kilometer nach Radentscheid-Vorgaben geschafft. Genauer: gar nix. Und irgendwie müssten sie mal vorankommen. Nur wie?

Jetzt aber galt es der Chefin zu lauschen, vielleicht hatte die ja eine rettende Idee.

Der Tagesordnungspunkt 1 sollte schnell abgearbeitet sein. Diese Leute vom Radentscheid hätten zusammen mit dem städtischen Klimabündnis erneut beantragt, referierte die Chefin, Pop-up Bike Lanes auszuweisen, dazu sogar eine Wunschliste vorgelegt, die »fast das gesamte Hauptstraßenverzeichnis Aachens« beinhalte. Als erste meldete sich die Kollegin Schulte-Baumkötter, die wissen wollte, was es mit solch einer Bike Lane auf sich hätte. Kurzfristig ausgewiesene Radspuren, erklärte Ilka Glaske knapp, ohne Umbaumaßnahmen, abgetrennt durch Baken, Pylone oder Trennpfosten, wodurch an großen Straßen meistens zwei Fahrspuren in eine für Autos und eine für den Radverkehr aufgeteilt werden. Aha, sagte Schulte-Baumkötter, interessant. So etwas kannte sie aus ihrem Radfahrerparadies Münsterland nicht. Dort war auf weiter Fläche fast jeder Feld-, Wald-, Wiesen- und Wirtschaftsweg quasi eine natürliche und dauerhafte Pop-Up Bike Lane, seit Jahrhunderten für die Wege zwischen Kotten, Mastbetrieben und Dorfbauerschaften. Und wo zum Glück selbst der ADAC noch nicht darauf gekommen war, die Promenade in Münster, also den Radfahrring rund um die Innenstadt, mit einer Pop-Up Car Lane umzugestalten.

Ilka Glaske versuchte vorsichtig, den Pop-Up-Wunsch zu unterstützen. »Ich finde, wir sollten das an vielleicht zwei oder drei kleinen Straßenabschnitten durchaus nochmal versuchen«, sagte sie, »zumindest testweise vielleicht? Oder in der Breslauer Straße?« Das Murren ringsum gab ihr gleich die Antwort. »Dann müssten wir wieder ein Reallabor einrichten, Veranstaltungen organisieren, bis wir alle Bürger und Bürgerinnen wirklich mitgenommen bekommen, die Nutzung dokumentieren und von externen Fachleuten untersuchen lassen, dazu Wissenschaftler hinzuziehen, alles auswerten, kurz: umständlich.« In Aachen schaffte man es seit jeher vorbildlich, einfache Lösungen realkomplex umzubauen. Auch die 160 Meter Reallabor-Bike Lane am Pontwall gehörten Meter für Meter dazu.

Vor allem aber, zog die Chefin noch einen Joker, gebe es Unklarheiten um die Rechtssicherheit für das Einrichten solcher Bike Lanes. Es müssten konkret Sicherheitsbedürfnisse und Gefahrenabwehr nachgewiesen werden. Angeblich warteten die Lümmel der AfD, etwa dieser Stadtratsdarsteller Marinus Neger, nur darauf, um vor dem Verwaltungsgericht öffentlichkeitswirksam »das Recht der deutschen Autofahrer auf freie deutsche Mobilität« einzuklagen. So ähnlich hatte es seine Hetzer-Partei in Berlin 2020 versucht; medienwirksam, aber in der Berufungsinstanz letztlich erfolglos. Zudem gab die Chefin zu bedenken: Ein Streit ausgerechnet um die Breslauer Straße wäre für die Rechtsnationalen sicher ein besonderes Schnäppchen. Denn diese sei, »nicht zufällig«, wie sie neulich formulierten, »in ein Straßengebiet um die Charlottenburger Allee, Neuköllner Straße, Dresdener Straße und den Berliner Ring eingebettet, mit der die Breslauer die ganze alte Pracht des deutschen Vaterlandes repräsentiert«. Über diesen »national erigierten Unsinn aus der Printenstadt« hatte sogar der *Spiegel* berichtet.

»Bedenklich, bedenklich«, meinte die Chefin, jetzt sehr ernst. Und auch wenn all die Überlegungen, das Abwägen möglicher Gefahren, Problemlösung auf Vorrat sei, von solchen Pop-up Bike Lanes sollten wir weiterhin die Finger lassen. Zu komplex, zu vage. Es gab keinen Widerspruch, niemand wollte hier im Nachhinein womöglich als Helfershelfer der AfD gelten. Und bloß nicht Feind aller Automobilisten werden, das als letztes. War das Angstpolitik? – egal, es musste weiter gehen. Dr. Kurtz, der langjährige Stratege, sagte: »Wie immer: lieber erst bewährte Tools einsetzen, wo nötig vorsichtig an Stellschrauben drehen und dann in die Konzeptphase eintreten.« Die anderen nickten. Thema erledigt. Glaske schaute auf die Uhr.

Da klingelte das Telefon der Chefin.

»Okay, ja … ach du lieber Gott, ist gut, mach ich, komme sofort.« Und legte auf. Alle sahen ihr besorgtes Gesicht.

»Tut mir sehr leid, ich muss unerwartet weg. Meine Tochter rief an. Ein Unfall. Wir sehen uns in vierzehn Tagen. Ansonsten mailen und Flurtalk, okay? Und entschuldigt noch mal.« … packte ihre Sachen zusammen und entschwand noch schneller als sie eingeschwebt war.

In der Tierarztpraxis sollte sich zum Glück herausstellen, dass ihr Kater mit dem schönen Namen Maus nur eine Stauchung an der linken hinteren Pfote hatte, es war nichts gebrochen.

Ilka Glaske konnte sich klammheimlich freuen. So plötzlich war es noch nie 16.00 Uhr geworden.

Kapitel 28

Bei den Radmenschen 6

Verspätete Erfindung der Automobilie

Die Stimmung in der Gruppe hatte sich in den vergangenen Monaten schleichend verändert. Die einen äußerten sich zunehmend aggressiv und wütend, weil so wenig passierte. Andere waren allmählich mürbe und frustriert. Bald schon drei oder vier Jahre waren vergangen seit dem großen Aufbruch, und alle Fortschritte lagen auf dem bis zur Unkenntlichkeit verdünnten Niveau von Globuli-Kügelchen. Auch in der Stadt war die Stimmung eher gegen den Radentscheid geschwappt, das ganze Kleinklein, die neuen Debatten, das ewige Hin und Her durch das tatenreiche Nichtstun der Verwaltung wollte langsam niemand mehr hören. »Manchmal weiß ich auch nicht weiter«, hatte ausgerechnet Erik neulich gesagt. »Und was macht eigentlich unsere grüne OBin?«, legte ChrisTina routiniert nach.

Selbst bei den Fahrradbügeln kann man viel verbocken. Allgemein schien es Trend, dass sie auf Fußwegen Platz nehmen sollten und nicht auf Autostellflächen. Rory hatte Redebedarf: »Es wird allmählich grotesk. Wo würde man die 5.000 Stück hinbauen«, fragte er rhetorisch, »wo sie den meisten Sinn machen, also vor allem Innenstadt, an Kulturstätten, an viel genutzten Ausflugsorten wie am Schwimmbad oder am Beginn von Wanderwegen? Oder da, wo zufällig Platz ist?« Man ahnte was kommt: »Die Stadt beginnt Planungen, freie Stellen mit sinnlos vielen Bügeln zuzubomben und sie als neue Art von Poller zu missbrauchen, in Brand zum Beispiel. Das hat zwei Effekte: Sie fehlen weiterhin woanders und der Reflex der Anwohnenden ist naheliegend: Guck dir das an, wieder eine Folge der völlig übertriebenen Maßnahmen des Radentscheids! Andere handeln schlecht, aber wir sind die Idioten.«

»Wir machen aber auch nur Mist«, spottete Sabine.

Lynn Ayneburg wollte die Genervten wieder einfangen. »Heute sollte es mal eine ganz andere Radentscheid-Sitzung werden, haben wir vorher überlegt. Nicht klagen und schimpfen über die Verwaltung, über Quertreiber in der Politik, über den Fortschritt des Nichtfortschritts. Also, der Abend möge geprägt sein von guten Meldungen zum Verkehrsleben, mit Fantasien aus einer anderen Welt. Kann, aber muss nicht realistisch sein. Hauptsache träumen!«

»Genau, wie bei Adenauer: Wo bleibt das Positive!?«, hatte jemand geantwortet.

Die Idee kam gut an. Heute mal kein Straßenkampf. Planungen und Strategien hatten einen Monat Zeit. Umgehend bestimmten viele Fantasien die Diskussion. Die Radmenschen konnten ihre ganze naive Träumerei mal so richtig ausleben, der Glaube an eine autoverkehrsärmere, bessere Welt. Zumindest in der Fantasie waren sie die Champions. Am Ende wurden es fünf Beiträge.

Es begann mit Tims kurzer Erzählung aus China: »Also, ich war vor ein paar Jahren mal in Peking, Hotelzimmer im 25. oder 30. Stock. Direkt gegenüber entstand gerade ein neuer Wolkenkratzer. Man war noch ziemlich unten. Das hat mich als Bauingenieur natürlich leidend interessiert. Absolut faszinierend, das von oben anzusehen. Es ging rund um die Uhr, abends Flutlicht, viele winzige Baustellenfahrzeuge sah man von da oben, und hunderte, wahrscheinlich tausende winzige Arbeiter. Eine einzige Wuselei, pausenlos. Und morgens war mir das Gebäude sichtbar entgegengewachsen, völlig irre. Davon träume ich in Aachen auch. Die ganze Bevölkerung zieht, sagen wir, vier Wochen weg, zu Freunden, Verwandten oder es geht ab in den Urlaub.

Man fliegt ein paar zehntausend chinesische Arbeiter ein und am Ende des Monats, das schaffen die locker, haben sie die Verkehrsflächen unserer Stadt komplett umgebaut. Ein Paradies. Ich weiß, das ist Spinnerei, aber nur mal so als Gedankenspiel.«

»Also zaubern«, lachte Henryk, »aber da mach ich sofort mit. Ich würde vier Wochen zu meiner Familie nach Warschau fahren.«

Henryks Herkunft sorgte für die nächste spinnerte Idee. »Sag mal, dein bekannter Humor hält doch sicher einen abgewandelten Polenwitz aus, oder?«

»Bin gespannt.«

»Also, könntest du nicht mal so ein paar Marek-Brigaden in Aachen einfallen lassen? Die schaffen die paar tausend Autos locker in ein paar Nächten. Ab damit nach Warschau, Krakau, Kattowitz. Könnt ihr gucken, wie ihr eure Städte zuparkt. Für uns wäre das Fortentwicklungshilfe.«

Henryk sagte, er wolle das im polnischen Kulturverein gern mal zur Sprache bringen. Und sagte absichtlich falsch, mit polnischem Akzent: »Ist sich sicherr kein Problähm.«

Leonora staunte: »Ihr habt ja Ideen …«

Astrid meldete sich als Dritte: »Ich hab da auch eine Geschichte, den Anfang tatsächlich erlebt. Also, neulich war ich mit meinem Sohn Matti auf Fahrradtour durch die Stadt. Matti ist zehn und muss ja jetzt auch auf der Straße fahren. Also, wir sind zum Üben auf der Krefelder Straße gefahren, berghoch, bis zur Ampel Soerser Weg kurz vor der Bastei. Da sagt Matti: Das ist aber doof, warum hört der Radweg hier denn auf einmal auf? Hab ihm erklärt, was eigentlich nicht richtig erklärbar ist: manchmal hören die auf, weil zu wenig Platz ist, weil die Autos den brauchen, und dann muss man sich vorsichtig einfädeln. Er hat ein bisschen ängstlich geguckt und ›Puh‹ gesagt. Und dass das gemein wäre, Autos hätten dann ja zwei Fahrstreifen und Radfahrer keinen mehr. Und er wollte plötzlich wissen, ob es das auch gäbe, dass Straßen für Autos plötzlich aufhören. Naja, Kinder haben ja einen noch unbelasteten Gerechtigkeitssinn. Nein, hab ich gesagt, so was gibt es nicht. Außerdem: die braucht man ja für die vielen Autos.«

»Das mit dem Gerechtigkeitssinn und das Wort ›gemein‹ gefällt mir«, warf Erik ein, »guter Sohn, Astrid.«

»Danke Erik. Aber es geht ja weiter. Dann waren wir Wochen später einmal im Hambacher Wald. Radelradel, alles ganz easy. Ich hatte die kleine Unterhaltung von der Krefelder Straße längst vergessen. Matti sagt plötzlich: Du hast mich angelogen, Mama, guck mal, geht doch. Ich wusste erst gar nicht, was er meint. Hier hört die Straße für die Autos ja auch ganz auf einmal auf, hat er gesagt. Hab es ihm erklärt, dass das hier was ganz anderes ist, eine große Ausnahme wegen des Tagebaus. Hab ihm das monströse Loch gezeigt, wo die Braunkohletaliban von RWE so erfolgreich das Klima vernichten. Aber seine naheliegende Frage kam natürlich trotzdem: Warum gräbt man so ein Loch nicht auch mal in Aachen?

Ja, und dann hab ich das mal so theoretisch weitergedacht …, also man würde einfach eine Straße, zum Beispiel eben die Krefelder an unserer Kreuzung von damals sperren für Autos, vielleicht sogar ein Loch graben, vielleicht findet man ja noch mehr römische Scherben oder die Wohnung des Leibhaftigen mit unterirdischem Zugang zum Lousberg. Jedenfalls würde man rechts nur eine breite Radspur weiterlaufen lassen, dahinter können die Radler vor der Bastei dann in aller Sicherheit die Spuren wechseln für rechts, geradeaus, links. Als Zugeständnis dürfen sich an der Sperrung Autos über einen dicken Drempel einzeln einfädeln, aber nur ganz vorsichtig und wenn weit und breit kein Radfahrer da ist. Völlig absurd, oder? Was dann wohl los ist!«

Ein Lächeln machte sich bei vielen breit. Tja, unsere Kinder. Manchmal stellen sie schon clevere Fragen, und irgendwie naheliegend. Tja, was dann wohl los wäre! Ob die Autofahrer wohl ein Bürgerbegehren Autoentscheid anstoßen würden, damit sie eigene, durchgängige und sichere

Fahrspuren bekommen? Dem Techniker Tim fiel ein, dass die großen Braunkohlebagger, für die die Straßen enden, Umsetzer heißen. Passt irgendwie zu Astrids Fantasie von der Umsetzung des Radentscheids.

Harry ergriff das Wort. »Fantasien, Träumereien? Leute, ich komme direkt aus dem Paradies, ich war vorige Woche in Berlin, hab mir extra einen Nachmittag ein Rad geliehen, Leute, kilometerweit Pop-up Bike Lanes mittlerweile, Kottbusser Damm in Neukölln, Kreuzberg vom Kotti bis kurz vor dem Potsdamer Platz, in Friedrichshain und Schöneberg auch schon. Leute, das ist der Hammer. Du fährst einfach Fahrrad mitten in der Stadt, du hast breite eigene Wege, abgetrennt durch Baken oder schwarz-weiße Trennelemente, ähnlich wie bei uns das Mikroteststück Pontwall. Alle Radampeln haben einen kurzen Vorlauf und lange Stecken grüne Welle. So viele Fahrradstraßen. Und manche wie die Körtestraße in Kreuzberg werden zusätzlich abgepollert. Einfahrt für Autos aus einer Richtung ja, Durchfahrt nein. Leute, es geht.«

»Aber nur Paradies ist Berlin auch nicht«, grätschte Tine dazwischen. »Was da zum Teil für Gestalten unterwegs sind, vor allem nachts, mit Tempo, über alle Wege, gern auch Bürgersteige, ob längs oder quer. Das muss man auch mal sagen, bei aller Liebe.« Schwarze Kampfradler würden die da genannt. »Vielleicht schwingen die sich ohnehin nur in der Dunkelheit aufs Rad. Immer Ton in Ton in Ton: schwarz gekleidet, gern auf schwarzem Rad und prinzipiell ohne Licht durch die schwarze Nacht.«

Harry wollte sich seine Hauptstadt-Euphorie nicht nehmen lassen. »Komm Tine, jetzt redest du schon wie die Radhasser hier in Aachen. Aber ich weiß ja: Auch das ist Radfahren. Nur, erzähl das bloß nicht laut hier in Aachen, das ist ja wie scharfe Munition gegen uns.« Und er gab noch kurz Eindrücke vom Bergmannkiez in Kreuzberg weiter: »Da entsteht der erste Superblock nach dem Vorbild Barcelonas: Räder frei, Autos nur Einbahnstraßen und große Flächen für Flaneure. Die Bergmannstraße ist zum Teil schon fertig, ganz großartig. Und die Friedrichstraße in Mitte – ein Teil kompletto autofrei. Abgase, Feinstaub, Mikroplastik durch Reifenabrieb, alles fast halbiert in wenigen Monaten, haben Studien gezeigt. Das ist, als würde hier die Theaterstraße dicht gemacht für Autos. Also Leute, da hat die Zukunft schon begonnen. In Aachen träumen wir weiter.«

»Tja«, sagte der empathische Erik. »In unserer geschichtsbesoffenen Stadt sind wir leider noch nicht mal in der Gegenwart angekommen.«

Pop-Up-Bike Lanes hatten die alte Mehrheit in Aachen und auch die neue Mehrheit inklusive OBin bislang nicht als zielführend angesehen. Gerade erst wieder, das hatte ihnen Dr. Kurtz mitgeteilt: Lieber richtig, mit Planung. Und Reallaboren. Und Auswertungen. Und Studien. Und viel, viel Zeit.

Als fünfte kam Waltraud. Die hatte eine Extraidee. »Ich habe ein Rätsel für euch, man könnte auch das eine kleine Fantasiereise nennen oder ein fast reales Märchen. Sollen wir losträumen? Adel, ich sage dir, das wird dir besonders gefallen.«

»Dann lass mal hören. Wir folgen dir. Ins Radparadies?«

»Naja, also tatsächlich fast. Stellt euch vor, wir leben in einer Welt wie unserer, nur mit ein paar kleinen Unterschieden in den Städten: Es gibt dort gute, breit ausgebaute Radwege und große Fußgänger-Boulevards. Große abgasfreie Busse und auch kleine Achtsitzer fahren wendig kreuz und quer, die einen sind autonom elektrisch betrieben, die anderen fahren als O-Busse, wie es sie ja früher in Aachen gab. Dazu ein kleines Tramnetz, Regionalbahn-Linien ergänzen das System, Alles ist eng getaktet, alle paar Minuten. An den wichtigen Kreuzungen stehen zahllose Leihräder, auch E-Bikes oder Leihroller. Hop on, hop off. Gütertransport über die letzte Meile geht mit kräftigen Lastenrädern, die teils über einen Kubikmeter Laderaum haben. Was wir heute als Taxis kennen, erledigen Pedelec-Sänften, gerade von SeniorInnen eifrig genutzt und von der Stadt subventioniert. Alles funktioniert bequem und reibungslos. Und die Bahnen und E-Busse fahren bis in abgelegene Dörfer, wo genügend Leih-Pedelecs und Scooter warten für die letzte Meile außerorts.«

»Also das«, sagte Damian Vermeer, »gefällt mir gut. Angenommen! So sollte die Welt aussehen!«

»Okay, okay, wartet mal ab. Jetzt kommt jemand und sagt: Ich hab da etwas ganz Neues erfunden: Ich nenne es Automobilie. Das ist ein Selbstbeweger, sensationelle Technik, fantastische Möglichkeiten, voller Bequemlichkeiten, Musik darin, Navigation, weiche Sitze und so weiter. Ganz stabil gebaut, rundum sicher und geschützt. Motto: Auto mobil sein, also selbst entscheiden können, wo man gerade hinfährt.

– Die Menschen sind neugierig: Klingt ja toll. Erzähl mal, sagen sie.

– Der Erfinder also sagt: Man bekommt vier, manchmal auch sechs Leute hinein, man darf die neuen Fahrzeuge selbst lenken, überall hin, ganz nach eigenen Wünschen, in der Stadt, bis vor die eigene Haustür, und auch in Vororte und andere Städte. Kein Umsteigen, und man kann viel schneller fahren als mit Rädern oder Bussen.

– Toll, sagen die Leute. Aber wo sollen die denn fahren?

– Ja, da müssen wir die Wege etwas umbauen, es braucht schon eigene Straßenbereiche für meine Automobilien-Maschinen. Die anderen müssen ein wenig auf die Seite, aber das wird schon gehen. Wir haben doch Platz! Und wenn man damit gefahren ist, stellt man sie halt ab. Und fährt später weiter.

– Man lässt die einfach stehen? Wo denn?

– Na, ganz einfach am Straßenrand.

– Aber da sind doch die Fußgänger, die Radfahrer und die Busse, manchmal auch die Trambahnen.

– Ja, dann müssen die noch etwas mehr zusammenrücken.

– Wird da nicht der Raum eng?

– Auch dafür gibt es kluge Ideen. Man kann Wohnungen für diese Automobilien bauen, Garagen nennen wir die oder auch Wohngemeinschaften auf Zeit: Parkhäuser als Lagerräume. Da kann man die Automobilien abstellen, schwupps, ganz bequem. Rein damit und nachher wieder raus.

– Wie groß und schwer sind deine Automobilen denn?

– Vier bis fünf Meter lang vielleicht, die größeren etwas mehr, und so knapp zwei Meter breit, für allen Komfort eben. Gewicht: ein bis vielleicht zwei Tonnen die größeren.

– Und die sind wie kleine Busse? Da sitzen immer vier Leute drin oder sechs?

– Nein, das muss gar nicht. Kann jeder auch einzeln fahren. Das ist ja das Schöne. Das ist die neue Freiheit. Ich hab auch schon einen Slogan: Freie Fahrt für freie Bürger.

– Hmmm, einer fährt damit und hat zwei Tonnen Gewicht und zehn Quadratmeter Raum um sich? Umgerechnet wäre ein ASEAG-Bus bei fünfzig Passagieren fast zweihundert Meter lang.

– Ja schon, aber überleg mal, eine Straße ist fünfzehn oder zwanzig Meter breit und viele Kilometer lang.

– Und die fahren schneller als ein Bus?

– Die sind richtig schnell, fast wie ein ICE. Und die können schnell anfahren, ein tolles Gefühl, sag ich euch. Von 0 auf 100 – zack. Brumm. Sssst.

– Nutzt in der Stadt aber nicht viel.

– Das nicht, aber außerhalb.

– Ist das nicht gefährlich?

– Nein. Wenn alle achtsam sind nicht. Und die haben rundum computergesteuerte Sensoren, die warnen können. Und auch supergut funktionierende Bremsen. Zack, steht man.

– Kann das denn jeder?

– Wahrscheinlich muss man eine Einweisung kriegen und einen Test machen. Einmal im Leben, fertig.

– Okay, und wenn die dann so fahren und alle wären begeistert, dann würden es bald mehr.

– Das will ich doch hoffen, sagt der Erfinder.

Dann muss man doch an Kreuzungen regeln, wer fahren darf, oder geht es weiter so wie jetzt alles mit rechts vor links?

– Man kann Lichtzeichenanlagen bauen, auch computergesteuert, da ist es mal rot, dann müssen die Automobilien stehen bleiben, und wenn es grün wird, fahren sie weiter.

– Lichtzeichenanlagen – aha. Und die anderen Verkehrsteilnehmer?

– Die kriegen natürlich auch rot und grün.

– Das ist aber doof. Also nicht mehr gehen oder radeln, wenn Platz ist mit rechts vor links, sondern wenn ein Computer das erlaubt. Und was ist dann noch der Vorteil?

– Jeder ist völlig unabhängig. Kein Warten auf Bus oder Straßenbahn. Und wenn es ganz warm ist, kann man auch das Dach einfahren. Das heißt Cabrio. Dann hat man immer frische Luft um sich.

– So wie beim Radfahren oder zu Fuß gehen?

– Ja, genau so.

– Gut, das kennen wir ja.

– Aber wenn es regnet, Dach zu, dann ist man geschützt.

– Wie im Bus?

– Oder unter einem Schirm. Oder in Regenklamotten auf dem Rad. Die Automobilie ist dann dicht, Regenponchos manchmal nicht. Oder man hat sie vergessen. Das passiert bei meinen Automobilien nicht.

– Was würde denn so was kosten? Sicher teurer als ein gutes Rad?

– Das kalkulieren wir noch. Aber wenn es genügend Interessenten gibt: Vielleicht schon für 15.000 Euro die kleineren, die chiceren und größeren auch 30.000. Mit Luxus auch mehr.

– 30.000 Euro und mehr? Du glaubst doch nicht im Ernst, dass sich dafür jemand ernsthaft interessiert.

Na, wartet ab. Ich könnte mir vorstellen, das kommt gut an.«

Waltraud beendete ihre Reise. »Und, was meint ihr, ist das eine gute Erfindung?«

Die Begeisterung bezog sich weniger auf die Erfindung, als vielmehr auf die detailreiche Kopfgeburt.

Tine und Davide blieben noch einen Moment in der Fantasiewelt:

»Na hoffentlich setzt sich das mit diesen Automobilien nicht durch«, meinte Tine.

Davide: »Ich glaube, in so einer Welt möchte ich nicht leben.«

ChrisTina hatte noch eine abschließende Ergänzung: »Ich mache mir seit Monaten Gedanken, wie Aachen, das aber dann ganz realistisch, im Jahr 2030 aussehen könnte, wenn der Radentscheid durch ist. Meine Ideensammlung ist noch nicht fertig, aber versprochen: Nächstes Mal. Damit wir das Träumen vor lauter Alltagsstress nicht verlernen.«

Kapitel 29

Beim Therapeuten 3

Verfolgungswahn

Die Therapiestunden mit Cornelius Schaffrath waren mühsam geblieben. Die Träume waren nur sehr gelegentlich besser geworden. Seine Frau sei nachts dauerhaft ins Gästezimmer geflohen, hatte Schaffrath erzählt. Dafür führen die Räder jetzt nicht mehr unter die Bettdecke, sondern kämen, wie er zuletzt heißwangig berichtet hatte, »auch schon aus den Tiefen des Raumes hochgefahren, unter dem Plumeau hervor und über mein Gesicht. Einmal wollten sie in die Nasenlöcher steuern. Grausam, Herr Doktor.« Darjahn überlegte, ob es eine gute Idee war, dem Herrn Schaffrath das Bild vom drohenden Radstau unter der Bettdecke anzubieten und es doch besser sei, wenn auch mal Räder wieder wegfahren. Aber in die Nasenlöcher, das war wirklich keine gute Alternative.

»Und, wann wollen Sie denn selbst mal Rad fahren?«

Schaffrath sah ihn richtig erschrocken an. »Richtig …, selbst … nein.« Der Mann verkrampfte. Da fehlte doch noch eine Menge, merkte Darjahn. Er zögerte, er wollte auch nicht zu viel Druck machen. Das Anfassen eines Fahrrades klappte ja schon recht geschmeidig und neulich hatte er heimlich sogar mal das Rad seines Sohnes mehrere Meter durch die Garage geschoben.

Dafür lobte er ihn schnell. »Ich glaube, Herr Schaffrath, Sie sind auf einem sehr guten Weg.« Und er wagte lieber einen vorsichtigen Scherz – wenn Klienten darauf anspringen, ist das immer ein Zeichen, dass sie anfangen sich zu lockern: »Und der Weg wird gar nicht so steil weitergehen, wie es in ihren Träumen immer passiert!«

Schaffrath reagierte überraschend zuversichtlich: »Na, wenn Sie meinen. Ich hoffe es.«

Der nächste Klient klingelte, kaum dass Schaffrath gegangen war. Die beiden müssten sich noch im Treppenhaus begegnet sein, dachte Darjahn. Ist ja hier wie im Taubenschlag.

Adel Trabelsi stand vor der Tür. Darjahn bat ihn hinein. Der überraschend junge Mann, kaum dreißig, hatte am Telefon etwas von Verfolgungswahn erzählt. Hoffentlich kein klinischer Fall. Aber erst mal schauen, sagte sich Darjahn.

Adel klipste seine Reflektor-Hosenklammern ab, zog die Bikerjacke aus, legte seinen Helm neben den Sessel und nahm Platz. Darjahn dachte noch: Ob die Begegnung mit einem leibhaftigen Radfahrer im engen Treppenhaus für den armen Herrn Schaffrath ein Problem war und ihn womöglich zurückwirft nach seinen homöopathischen Fortschritten? Na, hoffentlich nicht. Und er dachte über seinen neuen Klienten: Immerhin mal jemand, der sich kommentarlos setzt und nicht als Erstes nach der Couch fragt.

»Oder gibt es hier eine Couch?«

Darjahn holte tief Lust. »Nein, schon gut. Wenn Sie sich dort wohlfühlen, ist das bestens.« Er nahm die üblichen Personendaten auf. »Sie zahlen selbst? 110 Euro die Stunde, können Sie das ermöglichen?«

»Ja natürlich.« Adel verdiente als freiberuflicher Website-Designer und Online-Developer richtig gut, manchmal bekam er einen deutlich höheren Stundenlohn. Er war ein begehrter Spezialist für komplexe Linux-Anwendungen.

»Gut. Was bedrückt Sie? Erzählen Sie mal.«

»Also, wissen Sie, ich bin ja leidenschaftlicher Rennradfahrer. Und ich habe gelernt, mich im Leben zu wehren, wenn Unrecht geschieht und andere rücksichtslos sind.«

»Das ist sicher sehr richtig«, ermunterte ihn Darjahn.

»Nun, ich glaube«, er zögerte einen Moment, »ich habe mittlerweile einen Verfolgungswahn.«

Aha, da war dieser Begriff schon wieder. Darjahn stellte seine Beine locker parallel und sah sein Gegenüber ernsthaft an.

»Wer, glauben Sie denn, verfolgt Sie?«

»Niemand, nein. Ich verfolge. Es ist wie eine Obsession.«
»Wen verfolgen Sie denn?«
»Na, Autofahrer.«

Eine kurze Pause entstand. Darjahn dachte, wenn der als Radfahrer Autos verfolgt, dann hat er aber ganz schön was zu strampeln, auch mit einem Rennrad. Und bei der Vielzahl von Autos hätte er ohnehin eine Menge zu tun. Denkbar ungünstig. Am Ende ein Fall nicht für den Therapeuten, sondern für den Kardiologen.

»Na, Autofahrer gibt es aber ganz schön viele ...«

»Das ist es ja. Es gibt Unmengen, die falsch parken. Besonders gern auf Radwegen. Und die zeige ich an, also nicht die Radwege, sondern die Falschparker. Verstehen Sie?«

»Ja, natürlich.« So ganz verstand er es noch nicht und strich sich mit der einen Hand über die andere, seine zweite kleine Marotte in den Sitzungen.

Adel Trabelsi holte aus. »Ich fahre ja viel herum, zu Kunden und auch privat. Und permanent steht wieder so ein Auto auf dem Radweg. Manchmal einfach abgestellt, mal ohne Grund das Warnblinklicht an, mal sitzt auch einer drin und verspeist in aller Seelenruhe sein PommDöner. Oder steht da mit laufendem Motor, weil er auf jemanden wartet, der irgendwann mal doch nicht kommt. Das ärgert mich, das nervt mich zunehmend. Und wissen Sie was: Ich bin ja ein routinierter Radfahrer und weiß auch mit solchen haarigen Situationen umzugehen. Aber wer weiß, wer eine halbe Minute später hinter mir kommt, vielleicht jemand, der etwas unbedacht nach links zieht. Und wumm. Also schütze ich auch andere.«

Darjahn nickte. Trabelsi erzählte ihm von Meldeportalen wie Stadtpate und Wegeheld. Dass es ganz einfach sei. Foto machen, Daten aufschreiben, drei Minuten warten, damit aus Halten auch der Tatbestand Parken würde und dann ab damit in die Website-Maske und – absenden. Drittanzeigen heißt das auf Ordnungsamtssprech. Es gebe mittlerweile bei den Ordnungsämtern Leute, die auf solche Fälle spezialisiert seien, der zuständige Mann in Aachen sei Herr John.

Und, sagte Trabelsi, im Jahr 2020 seien der Stadt Aachen über 3.200 Anzeigen allein über Stadtpate zugegangen, davon »ein paar hundert allein von mir«. Darjahn hatte schon mal davon gehört und war jetzt schnell und umfassend im Bilde.

»Beruhigend ist die Zusage von Herrn John, dass bei den Bußgeldern immer nur ›Zeuge: Herr Trabelsi, Aachen‹ dabei steht, garantiert kein voller Name, schon gar nicht mit Anschrift. Wissen Sie, Trabelsi ist ein sehr häufiger Nachname in Tunesien, wo meine Eltern herkommen, und in Aachen gibt es auch einige. Damit bleibt man anonym. Wenn da meine Adresse stünde, wäre ich ja bei manchen Autofahrern meines Lebens nicht mehr sicher, gerade mit einem fremdländischen Namen. So ist das ja in diesem schönen Land.«

»Da haben sie wahrscheinlich leider recht. Aber fahren Sie fort.«

»Erst waren es einzelne, wenn halt jemand mich ganz konkret wirklich gefährdet hat. Aber mittlerweile jage ich sie. Manisch, wie getrieben. Ich bin zum Blockwart geworden, ein richtig guter Deutscher, auch wenn ich das vor meinen Radfahrfreunden so nie zugeben würde. In der tunesischen Wüste sagt man, du kannst kreuzweise geschichtet und ausdauernd wie ein Kamel gegen den ewigen Sand anrennen, aber du wirst ihn nie besiegen. Ich verfolge Falschparker, als wären sie Sandkörner, die man wegschaffen muss. Deshalb sage ich Verfolgungswahn. Habe ich eine Zwangsstörung?«

»Na, lassen Sie mir mal die Fachbegriffe«, insistierte Darjahn, ärgerte sich augenblicklich über seinen strengen Ton und schob gleich eine Freundlichkeit hinterher. »Nein, das glaube ich nicht. Ihr Vergleich mit dem Sisyphos im Sand ist doch sehr schön.« Er machte sich ein paar Notizen. »Sind denn nicht in erster Linie Ordnungsamt und Polizei für solche Verkehrsvergehen zuständig?«

»Natürlich, aber grau ist alle Theorie. Selbst wenn die wollten, kommen sie ja nicht hinterher. Ich hab mal eine

Polizeistreife gefragt, als direkt hinter denen ein Audifahrer seine Kiste auf den Bus-Radweg stellte und in aller Seelenruhe in einem Kiosk verschwand, ob sie nicht etwas unternehmen wollten.«

»Und?«

»Der Polizist sagte ungerührt: Ich nehme an, der Fahrer ist bei einem Ladevorgang.«

»Hmmm, ja, das darf man doch.«

»Laden? Ja, zu den ausgewiesenen Ladezeiten, die es hier und da auch auf Bus-Radspuren gibt. Aber der war Zigaretten holen. Und paffte in aller Seelenruhe erst mal eine und plauschte dabei noch mit dem Kioskbesitzer. Solch ein Ladevorgang darf tatsächlich zehn Minuten dauern. Und der gilt wohl auch für Nikotin-Ladevorgänge. So lange darf er den Radweg blockieren, uns Radfahrern Stress machen und uns gefährden. Kennen Sie den Adalbertsteinweg? Da wird man doch irre, völlig irre. Ich glaube, ich bin schon irre.«

›Irre‹ war natürlich ein Begriff, der einen Therapeuten in seiner Verantwortung für einen Klienten vorsichtig werden ließ. Wobei ihm das hier in seiner nichtklinischen Bedeutung durchaus angemessen vorkam. Darjahn fuhr ja auch ab und an mit dem Rad, das war schon sehr gefährlich an manchen Straßen und Kreuzungen.

Adel Trabelsi sagte, manchmal fahre er nur noch herum, um Autofahrer zu erwischen. »Ich opfere meine Freizeit nur aus diesem Grund, fotografiere eine oder zwei Stunden Falschparker. Es ist wie ein Zwang. Und abends notiere ich, prima heute waren es wieder zehn oder zwölf. Mein Tagesrekord sind 23. Allein vor dem Justizzentrum am Adalbertsteinweg kannst du den ganzen Tag ununterbrochen Falschparker sehen, ausgerechnet da, und ausgerechnet direkt neben einem Parkhaus. Und die Stadt macht fast nichts!«

Darjahn notierte ›Ohnmachtsgefühl‹, ›Suchttendenzen‹, ›Manie‹ und ›Kontrollverlust‹. »Ich verstehe, dass Sie sich bedrängt und gefährdet fühlen. Das verunsichert Sie. Sie versuchen überaktiv zu kompensieren, um dadurch wieder Zugriff auf die Situation zu bekommen. Gleichzeitig wissen Sie als intelligenter Mensch auch, dass Sie allein das nie schaffen.«

»Ich will da ja rauskommen! Das ich wieder ein normales Leben führen kann. Und dass das endlich aufhört, zumindest weniger wird, diese permanente Rücksichtslosigkeit und, wie sagt man?, ja: Borniertheit. Und gleichzeitig bin ich selbst borniert und selbstgerecht. Das macht mich kirre. Und manchmal richtig niedergeschlagen.«

Darjahn notierte ›manisch-depressiv?‹, sagte »Hmmm« und schlug seinem Klienten eine milde Entwöhnungskur seiner Sucht vor. Er solle versuchen, ganz bewusst mal einen ganz bestimmten Falschparker Falschparker sein zu lassen. Erstmal wirklich nur einen. Zu wissen, der ist Täter, das ist ein Vergehen, der macht mir als Radfahrer Stress, der nervt – aber ich fahre souverän und gelassen vorbei und tue nichts. »Als wäre er wirklich nichts als ein Sandkorn.« Als Anker solle er sich ein Lied ausdenken, das er dann vor sich hin pfeift oder singt. Dabei lächeln und weiterfahren. Nein, keine Brachialmethode, das ganz zu lassen. Das, wusste Darjahn, konnte zu Entzugserscheinungen führen und somit zu vermehrter Aggressivität und einer weiteren Steigerung der Sucht. Ein klassischer Teufelskreis.

»Wollen Sie das mal versuchen? Freuen Sie sich auf das Gefühl der Erleichterung.«

Adel Trabelsi hatte die Idee gut gefunden und war gegangen. Darjahn fiel auf, dass er den gleichen Satz mit dem Gefühl der Erleichterung heute schon einmal gesagt hatte. Und er dachte: Mache ich hier Therapie nach Schema F?

Bis zum nächsten Klienten war noch etwas Zeit. Kurze Frühstückspause. Darjahn sah auf seinen analogen Tischkalender. Wer kam als nächstes? Aha, noch eine neue Hilfesuchende, eine Bernadette Xhonneux. Hoffentlich hat die nicht auch ein Problem mit Autolenkern oder auffälligen Radlern. Wobei: auffälliger Radler war schon die richtige Richtung, nur in einer anderen Bedeutung. Das würde

Darjahn gleich erfahren. Und die Leser und Leserinnen im nächsten Kapitel.

Der Radentscheid, dachte Darjahn, hat einen maßgeblichen Einfluss. So gut und richtig die Idee war, er frustrierte die Menschen zunehmend, weil da etwas lockt, das aber einfach nicht kommt, weil alles so ewig dauert. Wie bei dem Hund, dem man an einem Stöckchen ein Stück Wurst vor der Schnauze baumeln lässt, der er dann hinterherjagt, aber sie einfach nicht einholt. Ein Radentscheid wie Tierfolter.

Tja, was die Hoffnung um diesen Radentscheid nur mit den Menschen anrichtet, dachte er. Da geht es doch nur um die Aufteilung von Straßen, um einen kleinen lokalen Baustein von Verkehrswende, um mehr Sicherheit. Und genau diese Aussicht auf endlich mehr Sicherheit verunsicherte die Menschen über alle Maße.

Sicherheit verunsichert, was für ein Paradox. Aber andererseits: normal im weiten Labyrinth menschlicher Seelentiefen.

Zweifellos, dachte Darjahn, ist das ein großes neues Betätigungsfeld, und er hatte die beiden heute genauso gut im Griff wie die Frau vergangene Woche, diese Frau Glaske aus dem Verkehrsamt mit dem Erschöpfungssyndrom. Die glaubte, sich am Radentscheid ab- und gleichzeitig krank zu arbeiten.

Darjahn sah auf die Straße. Unten fuhr eine Radlerin ganz entspannt Richtung Bismarckstraße. Nicht lange – recht schnittig kam ihr ein Golf entgegen, mittig auf der engen Straße. Lichthupe. Hupe. Und er bremste sie schwarzpädagogisch mit einem kleinen Machtmanöver auch noch aus. Wieso können manche Autofahrer immer noch nicht verstehen, dass Einbahnstraßen wie diese hier nur für Autos welche sind! Und dieses Zweirad war doch nun offensichtlich kein Auto. Die Frau zeigte dem Autofahrer den Scheibenwischer. Darjahn konnte das verstehen, solche Spontanhandlungen reinigen die Seele und entlasten, vielleicht sind sie dadurch ein Magenkrebs-Vorsorgeprogramm. Aber wenn dieser Golffahrer wollte, könnte er sie wegen Beleidigung anzeigen – und ob ein Richter auch über Seelenreinigung ausreichend Kenntnis hatte, bezweifelte er.

Seltsam, diese Aggressivität – als wären Radfahrer Aliens. Dieser Radentscheid hatte alle Stimmung hochgeschaukelt, was der mit den Menschen macht! Vielleicht sollte er einen Fachartikel für *Verkehrspsychologie heute* schreiben.

Kapitel 30

Bei den Automenschen 5

Die Tour nach Teuven

– mit der Leitwölfin Marlene, mit et Irm, der stillen Franzi, Bernadette, Walburga, der Mia und der Claudi …

Sie trafen sich seit Jahren schon meist am letzten Wochenende im Monat zu einem gemeinsamen Ausflug. Heute waren die Freundinnen vollzählig, also zu siebt, also nicht 6+1 wie so oft: sechs können, eine sagt immer ab. Das kam wirklich nur selten vor, denn auch bei den fittesten Frauen um die siebzig gab es halt immer mal ein Zipperlein, und manchmal musste man auch als Enkel- oder wie im Falle von Mia, neuerdings als Urenkel-Sitterin einspringen.

Heute waren die sieben nicht wandernd, walkend oder mit dem Auto zu einer Spritztour unterwegs, sondern erstmals mit ihren Pedelecs. Getroffen hatten sie sich an der Schanz; nach Limburg ins Niederländische sollte es gehen an diesem wunderschönen Augusttag. Kurz vor der Tankstelle am Kronenberg zeigte Claudi nach links auf die andere Straßenseite zu einem weißen Fahrrad auf einem Mäuerchen. »Das heißt Geisterrad. Da ist vor ein paar Jahren eine Radfahrerin von einem LKW überfahren worden.«

»Tja.«

»Och härrm.«

»Wie furchtbar!«

Der Anblick war bald vergessen. Weiter ging es. Die Waden spannten sich und glänzten im spätsommerlichen Sonnenlicht. »Isset nisch herrlisch, Kinders?«, sagte Marlene Veit. Gleich hinter der Ampel am Westfriedhof kamen ihnen zwei junge Leute mit einigem Tempo entgegen. »Hallo, was ist das denn?«, schimpfte Marlene, »dürfen Sie das, junger Mann?« Zack, waren der junge Mann und seine Begleiterin schon weg, ohne zu antworten. »Dürfen die das? Eine Unverschämtheit. Diese Radfahrer machen aber auch, was sie wollen.« Die anderen waren abgestiegen. »Frechheit«, sagte Bernadette noch und versuchte wieder in Tritt zu kommen. Ein Stück weiter hätten sie an der Markierung und den Schildern sehen können, dass die beiden durchaus durften. Hier lebt seit Jahrzehnten ein Stück Beidrichtungsradweg vor sich hin, eng und durchaus gefährlich, weil die Stadt es nie hinbekam, die Radwegführung vom Klinikum entlang des Pariser Rings sozialverträglich zu gestalten. Ob die Stadt das darf, fragte niemand.

Erste Etappe, geschafft. Marlene, mit 67 die jüngste der sieben, hatte knapp den letzten Tisch auf der Terrasse des Café de Smidse in Epen ergattert. Marlene ließ sich in den korbbespannten Stuhl sinken, legte den Helm ab, setzte die Sonnenbrille wieder auf, zog erst den Sonnenschirm zu ihrem Tisch heran und sich dann hingebungsvoll ihren dunkelroten Lippenstift nach. Das Wetter war wirklich ein Gedischt.

»Isset nisch herrlisch, Schatz?«, wandte sich Marlene ihrer Freundin Irm Schneiders zu. »Et iss wieder einigermaßen herrlisch geworden, Marlene«, gab die Angesprochene zurück. »Hast du das eben gar nicht mitbekommen mit deiner Vorwegraserei? Hat mich so ein Autofahrer geschnitten, also haarscharf, ein irres Tempo, was da hätte passieren können. Gleich da hinten in der Kurve.« Sie zeigte zurück.

»Ich dachte immer, die Holländer sind so rücksichtsvoll gegenüber den Fietsen.«

»Sind sie auch. War ja ein deutsches Kennzeichen.«

»Au weia, Schatz, ne Öscher Raser?«

»Nee, HS.«

»Heinsbersch? Typisch! Da kannste mal sehen. Erst schleppen sie uns das Virus an und jetzt bringen sie einen fast um. Ich konnte die noch nie leiden.«

Die Bedienung kam. Sie bestellten sechs verkehrte Milchkaffee, wegen zweier Herzen waren auch zwei koffeinfreie dabei. Marlene trank eh Zimttee. »Und siebenmal Viktoria. Mädels, ich lad euch ein.« Die Viktoria-Torte im Smidse, hatte Marlene mal gesagt, diese Monster aus Puddingcreme, Fruchtschicht, Sahneturm und Krokanthaube, »da könnt isch für sterben«. Und man wollte es ihr wirklich glauben. Die Kuchen hatten nur einen großen Nachteil: Sie waren zu mächtig, um danach noch einen von den huisgemaakte vlaaien mit kruisbessen oder kersen zu schaffen. »Schön, Mädels, dass wir das noch hinbekommen haben mit unserer Tour, bevor dr Herrevs wieder übers Land kommt, dr fiese Möpp.«

»Schatz« sagten die Sieben gern füreinander, wie das nicht wenige, meist Frauen, in Aachen machen, als Nähe-Verstärkung und Selbstversicherung. Eine Art halbintimes »wa«, das Aachener bekanntlich sonst gern an ihre Aussagen appendixieren. Und noch etwas hatten sie gemeinsam. Alle ihre Männer (abgesehen von Witwe Bernadette Xhonneux) engagierten sich seit Monaten vehement bei den Gegnern dieses Radentscheids. Wegen der Parkplätze »und weil sie uns das Autofahren vermiesen wollen«, wie Franzis Gatte Gerd mal gesagt hatte.

Gerd hatte tatsächlich mal einen leibhaftigen Piraten aus dem Stadtrat kennengelernt, sich mit dem unterhalten und war ganz aufgebracht nach Hause gekommen: »Liebling, ich glaube, os Oche wird nie mehr sein wie es einmal war. Am liebsten wollen die den inneren Ring zur Einbahnstraße machen. Die machen die Stadt dicht. Diese Piraten entern unsere schöne Stadt. Das ist doch Wahnsinn.«

Einige der Frauen waren zu den Treffen der Autoentscheid-EnthusiastInnen ein paar Mal mitgegangen, hatten dann aber keine Lust mehr auf Debatten und Geschimpfe gehabt. »Sollen die Männer mal machen.« Es gab aber kaum einen Zwiespalt zwischen der Gesinnungstreue zu ihren Gatten, dieser tiefen ehelichen Solidarität, und der Lust am Freizeitradeln wie heute. Radfahren jenseits der engen Innenstadt war was ganz anderes. Das war Freizeitvergnügen. Sicher, bessere Radwege aus der Stadt heraus hätten auch was, so viel war allen klar. Wem machte schon die Vaalser Straße Spaß? Das hatten sie ja vorhin noch erlebt. Das war mehr ein Schüttel- und Stress-Invest mit zeitweisem Gegenverkehr auf den Radwegen, bevor man in Vaals vergleichsweise in eine Art Paradies rollte.

Eigentlich hatte Irms Gatte Heinrich die Damen am Morgen mit seinem Achtsitzer samt Pferdeanhänger für die Räder zur Grenze bringen wollen: »Vaalser Straße? Das wollt ihr euch doch nicht antun, das ist viel zu gefährlich.« Aber die Frauen wollten das ganz alleine schaffen. Sie waren starke autonome Frauen.

Immerhin, es war ja auch gutgegangen. Die tapferen Sieben ließen jetzt die Blicke schweifen weit über das zauberhafte Mergelland, man konnte auf belgischer Seite fast schon den Golfplatz Mergelhof sehen. Hier trafen sich vier von ihnen jeden zweiten Donnerstag zum Damentag, um kleine Bälle mit langen Stöcken über weite Wiesen zu schubsen. »Herrlisch!«, sagte Marlene noch einmal.

Der Autor des Buches, selbst seit Jahrzehnten leidenschaftlicher Golfer, hatte lange überlegt, ob er die lästerliche Beschreibung mit den langen Stöcken und dem Schubsen über Wiesen wirklich so schreiben sollte. Es war ein Sprachbild der ignoranten Golfspötter und somit ein Affront gegen diesen wunderbaren Sport. Aber dann dachte er sich, so wie dieses Buch sicher nicht nur Radler lesen werden, sondern auch verbissene Automobilisten vielleicht manches lernen, sollte man, wie immer im Leben, alle Denkweisen auftauchen lassen. So wie hier mit dem Golf. Und um ehrlich zu sein: Marlene und Co. spielten wirklich mehr mit bedächtigem Schubsen statt dynamischem Schlagen, als wollten sie den armen, kleinen Bällen bloß nicht weh tun. Und den armen zarten Grashalmen auch nicht.

»Ich kann ja fast das Clubhaus sehen, da drü …«

Eine lange Schlange von Motorrädern krawallkrachte im gleichen Moment vorbei, alle sehr easy riding.

»Das ist auch nicht eben schön«, versuchte sich Irm Gehör zu verschaffen.

»Was sagst du, Schatz?«, fragte Claudi.

»Es ist laut!«

»Was? Ich versteh dich nicht, es ist so laut.«

Und als der letzte Auspuff die Ecke passiert hatte: »Das da sollten sich mal diese Leisetreter von Radfahrern anhören, die immer wie aus dem Nichts manchmal vor einem auftauchen. Auch leise ist gefährlich! Und gleichzeitig regen die sich über uns Autofahrer auf, Autos würden so viel Krach machen … Das. da. ist. laut! Dagegen flüstern Autos sogar.« Die Motorradfahrer nahmen jetzt Kurs auf den Vijlener Bos, jede Kurve kraftvoll ausröhrend.

»Ist da nicht seit 2021 Fahrverbot für Motorräder an Wochenenden?«

»Ich glaube ja. Aber typisch Zweiräder. Die halten sich an nix.«

Kurz waren die sieben wieder beim Thema Verkehrsfragen angekommen. Mia fand das Argument ihres Gatten Horst so gut, dass innerstädtische Parkplätzereihen auch eine Art Sicherheitspuffer seien. »Wenn da stattdessen Fahrradfahrer auf ihren Radautobahnen langrasen, ja da möchte ich nicht nebenan zu Fuß gehen. Das ist doch lebensgefährlich. Und die fahren ja eh, wo sie wollen.« Und einmal in Rage, fuhr sie fort: »Wenn es bei uns in der Straße bald keine Parkplätze mehr gibt, bauen wir uns einen Carport in den Vorgarten. Das hatte ich schon bei so einem Live-Chat im Bürgerdialog damals zu Pandemiezeiten angedroht, da ging es um die Ludwigsallee. Aber die von der Stadt sind überhaupt nicht darauf eingegangen. Jetzt setzen wir das um. Wir haben schon Angebote eingeholt.«

»Toll, Schatz«, meinte Marlene Veit bewundernd, »sehr konsequent.«

»Ja, das ist Notwehr!«

»Genau«, bestätigte Marlene. »Dann kriegen die angeblich so umweltbewussten Radfreunde eben mehr Asphalt in die Stadt. Haben sie dann davon. Ehrlisch, die haben doch alle ein Rad ab.« Marlene mochte solche vorwitzigen Wortspiele, sie hatte auch einige Bühnenerfahrung aus ihren Jahren bei den Lösteligen Eilendorfer Theaterfrönden mit Gastspielen von Kohlscheid bis Kalterherberg.

»Mit dem Vorgarten, das ist zwar schade um die Pflanzen, aber ich kann die Blumen und Bäume auch nach hinten versetzen. Wir haben ja Platz genug. Und hinterm Haus ist auch mehr Sonne.«

»Du hast ganz recht, Schatz. Man kann es wirklich übertreiben mit den Radwegen. Wer soll denn da auch immer fahren? Dat tudet doch alles jar nisch.«

Einigkeit ringsum: »Das jeht sich doch alles nich aus. Oder wie seht ihr das?«

Die emsige Franzi ergriff noch einmal das Wort. »Ich hab gelesen, 2019 kamen mehr Autofahrer durch Baumunfälle an Landstraßen ums Leben als auf Autobahnen, 513 waren es, ich habe extra die Statistik gesucht. Und auf unseren sicheren deutschen Autobahnen wollen diese linksgrünen Piraten ein Tempolimit, um uns alle zu behindern. Das ist ja nur noch Stop and Go, und alles immer schön hinten aus dem Auspuff raus. Behindert ist das doch. Wahrscheinlich gibt es auf Autobahnen auch bald Radfahrstreifen. Oder?«

»Ja, Schatz, ich weisset doch auch nich.« Das war noch mal Mia.

»Sollen wir denn weiter?« Marlene hatte die Tagestour geplant. »Ich dachte, wir fahren nach Teuven, ins wunderschön betagte Café Modern, auf ein lecker Witte Biertje.« Sie checkte ihr Smartphone. »Keine acht Kilometer mehr. Was meint Ihr?« Die anderen waren angetan. »Tolle Idee. Und auf dem Weg können wir vorher noch zur Stärkung einen Schlenker zur Gelato Farm machen«, schlug Claudi vor. »Gute Idee. Let´s go west.«

»Aber schön hintereinander fahren durch den Ort«, gab Marlene vor. »Zu siebt sind wir noch keine Critical Mass.«

»Gibt´s das bei den Kaasköppen auch?«, fragte Walburga.

»Keine Ahnung. Aber übrigens, was ich weiß: Die Männer kommen richtig gut voran mit der Planung für unsere Critical Auto Mass. Das wird echt der Hit.«

Zurückfahren nach Aachen brauchten sie am Abend nicht mehr. Irms Heinrich würde, wo er schon am Vormittag keine Starthilfe hatte geben dürfen, am Abend als Chauffeur für die Rückfahrt nach Teuven angeflogen kommen. »Toll, Schatz, dein Heinrich hat schon recht, ohne Autos wäre Radfahren gar nicht richtig möglich«, sagte Marlene. Vor allem viel zu anstrengend. Mit einem oder zwei Bier intus und dem leichten Ostwind heute war das erst recht nicht zu schaffen. Unmöglich. Oder sie müssten jetzt schon zurück. »Das wäre doch absolut blöde.«

Im Café Modern war draußen kein Tisch mehr frei. »Wir haben auch genug Sonne abgekriegt«, meinte Walburga und fuhr sich mit der Hand über ihren geröteten Teint. Sie gingen nach drinnen, genossen lukullische Genüsse der Gegend (Bitterballen, Frietjes) und ließen sich auch das eine oder andere Biertje schmecken. Zur Kompensation der fettigen Speisen gab es ein paar frische Salatblätter mit hauseigenem Magerjoghurt-Dressing. »Gesundheit ist wichtig«, sagte Mia, »gerade in unserem frischen Alter.«

Man darf sagen, die Stimmung war prächtig.

Bernadette, die zum ersten Mal hier war, wollte gar nicht mehr aufhören, Euromünzen in die mechanische Decap-Kapelle an der Wand zu werfen, worauf das Lokal ein ums andere Mal mit markiger Retromusik beschallt wurde. »Kennt ihr denn nebenan den alten Zaal Patria?«, fragte Marlene. Claudi und Bernadette folgten ihr und drückten sich an den Scheiben die Nasen platt – an einem alten Gemäuer, das nur noch von Patina zusammengehalten wird und in seiner Funktion als Partysaal alle modernen gastronomischen Einrichtungen bereithält, die mächtige silbern glänzende Zapfanlage zum Beispiel.

»Falls du noch mal heiraten willst, Bernadette – kannst du mieten.«

»Vergiss es«, sagte sie scharf.

»Oh, was ist los, was macht denn dein Neuer, der Kurt?«

»Erbschleicher.«

Dieses ältliche Wort stand da wie ein Ausrufezeichen. Und wollte gleich ein dickes Fragezeichen auslösen.

»Wie jetzt, Schatz?«

»Ach, der ist doch nur hinter meinem Geld her. Neulich legte der feine Herr mal wieder Wert auf getrenntes Bezahlen im Restaurant und hat so was gesagt wie: komm, du hast es doch. Außerdem hat er unseren Flug nach Fuerte gebucht und mich dann am Abend gefragt, ob ich das überweisen könne. Mit den Männern, das kannste alles vergessen in unserem Alter.« Und mit kurzem Seitenblick zu Claudi: »Erzähl ich dir alles mal in Ruhe, Marlene.«

»Äh, ich kann ja schon mal reingehen«, sagte Claudi.

»Nee, lass mal.«

Dass Kurt leidenschaftlicher Radfahrer war, hatte Bernadette in dem halben Jahr mit ihm sowieso lieber verschwiegen. Vor allem, dass er sich gern mit seinen Senioren-Freunden bei ihren Fahrten durchs Heuvelland oder hoch ins Venn in diese furchtbaren bunten Wurstpellen zwängte. Was das womöglich für ein Geläster gebe, von wegen neuer Lover im Ganzkörperkondom und so. Sie kannte doch ihre Freundinnen.

Marlene suchte eine versöhnliche, aufmunternde Bemerkung: »Oder du kannst den Zaal Patria auch nächstes Jahr zu deinem Siebzigsten buchen. Das ist volles Vorgestern mit allen Annehmlichkeiten des Heute.«

Sie gingen zurück ins Café. Da war justament großes Staunen ausgebrochen. Franzi erzählte gerade – oder soll man sagen: beichtete? –, dass sie den Radentscheid unterschrieben hatte. »Da war so eine Frau bei uns beim Viertelfest, die war total nett und ganz freundlich, ich weiß noch, die hieß Franziska wie meine Schwägerin und war Krankenschwester oder so, also die kannte sich mit dem Elend aus, mit Unfällen und Leid. Wusstet ihr, dass seit 2017 mittlerweile fünf oder sechs Fahrradfahrer getötet wurden in Aachen und Ungezählte schwer verletzt? Hatte mir diese Franziska erzählt. Ja, da hab ich gedacht, ist ja ein guter Zweck, und schon hielt sie mir den Kuli hin.«

»Ehrlich? Das war Überrumpelung. Schamlose Unverschämtheit! Unterschriftenzwang!«

Franzi fand die Gründe für den Radentscheid nach wie vor so falsch nicht. Aber jetzt geriet sie in Rechtfertigungszwang. »Naja, wenn ich gewusst hätte, wie radikal das ist! Dass dafür ja die ganzen Straßen umgebaut werden, immer zu Lasten der Autos.«

»Naja«, sagte Bernadette und versuchte sich um Sachlichkeit. Die anderen guckten sie erschrocken und zumindest erwartungsvoll an. »Äh, also gleich vorweg: Ich hab nicht unterschrieben, ich hab das damals aber überflogen und weiß, dass alle Daten ganz genau auf den Unterschriftenblättern draufstanden, geplante Kilometer und auch Kosten.«

Kurzes Schweigen.

»Mein Mann, also der Heinz, der ist ja, also der war ja Anwalt«, warf die schweigsame Walburga noch ein, »soll ich den mal fragen, ob man so eine Unterschrift nicht anfechten kann. Wegen …« – sie suchte nach dem Wort – »wegen arglistiger Täuschung?«

Arglistige Täuschung, dachte Bernadette, guter Begriff, den kenn ich auch. Blöder Kurt! Wurstpellenkerl!

»Ach kommt, Mädels, wollen wir uns doch den Tag nicht versauen wegen diesem blöden Radjedöns.« Marlene war mal Grundschullehrerin gewesen und fix im Kopfrechnen: »Wisst ihr was? Ich hab nachgerechnet: Nächstes Jahr werden wir zusammen 500. Das sollten wir jetzt schon feiern. So jung kommen wir nicht mehr zusammen. Also!« Marlene drehte sich zum Tresen und rief quer durchs Café »Noch sieben aue Genever, Fräulein.«

Die Bedienung verzog kaum merklich die Augen, dieses »Fräulein« gehörte zu den deutschen Wörtern, die sie wirklich nicht leiden konnte. Wie übrigens schon ihre Urgroßeltern nicht, damals 1940ff. Und dann auch noch so laut, zum Fremdschämen das. Änderten sich diese Duitsen denn nie? Außerdem hieß es oude Genever und nicht aue.

Der treue Heinrich hatte schweren Herzens auf seine geliebte Sportschau verzichtet, kaum dass die Bundesligaspiele begonnen hatten. Er musste los. Auf nach – wie hieß das? Er fragte sein Navi ab. Teuwen? Nichts. Töven? Da, Töven bei Sundsvall in Schweden – konnte das sein, 1800 Kilometer entfernt? Das traute er seiner radelnden Frau dann doch nicht zu. Da, Töwen bei Bocholt, nur 150 Kilometer weg. Schon besser als Schweden, aber auch sehr fraglich. Belgien? Vielleicht Leuven? Na, erstmal los.

Der treue Heinrich also fuhr –

– halt, dachte der Autor, bevor die Suche nach Teuwen/Töwen hier zu länglich wird, lassen wir die Damen lieber mal eine Weile in Ruhe weitertrinken. Es passierte ja woanders auch sehr viel. Also, jetzt erst einmal:

Cliffhanger im Café Modern. In Töven oder Teuven. Oder Leuven.

Kapitel 31

Bei den Radmenschen 7

Öcher Chrüsimüsi mit Vision 2030

»Na, immer noch auf freiem Fuß?« Diese Frage musste sich Erik Kerken jetzt oft anhören. Die Sache mit dem brennenden Auto war immer noch nicht aufgeklärt. »Nein, alles gut, ich bin auch noch nicht im benachbarten Ausland untergetaucht.« Solche Sachen sagte er dann immer. Ein anderes Mal war er zu spät gekommen. Die Mutmaßungen waren entsprechend. »Wo ist Erik? Weiß jemand Genaues?« Als er kam, hatte Applaus eingesetzt. »Hat sich dein Ausbruch aus dem Alcatraz an der Krefelder Straße etwas verzögert …?«

»Nö, hatte nen Platten.«

Adel war es wichtig, mal zu erzählen, dass er in den letzten Wochen weniger Anzeigen gegen Falschparker verschickt hatte als sonst. »Obwohl die Begegnungen immer skurriler werden. Neulich verlangte einer mal ganz aufgeregt, ich solle das Foto sofort löschen. Ich frage: Warum? Er: Datenschutz. Ich habe ihm gesagt, meines Wissens gäbe es das für Kraftfahrzeuge nicht. Er hat geflucht und ist weggefahren, natürlich mit aufheulendem Motor und quietschenden Reifen. Aber egal, ich lasse jetzt jeden Tag einen einfach stehen. Sehe ihn, denke Arschloch, und fahre drumherum. Wird man ja irre, wenn man gar nichts anderes mehr macht.«

»Ich glaube, du bist auf dem Weg der Gesundung«, sagte Damian. Das war als beiläufiger Scherz gemeint, aber Adel bekam einen Schreck: Gesundung? Wusste der was von seinen Besuchen bei Dr. Darjahn? Quasselte der Doc womöglich?

Jenseits solcher Parklappalien ging es, wie jedes Mal, um das nervende große Ganze. Zäh der Fortschritt, endlos die

Debatten. Esther platze der Kragen. »Ich werde in dieser Stadt noch zur Verschwörungsgläubigen. Man könnte ja bald wirklich meinen, diese Heinis in der Verwaltung machen dat mit Absicht: Immer schön die falschen Abschnitte wählen, Protest auslösen und achselzuckend einknicken. Vielleicht ist dat alte, träge Auto-Aachen noch viel mächtiger als wir dat alle glauben.«

Verwaltungs-Heinis hier, Rad-Heinis dort – es war wirklich alles sehr polarisiert. Wenn das der Alt-OB alles gehört hätte! Lächeln würde er, auch wenn keine Kamera da wäre. Die meisten Leute beim Radentscheid glaubten derweil weiter an das Gute in der Stadt. Lynn schüttelte den Kopf: »Nein, Esther, ich glaube nicht, dass die das mit Absicht machen. Ist auch nicht einfach. Aber die geben schon ihr Bestes.«

»Naja, dat Beste, dat is aba ein bissken sehr wenig, oder wat meinze?«

Rory hatte in einem Leserbrief noch einmal ergänzende Argumente gegen neue Radwege gefunden: »Zum Beispiel, wir sollten in Nebenstraßen. Da können doch schöne Radwege hin.« Die Botschaft sei klar: Hauptsache, weg mit denen! »Eine sieht ohne Parkplätze vor der Haustür die eigene Grundversorgung gefährdet: Wie soll ich sonst meine Einkäufe nach Hause schleppen? Das sei doch unzumutbar. Man fragt sich, wie die Menschen in Zeiten vor Autos überhaupt lebens- und evolutionsfähig waren.«

Tja, sagte Erik, ausnahmsweise mal ohne Ähmmm: »Ich würde gern mal wissen, ob die solche Sachen selbst glauben. Manchmal wäre man ja gern dabei, wenn die sich treffen, was die so untereinander reden, wie sie sich vielleicht hochschaukeln, was da wohl noch an Unfug hochkocht. Kann man bei den Automenschen nicht mal einen Spitzel einschleusen? Jemand eine Idee?«

Hatte niemand. Aber neue Gedanken zum Thema Straßenbäume. »Ich glaube ja«, sagte Paul, ein junger Student, der neu dabei war, »es geht denen nicht um Bäume als solche, also aus Klimagründen, sondern um das romantische, kuschelige Ambiente vor der eigenen Haustür. Dass es schön ist und bleiben soll. Und damit sie weniger vom Verkehrslärm mitbekommen, oder? Viele sind ja aufs Land gezogen, weil es ihnen in der Stadt zu laut, zu ungemütlich und gefährlich ist. Und dann kommen sie mit ihren Autos hergefahren.«

Klar, sagte Erik, »ich hab es auch lieber lauschig als kahl. Aber das ist auch nur ein Verkehrsargument. Naturschutz, Luftreinhaltungsorganismen, die Stadtluft, das klingt immer sehr edel – und ist wahrscheinlich oft nur vorgeschoben. Gemeint ist eher: Lärmschutz vor der eigenen Haustür vor den Zumutungen des Straßenverkehrs. Um selbst woanders zu lärmen, aber dafür sind dann andere Bäume dem Schall ein wenig im Weg.«

»Vielleicht«, meinte Damian Vermeer, »sind Bäume somit die Geiseln der Anwohner.«

Sicher war: Als über Jahrzehnte 4.500 Hektar Hambacher Wald dem Braunkohle-Fraß zum Opfer fielen, protestierten anfangs lange nur die, die man »Berufsprotestierer« nannte. Und als neulich an den Autobahnen rund um Aachen wieder hängeweise Bäume über Kilometer unter die Kettensägen kamen, war auch kein Protest zu hören. Als wäre dieses lästige Straßenbegleitgrün nicht genauso wichtig für Klima und Stadtluft. Und um ein Hundertfaches mehr als ein paar altersschwache Bäume in einer Hohenstaufenallee oder an einem der Gräben. Erik räusperte sich mal wieder.

»Ähmmm, ich möchte mal unter uns etwas ganz Provokantes sagen. Vielleicht ist das alles auch noch nicht zu Ende gedacht. Wir haben ja immer gesagt, unsere Radwege sollen nur dahin, wo keine Bäume fallen oder höchstens ganz vereinzelt und dann nur mit Wiederaufforstung. Vielleicht ist das falsch.«

»Häh?«, sagte jemand.

»Mal ganz grundsätzlich: Vielleicht ist es sinnvoll, und lasst mich bitte ausreden, einzelne Bäume in der Stadt tatsächlich gezielt zu opfern. Ich halte die aktuelle Haltung in der Öffentlichkeit für zu kurzsichtig. Bäume sind wichtig, jeder einzelne, aber sie müssen auch überleben. Und dafür fehlt den meisten Straßenbäumen aktuell die Grundlage. Das haben wir ja in der Lütticher Straße gesehen: Jahrzehntelang mit Duldung der Stadt tonnenschwer zugeparkt und deswegen längst dabei abzusterben. Die zu retten ist ökologisch ohnehin nahe am Unfug. Vielleicht müssen wir Bäume opfern, woanders reichlich Ersatz pflanzen, klimaresistentere Sorten, meinetwegen auch so nah wie möglich, um Platz zu schaffen für den großen Umbau der Stadt. Einer Stadt, die mit weniger Autoverkehr den dramatischen Klimakollaps verhindern hilft. Es hilft nicht, einzelne Bäume anzubeten, als lebten wir noch vor dreißig Jahren. Die leisten zwar klimatische Mikroarbeit, zugegeben, aber die große Wende verhindern sie, um dann doch abzusterben. Leute, es ist high noon fürs Klima. Denkt an die Flutkatastrophe 2021!«

»Und in der Praxis? Zukunftssichere Bäume? Abholzen fürs Klima?« Camilla kam noch nicht ganz hinterher. »Da wird die Öffentlichkeit aber aufheulen und dich ins Alexianer verfrachten wollen. Auch wenn Anwohner vielfach lügen, wenn sie Bäume sagen, aber Parkplätze und ihre gewohnte Bequemlichkeit meinen. Das möchte ich mal sehen, wie du das der Allgemeinheit vermittelst!«

»Das ist jetzt schon Verzweiflung, das gebe ich zu«, sagte Erik und wusste genau, was er lostreten würde. Hatte er recht? Oder war das kompletter Strunx? »Ich weiß es selbst nicht recht«, sagte er und blickte in viele nachdenkliche Gesichter. Gleichzeitig wussten alle: Die Bäume waren zu einem der größten Hindernisse für die zügige Umsetzung des Radentscheids geworden und damit zu einer Bremse für eine wirkliche Verkehrswende mit weniger Autoverkehr. Bäume hatten die fatale Funktion, den Anwohnern als Feigenblatt zu dienen, um sich damit auch noch einen grünen, nachhaltigen Touch zu geben. Eine billige Falle, aber sehr selbstverständlich wirksam.

Tine Wimmer meldete sich zu Wort. »Ich habe ja auch schon viel Unsinn gehört.«

»Ähmmm …« meinte Erik.

»Nein, ich meine nicht dich. Etwas anderes: Nämlich das Argument, dass es auch schon einmal an der Lintertstraße gab: Ohne parkende Autos neben den Fußwegen sei es darauf lebensgefährlich zu gehen, insbesondere für Kinder. Das sagen die mit Inbrunst, ganz ernst. Also Parkplatzerhalt aus übergeordneten Gründen. Ich frag mich manchmal, ob die sie noch alle haben: Autos als Sperrschutz vor Autos ins Spiel zu bringen, um billig seinen Parkplatz zu behalten?«

Das klang schon verrückt, aber so richtig wollte darauf jetzt niemand eingehen.

Camilla hatte einen guten Grund, die Stimmung wieder zu drehen. »Lassen wir das erstmal so stehen. Lassen wir das sacken mit den Bäumen. Ich weiß auch nicht recht, Erik, was ich davon halten soll, ganz ehrlich. Vielleicht fangen wir das mit einem kleinen Vortrag auf, mit einem Text, den ChrisTina neulich schon angekündigt hat. Der passt sogar richtig gut. Wir hatten ja eine Reihe von Fantasiereisen in eine bessere Welt, von verquer bis kühn, ich denke, ihr erinnert euch; Stichworte: Marek-Brigaden, Chinesen-Umbau, verspätete Auto-Erfindung und das Hambacher Loch auf der Krefelder Straße. ChrisTina hat eine sehr optimistische Vision zu Papier gebracht, wie Aachen einmal aussehen könnte, dank Radentscheid. Also ganz bestimmt wird. Das kann uns ein bisschen Mut machen. ChrisTina, bitte.«

»Danke Camilla. Also, ich hab mir überlegt, wie mag Aachen so aussehen, wenn der Radentscheid tatsächlich einmal umfassend umgesetzt ist, sagen wir etwas verspätet 2030. Also, um mit Leonora zu sprechen, wir haben dann den Status als Drittweltland in Aachen überwunden und sind jetzt schon Schwellenland, naja, vielleicht auch mehr als das. Sinnliches Vorbild habe ich den Text genannt, ein Schwerpunkt liegt auf den Auswirkungen für Kinder.«

ChrisTina Weckstein nahm ihren ausgedruckten Text zur Hand und begann zu lesen. Als ausgebildete Schauspielerin konnte sie das sehr packend. Die kleine, quirlige Frau machte fast eine Performance daraus. Vorhang auf:

»Aachen im Jahr 2030«, las sie mit kräftiger Stimme ab und machte eine ihrer typischen kleinen Kunstpausen, »Wie die 7 Ziele des Radentscheids die Stadt verändert haben. 7 Ziele in 7 Visionen –

Ziel 1: Durchgängiges engmaschiges Radnetz

Marie, 11, aus der Soers will zum Steppenberg fahren, um mit ihrem Klassenkameraden Marc Mehmet ein Referat vorzubereiten – in Heimatkunde, das jetzt »European Geography« heißt. Die Sechstklässlerin radelt diagonal durch die autoarme Stadt über den *Dutch Fiets Highway* am Elisenbrunnen vorbei, dann über die *Merckx-Tangente* durch den Westpark und die *Gaby-Breuer-Promenade* (früher Vaalser Straße).

»Deinen Bruder«, sagt ihre Mutter Alina, »musste ich vor ein paar Jahren noch mit 13 im Auto überall hinfahren, weil es so gefährlich war.«

»Mit 13? Wie uncool«, staunt Marie, »das ist doch total mega-peinlich.«

Ziel 2: Kreuzungen sicher gestalten

Maries Freundin Loni aus Haaren fragt ihren Vater Moritz, ob er früher auch so gern Rad gechillt sei.

»Ehrlich gesagt: nee. Ich war immer ein ziemliches Opfer, so wie wir alle.« Er erzählt von fürchterlichen Holperpisten, die manchmal im Nichts oder auf einer Busspur endeten, und den großen Querungen, wo alle in eine Richtung gleichzeitig grün bekamen.

»Gleichzeitig?«, fragt Loni entsetzt, »Busse, große und kleine Autos, Fahrräder, Fußgänger, alle zusammen? Das ist doch voll der Fall gefährlich!«

Wie anders sind heute die umgebauten, verkehrsabhängig vertakteten Kreuzungen. »Und damals sind Busse auch noch mit Diesel gefahren. Das ist ein Öl, das man zum Antrieb stinkend verbrannt hat.«

»Igitt. Da möchte ich aber nicht Kind gewesen sein«, sagt Loni.

Ziel 3: Sichere Radwege an den Hauptstraßen

Uli und Petra, beide im angehenden Rentenalter, cruisen mit ihrem Sänftenpedelec zur Eurogress-Multifunktionsarena. Aus Burtscheid rollen sie über die abgetrennte Doppelspur von der *Servos-Schleife* (früher Normaluhr), über die *Dopattkaallee* (ehedem Wilhelmstraße) entlang der vor ein paar Jahren neu gepflanzten Allee, die allmählich schon eine werdende Pracht erahnen lässt. Neben ihnen schnurren einige Elektroautos mit Tempo 30, Steinzeitstinker bekommen in Aachen nur noch seltene Ausnahmegenehmigungen. Am *Kaiser Achilles Platz* (einst nur Kaiserplatz) sagt Uli: »Früher war das eine Horrorstrecke, der Leibhaftige hätte sich das als Landschaftsbild der Hölle ins Wohnzimmer gehängt.«

Heute sind alle Verkehrsströme konfliktfrei geschaltet. Petra freut sich, »dass 2019 auch so viele Autofahrer unterschrieben haben, denen das gefährliche Durcheinander so stank wie das Wasser aus dem Elisenbrunnen.«

Wie war das mit dem Leibhaftigen?«, fragte Astrid. »Das muss ich mitschreiben.« ChrisTina wiederholte den Satz. »Hihi«, sagte Astrid.

»Soll ich weitermachen? Es kommen auch noch neidische Kölner, lernwillige Niederländer und …, ach ja, ein nachträglich sehr stolzer Ex-OB. Also:

Ziel 4: Geh- und Radwege einheitlich gestalten

Man weiß mittlerweile genau, welcher Stadtraum für wen ist, Stichwort: Exklusion. Fußgänger haben ihre weiten markierten Bereiche und rennen den Radlern auf ihren einheitlich feuerroten Trassen nicht mehr so leicht vor den Lenker. Auch Autos haben ihre eigenen, jetzt sogar weitgehend exklusiven Habitate – das hat sie zwar vereinzelt Spuren gekostet, aber diese unberechenbaren Radler sind woanders. Platz genug für die Spuren der E-Busse und die erste neue Tram-Linie von Baesweiler nach Vaals gibt es ohnehin. Aachen ist gerade in die Top 5 der fahrradfreundlichsten Städte Europas gewählt worden.

Das mache ihn »richtig stolz«, sagt Ex-Oberbürgermeister Marcel Philipp: »Neulich waren zum Fortbildungsseminar Verkehrsmanagement sogar mehrere Niederländer hier.«

Ziel 5: Fahrradstellplätze ausbauen

Chris, Kai und Jo aus der rückständigen Radwüste Köln haben im ICE »Rückenwind« ihre chicen Carbonvelos mitgebracht. Wo die teuren Räder parken? Eine Mobilberaterin der »Kaiserlichen Radstadt zu Aachen« – so seit dem Vorjahr der Werbename der Stadt – hatte schon an Gleis 8 des Hauptbahnhofs alle Bedenken zerstreut. »Mit der Cycle-App *Safe Oche Nupsi 7.0* können Sie das Quartierparken stadtweit optimal nutzen.« »Am besten Sie nehmen gleich am *Burgdorff-Boulevard* das Raddomizil Büchel mit 10.000 Plätzen. Moment ... soll ich Ihnen drei der letzten Stellplätze reservieren?«

Die drei staunen über die Ruhe in der City, die Flaneure, das lebendige Miteinander, das so wunderschön umgebaute Areal Büchel: »Freiräume statt Parkräume, Lebenslust anstelle von Parkplätzen, Dasein statt Dagewesensein«, sagt Jo, »deshalb wird Aachen neuerdings die Stadt für alle Sinne genannt. Aber was in aller Printen Namen ist ein Nupsi?«

Das fragte sich auch Leonora, sagte aber nichts ins kurze Gelächter. Nupsi, das gab es nicht mal in der fortschrittlichen Schweiz. Da hatte man höchstens Chrüsimüsi auf den Straßen. Aber das Wort kannte hier bestimmt niemand.

Ziel 6: Mängel online und schnell beheben

2022 hatte die Stadt erstmals seit der Römerzeit wieder alle Radwege im Stadtgebiet umfassend gereinigt. Die ehrgeizige Task-Force garantiert, dass jeder online gemeldete Schaden, egal in welchem Stadtteil, umgehend behoben wird. Die Müllabfuhr stellt keine Tonnen mehr auf Radwege, der Werbeslogan heißt: »Kehrmännchens Ehrenwort: We kehr for you cyclists«. Nasses Laub und Schnee werden gleich morgens geräumt. Das hilft den vielen Lasten-Pedelecs, die Online-Bestellungen aus den vier autobahnnahen Verteilzentren in Brand, Melaten, Laurensberg und Kaisersruh pünktlich in die Innenstadt shuttlen können. Größte Transportfirma ist die »Heinz Erling Chevibike Logistics Ltd«, ein Spin-Off aus RWTH und Medienhaus Aachen.

In das schallende Gelächter hinein fragt Leonora ihre Nachbarin nach dem Grund des Heiterkeitsausbruchs. Dieser Erling, bekam sie zur Antwort, »war mal eine der ganz großen Übelkrähen des Zeitungsverlages, hat als Autoliebhaber gegen die Radfahrenden gestichelt, wo er nur konnte. Wenn selbst der den Turnaround schafft, ist alles möglich.«

»Und schließlich«, machte ChrisTina weiter, »unser

Ziel 7: Verkehrswende konsequent und transparent fördern

Anfangs fürchteten Autofahrer akuten Platzmangel, wenn Fahrräder eigene und breite Spuren bekommen. Einmal gab es, anno 2024, am *Keupen-Karussel* (dem ehemaligen Ungetüm Hansemann, heute ein weiter Kreisverkehr) eine letzte Blockade der Verbrennergläubigen, mit aufmüpfigem Hupkonzert. Marie und Marc Mehmet haben das in *Climate Science* gelernt. *Climate Science* ist das Fach, das früher mal Erdkunde hieß.

In ihrem Referat heißt es: ›Alle Verkehrsteilnehmer sind immer gut informiert und haben immer mehr eigene Bereiche. Das tut allen gut. Und je besser die Radwege wurden, desto mehr Menschen stiegen auf Bikes um. Sie merkten schnell, dass sie damit entspannter vorankamen und ohne Suche nach einem teuren Parkplatz ohnehin meist früher am Ziel waren. Auch Grundschulkinder können heute alleine fahren. Die Mova App ist längst zum Renner geworden und die Straßen deutlich leerer. Und Auttofahrer brauchen auch keine Angst mehr haben, Radfahrer und Fußgänger zu übersehen. Man sagt dazu Verkehrswende. Die ist in Aachen rundweg gelungen.‹

Als Note gab es eine glatte 1 – nur »Auttofahrer«, hatten die beiden mit zwei t geschrieben, also Aut-to, das war ein lässlicher Rechtschreibfehler. Aber das Wort Auto kennen Kids heute kaum noch. Eigentlich, wusste ihre Lehrerin, gehört das ins Fach *Global History*.

Das war es schon. Dankeschön euch.«

Der Beifall war so heftig, als wäre auf dem Tivoli ein dreifacher Torschütze der Alemannia kurz vor Schluss ausgewechselt worden, um im Jubel der Massen zu baden. Auch wenn von einem solchen Ereignis nur noch Historiker wussten.

Leonora und Filip unterhielten sich heute nur kurz. »Das war toll, so optimistisch«, sagte die junge Architektin.

»Naja, ich befürchte nur«, sagte Filip, »dieses Szenario wird erst viel später eintreten und ich werde das alles vielleicht gar nicht mehr erleben. Oder ich brauche bis dahin einen Führerschein für Zweiräder nach eurem Schweizer Vorbild.«

»Du Armer«, meinte Leonora, »dann müssen wir noch mehr voran machen. Bis dahin müssen wir dieses Chrüsimüsi auf den Straßen eben aushalten.«

»Das was?«

»Chrüsimüsi. Das sagt man in der Schweiz zu Durcheinander, zu Chaos.«

»Ihr Schweizer, süß. Das wäre ein Slogan gewesen: Radentscheid – gegen das Öcher Chrüsimüsi.«

Leonora lächelte kurz. »Ich habe nochmal über die Blechwände gegen Blech nachgedacht, was Tine vorhin gesagt hat. Weißt du was, Filip? Ich glaube, die haben sogar recht. Ich war neulich mal in der Lintertstraße: extrem schmaler

Fußweg, da möchte ich meine Kinder auch nicht ausgelassen herumtollen sehen. Und tatsächlich: Parkende Autos sind oder wären ein Schutz. Pervers, aber wir müssen uns nur fragen, was das für unsere Verkehrsgesellschaft heißt: Wir brauchen jetzt also schon Blechwände als Schutz vor rollendem und rasendem Blech? Das, mit Verlaub, ist schlicht krank!«

Das war ein starker Satz. Filip staunte: Blech gegen Blech … »Und was heißt das?«

»Krank ist nicht, dass das jemand fordert. Krank ist, dass so etwas sinnvoll erscheint. Dass die Situation an manchen Straßen im Alltag viel gravierender ist als gedacht. Dass der Radentscheid allein nicht reicht. Dass er sowieso nur ein kleiner Baustein ist.«

»Klar, Verkehrswende ist der Oberbegriff.«

»Aber das ist nur ein Slogan. Ich denke, dass wir viel weitgehender denken müssen.«

»Wie jetzt?«

»Gut, lass mich träumen, haben ja andere hier schon so schön gemacht: Radentscheid ja, aber wo immer möglich nur plus Einbahnstraßen. Blockverkehre. Superblocks wie in Barcelona oder Kiezblocks wie in Berlin. Da erledigen sich sowieso die Debatten um Bäume und um zwanzig Zentimeter mehr oder weniger. Dazu gehören Tempo 30 oder Fahrradstraßen. Habt ihr in Aachen noch nicht den Grünen Pfeil nur für Velofahrer? Das ist super. In Basel gab es einen Feldversuch, sehr erfolgreich. Anfang 2021 wurden neue Zusatztafeln der Signalisationsverordnung eingeführt, Rechtsabbiegen bei roter Ampel für Velofahrer erlaubt, nach einem halben Jahr hingen schon bald 50, nur in Basel.«

»Ach, ihr vorbildlichen Schweizer. Hier gibt es das Schild auch. Hängt aber nirgends.«

»Und was ist mit dem Velosack?

»Dem was?« Filip übersetzte schnell in Radsack, das half aber nicht.

»Das sind Aufstellflächen vorne an Ampeln, auch wenn es vorher keinen Velostreifen gab. Du darfst also immer nach vorne. Und nicht zu vergessen … wie heißen die Dinger aus Holland …?

»Drempel?«

»Genau. Also abdrempeln muss man, wo es nur geht, um Autos langsamer machen. Oder gleich Sperrungen für Durchgangsverkehr etc. etc. Alles andere ist nur Flickschusterei.«

Filip staunte.

Dr. Renate Peitsch ging an diesem Abend in aller Seelenruhe mit ihrer Bassett-Hündin Wotana spazieren und traf ihre Nachbarn, die beiden Jütmanns samt Alt-Dackelin Jule. Man kannte sich auf Smalltalk-Niveau. Verena stubste ihren Mann Viktor in die Seite: »Los.« Viktor Jütmann sprach sie vorsichtig auf die Verkehrsdebatten an, dass seine Frau und er neulich auch interessehalber bei ein paar Treffen der Autoanwohner gewesen seien. Wie sie das finde? Peitsch guckte ihn mit ihren stahlblauen Augen sehr offen an. Wollte sie damit die Absicht der spätabendlichen Frage absaugen? Ach, die Meinungen seien schon sehr unterschiedlich, sagte sie dann, es sei halt alles polarisiert in dieser Stadt, solche Sachen.

»Kennen Sie die Leute denn auch?«

»Einzelne, vom Sehen. Aber nicht näher, nein.« Das war nah an der Lüge. Und mehr war ihr nicht zu entlocken. Die Hunde nahmen kaum Notiz voneinander, wahrscheinlich fanden sie sich gegenseitig zu flach. Dann wünschte man sich einen schönen Abend.

Kapitel 32

Bei den Automenschen 6

Von Teuven zurück

Der treue Heinrich war tatsächlich pünktlich in Teuven eingetroffen und nirgendwo anders. Mit kraftvoller Vorsicht dieselte er sein Gespann die Hauptstraße von Süden her hoch, links das Moeder de Gans, also die Gaststätte Zur Gänsemutter, rechts das Café Modern. Ahja, hier ist es. Das Navi bestätigte: »Sie haben Ihr Ziel erreicht.« Allerdings passte sein mächtiges Gefährt nicht unter die oben baumelnde Bake hindurch, die das Café-Terrain insofern abriegelte, damit auf den Schotterplatz nur PKW zum Parken hineinkonnten. Hinter ihm hupte schon jemand. Heinrich blickte straßauf, straßab. Sonst gab es im engen Teuven offenbar wenige Parkmöglichkeiten, genauer: gar keine. Er fuhr erst einmal weiter, kurvte herum, verhedderte sich mit seinem Gespann an einer schmalen Kreuzung einmal mächtig mit dem Seitenverkehr, was zu kurzfristigem Stau, einem Hupkonzert, einer Schimpfkanonade auf die blöden deutschen Autofahrer in generis und zu reichlich Schweißperlen auf Heinrichs Stirn führte.

»Bitte wenden.« Heinrich war stolz gewesen auf sein neues Navi Streetfind Worldwide Easy Super Xtended, aber jetzt half es wenig. »Wenn möglich, bitte wenden«, wiederholte die freundliche Dame mehrfach. »Wo denn, du blöde Kuh?!« Gut, dass ihn seine Irm jetzt nicht hörte, gepflegte Umgangsformen waren ihr immer so wichtig, im Zweifel auch zu Maschinen. Heinrich schaltete das Gerät aus und fuhr erst mal weiter geradeaus Richtung Norden. Längst in Holland, aber immerhin noch weit vor Maastricht, entdeckte er, wie passend, ein großes Gestüt, wo er mit seinem Fuhrpark einfuhr, in einer eleganten Linkskurve mit einer einzigen flüssigen Bewegung wenden konnte, ein aufgeregt gackerndes Huhn erfolgreich verfehlte und auf direktem Weg wieder Kurs Richtung Teuven nahm.

Die Kurverei war also bis hierhin erfolgreich gemeistert, genau genommen hatte er aber nur die Richtung gewechselt. Er fuhr am Café Modern vor, sah die Bake erwartungsgemäß noch in gleicher Höhe, fuhr also wieder vorbei und entdeckte ein Stück weiter unten das Chateau/Kasteel van Obsinnich. Mit einem Schotterplatz vor dem Schmiedegitter! Und blieb erst mal stehen. Puuh! Von hier aus wollte er die Damen telefonisch zu sich zum Ortsausgang lotsen.

»Da bist du ja endlich«, rief Irm freudig in ihr Smartphone.

Das Wort ›endlich‹ versuchte Heinrich zu überhören. Keine halbe Stunde!

»Ja, ich …«

»Komm doch rein, Liebling. Ist ganz schön lustig bei uns.« Man hörte einiges an Kneipenbackgroundsound. Lachsalven. Musik. Andere Stimmen.

»Nee, lass mal.«

»Nein? Warum? Stell den Wagen doch eben ab.«

»Geht nicht.«

»Wieso?«

Heinrich überhörte die Frage und teilte seinen Aufenthaltsort mit.

»… von euch gesehen bergab.«

»Berg? Nein, kein Berg mehr. Das schaffen wir nicht mehr. Never ever.«

»Berg-ab, mein Liebes. Runter. Weniger als ein Kilometer, am Ortsende. Zum Chateau van Obsinnich.«

»Wie heißt das, Schabau?«

»Nein, Chateau, Chateau wie Schloss. Schaa-too.

»Und weiter, hicks, der Nachname?«

»Wie Nachname?«

»Na hinten, wie heißt dein Schaa-too hinten?«

»Es ist nicht mein Schatoo.« Heinrich wurde langsam mürrisch. »Chateau van Obsinnich! Ich stehe auf dem Parkplatz vor dem Tor.«

»Wie? Hier ist es so laut. Seid doch mal still, Mädels. Wie heißt das?«

»Schaa-too van Ob-sinn-ich!«

»Ob was?«

»van Ob-sinn-ich wie, wie …: Schaa-too Wann Auf sein Ich.«

»Wann auf sein Ich? Was? Anstoßen? Auf sein Ich anstoßen?«

»Es ist sinnlos.«

»Was ist sinnlos, Schatz?« Das klang etwas energisch.

»Der Name macht keinen Sinn. Es ist nur die wörtliche Übersetzung des Schlosses, Silbe für Silbe, zu dem ihr bitte kommt: Schloss Wann Auf sein Ich.«

»Sag das doch gleich. Manchmal redest du wirklich kompliziert.«

»Schaa-too Wann Auf sein Ich!«

»Schrei bitte nicht. Hab es ja verstanden. Puh, hoffentlich kann ich mir das merken. Aber gut, ich frag mal das nette Fräulein hier nach deinem Auf sein Ich. Die kennt sich hier, bestimmt tut die das. Wir kommen dann.«

»Halt, hier ist noch ein anderes Schild. Das Chateau heißt auch Kasteel Notre-Dame.«

»Notre-Dame ist doch in Paris. Schatz, bist du in Paris?«

»Natürlich nicht. Notre-Dame ist ein anderer Name für das Schatoo Wann auf sein Ich.«

»Ich verstehe jetzt gar nichts mehr. Aber ich werde fragen. Sonst rufe ich dich noch mal an.«

Ermattet machte Heinrich das Telefon aus.

Im Café Modern wandte sich Irm gleich ihren Freundinnen zu: »Ich habe eine gute Nachricht: Der Heinrich ist da! Und eine schlechte: Aber nicht hier.«

»Na gut, bis der hier ist, können wir ja noch eine Runde Genever bestellen.«

»Nein, er kommt nicht hierher, wir sollen zu ihm.«

»Wie jetzt?«

Das musste sie erst mal mühsam zu erklären versuchen. Es gelang leidlich.

»Lass uns mal zahlen, okay?«

»Okay. Fräuleinchen, Entschuldigung …«, winkte Marlene Richtung Tresen.

Das Fräuleinchen, eben noch nur ein Fräulein, mühte sich ein erneutes Lächeln ab. Was kam jetzt noch bei den besoffenen Alten aus Aachen? Und wieso nennen die mich Fräuleinchen, reicht dieses fürchterliche Fräulein nicht mehr? Godverdomme, diese Duitsen!

Sie wusste nicht, dass der Diminutiv, also der Anhang etwa mit einem ›chen‹, in Aachen quasi zum guten Ton gehörte und Ausdruck besonderen Lebensglückes war. AachenerInnen gehen ins Städtchen, um das Sönnchen zu genießen oder allgemein das gute Wetter, also das Weärchen, das in besonders perfekter Erscheinung auch zum Weärche wird. Oder sie machen einen Ausflug mit dem Rädchen oder mit dem Autochen. Wobei, so ein Autochen konnte sogar zum Autöchen werden als gesteigerte Verniedlichungsform, wie es der Kolumnist der Aachener Zeitung, ein Herr Mullefluppet, zu schreiben mal schaffte: Der war mal sönnchenbeschienen eben mit dem Autöchen ins Städtchen gefahren, um sich mit einem fröhlich Liedchen auf den Lippchen ein Weinchen zu gönnen. Oder war es ein Bierchen? Egal.

Eine besondere gesteigerte Verniedlichungsform lag auch hier vor: Die schon zum Fräulein diminutivierte Frau wurde noch einmal zusatzverniedlicht: Fräuleinchen. So wie es in Bayern die doppelte Verneinung gibt, kennt der Öcher die doppelte Verniedlichung, eine Art freundlich gemeinter Adelsschlag.

Und weil Marlene eher Fräuleinschen als Fräuleinchen gerufen hatte, war es auch noch ein heimatlich besonders treffendes Klangerlebnis, das sogar Bezüge zur ganz großen Politik aufwies: Die rheinische ch-sch-Schwäche/Chwäsche. Armin Laschet hatte sich bei seinen Wahlkampfreden 2021 ja manchmal selbst eher Lachet als Laschet ausgesprochen: »Deutschland gemeinsam machen: Dafür steht Ihr Armin Lachet.« Das hatte für reichlich Spott gesorgt, so schrieb die Berliner *taz* davon, dass der

Bundesrepublik Deutschland womöglich der erste Kanzler der Geschichte bevorstehe, »der den eigenen Namen nicht richtig aussprechen kann«.

Von diesen Feinheiten wusste das verärgerte Fräuleinschen von Teuven natürlich nichts. Marlene war es gerade auch nicht bewusst. Aber das Fräuleinschen wusste, wo das Chateau van Obsinnich war: »Nur die Straße runter, immer geradeaus, linke Seite, können Sie kaum verfehlen.«

Allerdings dauerte es etwas, bis die sieben Angetrunkenen ausgetrunken hatten (»keine Hektik, Schatz«), bis alle noch mal die Toiletten gesucht und aufgesucht hatten und bis Marlene schließlich bezahlt hatte, wobei sie die 189,10 auf volle 190 aufrundete. Draußen waren schließlich bald schon mehrheitlich die Räder aufgeschlossen. »Verdammt, wo ist mein Schlüssel? Liegengelassen … kleinen Moment …«, stöhnte Franzi und verschwand erst mal wieder.

Endlich kamen sie beim guten Heinrich angerollt. Das Kasteelschatoo Wann Auf sein Ich war tatsächlich nur knapp einen Kilometer entfernt, zudem ging es tatsächlich weitgehend angenehm bergab. Heinrich lud das bestens gelaunte Septett ein und verstaute die Räder im Anhänger. »Dann wollen wir mal …« Aber erst galt es noch zu wenden, was auch wieder dauerte, doch schon im zweiten Versuch glückte es recht geschmeidig, als Irm noch einmal ausgestiegen war und mit elegantem Armrudern wie ein Mitarbeiter auf dem Rollfeld eines internationalen Flughafens ihren Liebsten ein-, besser: ausgewiesen hatte.

»Diese Holländer bauen nicht nur ihre Häuser immer so eng innen drin, sondern auch die Straßen, Schatz …«, sagte Irm beim Wiederentern des Gespanns und schmiegte sich an Marlene: »Aber ist ja auch ein sehr kleines Land mit zu vielen Leuten, wenn man da nicht so viel Platz hat, kuschelt man alles was mehr zusammen …« Alle lachten, Heinrich gerade nicht. Aber er liebte seine Frau. Außerdem wollte er jetzt nicht besserwisserisch klingen, aber war man nicht in Belgien?

Es war fast schon dunkel, als sie Aachen erreichten. Irm hatte unterwegs noch den neuesten Klatsch erzählt.

»Hab ich ganz vergessen! Habt ihr schon gehört, vom Ron, dem stolzen Busdriver?«

»Was?«

»Er ist jetzt mit dieser Claire zusammen.« Bernadette gähnte.

»Welche Claire?« Marlene schien aufgeschreckt.

»Na, seine Nachbarin, die er mit der großzügigen Spende von 500 Euro zuzüglich Stiefmütterchen beglückt hat. Und er hat gesagt, bei unserer Critical Mass wolle sie auch mitmachen. Ron hat gesagt: Dank meiner neuen Freundin Claire gehört jetzt auch das Königreich Belgien zum Widerstand.«

»Das ist ja toll.« Marlene gelang es nur mäßig, begeistert zu klingen.

»Und er hat sie meine neue amor-perfeito genannt.«

Heinrich, ganz Kavalier alter Schule, kutschierte die sechs anderen selbstverständlich vor ihre Haustüren. »Nein, ihr müsst jetzt nicht mehr quer durch die Stadt fahren. Ich bitte euch. Schon gar nicht um diese Uhrzeit.« Und so kreuzte er quer durch die Stadt, Laurensberg, Soers, Innenstadt, Niederforstbach, belgisch Lichtenbusch, Südviertel.

Auf der Krefelder Straße, nicht weit vom Reitstadion, waren sie noch in eine große Verkehrskontrolle geraten. Rechts ranfahren, warten. Leute vom Veterinäramt waren dabei, sie wollten wissen, ob die Ladung im Anhänger tierschutzrechtlich angemessen transportiert würde. »Sind nur Drahtesel, Herr Kommissar«, hatte Marlene spitzfindig Auskunft gegeben und zweimal kräftig in die Öcher Nacht iaht. Das wiehernde Lachen der anderen grenzte schon an Beamtenbeleidigung.

Die Kontrolleure verzogen keine Miene und wollten sich vom Wahrheitsgehalt der Behauptung überzeugen. »Machen Sie bitte mal den Verschlag auf«, baten sie Heinrich.

Der suchte verzweifelt den Schlüssel, die alberne Franzi hatte ihn versteckt, kichernd wie eine 17-Jährige statt ihrer würdigen 71. Die anderen prusteten. »Da ist er ja, Heinrich, hab ihn gefunden.« Endlich konnten die Beamten ihrer Pflicht nachgehen. Und sie hatten bei den Drahteseln tierschutzrechtlich keine Beanstandung. »Gute Fahrt noch.«

Auch Heinrich und sein Irm waren endlich daheim. Eine zauberhafte Radtour hatte ihr Ende gefunden. »Ohne Autos wäre Radfahren gar nicht richtig möglich«, sagte Heinrich. Irm meinte, den Satz hätte sie heute schon mal gehört. Aber egal: »Ja, ein wunderbarer Tag, Schatz«, sagte sie noch, als sie neben ihrem hilfreichen Heinrich glücklich ins Bett sank. »Radfahren ist herrlisch«, schob sie hinterher und schlief noch im gleichen Atemzug ein. Heinrich guckte auf die Uhr. Mist, kurz nach Mitternacht, im Sportstudio waren sie bestimmt schon bei den Restsportarten. Heinrich schlich ins Wohnzimmer und machte den Fernseher an. Es lief gerade ein Kurzbericht von den *Cyclassics Hamburg*.

Kapitel 33

In der Verwaltung 4

Weltpremiere: Bürgerdialog ohne Bürger!

Die vierzehn Tage, nach denen die abgebrochene Verkehrsverwaltungssitzung wegen häuslichem Katerunfall weitergehen sollte, hatten sich etwas gezogen. Am Donnerstag danach war Feiertag, natürlich heilig im katholischen Aachen, da hatte die Chefin in der Eile nicht dran gedacht. Wiederum vierzehn Tage später fand der nächste Betriebsausflug statt, unter Amtskräften ein heiliger Termin im weltlichen Sinne. Dann war die Fortbildungsveranstaltung in modernem Teambuilding für Führungskräfte, »überaus lohnend und gewinnbringend« wie die Chefin später erzählen würde. Dann waren große Ferien gewesen.

Irgendwann aber sind auch die längsten vierzehn Tage vorbei und so saßen sie schon nach gut drei Monaten alle wieder in der Runde. Gleich konnte die Chefin anwenden, was sie neulich im Führungskräfte-Seminar »Teambuilding im Öffentlichen Dienst« gelernt hatte: eine innerbetriebliche Auflockerungsanwendung. Das Portfolio an Ideen umfasste mal eine Sammlung von besonders schrägen Lebensweisheiten, mal ein Rätsel und mal eine besondere Heimatgeschichte, also angewandte Völkerkunde aus Oche, Ameröllche halt.

Heute klang das so: »Herzlich willkommen, meine Lieben, es ist wieder Donnerstag, unsere vierzehntägige Planungssitzung steht an. Sagt mal«, fragte die Chefin hintergründig lächelnd in die Runde, »in welcher deutschen Sprache gibt es eigentlich einen Wochentag ohne t?«

Alle dachten nach, erfolglos. »Wie, ohne t? Montag, Dienstag, Mittwoch … überall ist ein ›t‹«, traute sich als erste die junge Mitarbeiterin Elly Schulte-Waldkötter einzuwerfen, die kürzlich aus dem westfälischen Ostbevern im Kreis Warendorf nach Aachen gewechselt war. Schulte-Waldkötter war heute als beigezogene Fachnebenreferentin vom Straßenverkehrsamt der Städteregion zugegen.

»Naja, ohne dass ein t mitgesprochen wird.«

Man sah, wie einer nach dem anderen im Kopf begann, die Tage durchzusprechen.

»Überall ein ›t‹ drin«, meinte Ilka Glaske zwischen Eifer und Ergebnislosigkeit. Die Westfälin nickte unterstützend.

»Denke ich auch«, assistierte Mölders, »es sei denn, man sagt ›Sonnabend‹, und spricht das ›d‹ weich wie ein ›d‹ aus …«

»Nix da, Abenttt sagt man, deutliches ›t‹. Das gilt nicht«, korrigierte Glaske energisch.

»Aber sag, Inka«, fragte die Chefin, »denkst du auf hochdeutsch oder Öcher Platt …?«

War das ein erster Hinweis? Schweigen ringsum.

Mölders »häh?« kam fast gleichzeitig mit Wegmanns »Ach sooo …« Alle sahen sie an.

»›Mi´´woch‹. Der Öcher sagt doch ›Mi´´woch‹. Der schluckt solche ›ts‹ weg. Und das machen nur Öcher und Öcherinnen so.«

Alle grinsten. Schulte-Waldkötter staunte ungläubig: »Echt, man sagt hier ›Miwoch‹?«

»Nein, nicht ›Miwoch‹, sondern ›Mi´´woch‹, mit einer Schluck-Pause dazwischen. Beim Aachener ›Donnestag‹ statt ›Donnerstag‹ hätten Sie recht. Da wird das ›r‹ nur weggelassen.«

Schulte-Waldkötter guckte ungläubiger denn je.

»Genau, nicht ›Miwoch‹ sondern ›Mi´´woch‹. Das ist der Öcher Glottisschlag«, schlaumeierte die Chefin noch hinterher.

»Der was?«, fragte Dr. Umweeg.

»Der Glottisschlag, auch glottaler Plosiv genannt«, griff die Chefin die Frage umgehend auf, weil sie nur darauf gewartet hatte, »ist eine kurze Kunstpause mitten in einem

Wort, mit so einem kleinen Zwischenschlucker darin, man sagt auch Explosivlaut. Der ›Miwoch‹, Frau Schulte-Waldkötter, wäre eine Elypse, der t-Laut würde nur getilgt. Und, Ihnen als Mann, Herr Dr. Umweeg, erkläre ich den Glottisschlag besonders gern: Sie kennen das neuerdings vom Gendern, man hört es seit ein paar Jahren auch in den TV-Nachrichten, wenn jemand sagt: ›Liebe Zuschauer-Innen‹, also kurze, verschluckte Pause zwischen ›Zuschauer‹ und ›innen‹. Jeder macht schon immer instinktiv diese winzige Pause zum Beispiel im Wort ›Uroma‹, damit sie nicht nach ›Aroma‹ klingt. Also: Das Geschriebene und Gemeinte hörbar machen. Und damit sind wir beim Grund, warum ich euch allen die Mi´´woch-Frage gestellt habe. Um zu zeigen, die Öcher Sproech ist unserer Zeit um Jahrhunderte voraus. Aachen ist quasi Vorreiter im Gendern. Was die Menschen woanders jetzt lange üben müssen wie zuerst Petra Gerster im ZDF, können wir schon lange. Es lebe der Mi´´woch!«

Ab und an, das wusste die Chefin, muss man den Öcher-Innen halt schmeicheln. Man musste zeigen, wie toll und besonders Aachen ist, wie sehr dem Rest der Welt voraus. Das beflügelte extra. Sie verschwieg, dass es solche glottalen Explosive auch bei anderen Wörtern jenseits von Aachen gibt. Und auch, dass das anstachelnde Schmeicheln der Öcher Seele unter anderem dem Ziele dient, durchaus vorhandene Minderwertigkeitsgefühle wegzubalsamieren. Das galt vor allem den Nachbarn gegenüber, zum Beispiel Maastricht, die Schönheit am Fluss; Düsseldorf, die stolze Landeshauptstadt; Bonn, der frühere Politnabel; Köln, die durchgeknallte Brauchtumsstadt; Lüttich, das frankophile Dorado. Und dazwischen im Talkessel eingeklemmt: unser Printendorf. Also galt es als Therapeutikum immer wieder von Oche First zu schwärmen. Aber jenseits solch vulgärpsychologischer Deutungen: Der ›Mi´´woch‹ war wirklich einmalig.

Ilka Glaske dachte kurz: Ja, wir sind schon was Besonderes in Aachen – Schaffen den erfolgreichsten Radentscheid

Deutschlands, sind aber auf dem besten Weg, ihn maximal erfolglos umgesetzt zu bekommen. Komisches Volk, diese Aachener samt -innen. Ähnliches hätte sicher auch Leonora gedacht, soviel Fachkunde über ihre neue Heimat, dazu die sprachlichen Volten. Aber Leonora Terzi gehörte natürlich nicht zum Verwaltungszirkel.

»Lasst mich aber das noch ergänzen«, sagte die Chefin, »der Öcher lässt gerne Buchstaben weg, weil er im Grund mundfaul ist: Das Verstehen reicht doch auch ohne diese Zusatzbuchstaben. Und mit dieser Glottis-Spezialität kann er sogar Besonderheit dokumentieren. Ein grundtypisches rheinisches Verhalten: Aus einer gewissen Faulheit und Nichtstun noch Honig saugen.« Ilka Glaske dachte kurz: Dann arbeiten wir hier in der Verwaltung ja durchaus heimatgemäß. Die Chefin fuhr fort: »So ist man im Rheinland halt: Gern etwas mehr Schein als Sein. Mein Mann ist übrigens aus Beckum und sagt immer: Wir Westfalen müssen das halten, was die Rheinländer großspurig versprechen.« Schulte-Waldkötter lachte.

Die Stimmung war jetzt denkbar gelöst. Manche wiederholten ›Mi´´woch‹ oder versuchten es zumindest. Ein kleines kakophones Konzert entstand, als wäre man bei einem Übungsabend vom Verein Öcher Platt. Elly Schulte-Waldkötter schaffte es nicht. Sie nahm sich vor, zu Hause zu üben. Komisches Volk, diese Aachener, dachte auch sie. Miwoch, Mi´woch … und fragte noch in die Runde: »Aber ›Glo´´isschlag‹ sagen sie wohl nicht, die Aachener, oder?«

Nein, lachte die Chefin, jetzt gar nicht mehr zu bremsen: »Aber es gibt noch etwas anderes, das dazu passt. Es gibt viele ›ts‹, die weggelassen werden. So wie bei ›Uns Armin‹, also dem Herrn Laschet, wenn der erregt ist und vergisst, hochwichtig hochdeutsch zu parlieren, dann sagt er, wie neulich mal: ›Staasanwalschaft‹.« Gelächter ringsum. »Das ist ein Fall für den Staasanwal. Oder der Herr Laschet bringt seinen Brief zum Posamt. Am Wortende behält der Öcher das ›t‹ aber manchmal auch bei.« Weshalb der Herr Laschet auch nicht Lasche wie Lusche heiße, meinte Mölders. Als Sozialdemokrat seit jetzt 42 Jahren war es Mölders ein Herzensanliegen, so eine kleine Gemeinheit loszuwerden.

Laschet! Das Stichwort. Die anderen guckten Mölders erwartungsfroh an. »Kannst du nicht noch mal deine Thesen von vor der Bundestagswahl im Hervs 2021 zusammenfassen, vor allem für die neue Kollegin Schulte-Waldkötter?«, fragte die Chefin.

Also gut: Mölders räusperte sich. Er hatte immer seine sehr eigene Theorie gehabt, wie intim die Dinge zusammenhingen, damals, im Hervs 2021 bei der Bundestagswahl. Seine Parteifreundin Ulla Schmidt hatte dabei die entscheidende Rolle inne: »Zu ihrer Zeit als Gesundheitsministerin«, referierte Mölders, »hat Schmidt mit ihrem demonstrativen Öcher Slang das Land über Jahre massiv gequält, jedenfalls den nichtrheinischen Teil.« Also, fuhr er fort, würde allein die Aussicht auf einen erneuten, jahrelangen Westzipfelslang, jetzt sogar im Kanzleramt, die Deutschen dermaßen abschrecken, dass der kleine Mann aus Burtscheid keine Chance haben würde. Weil das Land quasi immunisiert sei gegen ihn und manche bei diesem Burtscheider Berufskarnevalisten sogar Angst vor dem ersten Alaafat auf deutschem Boden hätten. Das würde Ullalas politisches Erbe sein zum Abschied ihrer Bundestagszeit nach 31 Jahren. Mölders war immer überzeugt, dieses Mal würde die stolze deutsche Sozialdemokratie nicht schon wieder versagen! »Eine Heldentat ohne letzte aktive Tat«, nannte er das jetzt.

»Tja, und was dabei herauskam«, sagte er ohne erkennbare Regung, »das wissen wir heute ja …«

Ein paar Leute grinsten. »Tatsächlich sehr interessant«, meinte Schulte-Waldkötter, die nicht geahnt hatte, welch besondere Schicksalskraft diesem seltsamen Aachener Idiom zugeschrieben werden konnte. Selbst Ilka Glaske hatte fast die Zeit vergessen. Und dennoch, jetzt war es Zeit für die aktuelle Sachdiskussion des Tages. Nicht mehr für Öcherismen. Heimatlich gestärkt, wohlan. Es geht auf 16 Uhr.

Und es ging weiter mit dem Haupttagesordnungspunkt: Breslauer Straße. Die Chefin wiederholte zunächst die kürzliche Äußerung des freidemokratischen Abgeordneten Josef Blommche im Stadtrat. Der hatte in eisernem 60er-Jahre-Denken mantrahaft das Ende allen einvernehmlichen Wirtschaftens prophezeit, wenn man der Breslauer Straße als bewährter Einfahrtschneise eine Fahrspur raube. Er hatte auch jetzt mal wieder vom Untergang des Abendlandes gesprochen – und auch, das war neu, vom Untergang sogar des Morgenlandes. Weil er einerseits an die durchgetaktete Versorgung per LKW in das Öcher Abendland dachte und andererseits an die Pendler aus dem nahen Morgenland, etwa aus Düren und Köln. »Und damit sind wir auch bei der Sache«, sagte die Chefin. Breslauer Straße eben.

Ilka Glaske war augenblicklich elektrisiert. Je eher man bei der Sache sei, desto früher wäre man mit der Sache fertig. Womöglich würde es doch etwas mit 16 Uhr. Sie war heute doch zu einem Radausflug verabredet. Es lebe die Pünktlichkeit!

»Also gut, Leute, ich mache in der Sache mal einen Aufschlag: Sollen wir die Breslauer Straße im Bürgerforum behandeln, im Austausch mit Anwohnern und Anwohnerinnen …?« Sie blickte in skeptische Gesichter. Schon wieder so ein Dialogtermin! Thomas Mölders, der alte Verwaltungshase, meldete sich zu Wort: »Das darf aber nicht so zäh werden wie damals mit den renitenten Anwohnern der Lütticher Straße. Es darf nicht wieder eine ewige Debatte um das Straßenbegleit-Großgrün geben und die Spontanvegetation drumherum.« Damit meinte er, wie man halt auf amtisch sagte, die Bäume und den Kleinbewuchs daneben, also etwa Sträucher. Und auch möchte er nicht erneut Fahrzeugstellplatzverordnungen erklären müssen, legale und geduldete Stellplätze durchrechnen und dazu wieder solche »gewachsenen Scheinargumente« erleben müssen, die dort in Stellung gebracht worden waren, um Parkgewohnheiten vor den Zumutungen eines Radwegs zu schützen.

Die Chefin war auf Vorbehalte vorbereitet. Sie wusste aber um die unschlagbaren Vorzüge der Breslauer Straße: Vom Anfang, also der Kreuzung Berliner Ring, bis zum Ende an der Kreuzung Lützowstraße, gab es beidseitig über 1.100 Meter nur Gewerbe, Einkaufsmärkte, Autowaschanlage, Autohändler, den Fußballplatz von Schwarz-Rot, die Feuerwache, sogar reichlich Großgrün. Aber eben: keine Anwohner. Mit genau einer Ausnahme: Die Chefin hatte extra bei einer Kollegin vom Wohnungsamt nachgefragt. In den städtischen Datensätzen tauchte exakt eine einzige Meldeadresse auf, Noppeney, Hausnummer 25. Und sie präsentierte ihre Recherche den Anwesenden: »Hans Noppeney ist der Platzwart des Fußballplatzes gegenüber vom Hirschcenter, hinter Mercedes, ihr wisst schon. Der wohnt da allein, mit seinem kleinen Hund Emma, Entschuldigung, was rede ich da, mit seiner kleinen Hündin Emma. Hab ihn neulich kennengelernt, bei einer Ortsberadlung, ein wirklich netter, gemütlicher Kerl. Und sehr neutral: Er sei Rad- und Autofahrer, hat er erzählt. Das ist doch ideal: alle Positionen in einer Person.«

»Verstehe«, sagte Umberto Zimetmann etwas vorlaut, »und er hat sicher nie Ärger mit den Nachbarn«. Als nach wenigen Augenblicken alle verstanden hatten, grinsten sie gemeinsam. »Ja, das sollten wir so zur Durchführung bringen. Im Partizipationsprozess wollen wir immer alle Bürger mitnehmen.«

Doch, das würde ein geschmeidiger Austausch zwischen Stadt und Bürger. »Dann machen wir das doch. Ein wenig plaudern mit ihm, alle Argumente austauschen. Und dann voran machen. Irgendwie müssen wir die vierzig Kilometer, die der Radentscheid und die politischen Beschlüsse dazu verbindlich für Hauptverkehrsstraßen bis 2027 verlangen, ja vollkriegen. Und meine lieben Mitarbeitenden: Vierzig ist biblisch viel. vierzig Tage dauerte der Regen der Sintflut, vierzig Tage war Moses auf dem Sinai, vierzig Tage dauert es von Fastellovend bis Ostern, mindestens vierzig Kapitel hat ein gutes Buch, am besten sogar 42, die Zahl aller Zahlen, im Leben, dem Universum und dem ganzen Rest. Aber wir werden es schaffen …« Das »hoffentlich« dahinter war schon kaum noch zu hören.

Es gab keine Einwände, das Vorhaben Bürgerdebatte mit einem Bürger klang nachgerade genial. Hätte es ein Protokoll zur Beschlusslage »Anwohnendendialog Noppeney« gegeben, stünde da: einhellige Zustimmung. Würden Stadtbedienstete ihren Gefühlen Ausdruck verleihen, stünde da sogar: Applaus.

Kapitel 34

Bei den Radmenschen 8

Der Besuch des Verkehrspsychologen

Es kamen mehr Leute als sonst, deutlich mehr, viele auch etwas früher, und sie sammelten sich erst einmal draußen vor dem Eingang. Heute war ein besonderer Radentscheid-Abend, und das lag am mit Spannung erwarteten Vortrag von Professor Bastian Schacht. Zwei pafften noch schnell eine Zigarette neben dem Rad-Fuhrpark. Da standen ganz banale City Bikes, verschiedene Pedelecs, auch ein powerstarkes E-Lastenrad, mit dem Davide immer aus Brand kam.

Es entwickelte sich mal wieder ein kurzer Austausch über Räder. Einzelne Leute waren Pedelec-Verächter: »Radfahren ist beinharte Beinarbeit, sonst nichts.« Oder sie redeten über Dreck als Diebstahlschutz: »Du könntest dein Rad auch mal wieder putzen« – »Nee, das mache ich extra nicht, je oller es aussieht, desto kleiner ist die Gefahr, dass es geklaut wird«, versuchte der Angesprochene seine Faulheit zu tarnen. Als würden professionelle Diebesbanden nicht mit einem Blick abscannen, welches Rad lohnt, Dreck hin, Verschlammung her.

Helmut präsentierte seine neue, auffällige Schutzvorrichtung gegen eng überholende Autos: Eine feuerrote Schwimmnudel auf gut einen Meter abgeschnitten, quer unter das Gepäckträgergummi geklemmt (»so ist das immer variabel verstellbar, auch während der Fahrt mit einem schnellen Griff«) und dazu »der besondere Clou«, wie er sagte: An einer Kordel, fest ans Ende der Nudel geknotet, hing eine Alukugel in Größe eines Tennisballes. »Die schwingt hin und her und verunsichert Autofahrer. Die können das nicht einschätzen, haben Angst um ihren Lack, fahren langsamer und überholen in deutlich spürbar weiterem Bogen. Ich sage euch: funktioniert!«

»Genial«, fand Astrid, »ein baumelnder Abstandsknödel. Das musst du dir patentieren lassen«. Seniorin Tine kam derweil um die Ecke geschlichen und entstieg in würdevoller Zeitlupe ihrem klobigen Alltagsrad.

Der lange Marcel erzählte neue Erlebnisse mit seinem E-Bike, also einem Rad mit Nummernschild, dessen Motor bis 40 km/h unterstützen darf: Wie ihn die Autofahrer immer wieder »mal hupend, mal mit teils obszönen Gesten, sehr gern lautstark redend beim Überholen« auf den Radweg schicken, wenn er auf der Fahrbahn fahre: »Die haben null Ahnung, dass ich das gar nicht darf mit Nummernschild. Aber Hauptsache, ihre Piste ist frei. Neulich war es mal richtig gefährlich: Einer überholte mich, bremste, schnitt mich und laberte mich aggressiv zu. Meine Erklärungen interessierten den gar nicht.«

Besondere Räder wie Marcels sorgen für besondere Erlebnisse im Daseinskampf auf den Asphaltpisten dieser Welt. RadfahrerInnen, das sah man auch hier, sind ohnehin sehr heterogen, was ihre Fahrzeuge betrifft. Die einen fahren halt irgendwas, Hauptsache es rollt verlässlich. Thomas etwa war immer gemütlich schleichend unterwegs, auf einer alten aber unverwüstlichen Klappermühle ohne Längsstange: »Ein Mücke-Rad, das begleitet mich schon seit meiner Studienzeit. Top-Qualität!« Thomas hieß deshalb mit Spitznamen »Damenrad«; Marcel begrüßte ihn auch jetzt mit »Hallo Herr Damenrad.« Ein komplexer Fall fürs allfällige Gendern. Camilla hatte sich noch nicht dazu geäußert.

Andere liebten technische Gimmicks und konnten sich viertelstundenlang über jede einzelne Komponente austauschen. Komponenten sind immer sehr wichtig. Eine Komponente war irgendein Teil, das besonders wichtig, teuer oder technisch raffiniert war. Da besprach man Sattelbeschaffenheiten, Federungssysteme oder die optimale Zahnräder-Komposition.

Dann kam Tim, wie immer sehr schneidig. »Wow«, sagte ChrisTina, als er vom Sattel glitt. Und wenn irgendjemand irgendetwas zu seinem van Moof S3 sagte, dem Design-Rad aus Holland, dann erzählte Tim augenblicklich und ausdauernd von diesem Wunderteil. Ein Trendsetter in Understatement – optisch. Ein Alleskönner – technisch. Kein Akku zu sehen; der ist im Rahmen versteckt, kühl komponiert. Alles Licht im Rahmen integriert, dazu der eingebaute Chip als Diebstahlschutz, nur per Smartphone-App start- und verschließbar, mit automatisch-elektronischer Gangschaltung und mit 2.000 Euro sogar preiswerter als jedes andere Marken-Pedelec. »Eine Lust der Formen und Linien, guck dir das an«, jubelte Tim und strich über den Rahmen. »Bis vor Kurzem konnte man es sogar noch legal per Hand, also fast legal, für den US-Markt programmieren, dann gab es Unterstützung nicht bis 25 km/h, sondern bis 20 Meilen, also gut 32 km/h. Leider sind die Behörden dahintergekommen.«

Dass die nächste Vertragswerkstatt in Düsseldorf ist – geschenkt. So was heißt bei van Moof ohnehin Brandstore oder Service Hub. Dass andere Werkstätten die Dinger nicht anpackten – auch geschenkt. Dass man den Akku zum Laden nicht abnehmen kann – nervig, aber auch geschenkt. Dass das Rad keine Federung hatte, auf Aachens Buckelpisten also nur für Masochisten geeignet war. Dass man es zuhause teilweise selbst zusammenbauen musste – noch mal geschenkt. Wie ein Ikea-Regal, nur auf Rädern, hatte Waltraud gespottet. Sie wusste um das Lob aus der *Süddeutschen Zeitung* über das van Moof: »Wie ein i-Phone, nur auf Rädern«. Diesen Satz feierten seitdem Firma und Fans gemeinsam. »Willste mal fahren?«, fragte Tim. »Du wirst glücklich sein.«

Damian zeigte derweil Sabine sein neues Pedelec. »Richtig scharfes Teil, ich sag es dir, keine Kette mehr, sondern Riemenantrieb, dadurch nie mehr Kettenfett an der Hose, stufenlose NuVinci-Schaltung. Und ein Licht, fast so hell wie hundert Sonnen.« Tausend Sonnen wollte er nicht sagen, dieser Begriff war besetzt seit der Debatte um Atomenergie. Und, tausend, naja: so hell war sein Rad auch nicht. »Ssabien, ich sage dir«, alberte Damian, »das ist le Ssukünft, le futur des velos, Madame.«

Madame war beeindruckt. »Los, wir müssen jetzt rein, sonst kommen wir zu spät zum Vortrag.«

Drinnen waren gerade zwei kleine Debatten entbrannt. Filip hatte berichtet, Herr Subotnik habe angerufen, es sei unerklärlich geblieben, die Ordner mit den Unterschriften seien nicht aufzutreiben. Niemand könne das erklären. Niemand habe eine Spur. Man überlege, die Kriminalpolizei einzuschalten. Erik dachte an den 1. Hauptkommissar mit dem Doppelnamen, der würde dann sicher wieder bei ihm ermitteln. »Ähmmm«, sagte er, »hat die denn wer geklaut? Was mag jemand mit den Ordnern machen wollen? Gibt es Aktenfetischismus? Jemand eine Idee?« Niemand hatte genügend Fantasie.

Dann ging es um die vielen Autofahrer, die Radler überholen, auch wo es keinen Sinn macht, etwa kurz vor roten Ampeln.

»Ob denen das bewusst ist …«

»Die könnten doch mal drüber nachdenken, ob das wohl Sinn macht, sich überall noch schnell vorbeizuquetschen …«

»Autofahrer fahren, die denken nicht …«

»Das ist wie ein Zwang, wenn da was auf zwei Rädern unterwegs ist, muss man noch schnell vorbei. Wie eine Manie …«

»Marie, welche Marie?« Damian war gerade dazugekommen und blickte sich hektisch um.

»Manie, nicht Marie«, sagte Camilla, »hast du was an den Ohren? Guten Abend, Damian.«

»An den was?« Damian hielt sich eine Handfläche hinter das nach vorn geklappte rechte Ohr und versuchte mit diesem kleinen Spaß seinen Schreck zu überspielen. Der Name Marie löste bei ihm immer einen Seelenreflex aus, auch noch nach Jahren. Marie war die zaubervolle Frau mit den Blicken wie Feuerstrahlen gewesen, mit der Stimme wie handgeklöppelter Waldblütenhonig aus der südlichen Toskana und, wenn man eine Lupe zur Hilfe nahm, mit dem herzförmigen winzigen Muttermal am Hals. Ach Marie, die Frau damals aus der Nachbarschaft. Er war so verliebt gewesen, dann hatten sie auch mal was miteinander gehabt, eine Nacht, aber es ging nicht weiter. Damian hatte sich an die Grenze seiner Selbstachtung gebalzt, aber es blieb bei dem einen Mal. Sie wollte nicht mehr. Er setzte sich auf den kleinteiligen, schön abgewetzten Parkettboden gegenüber des großen Seitenfensters.

»Wir sprachen von der Manie zu überholen.«

»Vielleicht weiß unser heutiger Gast etwas dazu zu sagen.« Erik Kerken stellte Bastian Schacht vor, Seniorprofessor für Verkehrspsychologie der Universität Frankfurt.

»Überholzwang: Da gibt es doch bestimmt einen lateinischen Ausdruck, Herr Professor!«

Bastian Schacht kapitulierte. »Puh, natürlich ist das Phänomen bekannt, dass Autofahrer gern einen Radler rechts liegen und dann hinter sich lassen wollen, wo immer möglich, auch wenn es ihm im Fortkommen nichts bringt, etwa direkt vor einer Kreuzung oder einer roten Ampel. Aber auf Latein wüsste ich jetzt wissenschaftlich keinen Begriff. Und mein Latinum ist auch schon ein halbes Jahrhundert her. Überholen auf Lateinisch? Hmmm. Aber die alten Römer hatten doch schon Wagenrennen. Vielleicht müsste man mal bei *Asterix in Italien* nachlesen.«

»Amüsant der Typ«, raunte Adel seiner Nachbarin Leonora zu. Erik sagte, er versuche mal seinen Freund Claus anzurufen, einen Sprachwissenschaftler mit Spezialgebiet Latein, vielleicht wisse der Rat.

Wegen des heutigen Gastes war es voller als sonst, manche mussten tatsächlich auf dem Boden hocken, weil auch die Nebenräume keine Stühle mehr hergaben. Diesen Bastian Schacht wollten alle hören, er war gerade in Köln bei einem Verkehrs-Symposium und auf Einladung des Radentscheids für einen Abend nach Aachen gekommen. Schacht galt als Koryphäe verkehrlicher Konfliktforschung.

»Bitteschön, Herr Professor, das Mikrofon sei ihres.«

»Man weiß mittlerweile aus vielen Erzählungen und auch aus der Forschung«, begann Bastian Schacht, »welch inniges, manchmal intimes Verhältnis Menschen zu ihren Bewegungsmaschinen haben, vor allem die Autofahrer, also Homo Blech.«

Der Begriff sorgte sogleich für einige Heiterkeitsausbrüche. Damian reckte seinen Hals, die große graue Säule in der Mitte des Saales war im Weg.

»Die Begeisterung für spezielle Bewegungsmaschinen betrifft allerdings, wenn ich mir den Hinweis in diesem Kreis erlauben darf, gelegentlich auch Sie als Radfahrer.«

Ein paar Leute tuschelten, Waltraud lachte schrill auf und hielt sich gleich den Mund zu. Was wieder ein paar Lacher auslöste. Offenbar fand sich hier mancher angesprochen oder kannte einige Leute, auf die die These des Professors zutraf. Tim, der van-Moof-Jünger, versuchte unbeteiligt geradeaus zu gucken. »Siehste, Damian«, flüsterte Sabine ihrem Mitstreiter ins Ohr, »ich glaube, er meint auch dich, du Schwärmer.« Und dachte sofort: Wow! Der hat ja ein Rasierwasser, himmlisch!

»Ähmmm.« Erik Kerken bat um Ruhe. »Lassen wir unseren Gast doch bitte weitersprechen.«

Bastian Schacht räusperte sich kurz. »Allgemein gesagt handelt es sich bei vielen Problemen auf unseren Straßen im Kern um einen eingebildeten Ressourcenkonflikt, befeuert durch gegenseitige falsche Wahrnehmungen: Jeder verdächtigt den anderen, ihm Räume wegzunehmen. Die Folge sind andauernder und somit fast schon institutionalisierter Neid, daraus erwachsen Stress und Aggression. Die Verkehrsräume sind knapp, das wissen wir alle. Es geht also um Ressourcenverteilung. Aber keiner gönnt dem anderen auch nur, gestatten Sie mir einen populären Vergleich, das Schwarze unter den Fingernägeln. Da sind die Radfahrer, sie sehen Autos einerseits als Gefahr, nur zu verständlich. Das sind sie auch, potentiell, immer und überall, quasi durch ihre Existenz …«

Eine einzelne Klatscherin unterbrach Schacht. »Genau!« Das war Esther, natürlich.

»Radfahrer sehen Autos zudem als Platzräuber, etwa wenn vor der roten Ampel eine lange Schlange steht. Da kommt der Radfahrer an und glüht innerlich schon: Was nehmen diese Monstermaschinen den Platz weg! Ohne euch überdimensionierte Hindernisse könnte man gut an die Ampel radeln. Geht aber nicht, also fährt der Radler rechts vorbei. Schon das empfinden Autofahrer, obwohl erlaubt, als Vorpfuschen. Und er hat immer Angst vor Kratzern im Lack. Dann stellt sich dieser Radler vor das erste Auto in der Schlange in die extra eingerichtete Aufstellzone für Radfahrer. Das macht Autofahrer, und das wissen wir aus tiefenpsychologischen Studien sehr genau, zumindest neidisch, es steigert ihre Aggression. Manche macht es sozusagen rasend.«

»Klar, weil sie grade nicht rasen können«, rief einer ausgelassen von hinten.

»Vielleicht auch das. Aber zunächst mal, weil sie sehen, dass ihnen Platz genommen wird, den sie für sich beanspruchen. Und Radfahrer dann auch noch einen exklusiven Raum zugewiesen bekommen. Sie sehen sich also gegängelt, schon durch solche Marginalien, die dem Schutz der Zweiräder dienen. Und wenn sie dann noch, mit dem Grundgefühl von Neid und Ärger, kleinste Verstöße identifizieren, das kann schon umsichtiges Rechtsabbiegen bei Rot sein oder das Ausweichen auf den Fußweg, ist es mit aller Resttoleranz vorbei. Vor allem, sie können nichts machen, hier ist ihre Allmacht gebrochen. Deshalb gibt es immer wieder diese sinnfreien Forderungen nach Nummernschildern für Räder.«

»Dann bin ich auch für eine Kennzeichnungspflicht der Fußgänger. Und für Helmpflicht für Fußgänger, überall im öffentlichen Raum.« Auf solche Ideen konnte nur Adel kommen.

Bastian Schacht musste lachen: »Ich stelle mir das gerade vor, sehr charmant. Ganze Fußgängerzonen voll mit behelmten Shoppern. Aber kommen wir zu den Auswirkungen Ihres Radentscheides. Wenn Sie jetzt weitere Dinge zu verändern trachten, Räume neu aufzuteilen, sehr zu Recht, löst das erst recht einen Empörungsreflex aus. Was wollen die? Das auch noch? Und dann steigern sich Fragen in ihrer Fantasie: Dürfen wir dann überhaupt noch irgendwo hin? Wird Radfahren jetzt Pflicht? Sollen die doch lieber auf Nebenwegen fahren, wenn sie sich hier nicht trauen. Diese beschämenden Kommentare automobiler Arroganz kennen Sie alle. Letztlich ist es auch hier eine Machtfrage: Die Stärkeren wollen sagen, wir bestimmen, wo es lang geht. Und wo eben nicht. Notfalls drohen sie. So sind sie es gewohnt. Denn diese angenehme Machtbalance, genauer ihre Machtposition, die sie aus Gewohnheit für absolut und unantastbar erachten, droht zu enden.«

Lynn wollte eine Zwischenbemerkung loswerden: »Wahrscheinlich sind da auch die unbewussten Reflexe: Mein stolzes Auto hat mich ein halbes Vermögen gekostet und jetzt kommt so ein Klapperding auf zwei Rädern und stellt sich auch noch vor mich. Und der darf das auch noch! Oder?«

»Ich würde das nicht abstreiten«, sagte Schacht, »und dann sind diese minderen Verkehrsteilnehmer in den Innenstädten auch noch schneller unterwegs. Die Situation bleibt unbefriedigend und tendenziell labil. Die Frage ist, wie ändern wir etwas? Wie kann man Verkehrswende anpacken? Ich habe vor vielen Jahren mit einem Dutzend Mitarbeitern und Mitarbeiterinnen eine umfangreiche und ich darf sagen, rechtssichere und detaillierte Handreichung für den deutschen Verkehrsgerichtstag ausgearbeitet. Dieses Papier wurde dort ausgesprochen wohlwollend zur Kenntnis genommen, sehr in die Tiefe diskutiert und fast unisono mit Lob bedacht. Worum ging es? Wir haben dargelegt, wir müssen im innerstädtischen Verkehr die Prämissen umdrehen. Nicht wie heute automatisch Tempo 50, an Ausfallstraßen sogar 70. Und nur an Gefahrenstellen, wenn sie als solche erkennbar geworden sind, also wenn es möglicherweise mit einem Todesopfer zu spät war, eine geringere Höchstgeschwindigkeit. Das ist falsch. Wir haben damals klar aufgezeigt: Es kann keine gute Idee sein, zwei solch unterschiedlichen Verkehrsteilnehmern die Benutzung der gleichen Räume zuzuschreiben, die gleichen Straßen, die gleichen Ampelschaltungen, bei völlig anderen Geschwindigkeiten und völlig anderen Voraussetzungen. Das muss in Konflikten enden, das ist unverantwortlich gefährlich, jede Minute auf tausenden Kilometern Straße. Also haben wir vorgeschlagen: Wo es keine klare räumliche Trennung gibt, gilt ab sofort automatisch Tempo 30, zumal streng kontrolliert.«

»Unser Einverständnis sei Ihnen sicher, Herr Professor«, rief jemand.

»Danke, das habe ich mir gedacht. Wir wissen, wie vehement sich die Sehrgestrigen dagegen auflehnen, zuletzt gesehen, als im Sommer 2021 Städte wie Bonn und auch Aachen beim Verkehrsministerium in Berlin beantragt hatten, weitgehend stadtweit Tempo 30 einführen zu wollen. Allein schon, dass Städte um Erlaubnis fragen dürfen, zeigt wie zentralistisch gestrig das Straßenverkehrsrecht in Deutschland organisiert ist. Und Recht heißt in diesem Land nach wie vor: Für angebliche Leistungsfähigkeit, gegen Sicherheit, Vernunft und Verträglichkeit.

Dabei wissen wir aus wissenschaftlicher Sicht längst Folgendes: Tempo 30 verhindert automatisch Bremsmanöver, weil das System mehr für eine schwarmintelligent rollende Masse sorgt. Genau gesehen ist jedes Bremsen, abgesehen von plötzlichen Gefahrensituationen, ein Fahrfehler. Hätte man durch Weitsicht und langsameres Fahren ja vermeiden können. Und deshalb ist Tempo 50, erdacht für Autos zu frühen Zeiten, bei den heutigen Automengen ohnehin meist eine unangemessen hohe Geschwindigkeit. Denn da muss viel zu oft viel zu viel gebremst werden – schlecht fürs Klima, schlecht für Lenkers Nerven, schlecht für die Sicherheit. In Brüssel hat sich sogar herausgestellt, dass nach der Umstellung Ende 2020 von Tempo 50 auf 30 in der Innenstadt nicht nur die Zahl der Unfälle um ein Drittel abnahm, sondern auch die Durchschnittsgeschwindigkeit nirgends geringer wurde, in manchen Abschnitten sogar stieg.«

»Von Belgien lernen heißt Siegen lernen.« Das rief Janusz dazwischen. Er wohnte seit vielen Jahren leidenschaftlich gern in Hergenrath.

»Zurück zu unserem Vorschlag: An besonders unübersichtlichen Stellen, im Bereich von komplexen Kreuzungen etwa, vor Schulen oder Kitas, darf es auch weniger als Tempo 30 sein. Schilder helfen, aber wirken tun Drempel, jene Bodenschwellen, die in den Niederlanden so vorbildlich eingesetzt werden. Und nur da, wo es sichere, abgetrennte Rad- und Fußwege gibt, darf eine Stadt Tempo 50 erlauben. Das hätte zudem den Effekt, dass auch Autofahrer sichere Radwege wollen, denn dann dürfen sie zur Belohnung wieder 50 fahren.«

»Super-Idee, Herr Professor. Dat wär wat. Dat wollen wir!« Klar, das war mal wieder Esther.

»Dankeschön.« Schacht wusste, dass diese Stelle seines Vortrags bei den Zuhörern immer zweierlei auslöste: Erstens eine spontane Zustimmung so wie hier. Zweitens ließen die meisten im Saal kurz die abenteuerlichsten Strecken ihrer Stadt im Kopf Revue passieren und stellten sich gleichzeitig dort das Paradies einer Tempo-30-Begrenzung vor, mit schwarmintelligent rollendem Verkehr halt. Diese Sekunden wollte er ihnen gönnen. Also trank er erst mal in aller Ruhe einen Schluck.

ChrisTina Weckstein fielen an dieser Stelle die jahrelangen Anträge an die Stadt ein, an der Eupener Straße wegen der besonders gefährlichen Enge Tempo 30 auszuschildern. Die Stadt hatte damals mitgeteilt, das sei sicher sinnvoll, ihr seien als Kommune aber die Hände gebunden, weil genau hier eine Bundesstraße begänne, wenn auch mitten in der Stadt. Kurz: Sie sei als Kommune nicht zuständig. Also abgelehnt. Kurz darauf hatten Guerilla-AktivistInnen solche Schilder vom Betriebshof organisiert und sie eines Nachts eigenhändig montiert. Sie hingen einige Tage, der Verkehr floss langsamer. Aber die Stadt musste sie von Rechts wegen entfernen. So absurd sind unsere Verkehrsbestimmungen.

Und dann die Sache Anfang 2020 mit den Schildern »Tempo 30, Luftreinhaltung«, die in der Theaterstraße und einigen Bereichen des Alleenrings aufgehängt worden waren, um der Klage der Deutschen Umwelthilfe auf Dieselfahrverbot in der Innenstadt zu entgehen. Die Geschwindigkeitsbeschränkung galt zwar, aber Polizei und Stadt kommunizierten gleich, dass es keine Kontrollen geben werde, weil man keine Kapazitäten habe (Polizei) und die Rechtslage zu uneindeutig sei (Ordnungsamt). Also im Wortsinne ein Schildbürgerstreich: Kaum jemand hielt sich dran, und wer es doch tat, wurde angeblinkt oder weggehupt.

Auch der Radentscheid in Aachen ist offiziell Teil des gerichtlichen Vergleichs mit der Deutschen Umwelthilfe DUH. Nur wenn der angemessen schnell umgesetzt werde, hat der Status Quo für Autos Bestand. Sonst müssen Teile in der Innenstadt gesperrt werden. Sollte man da nicht meinen, es sei im ureigensten Interesse der Autofahrer, dass radkonform ausgebaut wird. Sonst greift das Dieselfahrverbot womöglich doch noch.

Schacht fuhr fort: »Danke. Ich weiß, solche Vorschläge mit deutlicher Temporeduzierung treffen bei Ihnen auf offene Ohren. In München hatte eine Gruppe Studenten an dieser Stelle sogar mal die Bayernhymne angestimmt, wobei, womöglich hat das damals auch am Alkohol-Abusus gelegen.«

In das Gelächter hinein sprach er gleich weiter. »Der Staat hat die Pflicht, Verkehr sicher zu gestalten, bei unserem Konzept hätte er den Verkehr verantwortungsvoll an die Geschwindigkeit der langsameren Verkehrsteilnehmer angepasst. Nun fragen Sie sich sicher, was aus der Idee geworden ist. Sie ist fünfzehn Jahre alt. ›Super-Vorschlag‹, haben viele Kollegen gesagt, unter anderem Verkehrspolitiker, Dezernenten der Städte. Umgesetzt worden ist die Idee, Sie werden es ahnen, nirgendwo. In einer hessischen Universitätsstadt hat mich der Oberbürgermeister eingeladen, wir haben lange darüber geredet. Er war angetan, sein Referent ebenso und auch die städtischen Verkehrsplaner. Aber dann ist alles im Sande verlaufen. Das hat Gründe: Verwaltungen sind nicht eben innovativ. Ihnen geht es gut, wenn alles weitergeht, wie es immer ging. Das ist ihr stärkstes Motiv zu handeln. Bei einer solch umfassenden Umgestaltung einer Stadt, und sei es nur testweise in ersten Bereichen, droht überproportional viel Arbeit und auch Widerspruch der Autolobbyisten, den es auszuhalten gilt. Auch das ist nicht motivierend.

Die Politik will es ohnehin allen recht machen. Und zu den ›allen‹ gehören eben auch die Autofahrer, und das sind, wie wir alle wissen, sehr, sehr viele. Optimistischstes Szenario: irgendwann nur noch sehr viele. Kurz: Tempo 30 würden diese als Angriff auf ihren Seelenfrieden empfinden und gigantische Wut entfachen, gegen die die response auf Ihren kleinen Radentscheid nur eine milde Brise ist. Und das wird so schnell kein Politiker und keine Politikerin auslösen wollen und erst recht nicht bestehen. Zumal ja die Idee auf Wiederwahl sehr prägend für ihr Verhalten ist. Und da war wortreiches Nichtstun schon immer zielführender als Anpacken.«

In der Pause spulte mancher im Saal die Gesichter lokaler Politik- und Verwaltungsgrößen aus Vergangenheit und Gegenwart ab, auch ihre Rad fahrende OBin, die gern so viel sprach, dass sie mit Handeln nie hinterher kam. »Tempo 30 in ganz Aachen, das wäre doch was«, sagte ChrisTina, »was ist eigentlich mit deinen Grünen, Harry? Du arbeitest doch in der Fraktion. Ihr habt doch die meisten Sitze und die OBin.« Harry wollte souverän antworten und wirkte doch getroffen. »Ja, wir arbeiten daran.« Klingt bereits souverän nach Altpartei, dachte Erik.

Bastian Schacht machte eine kleine Pause. Danach, kündigte er an, wolle er mit einer »gesamtgesellschaftlich-psychologischen Bestandsaufnahme des automobilen Daseins« und »seelischen Zwiespalten« weitermachen. »Stärken Sie sich vielleicht mit einem kleinen Getränk. Ich brauche auch eines.«

Kapitel 35

In der Verwaltung 5

Der Noppeney-Dialog

»Hallo, Herr Noppeney, sind Sie da? Herr Noppeney?«

Nichts. Der Tag des großen Bürgerdialogs Breslauer Straße mit einem Bürger war gekommen, und jetzt funktionierte die Technik nicht. Der Bildschirm war schwarz.

»Kann ihn mal jemand anrufen?«, schlug Paul Umweeg vor, »Frau Schulte-Waldkötter, hast du seine Nummer?« Schulte-Waldkötter, die Neue, war nach dem letzten Betriebsausflug in den Status des Geduztwerdens aufgerückt, ein Zeichen, dass sie mehr und mehr dazugehörte. Umweeg war das noch nicht geläufig. »Sagen Sie ihm, Entschuldigung: sag ihm, Elly, er soll zoomen.« Paul Umweeg sprach zoomen deutsch aus, mit scharfem z und langem o. Zoomen sollte heißen, er möge Zoom anwerfen. Elly wählte.

Der anvisierte Online-Dialog hatte Gründe. Hans Noppeney hatte wegen seines kranken Hundes die Wohnung nicht verlassen wollen. »Kommen Sie doch zu mir«, hatte er angeboten. »Bei gutem Wetter können wir uns in den Garten setzen. Sie können ja auch einen kleinen Radausflug machen, sind ja kaum mehr als drei Kilometer und passt zum Thema, oder?« Dieser Vorschlag war auf sehr geteiltes Echo gestoßen. Glaske und Mölders waren sofort einverstanden, die Chefin auch, einige andere hatten entsetzt abgewunken. »Mit dem Rad? Bis dahin? Um Himmels Willen«, sagte Kurtz, der um seine Unversehrtheit fürchtete. »Welches Rad?«, fragten Blicknauser und Zimetmann wie aus einem Mund. Königshofer hatte seinen Rücken ins Spiel gebracht: »Bitte nicht, der Schmeahz.« Er wienerte den ›Schmerz‹ so herzergreifend, dass einem schon beim Zuhören das Kreuz wehtat. Schließlich war Hans Noppeney einverstanden gewesen, den Dialog online zu machen.

Jetzt aber ging einfach erst mal nichts. »Wir können doch keinen Bürgerdialog ohne Bürger machen«, warf die Chefin ein, leicht genervt, »das wäre ja unsinnig.«

Es dauerte. Aber dann endlich: der schwarze Bildschirm erwachte zum Leben. Man sah Hans Noppeney am Bildschirm herumwerken und -fummeln, dann saß er da und guckte freundlich vor sich hin. Die gemütlichen Joggingklamotten, die er sonst spätestens um diese Zeit zu tragen pflegte, hatte er abgelegt zugunsten eines Anzugs, mit Schlips sogar. Er schien sich der Wichtigkeit des Abends also bewusst zu sein. Und jetzt schien er etwas vor sich hin zu sagen. Und nochmal. Er spitze immer wieder seinen Mund. Wahrscheinlich sagte er Hallo. Was ankam, war ein Glottisschlag ohne etwas davor und dahinter: »˝«.

»Wie schön, guten Abend, lieber Herr Noppeney ...« Nichts. »Herr Noppeney, können Sie mich jetzt hören?« Wieder nichts. »Sie müssen sich unmuten. Hören Sie mich denn?« Nichts.

Schulte-Waldkötter rief ihn nochmal an. Erklärte ihm das unmuten. Endlich hatte er den richtigen Button gefunden. »... bend auch, hallo.«

Es klappte. Die neu gewählte Radentscheid-Koordinatorin koordinierte die Wortmeldungen und wollte zum Einstand protokollieren. Die Fachleiterin Verkehrsanlagenmanagement hielt ihren etwa fünfzehnminütigen Vortrag, branchenüblich Impulsvortrag genannt. Der bewährte Text, bewährt freundlich. Hans Noppeney war weiterhin wach.

Also kam man zur Sache. »Herr Noppeney, wir wollen uns mit Ihnen über die geplante Radentscheid-gemäße Strecke entlang der Breslauer Straße unterhalten. Wie finden Sie das denn?«

»Ja, gut. Ist doch gut.«

Pause.

»Sie fahren selbst Fahrrad?«

»Ja, klar, das hatte ich Ihnen doch schon erzählt, als Sie neulich mal hier waren. Also die kleineren Strecken, sehr gern. Mit meinem alten Klapperding, aber das tudet noch.«

»Und ein Auto haben Sie auch?«

»Ja sicher. Braucht man manchmal doch, allein um meine Verwandten in Eschweiler zu fahren. Mein Bruder hat nämlich … und als unsere Schwägerin neulich …«

»Das finde ich ganz spannend, Herr Noppeney, Sie können also die Verkehrslage aus beiden Blickwinkeln beurteilen. Wir machen ja seit einer einiger Zeit solche Dialoge mit Anwohnenden …«

»Mit wem?«

»Mit den Anwohnenden, also den Anwohnern und Anwohnerinnen.«

»Hier gibt es keine Anwohnerinnen, höchstens meine kleine Hündin Emma. Wollen Sie von der auch etwas?«

»Nein, natürlich nicht.«

Hans-Lothar Kurtz stöhnte kurz und raunte seinem Nachbarn Paul Umweeg zu, der im gleichen Dienstzimmer vor dem Bildschirm Platz genommen hatte: »Ich finde, manchmal übertreibt es die Chefin auch mit dem Gendern. Ich meine, wenn da nur eine Person ist, kann sie den ja auch direkt ansprechen, also: Sie als Anwohner und nicht als Anwohnender. Oder kann man durch Weglassen auch jemanden diskriminieren, den oder die es gar nicht gibt?«

»Keine Ahnung, eher nicht. Aber da wäre ich als Mannender, entschuldige, also als Mann, schon sehr vorsichtig.«

»Also gut«, fuhr die Chefin fort, »Entschuldigung, das ist die Gewohnheit mit der Anrede Anwohnender, Sie als …«

»… also ich als Anwohner kann nur sagen …«

»Siehste, er befreit sich selbst. Guter Mann …« flüsterte Paul Umweeg.

»… ich kann ja jetzt schon hier fahren.«

»Wir planen eine neue Protected Bike Lane.«

»Eine …«

»… auf gut deutsch: Geschützte Fahrradspur.«

»Ach so. Das ist gut. Ein geschützter Radweg ist auch sicherer für die Kinder, die zum Training kommen. Dann müssten nicht immer die Mamas mit den Autos anrücken.«

»Sehr gut. Und Ihr Auto?«

»Autofahren geht jetzt auch schon.«

»Natürlich ...«

»Ich kann auch hier vor dem Fußballplatz gut parken. Hauptsache, ich komme noch raus, wenn umgebaut wird.«

»Das wird sicher gehen. Wir sperren Sie ja nicht ein.«

»Darf ich auch eine Frage stellen?«

»Selbstverständlich.«

»Der Radweg wird rot?«

»So ist das vorgesehen, ja.«

»Prima. Die Straße ist ja schwarz, das wären ja die Vereinsfarben von Schwarz-Rot, das würde gut passen. Das fände ich sogar richtig toll. Wissen Sie, wir sind ein sehr kleiner Verein. Während Corona haben sich doch einige abgemeldet, vor allem Kinder. Da kann ein bisschen Werbung nie schaden.«

»Witzig«, meinte Dr. Kurtz zu sich selbst und notierte »Krefelder Straße: Radweg gelb? Nachfragen.«

»Und wie ist das mit dem Miteinander?«

»Hier ist doch sonst niemand.«

»Schon klar. Ich meine, wenn Sie als Radfahrer einem Auto begegnen, empfinden Sie das als gefährlich?«

»Also hier vor den Sportplatz kommt ja nie wer, außer zum Spiel oder zum Training. Und dann fahre ich ja nicht.«

»Gut, also mal angenommen, was wäre, wenn Sie sich begegnen würden, also ich meine, wenn Sie Rad fahren und Sie kämen sich mit dem Auto entgegen oder Sie wollten sich überholen, aber dann ist weniger Platz als vorher?«

»Wie jetzt? Ich fahre selten gleichzeitig Rad und Auto. Machen Sie das?«

»Ist ja nur ein Gedankenexperiment. Wissen Sie, Herr Noppeney, Sie sprechen ja jetzt für die gesamte Bevölkerung, also zumindest für alle, die an der Breslauer Straße wohnen.«

»Das bin doch nur ich, soweit ich weiß.«

»Ja natürlich. Stimmt.«

»Sie machen mich noch ganz meschugge. Ich bin der Hans Noppeney und nicht zwei Hans Noppeneys, die sich auf der Straße begegnen oder auf dem Radweg.«

Sie versuchten es noch ein wenig. Hans Noppeney war auskunftsfreudig, wo immer es ging. Aber so richtig nahe kam man sich nicht in diesem weltersten BürgerInnendialog mit 1 BürgerIn. Die Verwaltung stellte schließlich einstimmig fest, dass es in der Breslauer Straße tatsächlich keine Konflikte gibt.

»Herr Noppeney, wir danken Ihnen für das sehr freundliche Gespräch.«

»Ja, Ihnen auch. Einen schönen Abend noch.«

Und ausgezoomt.

»Puuuh!«, sagte Hans Noppeney.

»Puuuh!«, sagten die Dialogbeteiligten der Stadt fast synchron.

»Ach, Leute«, analysierte die Chefin gleich, »ich finde, das ist insgesamt gut gelaufen. Kein Protest, kein Widerstand. Dann können wir das Ganze ja bald aufgleisen. Jetzt müssen wir nur noch die Machbarkeitsstudie umarbeiten lassen, nachbessern und anpassen, die Umläufe durch alle Abteilungen organisieren, das Genehmigungsverfahren in die Spur setzen, formell einen Planungsbeschluss erwirken und dann können wir vielleicht schon nächstes Jahr mit den Ausschreibungen für die Protected Bike Lane richtig durchstarten.« Bedenken aus dem Wirtschaftlichkeitsreferat oder dem Fachbereich Umbaugestaltungsverwaltung gebe es auch keine, fuhr sie fort, die Stabsstelle Klimaschutz winke das ohnehin durch. Und die Politik scheint auch für »Go« zu votieren, Bezirksvertretung, Mobilitätsausschuss und Rat. »Ich denke, das wird sich alles ausgehen.«

Man unmutete sich untereinander. Die Premiere war geglückt. Reizwörter wie Baum oder Parkplatz waren kein einziges Mal gefallen. Welch ein Dialog!

Nur Hans-Lothar Kurtz blieb ein bisschen skeptisch. »Hoffentlich hat das bei dem Anwohnenden Herrn Noppeney jetzt nicht zu Schäden geführt«, raunte er noch dem Kollegen Umweeg zu, »erst sieht er sich seiner Geschlechtsidentität beraubt und dann soll er auch noch für zwei sprechen. Das grenzt ja schon an Schizophrenie. Der weiß ja womöglich gar nicht mehr, wer er ist.«

Hans Noppeney war derweil froh, dass es vorbei war. »Ich als Anwohnender«, sagte er vor sich hin. »Ist das nicht komisch, Emma? Und du bist also eine Anwohnende.« Emma bellte. »Und ich soll mich selbst überholen …« Hans Noppeney brauchte am Abend eine zweite Flasche Bier, um gut einzuschlafen.

Kapitel 36

Junge Schweizer Weisheit 3

Begegnung mit Armin Laschet

»Echt, schon wieder?« Filips Ehefrau Gabriela war misstrauisch. »Jetzt triffst du sie auch noch außer der Reihe?«

»Darling, diese Frau ist eine Kollegin beim Radentscheid. Sie konnte beim vergangenen Treffen nicht und fährt nächste Woche für eine lange Weile in Urlaub. Außerdem bitte: Sie ist fast vierzig Jahre jünger als ich.«

»Eben.«

Filip wollte Leonora endlich mal ein paar Klassiker der Stadt zeigen: Die Vorzeigezwillinge Dom und Rathaus, das Bahkauv, den Büchel-Krater, die albernsten Brunnen, dazu Stadtpark und Quellenhof. Dort wollte man es sich bei einem Cocktail in der Elephant´s Bar mal hochherrschaftlich schmecken lassen.

»Ich sorge mich«, sagte Gabriela.

»Ich liebe dich«, sagte Filip.

Auf dem Weg zum Treffpunkt am Markt dachte er nur, wie irrsinnig schnell einen, häufiger: eine?, die Eifersucht packt, kaum dass ein Mann und eine Frau jenseits der Ehenorm etwas unternehmen.

Leonora und Filip ketteten ihre Räder am Münsterplatz an und machten sich zu Fuß auf den Weg. Der Schweizer Sprach-Connaisseuse gefiel besonders Filips Erzählung, dass der Öcher zu St. Foillan einfach St. Folian sagt: »Ist so eingebürgert, ohne dass jemand einen Sinn wüsste, einfach die Silben umgedreht«. Er erklärte ihr die vielfältige Bedeutung von »Au Hur« und erzählte auch vom »Mi´´woch«, der exklusiven Aachener Tagesspezialität. Als sie an der Mayerschen Buchhandlung vorbeikamen, bat er sie den Namen vorzulesen. Sie tat das und er sagte: »Der Öcher wüsste nicht recht, was du meinst. Der sagt konsequent Mayrische. Alle Zugezogenen auch. Einer hört´s vom anderen, jeder denkt, so wäre es korrekt.«

»Mayrische«, sagte Leonora. »Ihr seid wirklich eigenartig.«

Die Cocktails waren wie erwartet erlesen. Filip erklärte Leonora, die kulturhistorisch besonders vom Karlsthron im Dom beeindruckt war, dass man im sehr katholischen Aachen besonders gern »Parksünder« oder »Temposünder« sagt. »Das hilft ungemein zur eigenen inneren Reinigung«, sinndeutete Leonoras nicht eben sehr christlicher Begleiter, »als Fahrer begehst du halt eine kleine lässliche Sünde. Und die kann man schnell wegbeten. Ein ›Auto Unser‹ zum Allmächtigen geschickt und deine Seele sei wieder paradiesisch rein. Der Herr wird es schon vergeben.«

»Neulich«, sagte Leonora, »hatten wir beim Treffen im Veloentscheid doch diese Fantasiereise in eine Welt, die Autos nicht kennt. Das hat mir sehr gut gefallen. Aber

Autos bedeutet nicht nur die Autos auf den Straßen, Autos haben auch schon lange unsere Köpfe metastasiert.«

»Uns auch. Jetzt reden wir schon wieder darüber.«

Der Begriff Parkplatzsuchverkehr fiel. Dabei, sagte Leonora, passe das Wort Parkplatz, bei Licht betrachtet, gar nicht, eher das Wort Autolagerfläche. »Denn Parken hat etwas von Zwischenabstellen, Lagern von Dauerhaftigkeit. Und ein Auto ist nun mal durchschnittlich mehr als 23 Stunden am Tag ein Stehzeug, ein ungenutztes Hindernis für alle anderen. Und, by the way, ein anderes falsches Wording ist: Wir sperren Straßen für Autos? Nein, wir öffnen sie, wenn wir Autos ausschließen. Öffnen sie für spielen, flanieren, autofrei sicher befahren.«

»In der Tat«, meinte Filip, »alles ist Auto. Mit Verkehr ist immer Auto gedacht, aber nicht sachgerecht gemeint. Zum Beispiel steht in der Zeitung: Verkehrssperrung wegen einer Baustelle. Es heißt Verkehr, aber gemeint sind Autos; Fußgänger und Radler kommen meistens bequem durch. Aber eben gelegentlich auch nicht, du kennst das sicher: Und dann stehst du vor der seltenen Komplettsperrung und darfst wieder zurückfahren, im schlechtesten Fall einen weiten Weg bergauf.«

»Man könnte vom motorisierten Verkehr sprechen.«

»Naja, ganz richtig wäre das auch nicht. Pedelecs und S-Bikes sind motorisiert. Vielleicht wäre der Begriff Sperrung für den Hubraumverkehr tatsächlich besser.«

Leonora kicherte. »Was mir auffällt: Oft gibt es Sackgasse-Schilder. Sie behaupten, den gesamten Verkehr zu meinen, oft genug aber bremst eine solche Straße nur vierrädrige Vehikel aus, also den Hubraumverkehr. Als Nichtauto weißt du aber nie, komm ich weiter oder nicht. Ich hab hier in Aachen auch schon diese kleinen Aufkleber *Rad und Fußgänger frei* entdeckt.«

»Ja, gibt es. Aber nur manchmal. Deswegen weißt du nie, was nun gilt, völlig unzuverlässig. Es hat in Aachen Jahrzehnte gedauert, bis die Stadtverwaltung vor einigen Jahren überhaupt anfing, hier und da solche Markierungen anzubringen. Im Prinzip sind der Straßenverkehrsbehörde Radler wurscht. Dafür haben wir in Aachen noch eine Besonderheit: In Haaren eine Straße, die Sackgasse heißt.«

»Und: Ist sie eine, und wenn für wen?«

»Für Räder nicht. Aber ohnehin gibt es überall Verkehrsmeldungen, ob im Radio oder online: Da geht es immer um Autobahnen, nie um Meldungen zum Zugverkehr. Und ich kann dir von einer anderen hiesigen Geschichte erzählen, wie sehr ›Verkehr‹ und ›Auto‹ tief im Unterbewusstsein gleichgesetzt sind. Es gab in der Zeitung bis zum vorletzten Jahr eine tägliche Rubrik »Autowetter« mit Tipps zum Verhalten beispielsweise bei Regen oder Schnee, also vorsichtig fahren, kann glatt sein und so weiter. Ich habe mich über das Wort gewundert und die Redaktion gefragt, warum man keine Verhaltenshinweise für Fußgänger und Zweiräder habe oder das Ganze nicht schlicht Verkehrswetter heiße. Da kam die selbstkritische Reaktion: Ja, stimmt, das wäre besser. Da haben wir nie drüber nachgedacht. Jahrelang nicht. Geändert haben sie das Autowetter bis zur Abschaffung der Rubrik nach einem Relaunch nie.«

»Prost.« Sie nahmen beide einen tiefen Schluck. Leonora war hellwach. »Gut, das ist jetzt typisch, aber nicht wirklich schlimm, oder? Fürchterlich finde ich die domestizierten Fußgänger: Nehmen Querparker auf dem Trottoir hin, gehen klaglos Umwege auch mit Kindern auf Fahrbahnen. Und sie danken wartenden Autofahrern auch noch ausdrücklich, wenn sie bei Grün die Straße queren, als wäre das ein Gnadenakt. Oder noch schlimmer: Sie beeilen sich demonstrativ. Es ist nur ekelhaft.«

»Kenne ich«, sagte Filip, »ich gehe immer extra etwas langsamer.«

»Autos haben unsere Seelen zerfressen. In der Werbung wird über ihre Gesichter geschrieben. Gemeint ist die Frontpartie. Oder Autos haben Schnauzen, als seien es Haustiere.«

Beim *BRF* in Eupen, erzählte Filip, gab es den Bericht von einer Oldtimer-Rallye, bei der die Autos »artgerecht ausgeführt wurden«.

»Und schon seit Jahrzehnten werden Autos gesegnet. Es gibt Autobahn-Gottesdienste.«

»Sie haben keine Lichtstrahler mehr oder Lampen, sondern LED-Augen. So heißt das wirklich.«

»In der *Süddeutschen* las ich neulich noch von einer ›Rennsemmel im Tarnkleid‹ und vom besonderen Gemüt eines Testwagens. Gemüt! Ein Haufen rollendes Blech hat ein Gemüt?«

»Irre! Voll vermenschlicht. Bringt man einen Wagen in die Werkstatt, sagt man: zum Autodoktor. Und Autos sind selbst da, wo sie nicht sind. Sie prägen unsere Alltagssprache. Schwächelt jemand, heißt es: Geht dem das Benzin aus? Verrückt, oder?«

»Das Gegenteil gibt es auch, motorsprachlich.«

»Bitte?«

»Man sagt: Der gibt noch nicht auf. Der hat noch einiges im Tank. Und jemanden anfeuern heißt: Gib Gummi!«

Wenn es schnell gehen soll, heißt es gern »Du musst einen Gang höher schalten«, und wenn das nicht hilft, »den Turbo anwerfen«.

»Ich weiß noch was: Gebrauchtteile werden als Organ-Transplantation verkauft.«

»Und Autofriedhof ist ein gebräuchliches Synonym für Schrottpresse.«

»Tja, das finden die Menschen normal. Eine letzte Ruhestätte für Maschinen. Ich warte noch auf die Rubrik ›Traueranzeigen‹: Heute verstarb mein treuer Freund Opel Manta im gesegneten Alter von 250.000 Kilometern: In einer Fabrik geboren, auf einer Straße nach kurzem schwerem Unfall von uns gefahren.«

»Und wahrscheinlich gibt es auch bald Gräber.«

»Bald?« Jetzt wollte Filip endgültig auftrumpfen. »Gibt es schon. Man kann die sterblichen Überreste doch einschmelzen, und in einer Urne in der Grabeskirche im Ostviertel beisetzen. Die haben dafür jetzt eine eigene Abteilung eingerichtet: MotorGräber.«

»Bitte? Das ist nicht dein Ernst?!«

»Ernst schon. Aber erfunden. Jetzt hab ich dich reingelegt, Leonora. So verrückt ist selbst Aachen nicht. Aber wirklich wundern würde das einen nicht, oder?«

Sie nahmen noch einen zweiten Cocktail. »Ein Prost aufs Chrüsimüsi, Leonora.« Der Begriff hatte es Filip angetan. »Eure Sprache ist wirklich großartig.«

»Naja, für uns ist es halt total normal. Aber ich weiß ja, dass die Deutschen das lieben. Leider versuchen viele, unser Schweizerdeutsch nachzumachen. Es missrät immer. Ich bin dir sehr dankbar, dass du es nie versuchst. Merci, Filip.«

»›Merci‹ sagt man in Aachen auch. Und wir betonen es auch vorne, so wie ihr.«

»Das ist aber selten.«

»Stimmt. Dann trinken wir doch auf die Schweizerisch-Aachener Freundschaft. Zum Wohle.« Filip überlegte einen Moment. »Es gibt noch mehr ähnliche Beispiele. In Aachen wird die Stadt Verviers vorne betont und auch die Brabantstraße, gegen alle Üblichkeit.«

»Echt? Ich fühle mich ja schon wie in einem Kanton Aachen. Weißt du, wir Schweizer sind ja sehr korrekt. Wir betonen im Gegensatz zu euch Deutschen auch Abkürzungen vorne und nicht hinten wie ihr: DVD, CD, WM …, oder NZZ. Die CD ist ja zum Beispiel ausgeschrieben eine Compact Disc, Betonung auf Compact, nicht Disc. Oder betone mal eure Weltmeisterschaft auf Meister wie die Abkürzung. Blöd, odr?«

Filip stutze. Sprach es vor sich hin, mal so, mal so betont. »Stimmt. Faszinierend.«

»Oder das WC«, sagte Leonora, »Betonung immer auf W.«

»Verrückt«, sagte Filip und dann lauter als nötig: »WC, wo ist denn hier das WC?«

»Sie suchen die Toilette, mein Herr?« Die aufmerksame Bartenderin schaltete sich ein. »Zur Tür raus, und gleich schräg rechts gegenüber der Rezeption.« Auch im Quellenhof war das Personal auf Missverständnisse geeicht. Immerhin, die Servicekraft hatte Filip trotz ungewöhnlicher Betonung korrekt falsch verstanden.

»Weißt du was?«, sagte Filip beim Gehen, »Du wohnst doch auch in Burtscheid. Ich begleite dich und zeige dir unterwegs noch eine besondere Sehenswürdigkeit unserer Stadt. Falls sie da ist, dazu brauchen wir eine Menge Glück. Okay?«

Glück, um eine Sehenswürdigkeit zu erwischen? Sind nicht Dom und die gut tausend anderen Kirchen immer da? Die Stadt erschien Leonora immer seltsamer.

Sie fuhren die Dammstraße neben dem Kurgarten hinunter und schoben ihr Velo respektive Rad vorschriftsmäßig durch die Fußgängerzone. Linker Hand die Gastwirtschaft Burtscheider Quelle. Draußen tranken noch ein paar Leute an den beiden Stehtischen ein Bier- oder Weinchen. Und tatsächlich, da war auch er, zusammen mit drei, vier anderen. Großes Glück, denn das ist zwar seine Stammkneipe, aber er komme nur sehr gelegentlich, hatte eine Kellnerin Filip ein paar Tage zuvor noch erklärt, manchmal lasse er sich auch Essen liefern (»Immer gut bürgerliche Küche«) oder er gehe gegenüber zur Konditorei Lammerskötter, »um sich etwas Gebäck zu holen«. Aber heute war er höchstselbst zugegen, welch ein zufälliges Glück.

»Guten Abend, Herr Laschet«, rief Filip im Vorübergehen und hob die Hand andeutungsweise zum Gruß.

»Hallo«, sagte Armin Laschet mit einem schnellen Lächeln. Die beiden Nichttrinker einen Tisch weiter griffen sich gleich an die verkabelten Ohren und flüsterten etwas.

»Wer war das?«, fragte Leonora.

»Hallo! Du kennst Uns Armin nicht, Armin Laschet, der vielfach große CDU-Politiker und …?«

»… Ja doch, klar. Das ist der unscheinbare Zwerg?«

»Naja, du musst bei ihm noch die hohen Schuhabsätze abziehen. Aber politische Größe wird doch nicht in Zentimetern gemessen, meine Liebe. Schon gar nicht, wenn man, wie er mal berichten ließ, in direkter Linie nach vierzig Generationen von Karl dem Großen abstammt. Und nicht jeder ist ein Hüne wie es dein Wilhelm Tell gewesen sein soll. Der Laschet wohnt ein paar Straßen weiter und trinkt hier ab und zu einen mit Freunden oder Parteikollegen, hier oder im Ferber´s eine Ecke weiter.«

»Und woher kennt der dich?«

»Der kennt mich nicht. Politiker grüßen im Reflex jeden. Sie sind vielleicht angeschickert, aber nicht sicher, ob so ein Unbekannter wie ich nicht vielleicht doch sterbenswichtig ist. Geh doch auch mal vorbei, und er wird der sehr bedeutenden Schweizerin mindestens freundlich zunicken.«

»Meinst du im Ernst?«

Sie kehrten um.

»Grüezi Herr Laschet.«

»Grüezi.«

»Siehst du, Politiker wie er sind sehr, sehr flexibel. Und wegen dir fühlte er sich gerade statt in downtown Burtscheid wahrscheinlich sehr global.«

Filip kam gut gelaunt nach Hause. Fahrlässigerweise rief er »Grüezi Liebling«, nachdem die Tür ins Schloss gefallen war.

»Aaah, nu redet mein feiner Herr Jötterjatte schon Schweizerisch, ja? Wahrscheinlich bissu auch noch betrunkn«, lallte ihm seine treue Gabriela entgegen.

Kapitel 37

Bei den Radmenschen 9

Professor Schacht im Zwiespalt

Zurück zum Vortrag von Prof. Bastian Schacht. Im zweiten Teil kam er auf das Leben im Auto an sich zu sprechen, eine provokante Bestandsaufnahme des automobilen Daseins, mit dem er seine ZuhörerInnen gern, und diese wohlgesonnenen wie hier in Aachen erst recht, in den Abend entlassen würde. Er hatte auch schon einmal vor einer Regionalgruppe des ADAC gesprochen, sicher seine Wortwahl einiges vorsichtiger gesetzt, und dennoch massive Empörung geerntet. Obwohl er zum Beispiel extra nicht von Bewegungsmaschinen, sondern von Automobilen gesprochen hatte und von möglicher Gereiztheit statt Aggressivität, lauter solche Sachen. Aber das war das Los eines Wissenschaftlers, man machte es auf der ewigen Suche nach Wahrheit nicht immer allen recht. Schacht fuhr also fort:

»Autos, das wissen wir alle, stehen für Freiheit. Das ist eingebrannt in die Seelen der Nachkriegsgeneration und dann immer weitervererbt worden. Dieses Freiheitsgefühl wird auch mit immer neuen Tricks über die Werbung angefüttert und dazu das Kraftgefühl bedient. Klangdesigner fummeln seit Jahrzehnten am Krach der Motoren herum. Statt alle Energie in weniger Krach zu stecken. Das Irreste: Selbst bei E-Mobilen wird am Klang gebastelt; Geräusche, die so unnötig sind wie der Kropfvergleich. Und das ist EU-Vorgabe!

Aber gut, dann trifft die innen tief verwurzelte Freiheitssehnsucht auf die Wirklichkeit. Nervige Parkplatzsuche, andere auf der Autobahn, die unverschämterweise langsamer fahren, vermeintlich falsche Ampelschaltungen. Jedes Verkehrsschild eine Gängelung. Das alles bedroht das

Glück. Auto bedeutet immer die Illusion von freier Fahrt. Jedes Mal neu wundern sich Autolenker, dass da tatsächlich noch andere Freifahrtgläubige sind, und dann auch noch so viele. Und die anderen sind im Weg. Eine Stadt kann noch so autofreundlich gestaltet sein, Autos bleiben sich selbst auf den Straßen das größte Hindernis. Und wenn das dann auch noch Radfahrer sind, umso schlimmer. Wer dem eigenen Glück im Weg steht, muss bekriegt werden.«

Camilla raunte Lynn zu: »Siehste, so ähnlich hab ich das damals doch auch formuliert.«

»Ich weiß, wollen wir mal hören, ob der Herr Schacht auch von Mitleid sprechen wird.«

Tat er nicht: »Auch für sich selbst muss jeder Autofahrer rauskommen aus dem seelischen Zwiespalt zwischen Glücksversprechen und schnöder Realität. Das geschieht vornehmlich durch Schummeleien und Selbstbetrug: Wie locker schnell man da oder dort hingefahren war. Wie wenig Sprit der Wagen nur brauche. Dass man ja nur auf fünf oder sechs Euro Kosten komme für hundert Kilometer. Wie umweltfreundlich die eigene Karosse sei – ein Verbrenner, umweltfreundlich! Wir alle wissen, das schließt sich aus; und wenn es technisch zumindest in die richtige Richtung geht, klinken sich die Abschalteinrichtungen der Filteranlagen ein. Und dann die Staus! Schon, dass alle immer sagen, sie stünden im Stau, ist ein offensichtliches Stück Verdrängung. Man ist Stau. Jede und jeder ist immer Teil des Staus.

Die Bewegungsmaschinen werden ja immer größer, in Länge, Breite, Höhe, Motorstärke. Und luxuriöser, weswegen der Begriff Rollendes Wohnzimmer immer zutreffender wird. Gut, man kann ob der zunehmenden Aggressivität auch von Rollenden Waffen sprechen – nicht nur der Fahrer wegen und der Übermotorisierung, sondern auch zu sehen beispielsweise an den Frontlampen in der Optik funkelnder Raubtieraugen. Trotz aller Aufrüstung finde ich den alten Begriff des Philosophen Peter Sloterdijk zielführender: Rollender Uterus. Menschen fühlen sich in diesen Maschinen geborgen wie in einem Kokon, umkuschelt von mannigfaltiger Bequemlichkeit, unantastbar, fern von allem Bedrohlichen draußen. Es geht nicht nur darum von A nach B zu kommen, sondern ganz wesentlich darum, geborgen in seinen Gefährten zu sitzen. Deshalb bauen gerade Männer, das wissen wir aus vielen Studien, eine besondere emotionale Beziehung zu ihren Autos auf. Sie schützen sie wie eine Mutter ihr Junges. Sie sehen das an der Hingabe, mit der mancher Mann seinen Boliden beim rituellen Waschen am Samstag streichelt. Fragen Sie mal deren Frauen, ob sie das im Eheallltag auch kennen. Sie werden vermutlich ernüchternde Antworten bekommen, also sehr realistische.«

Schacht wusste, an dieser Stelle, wenn Fantasien mit minimaler sexueller Komponente angeregt werden, unterfüttert durch Ekel vor Männern wie den angesprochenen, tat eine kleine Pause gut. Wieder lachte eine Frau auf, wahrscheinlich wusste sie von einem Mann wie den angesprochenen. Schacht kannte das. Er nahm wieder einen Schluck Wasser.

»Aber denken Sie nicht nur an testosterongesteuerte Männer mit Statusgier, an all die Herumröhrer in unseren Straßen, die machtgeilen Machos. Nicht an die vielen Männer, die nicht mehr wie früher am Steuer eines Wagens sitzen, sondern sich in einem Cockpit wähnen, umgeben von so herrlich viel chipgesteuertem Geblinke im Riesendisplay, so von Funktionen überladen, als gelte es wirklich zu einem Raumflug abzuheben. Für mehr Details brauchen Sie nur die entsprechende Werbung der Automobilhersteller zu lesen. Wir sprechen in unserem Institut von der überkomplexen Funktionalisierung eines Individual-Fortbewegungsmittels. Frauen lassen sich übrigens von solch überbordender Technik an Bord eines schnellen Raumkreuzers deutlich weniger ansprechen.«

Damian grinste vor sich hin. Schneller Raumkreuzer, da war er mal wieder. Das müsste er Ariane erzählen. Er guckte auf sein Smartphone: Mist, immer noch keine Alpha Order von ihr, wann man sich vielleicht wiedersähe. Schweigen seit Tagen. Irgendwo am Rande der Unendlichkeit war sie verschollen.

Waltraud hatte eine Frage: »Ich erlebe seit zwei, drei Jahren eine deutliche Steigerung der Aggressivität von Autofahrern gegen uns Radler: Mehr giftiges Gemaule, mehr Hupen, häufiger geschnitten werden, Finger aus der Dachluke, also wie heißt das? – aus dem geöffneten Schiebedach, sorry. Hängt das vielleicht mit dem Radentscheid zusammen? Also, dass Autofahrer uns als Bedrohung wahrnehmen, dass wir ihren Platz gut organisiert streitig machen, dass es ihnen langfristig an den Asphalt geht und sie deshalb unbewusst jeden einzelnen abstrafen wollen?« Einige nickten energisch. Erik dankte ausdrücklich für die Dachluke am Auto.

»Das haben Sie gut vermutet, ein solches Verhalten wäre individualpsychologisch sehr nachvollziehbar. Pars pro toto – aber ich kann es auch nur vermuten, empirische Daten kenne ich nicht; die wären auch schwer zu erheben. Aber ich werde das mal in meinem Institut besprechen – ein interessanter Ansatz.«

Schacht fuhr mit seinem Manuskript fort: »Sie hatten mich ja gebeten, auch etwas zum Thema geschlechtsspezifische Verkehrsnutzung vorzutragen. In einem unserer Tiefeninterviews sprach ich kürzlich mit einer Frau aus Mannheim, nennen wir sie hier Ute, 58 Jahre, studierte Designerin, Filmemacherin. Für sie ist das Rollende Wohnzimmer schon so was wie ein Rollendes Familienmitglied. Die erzählte mir also … Moment, hier ist das Kurzskript des Gesprächs – also ich darf daraus zitieren:

›Ich rede manchmal mit meinem alten Schätzchen und nenne ihn auch so: *Schätzchen.* Mein kleiner Peugeot Kombi begleitet mich schon fünfzehn Jahre, neben mir auf dem Beifahrersitz saßen zwei Männer aus zwei Ehen. Den einen habe ich überstanden, den anderen überlebt, als er leider so plötzlich starb. Das Auto ist geblieben. Eine wichtige Konstante im Leben. Das verbindet – im Guten wie im Schlechten.

Was wir zusammen erlebt haben! Die Urlaube, die vielen einsamen Fahrten auf der Autobahn, die Reifenpanne in den Alpen bei minus fünfzehn Grad. Manchmal streichele ich unbewusst über das Beifahrerpolster und sage Sachen wie: *Auf geht's*. Oder: *Komm Baby, noch zwei Stunden, dann sind wir daheim, dann kannst du dich ausruhen*. Ich finde das ganz normal, früher haben wir unseren Autos ja sogar Namen gegeben. Mein erster Wagen mit achtzehn hieß Eber, später hatte ich ein Trautchen, das war eine Ente …‹«

Bastian Schacht machte erneut eine seiner kleinen Kunstpausen. »Glauben Sie nicht«, fuhr er fort, »dass das eine Spinnerin ist, eine junge frustrierte Witwe. Solche Aussagen hören wir häufig. Vielleicht kennen Sie das aus Ihrem Freundeskreis ja auch … Soweit also die Dame aus Mannheim – nein, halt, noch was, hier … er blätterte auf die nächste Seite, vielleicht doch diese Ergänzung:

›Ganz klar, ich nehme meinen Wagen als weiblich wahr. Das hat bei einem Werkstattbesuch angefangen. Da hat der Mechaniker gefragt: *Was fehlt der Kleinen denn?* Und ein andermal ein anderer: *Ich habe ihr das Öl gewechselt und ihre Lampe vorne repariert*, etc. *Warum ihre, warum weiblich*, habe ich den zweiten Mechaniker gefragt. Da sagte er, das sei doch klar, das erkenne er sofort. Ich glaube, er hat sogar gesagt: das habe er gleich gefühlt. Erst habe ich gestaunt und dann gedacht: na, das sind ja auch Fachleute, die müssen das wissen. Seitdem ist mein Wagen auch für mich eine Frau, meine Gefährtin durch dick und dünn.‹«

»Eine Frau also«, fuhr Schacht fort, »es störte diese Ute auch nicht, dass ihr kleiner Kastenkombi ein ›Peugeot Partner‹ sei. Also männlich. Aber, so sagte sie: ›Bezeichnungen spielen keine Rolle, das ist ja nur ein Name. Auch ein Auto, das männlich *Partner* heißt, kann weiblich sein. Aber vielleicht ist der Wagen ja auch queer oder trans.‹«

Ein paar Leute grummelten. Filip raunte zu seiner Nachbarin: »Jetzt geht das hier auch schon los …« Ja, antwortete sie, »Autos, weißt du doch, sind auch nur Menschen.«

Die Hardcore-Autohasser wurden nachdenklich. Vielleicht war ihr Vokabular von den Dosenlenkern, Maschinenführern und Blechfetischisten, zumindest manchmal, nur ein Teil der Wahrheit. Vielleicht war Liebe zum Gefährten (oder zur Gefährtin) ein genauso prägendes Motiv, Gemeinsamlichkeit, Vertrauen, Nähe, das intime Miteinander. Die ganze Palette von Gefühlen. Nur eben hier für eine Maschine. Es ist ein Wahnsinn, dachte Filip.

Nach seinem Vortrag und dem langen Applaus stand Bastian Schacht ein wenig abseits und spürte mal wieder, wie dieses Gefühl von Vergeblichkeit hochkam. Man erforscht so viele Dinge, erzählt davon, bekommt Anerkennung, verdient sich wissenschaftliche Meriten und Titel, manchmal setzt es sogar so viel warmen Applaus wie heute – und ändern tut sich nichts. So ähnlich müssen sich während der akuten Covid-Pandemie die Virologen vorgekommen sein: Klare Erkenntnisse, klare Empfehlungen – und die Politik setzt oft lieber auf Populismus, auf Mahnen, Warnen, Hoffen.

Schachts langjähriger Institutsmitarbeiter Dr. Bruno Brall, ein Mann, den sie wegen seines Engagements für den Veloverkehr gern Dr. rer. rad. nannten und der ihn womöglich einmal auf dem Chefposten beerben würde, nannte das den Wissens-Blues. »Da ist dieser riesige Gap zwischen Erkenntnis und eigenem Erleben, dass so vieles Theorie bleibt, dass die Wirklichkeit einen Panzer für Veränderungen hat«, pflegte er zu sagen, »und das ist ein Loch, das dich zu verschlingen droht«.

Schacht wollte gern noch ein paar Jahre als Seniorprofessor weitermachen, ja auch weiterkämpfen. Aber manchmal, so wie jetzt, wähnte er sich auch ziemlich unten im Loch, wie in einem tiefen Brunnen. Und sah im gleichen Moment, wie in einem bösen Traum, oben am Rand des Brunnens das Gesicht des ehemaligen Verkehrsministers Andreas Scheuer auftauchen, diese Visage aus bornierter Arroganz und selbstgerechtem Bohemianismus. Und die Scheuers waren überall. Manchmal, sinnierte Schacht, kann man sich selbst auch nicht mehr helfen. Er atmete einmal tief durch. Er wusste, das war jetzt wieder einer dieser kurzen Depressionsschübe, die an ihm nagten: Das Brallsche Loch ist womöglich noch tiefer als man wahrhaben möchte, selbst wenn man noch gar nicht hineingefallen ist …

Erik kam zu ihm. »Ganz lieben Dank für Ihren tollen, sehr belebenden Vortrag, Herr Professor Schacht. Und ich habe noch eine gute Nachricht. Ich habe gerade meinen Freund Claus erreicht, also den Sprachwissenschaftler. Er sagte mir, im Grunde handele es sich beim Überholzwang wohl um eine klassische Manie. Also wäre Überholmanie der richtige Ausdruck. Ins Lateinische gebastelt, sagt er, könnte man von der *mania praetereundi* sprechen, er selbst würde sogar den *furor praetereundi* bevorzugen. Gefällt mir übrigens auch.« Und der Zwang, einen Radfahrer zu überholen heißt: *furor birotarium praetereundi.*

»Furor«, wiederholte Damian, der daneben stand. »Großartig.« Schacht lächelte.

»Herr Professor, dürfen wir Ihnen als Dankeschön für Ihren furiosen Vortrag den Begriff Furor schenken und den *furor birotarium praetereundi* dazu?«

»Ganz lieben Dank. Ich nehme dieses großzügige Geschenk gerne an.« Und er notierte sich den Furor auf seinem Redemanuskript. »Vielleicht sollten wir über den inneren Überholzwang tatsächlich mal intensiver forschen!« Und, dachte er noch, wie toll sich diese Radentscheid-Leute hier engagieren, seit Jahren schon. Hoffentlich fallen sie nicht irgendwann zu mir ins Brallsche Loch.

»Sagen Sie, wollen Sie noch ein Bier mit uns trinken, Herr Schacht?«, fragte ihn die höfliche Camilla hintendrein.

»Äh, nein, das ist ganz lieb. Aber ich habe noch einen Termin.«

»So spät?«

»Ja, Verkehrsfragen beschäftigen einen 24/7. Auch mit 71 Jahren. Ich darf mich verabschieden – und einen schönen Gruß noch an Ihren klugen Lateinforscher!«

Er verließ die Lombardenstraße, winkte von draußen noch einmal durch die breite Fensterfront und kramte in seinen Unterlagen. Wo war nur die Adresse? Ah, da war ja der Zettel. Triebelsstraße, Dr. Darjahn, Triebels, fast wie Trieb, so wollte er sich das doch merken. Egal: Soll ein richtig guter Mann sein, dachte der Verkehrspsychologe Prof. Dr. Bastian Schacht, und machte sich auf zu seinem ersten Therapietermin.

Kapitel 38

Damian und Ariane 6

Der Autoausflug nach Maastricht

Morgens war Damian noch durch die Stadt geradelt. Auf der Theaterstraße hatte es neben ihm gehupt: Der Janusz aus dem Radentscheid-Team, im Auto. Er winkte. Damian war erst erschrocken, zumindest verwundert: Janusz im Auto? Seines etwa? Hatte der eins? Hat der nicht immer ähnlich vehement wie er selbst über Autofahrer gelästert, die im Wagen »zur Teilnahme an der Stauparade« in die Stadt fuhren? Dann dachte er, naja, vielleicht ist das ja nicht so schlimm. Es tröpfelte etwas, vielleicht wollte Janusz einfach nur nicht nass werden. So gesehen ist ein Auto wie ein ASEAG-Bus, nur kleiner. Vielleicht kränkelte Janusz auch? Oder hatte was zu transportieren, was über Lastenrad-Potenziale hinausging. Und: Einmal ist keinmal. Aber nachfragen werde er bei Gelegenheit schon. Andererseits: Der Janusz war ja Sozialdemokrat. Wer hat uns verraten, Sozialdemokraten …

Am Ende dachte Damian, meine Güte, welche Liste an Fragen man sich stellt, nur weil man einen Bekannten in einem Auto sieht. Wir sind manchmal schon etwas gaga!

Und die Gedanken waren noch nicht am Ende, zumal der wirkliche Grund seiner Verunsicherung ein anderer war. Heute stand ein neues Date mit Ariane an. Sie wollte ihn abholen kommen zur Spritztour mit ihrem kleinen Flitzer. Würden Sonnenbrille und Mütze helfen, damit ihn so schnell niemand erkennt? Hoffentlich würde er nicht erwischt, er, Damian, autofahrend, wenn auch nur bei-. Erschwerend kam ja noch hinzu: Einfach herumfahren, das war ja noch viel übler als aus gutem Grund, etwa wegen des Transports schwerer Dinge, von A nach B zu fahren. Wenn das Greta sieht!

Was Damian nicht wusste: Das Herumfahren ausgerechnet mit der Angestellten dieser Werbeagentur war historisch noch ein Extra-Vergehen. Denn der mittlerweile verstorbene Firmengründer hatte, als irgendwann in den 80er Jahren tagelang eine mörderische Glutwolke Aachen lähmte, mal einen Shitstorm ausgelöst, obwohl es den damals noch nicht gab. Auf eine launige Umfrage der *Aachener Nachrichten* unter Mitbürgern, wie man sich gegen die Hitze wappne, hatte der sinngemäß gesagt: Ich setze mich in meinen Wagen, mache volle Pulle die Klimaanlage an und dann fahr ich ein kühles Stündchen ein paar Runden über die Ringe. Welche Erfrischung!

Die Empörung war groß gewesen. Der Mann hatte später zurückgerudert, sei doch alles nur ein Scherz gewesen.

Ariane klingelte pünktlich um halb drei.

»Ich komme runter.«

Damian hatte am Mittag noch eine Rose gekauft. Für Ariane, natürlich. Er wollte klassisch um sie werben, nach alter Väter Sitte. Lange hatte er im Blumenladen überlegt, ob es die tiefrote Baccara-Rose sein sollte, die er ihr zur Begrüßung überreichen wollte. Aber das schien dem kleinen Feigling dann doch zu aufdringlich, zu direkt. Er entschied sich für ein Rosa, das immerhin schon ins lachsfarbene spielte, und überreichte sie ihr unten am Eingang. »Och, wie lieb«, sagte Ariane und strahlte ihn an. Damians Hoffnung auf eine spontane Umarmung blieb unerfüllt. Mist, dachte er, aber immerhin hat sie sich wohl gefreut. Weiter gekommen war er immer noch nicht.

Sie gingen zu ihrem Wagen. »So, jetzt kenne ich deine Radwelt, lieber Damian«, sagte sie ansatzweise feierlich und berührte ihn kurz an der Schulter, »wie wäre es mit einem kleinen Ausritt nach Maastricht?« Damian war sofort elektrisiert, auch von der Aussicht auf Maastricht, mehr noch von der kleinen Geste. Die Schulter war elektrisiert. Körperkontakt, schoss es ihm durch den Kopf, sie sucht doch wieder

Körperkontakt. Wie wunderbar. Tausend Fantasien rasten los. »Ja«, sagte er nur. Sie stiegen in ihr Auto, die Rose legte Ariane auf die Ablage, sehr behutsam, wie Damian bemerkte.

Ariane fuhr einen roten Mazda MX-5, durchaus betagt. Etwas mühsam hakte sie die Gänge ein. »Klemmt schon mal etwas, aber der ist ja auch schon bald 25 Jahre alt.«

»Na dann ist er ja bald ein Oldtimer.« Damian wusste, das hätte er lieber nicht sagen sollen, denn bei dem Thema musste er sich sehr zusammennehmen, um sachlich zu bleiben.

»Ja, in fünf oder sechs Jahren gibt es ein H-Nummernschild«, meinte Ariane.

Damian hatte nie verstanden, wieso die größten Dreckschleudern ab dreißig Jahren massiv steuersubventioniert wurden und auch noch maximal stinkend in jede Umweltzone röhren durften. Warum? Weil die alten Karren als technisches Kulturgut gelten. Gab es etwas, das die Sonntagsreden über Umwelt, Naturschutz und Nachhaltigkeit mehr demaskierte in der deutschen Verkehrspolitik als die Huldigung dieser Dreckschleudern?

Und dann machten diese Kulturungüter auch noch Oldtimer-Rallyes. Auch in Aachen gab es sie, sogar noch im Sommer 2021. Die Stadt hatte zwar lange den Klimanotstand erklärt, aber vor dem Tivoli sammelten sich viele Dutzend der CO2-Monster, um herumfahrend ihr feines Parfum zu verteilen. Und das Beste: Die grüne Oberbürgermeisterin hatte auch noch die Schirmherrschaft übernommen, die sie Schirmherr:inschaft nannte. So war ihr Tun wenigstens korrekt gegendert. Das hätte Damian jetzt mit mühsam gezügelter Empörung erzählen wollen – aber er hielt lieber den Mund.

Am Ortsausgang von Vaals stand eine Frau mit ihrem kleinen Kind, der Daumen hoch. Ariane fuhr vorbei. »Bist du früher auch getrampt?«, fragte sie gleichzeitig, »ich zu Studienzeiten schon«. Sie tauschten ein paar launige Erfahrungen aus grauer Vorzeit aus. »Na, da hätten wir die Mutter mit Kind ja auch mitnehmen können«, sagte Damian. »Ja, hätten wir«, meinte Ariane und zeigte nach hinten, »aber wo?« Da war nichts mehr. Klar, war ja nur ein Zweisitzer, wie unpraktisch, dachte Damian.

Sie parkten unter dem Vrijthof. »Uiuiui, vier Euro die Stunde«, stöhnte Ariane.

»Ist halt schlecht für dich, aber gut fürs Ganze«, erwiderte Damian. »Aber da steht etwas von einem Schnäppchenangebot, guck mal: für den ganzen Tag kostet es nur 35. Das heißt, mehr als fünfzehn Stunden sind umsonst.« War das jetzt gemein? Und also unklug?

Anscheinend nicht: »Du hast ja recht, Damian. Aber dafür kann man in Aachen ein halbes Parkhaus kaufen.«

»Und?«

»Was und?«

»Hast du schon mal eins gekauft, wenigstens ein halbes?«

»Bislang konnte ich widerstehen.«

»Ich lad dich dafür auf Kaffee und Kuchen ein, Ariane, okay?«

»Leckeres Parkticket«, sagte Ariane. Wie süzth, der Mann hat nette Ideen.

In Maastricht bummelten sie ein wenig durch die herausgeputzten Gassen der Altstadt, Plankstraat, Stokstraat. Am Sint Amorsplein, dachte Damian, Sankt Liebesplatz, ein seufzenswert hübscher Name. »Hier sieht man erst, was Aachen alles nicht hat«, meinte Ariane. Eine Ecke weiter blieb sie vor einem Modeladen stehen und checkte die Auslagen im Schaufenster. »Inhaberin Sabine Limburg«, las Damian an der Eingangstür. »Komm, wir gehen mal rein«, schlug Ariane vor.

»Ach, … muss ja nicht sein«, antwortete Damian schnell und dachte, dass er zu zweit dieser Ssabien nicht in die Arme laufen wollte. Ihren Flirts konnte er immer gut widerstehen, dennoch fand er sie charmant – also zumindest ihre Avancen. »Mach du mal, ich steh da nicht so drauf«, versuchte er sich männertypisch aus der Affaire zu ziehen.

»So einer bist du also: einer, der Shopping mit einer Frau nicht aushält, soso. Gut, sagen wir in einer Viertelstunde wieder hier?«

»In een kwartje, oké, mevrouw«, gab sich Damian kosmopolitisch, soweit ihm das auf Niederländisch gelang. Draußen rief er seinen Freund Cees an »... echt, du kannst so spontan? Ja toll, dann bis gleich.«

Nicht mal eine halbe Stunde später verließ Ariane strahlend den Laden. »Guck mal«, sagte sie und zog einen zauberhaften Fummel aus der Tüte.

»Ui, scharfes Teil«, lobte der Mann in Damian und strich mal kurz kennerhaft nachfühlend über den feinen Stoff, als wäre er, der Stoff, eine Frau.

»Du darfst aber bitte nicht fragen, was das gekostet hat. Der Grammpreis ist immens.«

»Niemals«, versicherte Damian, »ist das denn mehr für nachts oder tags?«

»Gute Frage, wenn es schön warm ist, würde ich es auch draußen tragen.«

»Dann nennen wir es doch Outdoor-Negligé«, definierte Damian. Ariane kicherte. Damian konnte nicht verhindern, dass er sich das Outdoor-Negligé gleich an dieser schönen Frau angezogen vorstellte. Ariane stellte es sich auch vor und im gleichen Moment, wie dieser Damian, wer weiß, es ihr vielleicht feinfingrig über den Kopf lupft.

Heute, das war Damian seiner Vorahnung schuldig, würde es weitergehen. Er würde sie fragen, oder vielleicht geschehe es von selbst oder sie würde irgendwie aktiv. Oder er würde sagen, sag mal, wie kommen wir uns eigentlich etwas näher? Vielleicht würde er dabei ihren Nacken zart und vorsichtig kraulen. Körperkontakt! Heute oder nie!

Vorher war noch das Treffen mit seinem Freund Cees van Zwaben ausgemacht, zum *kopje koffie* am Onze Lieve Vrouweplein. Dabei konnte Damian auch sein Parkticketkompensationsversprechen einlösen. »Ihr seid meine Gäste.« Cees, im Berufsleben Compliance-Forscher an der Uni in Maastricht, war begeisterter Fahrer eines schnellen Speed-Pedelecs. Aber gelegentlich auch Autofahrer und er erzählte, er sei jetzt Präsident geworden.

»Wovon?« fragten die beiden Deutschen simultan.

»Von der Vereiniging der slow driver, dem Maastrichter *Club langsam fahrender Männer.* Wir sind eine Gruppe von Freunden, viele aus dem Institut, und haben uns verpflichtet, immer entsprechend der Tempolimits zu fahren, am besten noch spürbar darunter.« Die Erfahrungen seien multinational interessant. In den Niederlanden werde das vielfach akzeptiert, gelassen und ohne Aggression, in Deutschland sei Lichthupen und Drängeln an der Tagesordnung. »Echt?«, fragte Ariane.

»Das ist genauso«, meinte Damian, »wie man Erfahrungen als Radfahrer macht: In Deutschland oft als Störenfried und Hindernis, aber kaum ist man in Vaals, findet man Ruhe, als gebe es in eurem Land die Todesstrafe schon für den Versuch fahrlässiger Nötigung von Fietsern. Und das Verblüffendste: Selbst deutsche Wagenlenker verhalten sich, kaum in Holland, meist umgehend anders.«

»Ich glaube, wir in den Niederlanden sind auf einem höheren zivilisatorischen Niveau.

»In der holländischen Kultur gibt es das deutsche Feindbilddenken nicht: Jeder Autofahrer radelt auch. Dadurch kennt jeder die Probleme des anderen. Man merkt das in einer viel geschmeidigeren Umgangsweise miteinander an jeder Ecke. Auch weil hier immer und überall Radfahrer sind, die völlig selbstverständlich. Bei euch tauchen sie nur gelegentlich als Hindernis auf. Im Nachhinein gesehen haben wir auch historisch Glück gehabt: Wir haben das Automobil nicht erfunden, sondern ihr – mit allen Folgen.«

»Das ist unsere schwere Erblast, die uns fortwährend knechtet, in der Tat. Die Industriepolitik wie in den 60ern, die Nichtklimapolitik, alles für den Götzen Automobil.

Die Autobahn ist auch auf deutschem Mist geboren. Und nicht zu unterschätzen: ihr habt keine Schumacher-Familie!«

»Aber immerhin Max Verstappen.«

Sie einigten sich schnell, dass noch so viele Verstappens nicht annähernd das Ausmaß als schlechte Vorbilder anrichten könnten wie seit Jahrzehnten die Kerpener Schumi-Sippe. »Die erben die Raserei ja sogar weiter. Jetzt ist schon der Sohn in der Formel 1.«

Der Limburgse Vlaai war köstlich, die Stücke riesig. Ariane fand die Idee mit den Langsamfahrern charmant, das disziplinierte vielleicht beim Tritt aufs Gaspedal. »Darf man auch als Sportwagenfahrerin Mitglied werden bei euch?«, fragte sie Cees.

»Du? Ja, warum nicht! Wir sind doch sehr tolerant in Holland. Weißt du was, ich ernenne dich hiermit kraft meines Präsidenten-Amtes zum ersten assoziierten deutschen Mitglied. Musst dich aber immer nach unseren Regeln verhalten, Ariane.«

Ariane war gerührt und erklärte sich einverstanden.

»Damian, du passt auf deine Freundin auf?«

Damian schluckte beim Wort ›Freundin‹ und versprach es.

Beim Herausgehen nahm Cees seinen Freund noch zur Seite. »Das sag ich jetzt nur dir: Ich bin neulich in Duitsland auf der Autobahn in einer Tempo-100-Zone mit 107 geblitzt worden. So was von peinlich!« Er lachte etwas gequält. »Hoffentlich übersteht das mein Präsidentenamt. Ich weiß gar nicht, wie ich das den Jungs beichten soll. Aber genauso peinlich: Das kostet nur zehn Euro. Hier in den Niederlanden wären es 57 zuzüglich Gebühren gewesen.«

»Damit hättest du also in Deutschland rechnerisch ein halbes Dutzend Freifahrten.«

Cees lachte. »Ich werde eisern darauf verzichten, versprochen! Aber warum seid ihr so ein, wie sagt man, Billigdörflerland?«

Er meinte Billigheimer. »Das liegt an der streng gedeckelten Bußgeldverordnung, die keinem weh tun will. Freie

Fahrt für Freie Raser, heißt das.«

Unsere beiden Immernochnichtliebenden kurvten zurück durchs niederländisch-belgische Grenzgebiet, Cadier en Ceer, Margraten, Noorbeek, Slenaken, dann durch Teuven, wo Marlene Veit und die sechs anderen neulich noch ihre Radtour gefeiert hatten. Unterwegs hatten sich Ariane und Damian über das zauberhafte, wiewohl politisch so umstrittene Voeren-Gebiet unterhalten: »Die waren mal französischsprachig und schwupps, beschloss in den 60er Jahren die Regierung: nö, ab sofort seid ihr Flamen und redet niederländisch. Das ist, als wenn zum Beispiel in Basel jetzt allein Italienisch Amtssprache würde.«

Damian hatte sich ein Herz genommen und die kleine Unwahrheit über seinen Urgroßvater erzählt, dass es nicht Tonis Vorfahr gewesen war, der das Haus damals von womöglich jüdischen Vorbesitzern günstig erworben hatte. Dass es seine eigenen Vorfahren gewesen waren.

»Ach«, hatte Ariane geantwortet, »ein bisschen hatte ich mir das schon gedacht. Es ist ja bisweilen so, dass Leute unangenehme Dinge lieber jemand anderem zuschreiben und sich dahinter verstecken. Hättest du vertrauensvoll ruhig gleich sagen können. Ist ja nicht deine Schuld, was damals passiert ist. Nimm dir das nicht so zu Herzen. Vielleicht haben meine jüdischen Verwandten vor hundert Jahren auch dreckige Geschäfte gemacht, keine Ahnung. Und wenn der Kuchen vorhin tausendfach indirekt von den Zinseszinsen einer düsteren Vergangenheit bezahlt wurde, so hat er doch köstlich geschmeckt. Danke nochmal.«

Ganz schön souverän die Frau, dachte Damian. Und war sehr erleichtert.

Von Teuven sollte es weiter den Berg hoch gehen, am Denkmal für die Stacheldrahttoten des Ersten Weltkriegs vorbei, dann am Chateau Beusdael, dem prächtigen Nachbarn des Schlosskollegen van Obsinnich; danach weiter Richtung Sippenaeken, Gemmenich und Vaals, alles ganz gemütlich immer schön relaxt nach slow-driving-Vorgabe für die neue ehrenwerte Mitgliedin. »Das fährt sich wirklich entspannend«, freute sich Ariane. Auch Damian genoss die Tour: Wenn schon das Falsche tun, nämlich Auto fahren, dann wenigstens etwas richtiger. Vorhin hatten sie mit strengem Tempo 50 auch mal zwei Wagen hinter sich ausgebremst, ohne Konflikte. In Aachen werde er sich mal ein Auto leihen, nahm sich Damian vor, und dann ganz relaxt durch die Stadt cruisen, am besten überall mit Tempo 30, so wie es dieser Professor Schacht empfohlen hatte. Höchstens Tempo 30, eher weniger. Er freute sich schon auf die Roermonder und Trierer Straße, vielleicht auch …

Rrummms, wumm, krrrghhhh … – so musste Metall auf Schleifstein klingen. Laut, krächzend, ekelhaft.

»Was ist das?«, rief Damian. Arianes Wagen war mitten im Wald plötzlich in einer Linkskurve nach rechts gezogen. Sie bremste, lenkte gegen, schließlich kamen sie auf dem Seitenstreifen zum Stillstand, halb noch auf der Straße, ein kleiner Abgrund vor der Nase.

»Puh …«

»Was war das?« Beide waren einigermaßen unter Schock. Alles heil bei dir? Alles heil. Sie stiegen aus und guckten, was passiert war. Damian hatte kaum Ahnung von Autos, aber zweierlei kapierte er gleich: Das Geräusch war Metall auf Asphalt gewesen. Und: Eine Achse hat normalerweise keinen Knick. Gebrochen. »Scheiße, scheiße«, sagte Ariane nur. Beide waren froh, dass alles so glimpflich ausgegangen war.

Es dauerte, bis der Abschleppwagen der Firma Roteschild aus Aachen angedieselt kam. »Oh, nicht gut«, meinte der Fahrer fachkundig. Dann machte er sich mit der Bemerkung »Na, wohl etwas forsch gefahren, junge Frau« noch kurzfristig unbeliebt und zog den Wagen per Seilwinde auf die Ladefläche. »Wo soll es denn hingehen, zu uns in die Werkstatt?«

»Nee«, sagte Ariane, »wenn es geht, in die Garage von meinem langjährigen Spezialistenschrauber Maurice in

Hauset.« Sie nannte die Adresse.

»Wahrscheinlich ist das EU-rechtlich nicht vorgesehen«, unkte Damian, »aus einer flämischen Enklave, einstmals Wallonie, mit einem Aachener Abschlepper erst durch die heutige Wallonie und dann durch Holland und Aachens Südbezirke ins deutschsprachige Ostbelgien neben dem ehemaligen Neutral-Moresnet!«

»Kein Problem«, sagte der Fahrer. »Sollen wir?«

Ein Hoch auf die Euregio, auf die EU, die Grenzenlosigkeit. Auf ging´s – allerdings ohne Damian. Für den war im zweisitzigen Führerhaus kein Platz mehr. »Das hätten Sie am Telefon sagen müssen, dann hätte ich den größeren Wagen genommen«, meinte der Fahrer, müde mit der Achsel zuckend.

»Na, da muss ich wohl trampen. Ich komm hier schon weg«, sagte Damian.

»Och, du Armer.«

»Wird schon. Wir sehen uns.«

Trampen stellte sich erwartungsgemäß als schwierig heraus. Es waren die wahrscheinlich längsten fünfzehn Kilometer vom Ende allen Daseins bis in die Weltstadt Aachen. In einer Stunde hätten immerhin vier Autos die Chance gehabt, den Gestrandeten aufzunehmen. Sie nutzten sie nicht. Die fünfzehn Kilometer waren fünfzehn Kilometer geblieben. Als der Regen zu heftig wurde, telefonierte sich Damian ein Taxi zum Todesdraht-Denkmal herbei.

»So, da bin ich wieder«, sagte er spät am Abend zu seinem Bett, als er unter die Decke krabbelte. »Und wieder allein!?«, fragte das Bett, »mir ist langweilig.« So, stellte sich Damian vor, würden Mensch und Bett kommunizieren, falls sie das könnten. Er würde seinem treuen Bett vielleicht auch erzählen, dass heute ganz sicher nur ein Achsbruch verantwortlich sei für sein Alleinsein. Aber was weiß ein Bett schon von Achsen?

Licht aus. Damian dachte nach, über das Leben, die Mühen

der Suche, und vor allem an Ariane und über Ariane. Das war ja nun wirklich blöd gelaufen heute. Ob der Buchautor, dieser Hund, den Achsbruch inszeniert hatte? Quatsch, der kann ja nicht mit seinen Fingerspitzen auf den Tasten wie von Geisterhand Stahl verbiegen. Ob Buchautoren eigentlich immer noch auf alten Schreibmaschinen schreiben, ganz mechanisch?

Egal. Sollen sie doch machen. Damian hätte leidend gern gewusst, ob das in diesem Leben noch was wird mit dieser zauberhaften Ariane. Oder vielleicht nicht, nie mehr? Bin ich in einer Murmeltierschleife mit wechselnden Erlebnissen? Hallo, mayday, Herr Autor …!

Ihm fiel ein Chorkonzert ein, vor vielen, vielen Jahren im Jakobshof in der Stromgasse, als es den noch gegeben hatte. Da war ein Aachener Männerensemble aufgetreten mit so schön sinnig-albernen Texten zum Thema Leben und Lieben des allmählich alternden Mannes, die Jahre von Midlife Crisis über Best Ager bis ff. An einen Sechszeiler erinnerte sich Damian sehr genau:

»Einst kamen
die Damen
und brannten lichterloh,
Heut sag ich Nein,
ich lass es sein
denn Sex macht mich k.o.«

Albern? Ja. Aber auch von einiger Wahrheit: Wie gern würde Damian mal wieder ausgeknockt werden. Nur – Sex, was war das? Damian kramte in seinen Erinnerungen. Und ihm fiel noch etwas aus dem Jakobshof-Konzert ein, auf die Melodie »Odi et amo« von Carf Orff hatten die gesungen:

»Am Mann
hängt was dran,
was ihm leider dann
und wann

zum Verhängnis werden kann.«

Damian sang es leise in sein Kopfkissen. So fühlte er sich manchmal auch. Zum Beispiel jetzt. Nur, wie hieß der Chor? Irgendwas mit Bier. Er kam nicht drauf.

Kapitel 39

Beim Therapeuten 4

Sicherheit verunsichert

Dr. Friedensreich Darjahn blickte mit sehr gemischten Gefühlen auf die vergangenen Monate zurück. Bei Adel Trabelsi, dem Radmenschen mit dem vermeintlichen Verfolgungswahn, gab es zunächst durchaus Fortschritte. Der konnte jetzt pro Tag schon zwei, manchmal drei Autos einfach rechts stehen lassen. »Ich merke schon so eine Art Befreiung«, hatte er gesagt. Darjahn hatte ihn sehr gelobt. »Ich sehe, Sie sind auf einem guten Weg.«

Doch am Ende der letzten Sitzung hatte Adel noch zwei andere Dinge angesprochen. Zum einen hatte er gefragt, ob es nicht Sinn machen könnte, Autofahrer zu therapieren, sie von der Sucht zu befreien, mit Kursen oder Einzelsitzungen. Darjahn ließ sich die Idee erläutern und fand sie so schräg wie kühn. »Die Frage wird sein, ob das jemand freiwillig macht. Erfahrungsgemäß braucht es Einiges an Reflexionsvermögen und vor allem einen erheblichen Leidensdruck.« Er bezweifle, ob das bei vielen zuträfe, gerade weil es doch zum Wesen der Autonutzung gehöre, sich die Wirklichkeit schönzureden. »Und dann müssten sie ja auch noch dafür zahlen.«

»Vielleicht könnten Kassen das ja übernehmen«, hatte Adel Trabelsi geantwortet.

Zudem hatte Adel von seinem »erweiterten Betätigungsfeld« erzählt. »Wissen Sie, ich habe gelernt, Knöllchen bringen oft nichts. Das machen manche ja aus der Portokasse. Und vor allem: die Gefährdung bleibt ja, auch wenn ich einen Falschparker anzeige. Also muss das Auto weg. Ich lasse jetzt lieber abschleppen. Das funktioniert mit einem Anruf bei der Polizei, oft jedenfalls. Man muss aber lernen zu sagen: Ich möchte eine Verkehrsbehinderung melden oder eine akute Gefahrenstelle. Auf keinen Fall: Ich möchte einen Falschparker melden.« Im Gesetz heiße es, »wenn kein anderes Gefahren abwehrendes Mittel in Frage kommt, ist von der Umsetzung Gebrauch zu machen«. So in etwa hatte der Klient Trabelsi erzählt. Und Umsetzen heiße: Abschleppen. Ein anderes abwehrendes Mittel gebe es ja nicht. »Logisch, nicht wahr?«

Darjahn hatte ihn gefragt, ob das Abschleppenlassen nicht erst recht zeitaufwendig sei. »Manchmal schon«, hatte Trabelsi geantwortet, »aber neulich habe ich einen Porsche Cayenne an den Haken gekriegt, mein schönster Erfolg bislang. Das wiegt vieles auf.« Ohnehin spezialisiere er sich mehr und mehr auf Oberklassefahrzeuge. »Das ist Balsam für die Seele.«

Adel Trabelsi war einverstanden, das Thema beim nächsten Mal fortzuführen. »Dann zeige ich Ihnen auch mal die Website des Berliner Autojägers Andreas Schwiede, der hat da einen sehr klugen Leitfaden eingestellt, wie man Falschparker abgeschleppt bekommt. Vielleicht ist das auch was für Sie, Sie haben doch ein Rad, oder?« Darjahn hatte gequält gelächelt: »Schauen wir mal in drei Wochen.«

Jetzt wollte der auch noch seinen Therapeuten missionieren?

Tja, und dieser Herr Schaffrath! Der hatte immer wieder mal ganz reale, unvermeidliche Begegnungen mit Fahrradfahrern im öffentlichen Raum, die kleinste Therapieerfolge (Sattel berühren etc.) offenbar wieder zunichtemachten. Eine Endlosschleife. Einmal hatte ihm Schaffrath ganz aufgeregt erzählt, er habe im Schlaf in der Stadt UPS-Fahrräder gesehen, genauso braun wie die bekannten LKW: »Ich halluziniere schon.«

Darjahn hatte es Mühe gekostet, ihm zu erklären, dass es die wirklich gibt: »Jetzt wollen Sie mich auf den Arm nehmen, Herr Doktor, oder?«

Nein, Herr Schaffrath, hatte er gesagt, »auf Fahrrädern sind tatsächlich nicht nur Freizeitsportler, Schulkinder und Berufstätige unterwegs. Anfang 2021 hat UPS mit diesen klotzigen dunkelbraunen Lastenrädern die Verteilung von Paketen in Aachens City gestartet, aus einem Mikrodepot auf die letzte Meile.« Seitdem mühen sich die armen Fahrer und Fahrerinnen durch das Chaos. Darjahn hatte versucht, ihm die Vorteile guter Infrastruktur zu erläutern, in der Hoffnung, die Zweiräder für ihn zu entdämonisieren: »Wissen Sie, Herr Schaffrath, Radwege sind auch ein Wirtschaftsfaktor. Und Touristiker sagen: Sichere Radwege sind ein wichtiges Argument für Hotelgäste. Das sei mittlerweile echt ein Argument, ob ich eine Stadt besuche oder eben nicht.« Was soll man als Innenstadt-Hotelier einem Gast erzählen, was sie hier für tolle Touren machen können in Aachen? Ja, aber erst, wenn sie jemand aus der Stadt beamt.

Offenbar hatte das wenig geholfen. Schaffrath hatte weiter Alpträume, aber jetzt auch mal ohne Fahrrad. Ein Zeichen der Besserung? Einmal, hatte er berichtet, sei er im Traum am frühen Abend nach Hause gekommen, aber nirgends war ein Parkplatz gewesen. Er sei erfolglos herumgekurvt, immer größere Schleifen, nichts. Stundenlang sei das so gegangen. Auch weil er immer wieder vor Sperrungen stand: »Reallabor« habe dagestanden, »Reallabor«, »Reallabor«. Und an der nächsten Kreuzung wieder. »Ganz Aachen ist ein einziges Reallabor«, hatte er geschimpft. Weit nach Mitternacht sei er »in letzter Verzweiflung« auf den Autobahn-Rastplatz gefahren, habe drei Stunden schlafen können und mit schmerzendem Rücken um 5 Uhr 30 wieder seine Runden begonnen. »Irgendwann ist der erste zur Arbeit gefahren. Ich geparkt, nach Hause, die Frau beruhigen, schnell duschen und frühstücken, dann musste ich gleich wieder in die Firma.«

»Parkpanik« notierte der Therapeut und hatte überlegt, ob Schaffraths tiefer Konflikt Auto-Fahrrad vielleicht umgekehrt aufgelöst werden könnte. »Was halten Sie denn davon, wenn Sie mal eine Weile das Auto stehenlassen? Vielleicht löst das Ihre Blockaden.« Schaffrath hatte ihn mit aufgerissenen Augen angesehen. »Nicht mehr fahren? Wie soll das gehen? Das wäre doch Kapitulation vor diesem Radvolk. Nicht mit mir. Sind Sie verrückt?«

Darjahn hatte noch einmal nachgesetzt. »Es könnte Ihre tiefen inneren Verkrustungen lösen, wenn der Konflikt nicht weiter gefüttert wird. Wenn man in der Wirklichkeit dem Problem keine weitere Nahrung gibt, lassen vielleicht auch die Träume nach. Das könnte für mehr innere Gelassenheit sorgen. Weil es ja …«

Schaffrath war mitten im Satz aufgestanden. »Ich glaube, Sie wollen mich kastrieren! Unter diesen Umständen möchte ich unsere Zusammenarbeit beenden.« Und war gegangen, Tür schlagend. »Der spinnt doch«, hörte er noch aus dem Flur.

Hier lag offenbar eine schwere Störung vor. In der Literatur war wenig Passendes zu finden: Fahrradphobien waren offenbar noch wenig erforscht. Vielleicht, dachte Darjahn, hätte ich Herrn Schaffrath doch mal vorübergehend eine klinische Einrichtung vorschlagen sollen.

Und sonst? Ungewöhnlich, aber lösbar schien der Fall des Frankfurter Verkehrsforschers. Der hatte beim ersten Anruf von »Verkehrsproblemen« gesprochen, dass »alles so vergeblich und auf Dauer sehr belastend und seelenbedrückend« sei. Da hatte Darjahn noch gedacht, wahrscheinlich wieder ein Fall von Potenzschwäche mit der Folge Minderwertigkeitsgefühl, Altersschwermut, Perspektivlosigkeit, drohende Ehezerrüttung – unschön, aber Routine. Das würde er schon hinkriegen, hatte er gedacht, da hatte er sein Repertoire, oftmals erfolgreich eingesetzt.

Und dann hatte der Mann halt doch Probleme mit Auto und Rad. Verkehr, Verkehr – überall. Selbst dieser reflektierte und routinierte Forscher, zudem über zwanzig Jahre älter als er, war verzweifelt. Der Mann hatte sich bei ihm

»sehr gut aufgehoben gefühlt«, wie er gesagt hatte, immerhin. Sie hatten ein sehr intensives Erstgespräch geführt, aber er lebte halt bei Frankfurt. Sie verabredeten, es mit Zoom-Sitzungen weiter zu versuchen.

Und dann war da noch dieser etwas seltsame Anruf von einem Herrn Noppeney. War nicht ganz klar, was der wollte, er sprach davon, er sei in seiner Persönlichkeit belastet, nach einem Gespräch mit der Stadt als Anwohnender über geplante neue Wege. »Stellen Sie sich vor, als Anwohnender, Herr Doktor. So was war ich noch nie. Ich will doch hier nur wohnen.« Und er sei sich selbst begegnet, das habe die Dame von der Stadt verlangt! »Ich sollte mir ausmalen, ich käme mir selbst entgegen – können Sie sich so was vorstellen, Herr Doktor?« Darjahn konnte nicht so recht und er wusste auch nicht, um welche Wege es gehen sollte, vielleicht hatte das mit Verkehr und insbesondere Radwegen gar nichts zu tun. Und wenn doch? Gab es denn nur noch Verkehr, Verkehr, Verkehr?

Gut, das würde er ja sehen, wenn der Mann am Freitag käme. Aber mittlerweile fühlte sich auch Dr. Friedensreich Darjahn zunehmend verunsichert, auch weil die Zusammenarbeit mit Schaffrath so krachend gescheitert war. Er wählte die Nummer von Angelo Vermeulen in Köln, einer Kapazität der Supervision. »Hallo Angelo«, sagte er freundlich, »du, wir müssen mal wieder eine Stunde Zeit miteinander verbringen. Ich hab Redebedarf. Wann hast du Zeit?«

»Worum geht es denn, Fritz?«

»Du, ich habe seit einiger Zeit immer neue Klienten und Klientinnen, die entweder mit Radfahrern oder mit Autofahrern nicht klarkommen. Und zwar massiv. Die ihre Seelen damit martern und Traumata entwickeln, Phobien, verkehrlichen Verfolgungswahn. Auch ein Verdachtsfall von Rad-Psychose ist dabei, vielleicht sogar mit schizophrenen Entwicklungen.«

Vermeulen schwieg. Was meinte der geschätzte Kollege mit verkehrlichem Verfolgungswahn und Rad-Psychose? Merkwürdig.

»Weißt du«, fuhr Darjahn fort, »es ist wie …, naja, das ist vielleicht ein zu großes Wort: Es ist fast wie eine Pandemie.«

»Puh«, sagte Vermeulen, »übertreib mal nicht. Aber da hatte noch gestern deine Kollegin Petra Birmes vom Psychosozialen Netzwerk Aix-la-Chapelle ein ganz ähnliches Anliegen. Auch die berichtet von auffällig vielen Hilfegesuchen, die mit Radfahrern zu tun haben, teils dramatisch. Was ist denn nur los in eurem Aachen?«

Sie verabredeten sich für die kommende Woche.

Kapitel 40

Bei den Automenschen 7

Die welterste Critical Car Mass

In der Woche vor dem großen Tag trafen sich die Vertreter der 157.000 zu letzten Detailabsprachen für ihre große Demonstration. Vorneweg bat Theo Veit um das Wort: »Ihr erinnert Euch an meine Idee mit dem Gottesdienst im Dom, für die Vertriebenen, also unsere Autos? Ich bin gekommen, um euch mitzuteilen«, er machte eine feierliche Kunstpause, ohne dass allerdings etwas passierte, »dass wir demnächst einen Termin beim Bischof bekommen«.

Jetzt endlich setzte langer Applaus ein.

Auch der Autor freute sich bei der Niederschrift, dass er in seiner Dokumentation der Ereignisse die Kirche in der Katholikenstadt Aachen in einer Weise einbinden konnte, die ihrer großen Bedeutung würdig war.

Die Runde war begeistert. Den Neuen wurde die Idee noch einmal kurz erläutert.

»Wir könnten Auto-Psalme beten«, schlug Arnhild Wallmann vor, die mal Religion studiert hatte. »Zum Beispiel für die Wiederauferstehung. Psalm 1:

Werde ich auch nicht verschont / von Feinden, Widerwärtigen und Spöttern, / sie können mich von dir nicht trennen. / Du gibst mir Kraft. / Doch ohne dich verweht, was war. / Der Weg mit dir ist der beste.«

»Großartig, wie für uns geschrieben!«, jubelte Elvira Alt.

»Oder wie in Psalm 11, sinngemäß: »Sie wollen uns abschießen. Der Pfeil liegt bereit. Die Sehne ist gespannt. Sie lauern im Dunkeln – die Gottlosen.«

Alle hier wussten, wer die Gottlosen in dieser Stadt waren.

Theo Veit schaltete sich noch einmal ein: »Langsam-langsam. Noch ist nichts sicher. Aber wenn wir den Auto-Gottesdienst machen: Vielleicht können wir einen Wagen symbolisch auf dem Altar abstellen, um zu zeigen, wie ernst wir das meinen.«

Ron hob energisch winkend die Hand.

»Nein, Ron, kein ASEAG-Bus. Das wäre übertrieben.«

»Wie kriegt man wenigstens einen Kleinwagen da rein?«

»Die Wege des Herrn, beim Herrn ...«

Vor den Augen der AutofreundInnen taten sich die schönsten Bilder auf, wie fein sich ein blitzblank geputzter schnittiger Sportwagen in seiner ganzen Anmut mitten im Hohen Dom zu Aachen machen würde.

Einer erinnerte an Fulda, frühe 90er Jahre: »Kennt ihr die Geschichte? Da ist mal jemand mit seinem Wagen durch das Holzportal in den Dom gebrettert und kam erst direkt vor dem Altar zu stehen. Absolut spektakulär. Angeblich hat er was in den Opferstock getan, dann durfte er unbehelligt wieder raus.«

»Das ist ja Gewalt. Das haben wir nicht nötig. Wir reden ja mit dem Bischof.«

»Vielleicht tut es auch ein Modell, 1:20 wenigstens.«

»Wir werden das besprechen.«

»Der Bischof lässt übrigens einen Mercedes E 220d 4MATIC fahren, also sich in einem fahren.«

Fachmann Schaffrath war augenblicklich hellwach: »Kräftige 194 PS zum Frommen des Herrn. Und nur 204 Gramm CO2 ...«

Doch diese neue Art von Automobilmesse war noch Zukunftsmusik. Jetzt galt erst mal alle Konzentration der Critical Car Mass. Viele Details waren noch zu besprechen.

Der Countdown lief.

Am Morgen vor Tag X hatte sich Ron per Rundmail noch zur Hartmannstraße geäußert. »Habt ihr gelesen? Ich hab es doch immer gesagt, Studenten!« Die mutmaßlichen Täter des abgebrannten VW Buzz waren gefasst worden: Zwei Drittsemester der Elektrotechnik hatten sich gestellt. Sie hatten angeblich völlig besoffen herumgezündelt, »alles war wohl mehr fahrlässige Brandstiftung«, hatte Kommissar Schmitz-Körrmann den Zeitungen gesagt, Details werde man vor Gericht erfahren. Der enttäuschte Heinz Erling hatte nicht mal einen Kommentar geschrieben.

Der 1. Kriminalhauptkommissar Schmitz-Körrmann hatte zuvor die Spur mit dem mysteriösen Bekennerschreiben (»Wer sie nicht kennte – die Elemente …«) weiterverfolgt. Die Staatsanwaltschaft hatte Gutachten bei Linguisten, Illuminatenforschern und Graphologen in Auftrag gegeben – alles erfolglos. Immerhin war die Marke des Billig-Spülmittels im Geldbrunnen durch ein Fachlabor identifiziert worden, was aber auch nicht weiterhalf. Schmitz-Körrmann hatte in präventivem Diensteifer überlegt, was – Element drei – womöglich noch in der Luft liegt und wodurch 4. die Aachener Erde verseucht werden könnte. Doch seine *Soko Vier Elemente* hatte keine weitere Spur gefunden.

Und sie war offenbar auch nicht nötig: Die geständigen Studis hatten ausgesagt, das vermeintliche Bekennerschreiben sei nur die Kritzelei aus dem langweiligen Oberseminar Chemie II gewesen, es habe nichts mit dem Feuer zu tun, auch nicht mit dem Wasser im Brunnen, sie hätten den Reim irgendwo mal aufgeschnappt und »so lustig gefunden«. Aus ermittlungstaktischen Gründen hatte Schmitz-Körrmann den Fund bis dahin verschwiegen. Hätte er ihn öffentlich gemacht, wäre sicher der Aachener Komponist Florian Zintzen vorstellig geworden. Er hätte auf sein »Requiem für einen weißen Elefanten« verwiesen, aus dem das Zitat stammt; es ging in dem tragikomischen Musikstück um das Leiden des Elefanten Abul Abbas bei Hofe Kaiser Karls.

Und endlich, freute sich der Autor so kurz vor dem Ende des Buches, war der Öcher Kaiser noch einmal prominent untergebracht. Eine Schrift aus Aquis Grani ohne ein Mindestmaß an Charlemagne wäre schließlich so nachlässig als schriebe man Aachen mit nur einem a.

Ron Rekcep interessierten solche Ermittlungsdetails und Karlismen herzlich wenig. Er sah die Sache pragmatisch: »Ich sag doch Studenten, diese Radfahrer … Leute, es wird immer schlimmer. Die sind überall. Jetzt greifen sie uns schon besoffen an.« Dass auch Schmitz-Körrmann tatsächlich leidenschaftlicher Rennradfahrer war, einst sogar NRW-Polizeimeister, wusste Ron zum Glück nicht. Und auch nicht, dass der Mann den Radentscheid unterschrieben und ziemlich erfolgreich im Präsidium dafür Werbung gemacht hatte.

Am Morgen las das Ehepaar Kügler blaue Zeitung, und Wera rief sogleich bei Caroline Egyptien an. »Klasse Anzeige, und ganz raffiniert dazu: Aufmerksam machen, aber nichts Genaues vorab verraten«, bekam die engagierte Frau zu hören, »Caroline Reinartz hätte es nicht knackiger formulieren können.« Zu ihrem Mann sagte Wera Kügler: »Allein aus Neugier werden uns tausende sehen wollen, da bin ich sicher.« Gleichzeitig teilte Fatih Üslümürlüçü in der Facebook-Gruppe mit, dass er in der türkischen Community rund um die Elsassstraße noch mindestens zwanzig Routiniers im Kolonnenfahren aktiviert hatte. »Kommen alle, auch ohne Hochzeit.«

Der Autor hatte die aktuellen Berichte des Agentterroristen-Ehepaares Jütmann mit großem Interesse verfolgt. Am Tag X war er morgens zum Bendplatz geschlendert, um das revolutionäre Geschehen hautnah mitzuerleben.

Bald musste er erkennen, dass die Wirklichkeit merklich von den Planungen der Automenschen abwich, und man wird im Nachhinein auch mit großem Wohlwollen nicht sagen können, dass die erste Critical Mass einer Autofahrerinitiative in Aachen ein besonderer Erfolg war. Es begann schon damit, dass es viele nicht rechtzeitig schafften zum verabredeten Ort. Kurz nach elf Uhr waren gerade mal dreizehn Fahrzeuge am Bendplatz. Eine Viertelstunde später waren immerhin noch fünf dazugekommen, darunter zwei dauerhupende türkische Brüder und das Ehepaar Wallmann mit der Losung »Freie Fahrt für Freie Richtericher«. Die Handys glühten: »Wo bleibt ihr?«, »Wo steckst du?«

Die Rückmeldungen kamen aus diversen Autoschlangen, aus innerstädtischen Staus, mal Löhergraben, mal Turmstraße, mehrere aus der Wilhelmstraße. »Bin gleich da«, »kann nicht mehr lange dauern, Moment … – fahr doch, du blöder Idiot! – Entschuldigung.« Marlene Veit wurde vor dem Hauptbahnhof gerade Zeugin einer kleinen Demo von Kurden, als ihr Kommunikationskasten auf dem Beifahrersitz klingelte. Sie ging dran, unglücklicherweise gleich neben einem Polizeimotorrad. Marlene zahlte schließlich cash, schimpfte nachher über ihren ersten Punkt in Flensburg seit mindestens einem halben Jahr, hatte den Demozug aber schon neben der Viktoriaschule wieder eingeholt. Dort radelte zufällig Leonora Terzi, die Schweizerin, an ihr vorbei und musste sich in dieser komischen Stadt Aachen mal wieder wundern, hier über Marlenes Protestschild »Autos sind auch nur Menschen«. Leonora vermutete eine Esoterikerin am Steuer, eine von diesen Querlenkerinnen.

Gut, die Autoaktivisten hatten auch etwas Pech: Ein LKW mit Gefahrengütern stand auf der Abfahrt Laurensberg seit dem Morgen fahruntüchtig quer, Spezialisten mussten ran, die Bergung dauerte und dauerte. Das sorgte für ein Extra an Umwegen und für viele Automobile als zeitweilige Immobilien. Gerade hatte sich der Verkehr auch an der Bastei verkeilt, wo genervte Linksabbieger zu weit vorgezogen hatten, so dass Grün nur eine Farbe war, aber kein Signal mehr zum Weiterfahren. Ein paar fette Regenschauer taten das ihre. Dann fahren nämlich noch mehr Leute Auto und sie tun das vorsichtiger, vulgo: langsamer.

Bei Licht betrachtet, herrschte in Aachen aber nur das ganz alltägliche Verkehrschaos, wie Autochaos gern heißt. Radfahrer und Radfahrerinnen rollten neben dem Blech vorbei, was insbesondere Ron zur Weißglut brachte, als ihn bergab am Boxgraben einer auch noch links überholte. Ron war an der Schanz fatalerweise rechts abgebogen, weil ihm Cornelius Schaffrath gerade noch so dringend von der Turmstraße abgeraten hatte: »Alles dicht, überall Studenten, so viele Fahrräder, nichts als Fahrräder.« Kaum hatte Ron aufgelegt, rief ihn Claire an, sie fände die Place de Bend nicht. Claire hatte auf ein Bettlaken geschrieben: »La Belgique est solidaire des automobilistes d´Aix-la-Chapelle.« Und als belgischen Kulturgruß nach türkischem Vorbild »Vive les frites« auf knallgelbe Luftballons gemalt.

Der kleine Haufen an der Place de Bend beschloss derweil loszufahren. »Dann sind wir eben die kleinste Megademo von Autos in der Aachener Geschichte«, sagte Wera Kügler mit der Losung »Zurück zur Verkehrsvernunft« trotzig. Auf der Gegenspur der Schurzelter Straße sah sie noch ihren Mann Hannes angerollt kommen, der aber nicht wenden konnte und auf den Bendplatz einbog, wo er gleich neben dem Autor zu stehen kam. »Haben Sie hier eine Gruppe Autofahrer gesehen?«, fragte er aufgeregt.

Der Ausgewogenheit zuliebe war der Autor froh, auch einmal mit der anderen, der Gegenseite, in Kontakt treten zu können: »Autos?«, sagte er, »Nein. Gibt´s hier nicht. Die fahren doch alle durch die Stadt und suchen Parkplätze. Hierhin kommt doch kaum jemand, das ist doch Lichtjahre von der City entfernt.« Kügler nickte.

Die kleine Kolonne schaffte derweil problemlos die ersten beiden Kreuzungen, dann sorgte eine Rotphase für die erste Halbierung der Gruppe.

Wahrscheinlich war es auch nur vordergründig eine gute Idee gewesen, sich samstags um elf Uhr in der Vorweihnachtszeit zu verabreden. Doch solch strategische Überlegungen hatten sich die Demo-ungeübten Aktivisten nicht gestellt. Im Gegenteil: Sie hatten sich noch clever gewähnt, diesen Termin zu wählen, weil da besonders viele Menschen in der Aachener Innenstadt unterwegs wären und solidarisch auf sie aufmerksam werden würden. Allerdings waren halt die Straßen alltäglich voll, nur noch etwas alltäglicher als alltäglich. Kurzum: Alle wurden gemeinsam zu einer einzigen Critical Mass, die Autoinitiative und die vielen anderen unbeteiligten KFZ-Lenker, ein großer Fahrzeugverband allerdings, den niemand als Besonderheit, gar Premiere, zur Kenntnis nahm. Sondern nur als große diffuse Blechmasse, kaum bewegungsfähig, mit viel genervtem Hupen und feinen Abgasschwaden, die mit gut funktionierenden Abschaltvorrichtungen die Fähigkeiten deutscher Ingenieurskunst bewiesen.

Als Irm Schneiders an einer Ampel gerade den Anschluss zu den letzten Mitdemonstranten verloren hatte, fuhr sie rechts ran und rief ihren Mann an: »Wo bist du, Heinrich?«

»Moment, ich kann grad nicht.«

Heinrich Schneiders (Losung: »Verkehrsvernunft jetzt!«) hatte im Sinne der Sache kurzerhand vom Kaiserplatz die Abkürzung durch die gesperrte Blondelstraße Richtung Bendplatz nehmen wollen. Ausgerechnet heute wartete hier, auf dem Willy-Brandt-Platz, das Auto des Ordnungsamtes – und es war, anders als sonst oft, sogar besetzt. Und die Mitarbeiter machten gerade nicht Pause.

»150 Euro? Wieso? Nein. Nein, das lasse ich mir nicht gefallen, Herr Wachtmeister …«

Es rauschte kurz.

»Heinrich, was ist da los bei dir?«

»Irm, Moment …«

»Allerdings muss das sein! Im Sinne auch Ihrer Verkehrsvernunft …«

»Gar nichts muss!«

»Sonst können wir nur …«

»Heinrich, bist du in Gefahr?«

»Das ist all mein Geld, mehr habe ich nicht dabei.«

»Und Ihr Telefon …!«, sagte der Amtsmann streng.

»Heinrich!?«

»… und Ihr Telefon legen Sie bitte schön dahin. Sonst müssen wir …«

»Heinrich! Wirst du überfallen?«

»Ich liebe dich, Schatz.«

Dann brach das Gespräch ab.

Kapitel 41

Damian und Ariane 7

Das Glück naht

»Der Mohr hat seine Schuldigkeit getan, der Mohr kann gehen«, tippte der Autor in die Tasten – und hatte gleich ein mehrfaches Problem. Erstens stellte er fest, dass es sich um »ein Sprichwortgespenst« (*FAZ*) handelte – in Schillers Drama steht etwas von Arbeit getan, nichts von Schuldigkeit. Aber wichtiger war: Darf man heutzutage noch »Mohr« schreiben? Auch wenn es sich um ein klassisches Zitat handelt. Oder müsste man schreiben »Der Farbige hat seine Schuldigkeit respektive Arbeit getan« oder »Die PoC …«, also Person of Colour? Da müsste er unbedingt mal seinen inneren Rassismusberater fragen. Um gleich vor dem nächsten Zweifel zu stehen: Warum hat er keine innere Rassismusberaterin? Entsprangen schon seine Gedanken an den Rassismusberater dem tief verankerten Machismo-Reflexen eines alten weißen Mannes? Also besser sagen: der oder die innere Rassismusberatende? Es war aber auch ein ständiges Minenfeld.

Es ging um Ariane. Die sollte ihre Auftritte im Buch gehabt haben und würde sich jetzt aus dem aktiven Geschehen verabschieden. Er würde sie also herausschreiben, wie das heißt. So zumindest die Idee. Denn Damian, der Schlaffi, hatte es ja nicht hinbekommen, sich ihr zu nähern. Und der Autor hatte von Anfang an gesagt, das ist deine Privatsache, da helfe ich nicht, dein Problem. Das wusste sein Damian doch auch.

Schluss also mit dem endlosen Theater um Ariane. Da gingen dem Autor allmählich die Worte aus, lächerlich die beiden, oder?

Die Gedanken schweiften weiter: Müsste es also heißen »Die Mohrin hat ihre Arbeit getan«? Oder doch die Person of Colour, obwohl sie gar keine ist? Oder sogar, für die Hasser und Hasserinnen der Anglizismen, besser MdF, also Mensch der Farbe?

Ariane ahnte von solchen Gedanken natürlich nichts und wollte offenbar ganz autonom einen letzten Versuch starten, mit Damian weiterzukommen. Am Abend zuvor war sie bei ihrer besten Freundin Pam gewesen, die Ariane neulich noch wegen deren untreuem Ehemann beraten hatte. Die beiden saßen auf Pams wunderbar knarzender Chaiselongue, einem Erbstück der Oma.

Ariane erzählte vom Achsbruch neulich. Dem ganzen Hantier mit Abschleppen, Versicherungen, Kosten. »Die Vertragswerkstatt hier hätte bestimmt gesagt: Wirtschaftlicher Totalschaden. Vergessen Sie es. Aber der Maurice ist ein echtes Goldstück von Schrauber, der hat tatsächlich eine passende Achse aufgetrieben auf einem Schrottplatz. Die Belgier sind echt Götter der Improvisation. Glück gehabt. Wagen rollt!«

Pam gratulierte und wollte wissen: »Und sonst?«

»Ja, weißt du …«, sagte Ariane zögernd.

»Was ist denn los, meine Liebe?«

»Stichwort.«

»Was?«

»Na, Liebe.«

»Oha, gibt's Neues von deinem Neuen?«

»Der ist nicht mein Neuer.«

»Wieso, ich dachte du findest ihn so schnuckelig. Sexy hast du neulich auch gesagt. Und seine Stimme mache dich ganz blümerant im Herzen. Und im Schoß. Deine Worte!«

»Ja, aber er ist eben nicht mein Neuer. Weil nichts passiert. Er macht nichts. Er ist so schissig. Vielleicht kann er auch nicht mehr, hat man ja manchmal bei Männern über fünfzig.«

»Zumindest knutschen wird er schon noch können. Ist da immer noch nichts passiert?«

»Nichts.«

»Dann müssen Madame Ariane vielleicht ran …«
»Ich weiß nicht.«
»Krall ihn dir, Ari. Leg ihn flach!«
»Pam!«
Pam hatte das ein paar Mal so praktiziert. Durchaus erfolgreich. Ist bei den meisten Männern ja auch kein Problem. Immer wenn sie, Pam, sich mal wieder untervögelt gefühlt hatte, wie sie das nannte, ging sie auf Pirsch. Also, zumindest hatte sie das vor ihrer Ehe getan. Das alles wusste Ariane.
»Ja, lad ihn doch zu dir nach Hause ein, lecker essen, schöner Wein, Kerzchen, Musik fürs Herz, das ganze Programm. Und dann guckt ihr mal. Das klappt schon. Gib ihm noch eine Chance.«
»Und wenn dann …«
»Los, Mädel, ran.«
»Ich weiß nicht …«
»Aber ich.«
»Gut, ich überlege es mir.«

Jedenfalls klingelte bei Damian am Samstagvormittag das Telefon, gerade als der Autor noch überlegte, ob er Ariane rausschreiben sollte. Damian wusste gleich, wer dran war. Damian war stolz auf sein Gefühl, so etwas zu ahnen. Und er wusste auch, dass Ariane das Telefon tatsächlich zum Telefonieren nutzte; für WhatsApp, Signal, Instagram und ähnliche Geißeln der Menschheit nur in Ausnahmefällen. Ariane war, von beruflichen Telefonaten abgesehen, ohnehin fast die einzige, die überhaupt mal anrief. Vor allem jetzt am Samstag.
»Hallo Ariane«, sagte er, ohne auf das Display zu gucken.
»Hi.«
Damian spürte gleich, dass irgendetwas anders war. Ariane, diese Quasselstrippe, war wenigersilbig als sonst. Immerhin führte die Mohrin, die keine sein sollte, das Gespräch bald zum Thema.
»… also, weißt du …«, hob sie an.

Damian erschrak. So ein »also, weißt du …«, das sagte ihm seine Lebenserfahrung, war und ist oft Auftaktgestotter für eine Unannehmlichkeit, womöglich sogar für eine Wahrheit. So ein »also«-Anfang ist schon schlimm, aber das »weißt du …« dahinter erst recht. Beides zusammen klang wie der Beginn von Vernichtung. Damian hätte viel darum gegeben, wenn ihn seine Menschenkenntnis jetzt getrogen hätte.

»Also mit uns …« Damian schwieg. Das war jetzt wirklich der Anfang vom Ende. Die Exekution.

»Also«, machte Ariane weiter, »weißt du, immer nur Ausflüge, Spazieren, Freizeitgestaltung …« Damian hielt sich an seinem Küchentisch fest. Womit Ariane zum Finale kam: »… deshalb habe ich mir gedacht, ich lade dich mal zu mir zum Essen ein. Vegetarisch natürlich. Wir müssen ja nicht immer unterwegs sein mit immer neuen Verkehrsmitteln. Wenn du Zeit hast, gern gleich heute Abend.«

Damian war baff.

»Du sagst ja gar nichts.«

»Doch, ja gerne … Ich hatte nur nicht damit gerechnet.« Jetzt konnte er sogar den Tisch wieder alleine stehen lassen.

»Gut, sagen wir heute Abend? Dann kann ich dir auch was Neues erzählen.«

»Erzähl.«

»Ich war neulich mal interessehalber bei diesen Automenschen, die gegen eure Radwege kämpfen und polemisieren. Das sind zum Teil Gestalten! Da schämt man sich richtig als Autofahrerin.«

»Echt? Erzähl, erzähl.«

»Nee, kleines Geheimnis. Erzähl ich heute Abend.«

»Bist du denn überhaupt wieder Autofahrerin?«

»Ja, abschleppen waren nur gut 200 und der Maurice, das Schätzchen, kriegt Ersatzteile überall her. Tiptop-Achse, alles unter 500.«

»Super, ich bin mit meinen sechzig Euro fürs Trampen auch gut davongekommen.«

»Seit wann kostet Trampen Geld?«

»Mein Geheimnis bis heute Abend. Ich freu mich auf dich. Bis nachher.«

So manches Mal war Damian in der Vergangenheit wegen seiner Forschheit auf die Fresse geflogen. Hatte viel zu früh Gas gegeben, das wusste er, und auch, dass ihm mit diesem Gasgeben jetzt dooferweise Autovokabular in den Sinn gekommen war. Gut, dass er also zu schnell zu kräftig in die Pedale getreten hatte bei seinen Anbahnungsüberfällen.

Jetzt hatte er wohl alles richtig gemacht. Vielleicht ist er mit den Jahren der Reife doch nähergekommen. Und dann war sie einfach zum Schein zum Feind übergelaufen, diese ausgekochte Agentin! Großartige Frau!

Oder war das jetzt so eine Falle des Buchautors? Wer weiß! Plötzlich fuhr Damian ein Schreck in die Glieder.

Hallo …

Aber jetzt, wo man ihn brauchte, machte dieser Autor nichts. Kein Kontakt, keine Einflüsterungen. Damian lauschte – nichts. Damian wusste auch nicht, wie man ihn erreichen konnte. Immer hatte dieser Schreiber quasi aus dem Off zu ihm gesprochen, das war Damian aufgefallen, klar, aber jetzt war es ihm voll bewusst. Einwegkommunikation. Sicher war das mit Arianes Anruf wichtig fürs Buch. Und jetzt auch für ihn!

Oder war er nur eine Marionette?

Aber gut, es war ja noch Zeit bis zum Abend. Vorher noch Alemannia. Anstoß am Tivoli war um 14 Uhr. Wichtiges Spiel, noch wichtiger als sonst!

Gleich nach dem Telefonat machte sich Damian noch einen Kaffee und knabberte zum High-Noon-Bimmeln der Öcher Sacré Coeur am wunderbaren Streuselbrötchen vom Bäcker um die Ecke. Sorgen Streuselbrötchen eigentlich auch für eine Ausschüttung von Dopamin? Und für Gedächtnisexplosionen? Ten Beers After! Damian fiel der Name des Chores aus dem Jakobshof wieder ein, die mit dem »am Mann hängt was dran …« Müsste er mal suchen, ob es die noch gibt.

Mit einem Mal kaperte Optimismus Damians Seele massiv. »… das ihm leider dann und wann zum Verhängnis werden kann?« Meinetwegen. Aber nur dann und wann. Und nicht heute! Nicht mit mir! Heute gilt: »… zur Erfüllung bringen kann!«

Keine Falle, keine Marionette, kein Verhängnis. Heute Abend: bei Ariane! Mit Anflügen aufsprießender Beglücktheit guckte Damian in den grauen Himmel. Doch, auch grau hat seine Schönheit. Welch wunderbarer Herbst! Was für eine Jahreszeit, besonders jetzt der Spätherbst, noch herbstiger als der gemeine Durchschnittsherbst. Der Wind würde alle Zweifel wegblasen, das wusste Damian plötzlich.

Und der Fahrtwind sollte das unterstützen, dachte er. Damian zog die Regenklamotten über, und auf ging's. Er schwang sich aufs Rad.

Kapitel 42

Damian und Ariane 8

Der besondere Schlussherbst

Der Autor dieses Buches war immer noch unschlüssig. Also gut, die vorwitzige Ariane hatte selbsttätig was eingefädelt. Würde ein über alle Maße beglückender Abend nicht doch zu dicke wirken? Musste ein Happy End wirklich sein, wäre das nicht vielleicht zu kitschig? Er hätte ja tatsächlich eingreifen können.

Ach was!

Klar, ohne ihn hätte Damian Ariane gar nicht getroffen. Vielleicht sollte er seinen Helden jetzt einfach glücklich werden lassen – falls die beiden das hinbekommen würden. Da war er optimistisch, aber das lag ohnehin nicht mehr in seiner Macht: man kann eine Geschichte schreiben mit allerlei merkwürdigen Figuren und seltsamen Begegnungen. Aber man konnte als Autor den Zauber der Liebe weder wirklich entfachen, nicht steuern, noch ihn ausbremsen. Das kann nur das Leben selbst.

Höchstens, dachte er ein bisschen gemein, könnte er seinen Buchhelden noch einmal testen. Vielleicht dafür sorgen, dass er heute im Stadion noch eine andere Frau kennenlernt? Oder Marie wiedersieht, die es ihm ja mal so angetan hatte? Oder, hihi, Damian trifft ganz zufällig Dr. Renate Peitsch, die ehemalige Stadtbedienstete aus dem Untergrund, diese chice, sehr attraktive Frau, kaum älter als Damian? Und sie versucht ihn zu verschlingen mit ihren stahlblauen Augen. Das wäre ein konfliktschöner Knaller! Ehrentribüne. »Dankedanke – Bittebitte.« Und dann? Open End.

Aber nein, Schluss mit den Fantasien, der Tivoli ist ein Fußballstadion und kein Kontakthof!

Damian war durch die fahrrad- und fußgängerfreundliche Bismarckstraße geschwebt. Zumindest stellenweise war sie schon umgebaut, neue Markierungen waren auf dem Asphalt, ein Zeichen, dass sich bald was dreht. Ewig und drei Tage hatte es auch hier gedauert, in stadttypischer Superzeitlupe. Aber jetzt: Wie schön das wurde, schon nach weniger als zehn Jahren. Was Verwaltungsmenschen so sperrig »Aufenthaltsqualität« nennen, funktionierte allmählich lebendig vor sich hin. Breite Fußwege, flanierende Familien, lauschige Plätze für die Gastronomie wie dem ehemaligen Szene-Restaurant Insulaner, das neuerdings Insulaner*in hieß. Früher war das rundherum alles Autopiste gewesen, wie selbstverständlich hingenommen. An den Rändern das Blech, rechts und links das Blech und lechts und rinks auch, hier und da und dort und überall, und immer herumkurvende Autos auf der Suche nach neuen Lücken für Blech.

Der Spielplatz auf dem Neumarkt wird herumkurvende Autos bald weitgehend vergessen haben, wie schön, dachte Damian. Und gleichzeitig fiel ihm auf, dass das eine Art Wiederaneignung war. Früher spielten Kinder einfach auf der Straße, wofür überhaupt Spielplätze? Dann kamen die Autos, mehr und mehr. Erst wurde es gefährlich, dann wurde es undenkbar für Eltern, den Satz zu sagen, den sie selbst als Kind noch dauernd gehört hatten: »Geh runter, spiel doch was auf der Straße.« Die Kinder bekamen alsbald eigene Reservate, eben die Spielplätze. Und noch dies fiel Damian auf: Der beliebteste Wochenmarkt Aachens, wegen Platzmangels jahrzehntelang nicht expansionsfähig, kann jetzt ein wenig wachsen. Der Radentscheid hilft also auch der lokalen Wirtschaft. Und: Im nächsten Februar würde sogar der traditionelle Aufzug der Öcher Penn am Karnevalssamstag, jahrzehntelang so hingebungsvoll organisiert vom ehemaligen Pfeifenstudio Jurewicz, auf dem Neumarkt mehr Platz haben. Oche Alaaf: Der Radentscheid half also auch dem Brauchtum.

Es geht doch mit der sinnvolleren, der gerechten und sicheren Aufteilung der Flächen, dachte Damian. Warum ist das so schwer, Fußwege für FußgängerInnen, eine funktionierende Radinfrastruktur, neue Busspuren, und immer noch genug Platz für Automobile? Aachen machte sich, ein bisschen jedenfalls und stückweise – abgesehen von der Alemannia. Aber ab heute würde das sicher auch anders werden.

Damian rollte die Joseph-von Görres-Straße hinunter und war kurz vor der Kreuzung Peliserkerstraße. Der Autor überlegte noch, ob er die Alemannia zum Finale seiner Erzählung sogar triumphal gewinnen lassen sollte. Das wäre gerade heute etwas Besonderes, im großen Spiel mit dem alten Rivalen Rot-Weiss Essen, dem Duell also zwischen dem Verein mit dem größten Stadion der Regionalliga West und dem mit dem falschest geschriebenen Namen. Ach was, Fußball ist doch nur eine Krücke zum Glücklichsein, ein Hilfsmethadon.

Also, dann lieber ganz und gar. Und so entschloss sich der Autor, wenn schon Liebesgeschichte, dann auch mit romantischem *Happiest End:* Wie sich Damian und Ariane am Abend träfen. Wie sie sich erst unsicher umturtelten und dann umso inniger näherkamen. Wie sie sich erst vorsichtig und dann leidend liebevoll in die Arme sinken würden und schließlich in tiefe Federn. Küsse wie Kirschmarmelade. Nein, so süzth wie Holundersirup. Hemdchen und Höschen, wie sie mit selbstverständlicher Entschlossenheit die Leiber Leiber sein ließen. Wie Slip und Shorts durch das Schlafzimmer flogen, durch den fein schwebenden, güldenen Feenstaub überall, den nur Liebende wahrnehmen können. Zärtlichkeit, Lust, Hingabe, Gier und Glückseligkeit – das volle Programm. Wie sich die beiden kleine Liebkosungen auf die Haut träufelten und ins Ohr schmachteten, untermalt von leisen Geigenklängen, Mendelssohn Bartholdys Violinkonzert op 64 vielleicht. Und zum Finale am besten Beethovens Fünfte, aber volles crescendissimo! Doch, dachte der Autor, ich werde allen Kitsch auspacken und am Ende noch den Vollmond einwechseln, der neugierig durchs Fenster guckt und schamvoll errötet als wäre er der Mars.

Da fuhr dem Autor ein schneeweißer EQA in die Quere.

Der EQA ist ein vorbildlich elektrisch betriebenes Gefährt, in dem man, wie die Herstellerfirma Mercedes informiert, »im Widescreen Cockpit mit Multimediasystem MBUX die Umgebung immer im Blick« habe. Es ist ein Auto, das »Platz für jedes Abenteuer« bietet und sich seinen Käufern und Käuferinnen als »Begleiter für ein vielseitiges Leben« vorstellt. Es fehlte nur das Attribut klimapositiv.

Der Fahrer dieses im Jargon Junior-SUV genannten Fahrzeugs, ein durchaus bedächtiger Mann Anfang vierzig, Familienvater dazu, hatte Damian gerade überholt. Er war etwas später weggekommen als geplant, weil die Stadt an diesem Samstagmittag noch voller war als sonst. Zudem hatte so ein Belgier an der Normaluhr eine Panne und verstopfte die Kreuzung. Zu lesen war an seiner Seitenscheibe noch ein handgemaltes Plakat gewesen, »Stoppt die Zweirad-Heinis«. Seltsam, diese Frittenländler, hatte er noch gedacht.

Der EQA-Fahrer kannte die Strecke von unzähligen Fahrten, er wusste, dass die Ampel vor der Peliserkerstraße jeden Moment auf Rot umzuspringen drohte. Und so tippte er mit lässiger Routine noch einmal kurz auf das rechte Pedal. Sanft und doch mit gediegener Kraft zog der Wagen ein wenig an. Herrlich, dieses Zusammenspiel von Mensch und Maschine, lautlos, verlässlich und emissionsfrei umweltfreundlich. Im gleichen Moment bremste so ein Verkehrshindernis von Kleinwagen vor ihm leicht ab, weil es links abbiegen wollte. Würde das knapp? Ach was: Souverän schwenkte der Mercedes-Fahrer seinen vielseitigen Gefährten durch kurzes Zupfen zweier Finger am Servo-Lenkrad mit autointegraler Drive Smooth Technology

TM ein Stück nach rechts, auf den »Sicherheitsstreifen« für Zweiräder.

Die Polizei würde später davon sprechen, der Unfallverursacher sei »aus vorläufig unbekannten Gründen von der Fahrbahn abgekommen« und habe »einen Radfahrer touchiert«. Dieser habe »sich schwere Verletzungen zugezogen«. Alkohol oder sonstige Drogen seien nicht im Spiel gewesen. In der Zeitung würde tags darauf die gedankenlose Routineformulierung stehen: »Auto übersieht Radfahrer.« Dass ein EQA sehen kann, würde selbst Mercedes nicht zu behaupten wagen.

Damian lag auf dem Asphalt. Er blutete und konnte sich kaum bewegen. Die Frau aus dem Kleinwagen leistete Erste Hilfe. Der Unfallfahrer stand wie paralysiert am Straßenrand, regungslos, offenbar tief geschockt, und starrte auf den kleinen Aufkleber am Heck seines Wagens »Gemeinsam mobil«. Schnell waren Polizei und ein Krankenwagen zur Stelle. Der Verkehr ruhte, alles war abgesperrt. Eine bedrückende Stille lag über der Szene; von irgendwoher wehte leiser Glockenklang herüber.

Bei der Ankunft im Klinikum hatte Notfallschwester Lieke Overmars gerade die 14-Uhr-Schicht angefangen und sagte zu ihrer Kollegin: »Verdomme, schon wieder ein Fietser.« Was da passiert sei? Der Rettungssanitäter berichtete in knappen Worten von der Kreuzung, dem Junior-SUV, dem Ausweichmanöver, dem Sicherheitsstreifen. Die Krankenschwester, vor vielen Jahren aus Antwerpen nach Aachen gezogen, antwortete nur: »Wissen Sie was? Bei uns in Vlaanderen sagt man zu diesen fürchterlichen Sicherheitsstreifen ›Mordstrookje‹, Todesstreifen.«

Der Oberarzt klang verhalten optimistisch: »Der hat einiges abbekommen, multiple Frakturen, auch innere Verletzungen. Aber wir haben ihn soweit stabilisiert. Ich denke, den kriegen wir wieder einigermaßen hin.«

Damian wurde in Operationssaal 1 geschoben. Das Ärzteteam stand schon bereit, alles geschmeidige Routine. Dann schlossen sich die OP-Schleusen. Auf dem Tivoli stand es da schon 0:1.

ENDE

Mein herzlichster Dank geht an:

Verlagsleiter Günter Mainz für die völlig überraschende Frage: »Haben Sie nicht mal Lust, einen Roman zu schreiben …?« – »Äh …, ja, hmmm …«,

den engagierten Lektor Christoph Swiontek für viel akribische Aufmerksamkeit, Kritik und Wohlwollen,

den Schriftsteller Willi Achten in Vaals für erste kluge Hinweise, wie man so ein Werk angeht,

die Manuskript-Testleser Norbert Thomma in Berlin und Oliver Domzalski in Hamburg,

den Gesprächstherapeuten Kurt Schröter in Bonn für Durchsicht der Therapie-Kapitel,

die Filmemacherin Anka Schmid in Zürich für Nachhilfe in Schweizerismen und Katja Winter in Bonn für detaillierte Glottisschlag-Analysen,

unbekannterweise dem Burtscheider Politiker Armin Laschet für sein schillerndes Dasein und seine Liebe zur örtlichen Gastronomie,

Uli Wollj8en vom Verein Öcher Platt,

Norbert Becker in Kelmis für die erste Idee der Figur Ron Rekceb,

einige Menschen bei der Stadt Aachen für intime Detailhinweise,

und natürlich:

all die großartigen engagierten Leute beim Radentscheid Aachen,

die inspirierenden Leserbriefschreiber und Facebook-Nutzerinnen aus der Welt der Automobile für ihre Kaskaden an grotesken Fantasien und Schimpfkanonaden, ohne die ich vielleicht nie die Idee zum Thema dieses Buches gehabt hätte,

sowie alle, die ich jetzt hier fahrlässigerweise vergessen habe.

Bernd Müllender, geboren 1956, lebt in Aachen und war viele Jahre als freier Journalist tätig, unter anderem für die *taz*, den *Tagesspiegel*, das *GrenzEcho* und die *Aachener Nachrichten*. Müllender ist passionierter Fahrradfahrer und sorgte für Schlagzeilen, nachdem er im September 2019 eine Haltelinie an einer roten Ampel am Adalbertsteinweg überfahren hatte, damit die ebenfalls an der Ampel wartenden Autofahrer ihn sehen konnten. Gegen das verhängte Bußgeld von sechzig Euro zog er vor das Amtsgericht Aachen und verlor – Die Revision in der nächsthöheren Instanz läuft …